insel taschenbuch 4915

Clarisse Sabard

Die Frau im veilchenblauen Mantel

Jo ist mit ihrem Leben eigentlich ganz zufrieden: Sie ist Single, Anfang dreißig, hat Freunde, mit denen sie Pferde stehlen kann, und einen Opa, der immer für sie da ist. Jetzt müsste nur noch ihr bester Kumpel merken, dass zwischen den beiden mehr ist als nur Freundschaft ... Nach einem Unfall bekommt sie jedoch eine beunruhigende Diagnose: Sie muss sich einer Operation am Gehirn unterziehen, ein Aneurysma könnte ihr Leben gefährden. Um sie vor der wichtigen OP auf andere Gedanken zu bringen, zeigt Jos Opa ihr ein altes Medaillon, in dem sich ein geheimnisvoller Zettel befindet: »Von Charlotte für Gabriel«. Doch wer waren die beiden, und wie gelangte die Kette in den Besitz des Großvaters? Auf der Flucht vor der Gegenwart taucht Jo in ihre Familiengeschichte ein, ihre Suche wird sie bis ins Amerika der zwanziger Jahre führen – und ihr Leben für immer verändern.

Clarisse Sabard schreibt einfühlsam und leicht über die Liebe einer Mutter, die Geheimnisse der Vergangenheit und das Glück des Neuanfangs. *Die Frau im veilchenblauen Mantel* ist ein Feel-Good-Roman mit allem, was dazugehört – ein echtes Herzensbuch.

Clarisse Sabard wurde 1984 geboren. Nach einem Schlaganfall beschloss sie, endlich das zu tun, was schon immer ihr Traum war: Schreiben. Ihr erster Roman gewann den Prix du Livre Romantique 2016 und wurde zum Bestseller. Seither hat sie acht Romane veröffentlicht. *Die Frau im veilchenblauen Mantel* ist ihr erster Roman in deutscher Übersetzung.

Claudia Feldmann, geboren 1966, studierte Literaturübersetzen in Düsseldorf und übersetzt aus dem Englischen und Französischen.

Clarisse Sabard

DIE FRAU IM VEILCHENBLAUEN MANTEL

Roman

Aus dem Französischen von
Claudia Feldmann

INSEL VERLAG

Die Originalausgabe erschien 2020
unter dem Titel *La femme au manteau violet* bei
Édition Charleston, Paris.

Erste Auflage 2022
insel taschenbuch 4915
Deutsche Erstausgabe

Umschlaggestaltung von zero-media.net, München,
unter Verwendung des Originalumschlags von
Greystone Books Ltd.
Foto: Elisabeth Ansley/Trevillion Images, Brighton
Satz: Satz-Offizin Hümmer GmbH, Waldbüttelbrunn
Druck: CPI books GmbH, Leck
Dieses Buch wurde klimaneutral produziert:
ClimatePartner.com/14438-2110-1001.
Printed in Germany
ISBN 978-3-458-68215-8

www.insel-verlag.de

Im Gedenken an meine Großeltern.
Wo immer ihr jetzt auch seid,
das hier ist für euch.

»Nicht alles lässt sich ändern,
aber nichts ändert sich von selbst.«

James Baldwin

du magst geboren sein
mit der schwäche zu fallen
aber du bist auch geboren
mit der stärke aufzustehen

Rupi Kaur: *Milch und Honig*

PROLOG

Paris, März 1957

Sie war da. Reglos, fast starr. Mit einer Würde, die scheinbar nichts zu erschüttern vermochte.

Victor hatte sie bemerkt, als sie ihren Platz einnahm, nicht weit vom Boxring entfernt. Vierte Reihe. Es war ihr Mantel, der seinen Blick auf sich gezogen hatte, derselbe wie damals, obwohl es zehn Jahre her war: ein langer, veilchenblauer Mantel. Er hätte sie vergessen, ihre kurze Begegnung aus seinem Gedächtnis löschen können. Was bedeuteten schon ein paar Minuten in einem ganzen Leben? Doch sie war da, und sie strahlte dieselbe Entschlossenheit aus, die ihm schon beim ersten Mal aufgefallen war. Schlagartig überkam ihn Panik.

»Was ist los? Du bist ja ganz blass.«

Victor drehte sich zu seinem Trainer um und griff nach den Bandagen. »Schon gut, Dédé. Ich bin nur ein bisschen nervös.«

Der Trainer nickte, einen Zahnstocher zwischen den Lippen. »Verstehe. Ist dein letzter Kampf. Du willst alles geben.«

Victor schluckte. Seine Kehle war plötzlich wie zugeschnürt. »Hilfst du mir?«, fragte er und hielt ihm die Bandagen hin.

Diese rituellen Gesten hatte er mehr als hundertmal durchgeführt. Dieser Abend war sein letzter im Ring, weil seine Frau die Ungewissheit nicht mehr ertrug, in welchem Zustand er nach einem Kampf sein würde, die Angst, er könnte unter den Schlägen sterben. Außerdem mussten sie an den Jungen denken. Das war doch kein Leben, immerzu fürchten zu müssen, dass er von einem Tag auf den anderen ohne Vater dastand. Bei dieser neuen Generation von Kerlen, die um jeden Preis siegen und sich in diesem undankbaren Sport etablieren wollten, war alles möglich.

»So, fertig, Victor.« Dédé versetzte ihm einen freundschaftlichen Knuff in die Schulter. »Alles gut verpackt.«

Die Bandagen sollten Verletzungen der Mittelhandknochen verhindern und den Schweiß aufsaugen. Er musste seine Hände so gut wie nur möglich schützen. Eine gebrochene Nase, ein ausgeschlagener Zahn, eine aufgeplatzte Augenbraue, das war nicht weiter schlimm. Aber wenn seine Hände ausfielen, konnte er seine Karriere an den Nagel hängen. Wobei ihm das jetzt egal sein konnte.

Er zog die Handschuhe an und lauschte auf das Gemurmel des Publikums, ein entfesseltes und elektrisierendes Hintergrundgeräusch. Heute Abend kämpfte Victor Queyrioux zum letzten Mal. Das war schon etwas Besonderes.

»Bist du bereit?«

Er nickte nur und trat auf den Ring zu. Sechs mal sechs Meter. Drei mit Kunststoff überzogene Hanfseile, dreißig Zentimeter von den Pfosten entfernt. Boxen war ein Sport, in dem es vor allem auf Logik und Intelligenz ankam. Nichts war dem Zufall überlassen, das hatte er schnell gelernt: Man musste sich verteidigen, Schlägen ausweichen, ohne Kraft zu verschwenden, angreifen, genau zielen. *Hier wird sich nicht geschlagen, hier lernt man boxen.* Das war das Erste, was Raymond, sein Trainer damals nach dem Krieg, ihm beigebracht hatte.

»Dann mal los, Victor!«, verkündete Dédé. »Zeig uns, was du kannst. Dafür sind die Leute gekommen.«

Unter lautem Beifall stiegen die beiden Boxer in den Ring und begrüßten ihr Publikum. Draußen hämmerte der Regen auf die Dächer und Straßen, aber in der voll besetzten Halle war es fast zu warm. Victor spürte ein letztes Mal den Adrenalinstoß, der nötig war, um in den Kampf zu gehen. Würde er als Sieger oder als Verlierer aus dem Ring steigen? Er wusste es nicht. Er hatte nur sein Training, seinen Mut und seine Technik. Schläge einstecken und austeilen. Das Leben hatte ihn schon als kleinen Jungen mutig und flink gemacht, denn seinem jähzornigen Vater war schnell die Hand ausgerutscht, und er hatte gelernt, den Fäusten auszuweichen. Deshalb machte es ihm keine Angst, sich einem gut vorbereiteten Gegner zu stellen. Ihn, den die Lokalpresse den »Boxer mit der gnadenlosen Faust« nannte, konnte nichts mehr aus der Fassung bringen.

Bevor der Gong erklang, gab Victor einem Impuls nach und sah zu der Frau im veilchenblauen Mantel. Ihre Blicke kreuzten sich. Was tat sie hier? Nein, es musste ein Zufall sein. Eine andere Frau, die ihr bis aufs Haar glich. Vielleicht war sie eine von denen, die mit blutrünstigem Blick die Kämpfe verfolgte und »Bring ihn um!« brüllte, wenn ihr Favorit den Gegner bedrängte.

Die erste Runde begann, und Victor wich gerade noch rechtzeitig einem Schlag aus. Er beschloss, seinen Gegner zunächst durch Ausweichmanöver zu ermüden und erst in den letzten Runden zum Angriff überzugehen. Bolo Punch, Haken. Bis jetzt lief alles gut, und er brachte die drei Minuten unbeschadet hinter sich. Die Frau war immer noch da, leicht verschleiert durch den Zigarettenrauch ihrer Nachbarn. Sie beobachtete ihn die ganze Zeit angespannt, als fürchtete sie, er könne sich plötzlich vor ihren Augen in Luft auflösen. Der Mann, der sie begleitete, war älter als sie.

Zweite Runde. Abwehrhaltung. Plötzlich musste er an das Jahr 1947 denken. Stimmen, erst gedämpft, dann Schreie und Drohungen. Alles war so schnell gegangen! Sein Vater, der die Frau schlug und buchstäblich hinauswarf, die Verzweiflung in ihren Augen. In seine Gedanken versunken, sah Victor den Aufwärtshaken nicht kommen. Er flog in die Seile, einen stechenden Schmerz im Unterkiefer. Doch er richtete sich gerade noch rechtzeitig vor dem Ende der Runde auf, und der Sekundant gab ihm Wasser.

»Verdammt, was ist los mit dir?«, brüllte Dédé. »Du bist nicht bei der Sache!«

Victor schüttelte den Kopf. Er musste sich zusammenreißen! Wieso ließ er sich von dieser Frau ablenken, die bestimmt nur eine Verrückte war? Ja, sie konnte nur verrückt sein, wenn sie gekommen war, um ein Kind zu sehen, das seit vielen Jahren tot war.

Dritte Runde. Victor versuchte, sie aus seinem Kopf zu verjagen. Alles beiseiteschieben, sich ganz auf den Gegner konzentrieren. Jetzt ging es nur um den Kampf. Diesmal entschied er sich für eine aktive Abwehr. Es waren drei intensive, lebhafte Minuten. Es gelang ihm, eine Gerade zu landen und die Manöver seines Gegners zu durchkreuzen. Dédé, der sich nervös auf seinem Sitz wand, beruhigte sich allmählich. Die vierte und die fünfte Runde verliefen zu seinem Vorteil. Victor hatte seine Wachheit und seinen Kampfgeist wiedergefunden. Er würde sich nicht von einem zappeligen Jungen k. o. schlagen lassen und seine Laufbahn mit einer Niederlage beenden. Nach der sechsten Runde trank er einen großen Schluck Wasser. Der Sekundant reichte ihm ein Handtuch, damit er sich den Schweiß abwischen konnte, der ihm aus den braunen Haaren bis auf die durchtrainierte Brust lief. Ohne recht zu wissen, warum, blickte er wieder zu der Frau. Vielleicht um sich zu vergewissern, dass sie nicht nur eine Vision gewesen war. Wenn sie verschwunden gewesen wäre, hätte er erneut die Last auf seinen Schultern verspürt. Doch sie saß immer noch da und ließ ihn nicht aus den Augen. Am liebsten wäre er über die Seile gesprungen und zu ihr gegangen, um ihr noch einmal zu sagen, dass Gabriel tot war. Tot, tot, tot. Gabriel war tot, aber *er* war da, *er* lebte. Und während der Gong für die siebte Runde schlug, überrollten ihn noch mehr Erinnerungen. Die heftige Reaktion seines Vaters, als er ihm seine Gewalt ihr gegenüber vorgeworfen hatte. Damals hatte er seine Sachen gepackt und war fortgegangen, und er hatte die Frau im veilchenblauen Mantel vollkommen vergessen.

Der Haken war brutal und schleuderte ihn erneut in die Seile. Unter den entsetzten Rufen der Zuschauer sank Victor in sich zusammen; er bekam keine Luft mehr. Schnell, er musste aufstehen, bevor er für k. o. erklärt wurde, aber seine Beine trugen ihn kaum. Verdammt, so würde er seine Karriere nicht beenden, nicht nach siebenundachtzig Siegen! Beunruhigtes Gemurmel aus dem Publikum. Victor schloss die Augen und kratzte die Reste seines Willens zusammen, der ihn im Stich zu lassen drohte.

»Steh auf und kämpf!«, brüllte Dédé aus voller Lunge.

Da hocken zu bleiben und auf die Niederlage zu warten wäre einfach, denn ganz gleich, wie es ausging, er würde anschließend in die Vendée zurückkehren und in dem Bestattungsinstitut seiner Schwiegereltern arbeiten. Ihm blieben nur noch wenige Sekunden. Entweder das Risiko eingehen, weitere Schläge einzustecken, oder seine Ehre verlieren. Dédé flippte auf seinem Stuhl fast aus. Für einen kurzen Moment sah Victor wieder das wutverzerrte Gesicht seines Vaters vor sich, bevor es eine Tracht Prügel gab. Das genügte, um den Boxer in ihm wiederzubeleben. Ein letzter Sieg, dann hätte er auch die Vergangenheit besiegt. Und diesen Vater, der seine Liebe nur in Form von Wut zeigen konnte.

Unter Aufbietung all seiner Kräfte richtete Victor sich schwankend auf. Während der folgenden Runden griff er mit einer Geraden in den Solarplexus, diversen Fausthieben und Aufwärtshaken an. Das Publikum raste. Schließlich überraschte er seinen Gegner in der elften Runde mit einem Overhand. Der andere hatte den von oben geführten Schlag nicht kommen sehen und schaffte es nicht, innerhalb der vorgeschriebenen Zeit wieder auf die Beine zu kommen.

Damit hatte Victor Queyrioux seinen achtundachtzigsten Sieg errungen. Eine Woge von Gefühlen überrollte ihn, als das Ende des Kampfes verkündet wurde. Von jetzt an gehörte das Boxen der Vergangenheit an. Ein ganzer Lebensabschnitt ging zu Ende. Und zugleich war er außer sich vor Freude über den Ausgang dieses letzten Kampfes.

Dédé umarmte ihn fest. Ihm liefen Tränen über die Wangen, und er rief immer wieder: »Du hast es geschafft, Menschenskind! Du hast es geschafft!«

»Jetzt mach mal halblang. Ich bin ja nicht Weltmeister geworden«, erwiderte Victor lachend.

»Ist doch egal. Hauptsache, du hast gekämpft und diesem kleinen Scheißer, den sie dir vorgesetzt haben, gezeigt, wo der Hammer hängt. Du gehst mit erhobenem Kopf. Aber du hast mir ganz schön Angst gemacht.«

»Ja, ich mir auch, Dédé.«

Während er sprach, blickte Victor hinüber zu den Sitzreihen, die sich zu leeren begannen. Zu seiner großen Erleichterung war die Frau, deretwegen er beinahe den Kampf verloren hätte, nicht mehr da. Er ärgerte sich darüber, dass er sich so von ihr hatte ablenken lassen, zumal es wahrscheinlich gar nicht sie war, sondern eine andere Frau, die ihr ähnlich sah. Er hatte aus einer Mücke einen Elefanten gemacht. Ja, es war wirklich an der Zeit, dass er sich aus dieser aufregenden Welt der Kämpfe zurückzog.

»Gehen wir«, sagte er zu seinem Trainer.

Nachdem sie sich umgezogen hatten, verließen sie die Sporthalle und traten hinaus in den prasselnden Regen. Die Feuchtigkeit machte die Luft noch kälter, und Victor wollte nur noch so schnell wie möglich zu seinem Renault 4CV, den er sich im vergangenen Jahr gekauft hatte. Er würde seinen letzten Sieg feiern, wie es sich gehörte, Dédé nach Hause bringen und dann ab nach Montaigu. Plötzlich blieb er abrupt stehen. Da war die Frau im veilchenblauen Mantel wieder. Sie wartete neben einem Auto, geschützt von einem

Schirm. Victor rieb sich übers Gesicht. Das war doch nicht möglich!

»Eine Verwandte?«, fragte Dédé und wies mit dem Kopf in ihre Richtung.

»Nein. Ich kenne sie nicht.« Victor ging mit schnellen Schritten weiter.

Doch die Frau kam auf sie zu. »Bitte warten Sie!«, rief sie.

Victor schloss die Augen. Er wollte keinen Skandal, vor allem nicht jetzt und hier. Langsam wandte er sich zu der Frau, die direkt vor ihm stehenblieb und ihn sichtlich aufgewühlt ansah.

»Ich muss mit Ihnen über Gabriel sprechen«, sagte sie leise.

Unwillkürlich wich Victor zurück. »Sie verwechseln mich.«

Für einen kurzen Moment schien die Frau zu zweifeln, doch dann wiederholte sie mit Nachdruck: »Ich muss mit Ihnen über Gabriel sprechen.«

Nein, er wollte keine Zeit mit den Fantastereien dieser Frau verlieren. Er hatte keine Lust, bei diesem Mistwetter hier stehenzubleiben und mit ihr über ein Kind zu reden, das seit bald dreißig Jahren tot war.

Er würde ihr sagen, dass sie ihn in Ruhe lassen sollte, sich umdrehen und in sein Auto steigen. Es war ganz einfach. Dachte er zumindest.

1

Jo, 2018

»Komischer Typ. Eigentlich müsste er traurig sein, aber er klingt, als würde er gleich nackt in einem Mohnfeld tanzen.«

Ich meinte den Typen, der gerade im Radio sang. Adrien und ich saßen in seinem Auto. Er fuhr, und ich redete und redete, wie immer.

»Jo, wenn es dich nicht schon gäbe, müsste man dich erfinden«, sagte er, ohne den Blick von der Straße zu wenden.

Wir kamen von Adeline, meiner Freundin seit über zwanzig Jahren, meiner Schwester, meinem Double, derjenigen, mit der ich alles Wichtige im Leben geteilt hatte: das Heranwachsen, die ersten Jungs, die Liebeskummer, die bauchfreien Tops à la Britney Spears, das Studium, die kostenlosen Tees bei Nature & Découvertes, wenn das Konto mal wieder überzogen war, den Beginn der sozialen Medien, den Austausch der Hausschlüssel für den Fall, dass einer spurlos verschwand, die großen Freuden und die Dramen. Sie war mit ihren Eltern und ihrem Bruder nach Montaigu gezogen, als ich in die fünfte Klasse kam, und ihre bestimmende und draufgängerische Art hatte mich sofort fasziniert. An diesem Abend hatten wir uns mit Adeline in einer Käsebar getroffen. Sie hatte Probleme in ihrer Beziehung und brauchte jemanden zum Reden. Trotz der schwierigen Situation war es ein schönes Treffen gewesen, unter anderem dank der gemütlichen Atmosphäre in der Bar.

»Glaubst du, Adeline und Bruno kriegen die Kurve?«, fragte ich Adrien.

Die beiden waren seit sieben Jahren zusammen, und bisher hatte ich immer gedacht, sie würden den Rest ihres Lebens miteinander verbringen. Etwas anderes erschien mir unvorstellbar.

»Das wird sich zeigen.«

Adrien war stiller als sonst, aber ich schob das auf die Müdigkeit. Es war spät, und die Musik im Radio trug nicht gerade dazu bei, uns wach zu halten. Während wir durch den Landstrich zwischen Nantes und der Grenze zur Vendée fuhren, erklang die Melodie einer einzelnen Gitarre: »La Liste« von Rose.

Ich seufzte. »Na super! Jetzt kriegen wir auch noch vorgeführt, was man alles verpasst, wenn man Single bleibt.«

»Mir gefällt der Song. Ist doch knuffig.«

Adriens Lächeln wurde breiter, und er sah mich eine Sekunde zu lange an. Und die Sekunde reichte, um mich durcheinanderzubringen. Den ganzen Abend über war es schon so gewesen: Jedes Mal, wenn unsere Blicke sich kreuzten, machte mein Herz einen Satz, und mir wurde ganz warm. Was vollkommen lächerlich war.

»Knuffig«, sagte ich und rieb mir den Nacken. »Na ja, vielleicht ist es das, wenn man jemanden gefunden hat, bei dem man Lust kriegt, so eine Liste aufzustellen.«

Adrien sah mich nur wortlos an, was mich noch mehr aus dem Gleichgewicht brachte, dann wandte er sich wieder zur

Straße. Während Rose all die Dinge aufzählte, die sie mit demjenigen tun wollte, der sie zum Flirren brachte, schwiegen wir beide. Ich warf ihm verstohlene Seitenblicke zu, und ich hätte schwören können, dass er dasselbe tat. Rose sang, sie wollte »dich zum Lachen bringen«, »deine Seufzer einatmen« und »ein kleines Mädchen haben«, und wir wussten nicht mehr, worüber wir reden sollten. Ich kam mir dumm vor, hütete mich aber, ihm das zu sagen.

»Wollen wir noch ein paar Schritte gehen?«, schlug Adrien vor und hielt beim Rathaus an.

Ich nickte nur, sprang aus dem Auto und lief zu der alten Steintreppe neben dem Portal der Chapelle Saint-Léonard, die zum Deich hinunterführte.

»Wer zuerst unten ist, hat gewonnen!«

Es war ein schöner, mondheller Abend, und die kühle Luft war erfüllt von den Gerüchen des Flusses. Adrien folgte mir ruhig, während ich mich beeilte, um vor ihm anzukommen. Ich spürte den Blick seiner dunklen Augen auf meinen Schultern. An der Brüstung blieb ich stehen und betrachtete den Ausblick. Als ob ich ihn nicht in- und auswendig kennen würde! Der Park unterhalb der Befestigungsmauer der Burg, die Seerosen, die aussahen, als hätte ein Maler sie auf das Wasser gesetzt. Tausend Jahre Geschichte lagen vor uns, und wir standen da und wussten nicht, was wir tun oder sagen sollten.

Plötzlich schoben sich Adriens Hände rechts und links an meinem Körper vorbei und stützten sich auf die Brüstung. Seine Arme umschlossen mich, ohne mich zu berühren, und seine Nähe ließ mich erzittern. Die Zeit schien stillzustehen, und wir bewegten uns nicht, erfüllt von einem eigentümlichen Gefühl. Mein Herzschlag dröhnte mir in den Ohren. Der Drang, ihn zu küssen, war mit einem Mal so stark, dass ich kaum noch atmen konnte.

Was ist denn nur los mit mir? Warum traue ich mich nicht, mich umzudrehen?

Ich konnte doch nicht meinen besten Freund begehren! Gut, ich hatte mir vielleicht schon mal ausgemalt, wie es wohl wäre, wenn ich ihm die Kleider vom Leib reißen würde, aber das war doch kein Grund, oder?

»Du hast gewonnen«, murmelte er schließlich mit seltsam rauer Stimme.

Sein Atem an meinem Nacken war elektrisierend. Innerlich spielte ich dieses blöde Spiel, auf das man immer dann verfällt, wenn man sich nicht entscheiden kann.

Wenn er in den nächsten zehn Sekunden nichts mehr sagt, küsse ich ihn. Zehn Sekunden.

Drei Sekunden und neun Worte später fiel mein Enthusiasmus in sich zusammen wie ein Soufflé, wenn man die Ofentür zu früh öffnet.

»Wir sollten nach Hause fahren, Jo. Es ist spät.«

Kalte Dusche. Eiskalt.

Abrupt drehte ich mich um und starrte ihn an, gezwungen, den Kuss, der mir auf den Lippen lag, hinunterzuschlucken. Hatte ich mir das alles nur eingebildet?

Adrien hielt vor meiner Haustür, und gerade als ich aussteigen wollte, sah er mir tief in die Augen und strich mir über die Wange. Ich dachte, er würde etwas sagen, mich fragen, ob er noch mit raufkommen könnte, doch das tat er nicht. Also drehte ich mich mit knallrotem Kopf um und murmelte: »Gute Nacht.«

»Bis morgen.«

Mein Gehirn funktionierte nicht mehr richtig, und mein Herz und mein Magen hatten sich irgendwo in meinem Körper verirrt.

Ich hatte mich in Adrien verliebt. Und ich wusste nicht, ob das etwas Gutes war oder eine Katastrophe.

2

»Ich würde lieber über dich sprechen.«

Sofort fühlte ich mich ertappt, obwohl Lucette, soweit ich wusste, mit ihren dicken Brillengläsern nicht in meine Seele schauen und somit auch nichts wissen konnte.

Wie jeden Montag war ich nach der Arbeit in das Pflegeheim gegangen, das direkt neben meinem Mietshaus lag, um den ältesten Bewohnern etwas vorzulesen. Diese kostbaren Augenblicke gaben ihnen das Gefühl, dass jemand sich ein wenig um sie kümmerte und auch mal zuhörte, wenn sie in ihren Erinnerungen kramten und Geschichten aus der Vergangenheit erzählten. Meistens beendete ich meine Runde mit Lucette, die ich am liebsten mochte. Die einstige Schulleiterin, die über Jahrzehnte hinweg den Kindern der halben Stadt das Lesen beigebracht hatte, war von ihren beiden Söhnen dorthin verfrachtet worden, was sie ihnen ziemlich verübelte. Sie hatte das Gefühl, ihnen allein durch ihre Existenz zur Last zu fallen, als hätten sie vergessen, dass sie auch mal eine junge Frau mit einem erfüllten Leben gewesen war. Das hübsche Haus ihrer Kindheit hingegen, dessen Inventar sie gerade sichteten, um den Wert schätzen zu lassen, hatten sie nicht vergessen.

Um meine liebe Lucette ein wenig abzulenken, las ich ihr Krimis von Agatha Christie vor. Im Gegenzug erzählte sie mir mit boshaftem Funkeln die Pläne, die sie ausheckte, um ihre Sprösslinge zu ärgern. Zum Beispiel hatte sie sich einmal klammheimlich aus dem Staub gemacht, als ihr ältester Sohn (der schlimmere von beiden, die Raffgier in Person) seinen Besuch angekündigt hatte, zweifellos nur, um nachzusehen, ob sie noch lebte. Zwei Stunden nach dem Alarm hatte die Polizei sie im Café de la Place gefunden, wo sie vor einer Limonade saß, aufgebracht, weil die Bedienung sich geweigert hatte, ihr eine Piña Colada zu servieren. Seit man sie dabei erwischt hatte, wie sie einen Fünf-Euro-Schein mit Blümchen bemalte, galt sie als nicht mehr ganz richtig im Kopf. Auf mich wirkte sie jedoch vollkommen klar.

»Ich fände es interessanter, über dich zu reden«, wiederholte sie und bedeutete mir, das Buch wegzulegen. »Das ist mal was anderes als die Gesundheitsprobleme meiner Nachbarn.«

Okay, verstanden. Wenn sie so anfing, konnte das nur bedeuten, dass Pépé, mein Großvater, ihr aufgetragen hatte, mich nach meinem Liebesleben auszufragen. Die beiden waren schon immer gute Freunde gewesen, und während der letzten zehn Jahre hatten sie sich noch mal deutlich angenähert. Ich vermutete eine Romanze zwischen ihnen, was die beiden aber vehement abstritten.

Pépé wusste, dass Lucette es immer schaffte, mir etwas zu entlocken. Sie wickelte mich mit Tee und leckeren Keksen um den Finger, mit ihrem strahlenden Lächeln und dem Leuchten in ihren Augen, wenn ich sie zum x-ten Mal bat, mir beizubringen, wie man Walzer tanzt, weil ich wusste, wie viel Freude es ihr bereitete. Außerdem beschwerte sie sich nie, wenn ich ihr dabei auf die Füße trat.

»Was soll daran interessant sein?«, entgegnete ich. »Meine Kunden erzählen mir ja nie etwas Spannendes.«

»Wenn es bei mir so weit ist, werde ich mich bemühen, es besser zu machen«, bemerkte sie mit einem Augenzwinkern.

Lassen Sie sich ruhig noch ein bisschen Zeit.

Lucette beugte sich mit einem wissenden Blick zu mir. »Es ist Adrien, nicht wahr?«

Wenn ich eine Heuchlerin gewesen wäre, hätte ich behaupten können, dass ich gar keinen Adrien kannte. Aber Lucette hatte mich durchschaut. Ich biss in einen Keks, um meine Verlegenheit zu überspielen, und nickte.

»Jetzt erzähl schon!«, drängte sie. »Schließlich habe ich nicht ewig Zeit!«

»Na ja ... Ich glaube, gestern Abend ist etwas passiert.«

»Das wurde aber auch Zeit! Der Gute ist so knackig wie einer von unserem Rugby-Nationalteam«, bemerkte sie genießerisch. »Wenn ich so alt wäre wie du ...«

Ich nickte nur mit einem dümmlichen Lächeln.

Adrien ... Mit seinen dunklen Haaren und Augen und der bretonischen Abstammung hätte er den perfekten düsteren Helden abgegeben, aber er sprühte vor Lebensfreude und hatte sich sogar eine Sonne innen auf das Handgelenk tätowieren lassen. Gestern Abend war er einfach ... puh, kein Kommentar. Ich musste mir eingestehen, dass ich mich tatsächlich in einen meiner engsten Freunde verliebt hatte, und um ehrlich zu sein, machte mir das ganz schön Angst.

Lucette in ihrem Sessel schmiedete bereits Zukunftspläne.

»Willst du ihn heiraten? Ich will dir ja nicht zu nahe treten, aber in deinem Alter wird's langsam Zeit.«

»Ich bin zweiunddreißig!«, rief ich aus.

»Eben. Jetzt erzähl mal – küsst er wie ein Gott?«

Ich musste lachen und gab meinen Widerstand auf. »Wir haben uns noch gar nicht geküsst.«

Was echt schade ist.

Die alte Dame sah mich enttäuscht an.

»Wir hatten uns mit Adeline getroffen«, erklärte ich ihr. »In ihrer Beziehung läuft es im Moment nicht so gut. Auf dem Rückweg habe ich dann gemerkt, dass irgendetwas zwischen uns dabei war, sich zu verändern.«

Lucette hing gebannt an meinen Lippen. Selbst die Penduluhr, die über unseren Köpfen an der Wand hing, schien in ihrem Ticken innezuhalten. Die Uhr ...

Mist! Ich sprang auf, als hätte mein Stuhl Feuer gefangen.

»Lieber Himmel, es ist ja schon fünf! Es tut mir leid, aber ich muss zu Adeline.«

»Du kannst doch jetzt nicht einfach gehen!«, protestierte Lucette. »Ich will wissen, was dann passiert ist.«

Nein, ich durfte nicht nachgeben. Ich hatte meiner Freundin versprochen, pünktlich zu sein – was für mich einer Heldentat gleichkam –, und ich wollte ihr beweisen, dass ich das schaffte.

»Ich versuche, morgen wiederzukommen. Außerdem wissen wir immer noch nicht, ob Hercule Poirot den Schuldigen findet.«

Sie schnalzte mit der Zunge. »Poirot siegt immer, meine Liebe, der kann warten. Morgen erzählst du mir, wie Adrien dein Herz auf den Kopf gestellt hat, basta.«

Ich schnappte mir meine Handtasche und warf ihr einen Luftkuss zu.

»Sie sind wirklich erfrischend, Lucette. Ich verstehe, warum Pépé Sie gern hat.«

Damit zog ich die Tür hinter mir zu und lief los, ahnungslos, dass diese Unbeschwertheit wenige Stunden später der Vergangenheit angehören würde.

Adeline und ich hatten uns in einem unserer Lieblingscafés in Nantes verabredet, in der Passage Pommeraye. Die Käsekuchen dort waren einfach unwiderstehlich. Ich hätte zu Fuß dorthin gehen und die herrliche Frühlingssonne genießen können. Wenn ich den Quai de Malakoff genommen hätte, der an der Erdre entlangführte, und von da aus ins Stadtzentrum abgebogen wäre, hätte ich nur zwanzig Minuten gebraucht. Aber ich war zu lange bei Lucette geblieben.

In flottem Tempo verließ ich den Bahnhof, entschlossen, die erste Straßenbahn zu nehmen, die ich kommen sah. Im Gehen ließ ich zum hundertsten Mal den Film vom Abend zuvor Revue passieren und legte mir zurecht, wie ich das Ganze Adeline erzählen würde. Im Geist hörte ich schon ihre aufgeregten Ausrufe. Seit dem Ende unserer Teenagerzeit, als ich begriffen hatte, dass ich niemals den geheimnisvollen und superattraktiven Max aus der Serie *Roswell* heiraten würde, wartete sie verzweifelt darauf, dass ich endlich einen vernünftigen Typen kennenlernen würde. Und nun stellte sich heraus, dass ich ihn womöglich schon seit Monaten direkt vor der Nase gehabt hatte …

Ich hatte beschlossen, allen Mut zusammenzunehmen und

Adrien zu bitten, heute Abend zu mir zu kommen. Vielleicht würde ich mich ins kalte Wasser stürzen, mit dem Risiko, mir eine mordsmäßige Erkältung einzufangen, aber es war auch gut möglich, dass mir meine strengen Prinzipien dazwischenfunkten, denn für mich kam ein Freund als Freund eigentlich nicht in Frage. Auf jeden Fall wollte ich Klarheit darüber, was wir beide wirklich füreinander empfanden, und da würde mir ein Gespräch mit Adeline sehr helfen.

Adrien und ich hatten uns letztes Jahr kennengelernt, und zwar unter Umständen, die nicht gerade dazu angetan waren, sich ineinander zu verlieben. Damals hatte er gerade eine Trennung hinter sich und obendrein noch seinen Job verloren (die Firma, für die er gearbeitet hatte, gehörte seiner Ex). Seinem Sachbearbeiter beim Arbeitsamt war nichts Besseres eingefallen, als ihm eine Umschulung zum Thanatopraktiker zu empfehlen, und ich hatte eingewilligt, ihm die Feinheiten des Berufs näherzubringen. Ja, genau, ich bin Thanatopraktikerin – oder Einbalsamiererin, wie man das umgangssprachlich auch nennt. Mit meinem blauen Kittel und den scharfen Instrumenten (keine Sorge, ich bin nicht die Nachfolgerin von Ted Bundy) werde ich es wohl nie auf die Titelseite von *Vogue* oder *Glamour* schaffen. Meine Aufgabe besteht darin, den Toten ein menschlicheres Gesicht zu geben, sie zu verschönern und friedlich wirken zu lassen. Im Gegensatz zu den herrschenden Vorurteilen ist das kein Beruf für morbide Charaktere, im Gegenteil, ich gelte zum Beispiel als ausgesprochen frohes Gemüt. Ein Thanatopraktiker lernt, innerlich Abstand zu halten, und denkt in erster Linie an die Hinterbliebenen.

Wie dem auch sei, ich hatte nicht damit gerechnet, einen

großen dunklen Typen mit Wuschelkopf und funkelndem Charme vor mir zu haben. Und noch weniger hatte ich damit gerechnet, dass er aus den Latschen kippte, als ich anfing, dem Verstorbenen, um den ich mich an dem Morgen kümmerte, die Körperflüssigkeiten abzusaugen. Er war ohne jede Vorwarnung einfach weggesackt, und zuerst dachte ich, er hätte einen Herzinfarkt oder so was. Ein paar Minuten später brachte ich ihm einen Kaffee, damit sein Kreislauf wieder in Schwung kam.

»Ist das nicht ein ziemlich seltsamer Beruf?«, fragte er.

Ich zuckte die Achseln. Meine Eltern führten schon seit Ewigkeiten ein Bestattungsinstitut, deshalb war es für mich etwas ganz Normales.

»Alle Berufe, die mit dem Tod zu tun haben, sind den Leuten suspekt. Aber irgendjemand muss es ja schließlich machen, oder?«

Ich sah die Verwirrung in seinen dunklen Augen.

»Stimmt. Aber irgendwie hatte ich mir jemand ... Düstereren vorgestellt.«

»So eine Art Mischung aus Marilyn Manson und Morticia Addams?«, erwiderte ich spöttisch. »Tut mir leid, ich inszeniere keine Rabenopfer, um die Toten ins Jenseits zu geleiten.«

»O Mann, ist das peinlich«, sagte er und vergrub das Gesicht in den Händen.

»Man sollte sich nie auf seine Vorurteile verlassen.«

»Aber lustig ist dein Job doch auch nicht, oder?«

»Na ja, wenn wir zu den Leuten fahren, holen wir nicht gerade die Maracas und Sombreros raus.«

Wir mussten beide lachen, und da sprang sofort eine Art

Funke zwischen uns über; der Beginn einer Freundschaft. Damals hatte ich kein Interesse an einer Liebesgeschichte. Ich war mit meinem Ex übel auf die Nase gefallen, und das hatte mich ganz schön mitgenommen. Ich hatte kein Selbstvertrauen mehr, jedenfalls nicht genug, um etwas Ernsthaftes mit Adrien in Betracht zu ziehen. Und bei der ersten Begegnung in Ohnmacht zu fallen gehörte auch nicht gerade zu den Qualitäten, die ich bei einem Mann suchte. Nein, Freundschaft genügte mir. Er hatte sich dann entschieden, in der Tourismusbranche zu arbeiten, war nach Montaigu gezogen, wo ich auch lebte, und war zu einem sehr guten Freund geworden. Ein Freund, der genauso verrückt nach Schokoladeneclairs war wie ich und ebenfalls den alten Song »God Only Knows« von den Beach Boys liebte. Ein Freund, mit dem ich über jeden Blödsinn lachen, um zwei Uhr morgens über den Sinn des Lebens nachsinnen und an dessen Schulter ich mich ausheulen konnte, wenn ich daran zweifelte. Zumindest hatte ich bis gestern gedacht, dass er das wäre: ein Freund.

In der Ferne entdeckte ich einen hellen Punkt, der näher kam und mich aus meinen Gedanken riss: die Straßenbahn.

Beeil dich, dann kriegst du sie noch!

Plötzlich hörte ich das schrille Kreischen von Bremsen, und jemand stürzte auf mich zu.

»Vorsicht!«

Ich flog buchstäblich quer über die Straße und schlug so heftig auf, dass ich das Gefühl hatte, mein Kopf hätte sich durch die Steine gebohrt. Ich hörte eine Art metallisches Quietschen und ein paar Schreie, dann lautes Hupen. Bevor ich das Bewusstsein verlor, sah ich noch, wie sich eine schmale Gestalt mit langer, gebogener Nase über mich beugte, und ich dachte: *Ein Vogel hat mich gerettet.*

Dann schloss ich die Augen, und lauter Sterne explodierten.

3

»Mensch, Jo, du hast uns vielleicht einen Schreck eingejagt!«, rief Adeline aufgelöst, als sie in die Notaufnahme kam. »Hat dir keiner beigebracht, dass man erst nach rechts und links guckt, bevor man über die Straße läuft?«

Ich lächelte schwach. Ich war mittlerweile seit ungefähr einer Stunde wieder bei Bewusstsein, aber die Ärzte hatten darauf bestanden, eine CT zu machen.

»Ich wollte nicht schon wieder zu spät kommen.«

Sie trat zu mir, um mich zu umarmen, und schwenkte drohend den Zeigefinger vor meiner Nase. »Mach das ja nicht noch mal!«

»Willst du mir ein Knöllchen wegen Einjagens eines groben Schrecks verpassen?«

Bevor Adeline vor zwei Jahren auf den Verkauf von Biokosmetik umgestiegen war, hatte sie, genau wie ihr Vater und ihr Bruder, bei der Polizei gearbeitet. Doch sie hatte bald gemerkt, dass sie es öde fand, durch die Straßen des Stadtzentrums zu patrouillieren und Strafzettel zu verteilen, und so hatte sie gekündigt und sich ihrer Leidenschaft für die Schönheit zugewandt. Was ihr Bruder übrigens immer noch nicht verwunden hatte.

»Ein Knöllchen?«, entgegnete sie. »Du hättest es verdient, dass ich dich einloche!«

Adeline hatte noch nie ein Blatt vor den Mund genommen. Und wenn sie lachte, klang es nach ihren eigenen Worten wie eine Mischung aus Lastwagenfahrerin und Hexe. Zugleich war sie wunderschön mit ihren großen grünen Augen und ihrer alabasterfarbenen Haut. Sie erinnerte mich immer an eine zarte Blume und hätte die Muse eines Dichters aus den Zwanzigerjahren sein können.

Meine Freundin setzte sich und pustete sich ihre blonden Ponysträhnen aus der Stirn.

»Ich war kurz davor, Trauerkleidung anzuziehen, als das Krankenhaus angerufen hat«, sagte sie, nur halb im Scherz. »Was sagen die Ärzte?«

»Ich warte noch auf das Ergebnis der CT. Aber mir geht's gut, abgesehen von der Beule an der Stirn.« Vorsichtig betastete ich die Stelle und zuckte vor Schmerz zusammen.

Adeline verzog ebenfalls das Gesicht. »Schön ist sie nicht, aber sie gibt dir das gewisse Etwas. Du siehst aus wie eine Extremabenteurerin, die beim *Dschungelcamp* mitgemacht hat.«

»So schlimm?«

»Ja. Aber du hast noch Glück gehabt – du hättest dir auch alle Zähne ausschlagen oder völlig entstellt sein können. Das wird schon wieder.«

»So kann ich immerhin meinem Schutzengel danken. Man hat mir gesagt, dass mich ein Mann gerettet hat, der gerade Prospekte verteilte.«

Was das metallische Quietschen erklärte, das ich gehört hatte, bevor ich ohnmächtig geworden war.

»Der arme Kerl – ich hatte ihn für einen Vogel gehalten.«

»Was war denn los mit dir? Du bist doch sonst nicht so unvorsichtig.«

»Genau deshalb wollte ich ja mit dir reden«, erwiderte ich, bemüht, meine Aufregung im Zaum zu halten. »Gestern Abend ist etwas zwischen Adrien und mir passiert.«

Adeline riss die Augen auf. »Echt?«, rief sie. »Habt ihr endlich die Scheuklappen abgenommen?«

Ich bedeutete ihr, sich zu beruhigen, und erzählte ihr das Ganze in allen Einzelheiten.

»Aber warum hast du ihn nicht geküsst?«, fragte sie, als ich fertig war.

Weil ich total dämlich bin.

Und weil ein kleiner Teil von mir fürchtete, mich wieder in einen Mann zu verlieben, den meine sechs bis acht Kilo zu viel störten. Was, wenn Adrien meine etwas zu gut gepolsterten Schenkel nicht mochte? Aber ich wusste, wie Adeline sich ereifern würde, wenn ich ihr das gestand.

»Weil ich Angst hatte, mir einen Korb zu holen. Schließlich weiß ich ja nicht, ob er meine … Gefühle teilt.«

Das Wort kam mir ganz komisch vor, weil ich mich noch nicht an den Gedanken gewöhnen konnte. Aber ich merkte, wie mein Herz schneller schlug, wenn ich an sein Lächeln dachte, das bis zu den Augenwinkeln reichte. Lieber Himmel, es hatte mich voll erwischt!

»Wann hört ihr endlich auf, euch etwas vorzumachen?«, sagte Adeline genervt. »Bei euch hat es von Anfang an gefunkt, und es ist vollkommen zwecklos, dagegen anzugehen.«

In dem Moment ging die Tür auf, und ein Arzt kam herein, der sich als Neurologe vorstellte. Er sah zu mir, dann zu Adeline, und seine grauen Augen wirkten ernst. Meine Muskeln spannten sich an.

»Wir haben die Ergebnisse der CT«, verkündete er und hielt eine Mappe hoch. »Ihre Freundin kann natürlich rausgehen, aber um ehrlich zu sein, wäre es mir lieber, wenn sie hierbliebe.«

Sofort ging alles in mir auf Alarmstufe Rot.

»Was ist los?«, fragte ich und richtete mich auf.

»Keine Sorge«, sagte der Arzt mit einer beruhigenden Handbewegung. »Es ist nichts Irreparables, aber …«

Er sah erst Adeline, dann mich fragend an.

»Sie bleibt hier«, erklärte ich, und Adeline rückte schützend an mich heran.

Er wirkte erleichtert. Und sofern er nicht scharf auf meine Freundin war, ließ das nichts Gutes erahnen.

»Auf den Bildern ist eine Aussackung an einer Arterie zu erkennen. An der rechten mittleren Hirnarterie, um genau zu sein, und zwar hier«, sagte er und zeigte mit der Spitze seines Kugelschreibers auf die Aufnahme.

»Eine Aussackung?«, wiederholte ich mit zittriger Stimme.

»Ein sogenanntes Aneurysma. Das ist eine anormale Ausdehnung einer Arterienwand, in der sich Blut sammelt.«

»Und ist das etwas Schlimmes?«, fragte Adeline.

Der Arzt wiegte den Kopf hin und her. »Diese Ausdehnung kann sich durch einen plötzlichen Anstieg des Blutdrucks vergrößern, und dadurch wird die Arterienwand dünner. Im Allgemeinen ist das Risiko, dass ein Aneurysma platzt, relativ gering.«

Hä? Wovon redet er?

Nach kurzem Zögern fuhr er fort: »In Ihrem Fall jedoch ist dieses Risiko ziemlich hoch. Sie sind noch nicht in akuter Gefahr, aber Sie müssen eine Entscheidung treffen.«

Ich spürte, wie mir das Blut aus dem Gesicht wich und meine Eingeweide sich verflüssigten.

»Was für eine Entscheidung?«, stammelte ich.

»Entweder Sie lassen sich operieren, was ich für die beste Lösung –«

»Sie wollen mir den Schädel aufmachen?!«

Dr. Schlechte Nachricht versuchte, mich zu beruhigen. »Wir öffnen den Schädel nicht mehr, die Techniken in der Neurochirurgie haben große Fortschritte gemacht«, sagte er voller Stolz, als wäre er allein dafür verantwortlich.

Er legte die Aufnahmen beiseite und erklärte mir, dass die Operation unter radiologischer Kontrolle mittels eines Katheters erfolgte, der über die Oberschenkelarterie eingeführt würde. Ich war so in Panik, dass ich nur einzelne Worte aufschnappte: Gefäßerweiterung, Platinspirale, Aneurysmaverschluss. Ich nickte, ohne wirklich zu verstehen, was er sagte.

»Gut, dann machen wir es so. Wie lange dauert das? Eine Stunde?«

Der Arzt lächelte bedauernd. »So einfach ist es leider nicht, und ich möchte Sie bitten, in Ruhe darüber nachzudenken, bevor Sie sich entscheiden, denn diese Operation ist nicht ohne Risiken.«

Je länger er sprach, desto fester klammerte sich Adelines Hand um meine.

»Ich muss Sie darauf hinweisen, dass die Operation zum

Tod führen oder neurologische Schäden nach sich ziehen kann, unter anderem Lähmungen oder Sehbehinderungen.«

Blind oder gelähmt. Bei meinem Glück wahrscheinlich sogar beides.

»Aha«, sagte ich, nachdem ich diese Informationen verarbeitet hatte. »Das ist also eine ziemlich riskante Option. Und wenn ich mich nicht operieren lasse?«

»Das ist selbstverständlich Ihr gutes Recht«, antwortete er, plötzlich angespannt. »Aber das Aneurysma kann jederzeit platzen und zu einer gefährlichen Hirnblutung führen. In dem Fall liegt die Todesrate bei fünfzig Prozent.«

»Ach du Scheiße!«, rief Adeline aus. »Entschuldigung, das ist mir so rausgerutscht ... Gibt es denn keine andere Alternative?«

Der Arzt schüttelte den Kopf. »Nein.«

Ich war wie gelähmt und brachte kein Wort heraus. Schließlich gelang es mir zumindest, ihn zu fragen, ob diese Aussackung durch meinen Unfall entstanden war.

»Wahrscheinlich ist sie schon seit Jahren da. Wenn man bei Ihnen vorher noch nie eine CT des Kopfes gemacht hat, ist es nicht verwunderlich, dass sie nicht entdeckt wurde.«

»Wie viel Zeit habe ich, um mich zu entscheiden?«

Wie viele Tage habe ich noch zu leben?

»Je eher, desto besser.«

»Ich verstehe.« Ich hielt inne und stieß ein kurzes Lachen aus. »Nein, ich verstehe nicht. Für jemanden, der mit einem Bein im Grab steht, fühle ich mich ziemlich fit.«

»Sie stehen nicht mit einem Bein im Grab«, widersprach er.

Meinetwegen, aber nach allem, was er gesagt hatte, würde es nicht mehr lange dauern. Es sei denn, das Ganze war nur ein Albtraum oder eine Wahnvorstellung, was immerhin möglich war. Schließlich hatte ich einen ziemlich heftigen Schlag auf den Kopf bekommen. Der Neurologe äußerte sein Bedauern und riet mir erneut, in Ruhe darüber nachzudenken.

»Ich habe Sie für fünf Tage krankgeschrieben. Ein bisschen Ruhe wird Ihnen guttun.«

»Ist das wirklich nötig? Ab nächste Woche habe ich sowieso Urlaub.«

»Dann haben Sie jetzt eine zusätzliche Woche«, erwiderte er ungerührt. »Vermeiden Sie plötzliche Anstrengungen und Aufregungen, die Ihren Blutdruck in die Höhe treiben könnten. Und keinen fordernden Sport!«

Ich hütete mich zu erwähnen, dass meine letzten sportlichen Aktivitäten mindestens zehn Jahre her waren. Prompt sprang Adeline für mich ein: »Da besteht keine Gefahr, Jo steht von jeher mehr auf Spritz als auf Sport.«

Ich versetzte ihr einen Stoß mit dem Ellbogen.

»Hm ... Alkohol ist auch nicht förderlich, Mademoiselle«, bemerkte er vorwurfsvoll.

»Kurz gesagt, ich soll leben wie eine alte Frau.«

Der Arzt zuckte nur die Achseln. »Wenn Sie ungewöhnliche Kopfschmerzen haben und Ihnen übel wird, kommen Sie sofort hierher.«

»Verstanden. Kann ich jetzt nach Hause?«

Er nickte, ermahnte mich aber nochmals zur Vorsicht.

»Rufen Sie mich an, wenn Sie sich entschieden haben«, sagte er und gab mir die Krankschreibung und den Umschlag mit diesen verdammten Gehirnaufnahmen.

»Mache ich.«

Der Arzt verabschiedete sich von uns und ging hinaus, vermutlich, um weiteren ahnungslosen Patienten wenig ermutigende Untersuchungsergebnisse mitzuteilen.

»Puh, das ist echt scheiße«, stieß Adeline aus.

»Ja, sehe ich auch so«, bestätigte ich.

Ich hatte kaum zu Ende gesprochen, da wurde mir schlagartig übel, und ich musste mich übergeben.

Ein riesiges schwarzes Loch hatte meine Zukunft verschlungen.

4

»Sag mal, hast du sie noch alle? Der Neurologe hätte dir lieber gleich eine Hirntransplantation vorschlagen sollen!«, schimpfte Adeline am anderen Ende der Leitung.

Als ich gestern aus dem Krankenhaus gekommen war, hatte ich meine Verabredung mit Adrien unter einem Vorwand abgesagt. Zum ersten Mal, seit wir uns kannten, hatte ich ihn angelogen, aber ich brauchte Zeit für mich, um die Informationen des Arztes zu verdauen. Ich musste über die Möglichkeiten nachdenken, die ich hatte, und ehrlich gesagt machten sie mir eine Riesenangst.

»Jetzt ist es doch völlig undenkbar, dass er mehr von mir will als Freundschaft«, widersprach ich.

»Mein kleiner Finger sagt mir, dass es dafür schon zu spät ist«, erwiderte sie. »Hast du mal an ihn gedacht?«

»Ich denke kaum an etwas anderes.«

Mir war bewusst, wie extrem meine Entscheidung wirken musste, aber ich hatte erlebt, wie mein Großvater gelitten hatte, als meine Großmutter drei Monate nach Ausbruch ihrer Krankheit gestorben war, und ich wollte nicht, dass Adrien dasselbe durchmachen musste.

»Ich kenne Adrien«, beharrte Adeline. »Er wäre für dich da.«

Genau das war ja das Problem. Wenn ich ihm erklärte, dass

mir der Himmel brutal auf den Kopf gestürzt war, wäre er imstande, *sein* Leben auf Pause zu stellen, weil der Fortgang *meines* Lebens ungewiss war.

»Ich finde es ja auch schrecklich«, seufzte ich, »aber ich sehe keine andere Lösung. Er hat mir eine SMS geschickt, dass er mich seltsam findet, und ich weiß nicht, was ich darauf antworten soll.«

»Keine Ahnung, vielleicht so was wie: ›Gestehen wir uns unsere Gefühle, und sei mein Bradley Cooper‹?«

Ich schüttelte heftig den Kopf, obwohl sie mich nicht sehen konnte. »Es wäre zu grausam, wenn ich ihm die Chance nähme, jemand anders kennenzulernen. Eine gesunde Frau, die ihm nicht mitten im Orgasmus wegstirbt, zum Beispiel.«

»Das wäre immerhin ein schöner Tod«, bemerkte Adeline. »Und was hast du jetzt vor?«

»Mich dorthin zurückziehen, wo ich in Ruhe nachdenken kann.«

Am nächsten Tag machte ich mich auf den Weg zum Haus meines Großvaters, das eine halbe Stunde von Montaigu entfernt lag. Im Autoradio sang Bob Marley »No Woman No Cry« und versicherte mir, dass alles gutgehen würde: »*Everything's gonna be all right.*«

Von wegen! Es könnte kaum schlimmer sein. Aber wir wollen dem guten alten Bob ja nicht widersprechen.

Obwohl es unlogisch war, ärgerte ich mich mittlerweile über diesen Dr. Schlechte Nachricht, der mit seiner Diagnose meine Zukunft ruiniert hatte. Er konnte zwar nichts dafür, aber in diesem Moment hätte ich ihn am liebsten einen Kopf kürzer gemacht. Bevor er aufgetaucht war, war in meinem Leben alles rund gelaufen, und die Zukunft hatte ausgesprochen rosig ausgesehen. Warum musste das ausgerechnet mir passieren? Ich war noch jung, und ich hatte nie auch nur einer Fliege etwas zuleide getan. Das war einfach total unlogisch.

Warum muss das Schicksal immer dazwischenfunken, wenn gerade alles gut läuft, so, als hätte das Glück einen Preis?

Ich hatte das seltsame Gefühl, als würde ich nach einem Erdbeben wieder aufstehen.

Das Natursteinhaus mit den grünen Fensterläden kam in Sicht, und Pépé trat heraus, als ich gerade das Auto parkte. Es war ein hübsches kleines Haus auf einem Waldgrundstück im Herzen der Vendée. Von klein auf hatte ich diesen Ort geliebt, und ich fühlte mich dort zu Hause. Er war mein Anker, und die heitere Landschaft war wie Balsam für meine Seele. Hierhin zog ich mich zurück, wenn meine Welt aus den Fugen geriet, in diesen »grünen Winkel, den ein Bach befeuchtet«, wie es in einem Gedicht von Rimbaud heißt. Nichts beruhigte mich so wie das Plätschern des Bachs im Hintergrund.

»Da ist ja meine Schönste!«, rief mein Großvater fröhlich aus und kam mir entgegen.

Er hieß eigentlich Victor, aber alle nannten ihn nur Pépé. Ob meine Familie, meine Freunde, der Postbote oder die Krankenschwester, die sich um ihn gekümmert hatte, als sein Herz aus dem Takt geraten war – ich hatte noch nie gehört, dass irgendjemand ihn mit seinem Vornamen ansprach. Und ja, insgeheim war ich eifersüchtig, weil ich meinen Pépé mit so vielen anderen teilen musste. Wir waren uns immer sehr nah gewesen. Als ich klein war, hatten wir unsere Gewohnheiten und Rituale. Unzählige Male hatte ich mich auf seinen Gepäckträger gesetzt, und dann waren wir mit seinem Fahrrad am Petit Lay entlanggefahren, der sich durch das Dorf Mouchamps schlängelte, wo meine Großeltern in den Sechzigerjahren ihr Haus gekauft hatten. Während Pépé in die Pedale trat und ein Chanson von Yves Montand oder Serge Reggiani summte, betrachtete ich die alten, blumengeschmückten Gassen des Ortes, der auf einem Felshügel erbaut worden war. Oft hatte er mich auch auf seinem Boot zum Angeln mitgenommen, und mit einem *Tim und Struppi* in der Hand hatte ich die friedliche Zeit auf dem Fluss genossen.

Sein weißer Schnurrbart kitzelte mich, als er mich auf die Wangen küsste, und ich folgte ihm ins Haus und weiter in die Küche, die immer noch genauso aussah wie früher: die gelbe Farbe an den Wänden, die schon abblätterte, der Deckenventilator, der jeden Sommer auf höchster Stufe lief, die Tablettendöschen auf dem Buffet neben der Mikrowelle, der Kalender von der Post, der an der Tür hing, und dazu die Duftmischung aus Mentholbonbons, die er gern lutschte, und Ajax, womit er die Spüle scheuerte. Und mittendrin thronte neben einem Briefständer das alte Telefon mit der Wählscheibe, das schon ewig nicht mehr funktionierte, aber das mein Großvater aufbewahrte wie eine kostbare Reliquie, Zeuge einer längst vergangenen Zeit.

»Wie wär's mit einem Kaffee?«, fragte er und nahm das Nescafé-Glas aus dem Küchenschrank.

Statt einer Antwort bereitete ich die Mazagran-Tassen vor (bei Pépé gab es keine Becher) und brachte sie nach draußen zum Gartentisch. Als mein Großvater mit dem Wasserkessel dazukam, bemerkte ich staunend, dass seine Rosen schon Knospen hatten.

»Der Frühling ist dieses Jahr zeitig gekommen«, erwiderte er. »Und man kann nicht traurig sein, wenn das Wetter schön ist, das haben meine Blumen verstanden.«

Ich musste daran denken, dass die Natur nach jedem Winter wieder auflebt, während wir Menschen irgendwann verschwinden. Ich hatte nie Angst vor dem Tod gehabt, dazu war er mir zu vertraut. Doch seit zwei Tagen kreisten meine Gedanken ständig darum. Da ich nicht wusste, wie ich das Thema anschneiden sollte, lächelte ich ihm nur zu und legte die zitternden Hände um die Tasse.

»Was ist mit dir, Jo?«, fragte er verwundert, weil ich gar nichts sagte. »Ich habe Lucette einen Blumenstrauß gebracht, und sie hat mir das mit dir und Adrien erzählt. Da müsstest du doch eigentlich glücklich sein.«

Das kommt davon, wenn man Lucette ein Geheimnis verrät.

»Ich glaube, da hat Lucette etwas übertrieben. Adrien und ich sind nur befreundet, weiter nichts«, erwiderte ich traurig.

Überrascht lehnte mein Großvater sich auf seinem Stuhl zurück. Die Sonne blendete, sodass ich seine Augen nicht richtig sehen konnte.

»Hat er dir wehgetan? Wenn du willst, knöpfe ich ihn mir vor.«

»Das ist es nicht ...«

Pépé ballte die Faust und spannte seinen Bizeps unter dem Pullover an. »Ich kann ihm ein paar Knochen brechen. Dafür bin ich immer noch fit genug.«

In den Fünfzigerjahren war mein Großvater ein sehr erfolgreicher Boxer gewesen, und er hatte immer noch einen Respekt einflößenden Körperbau, auch wenn sein Rücken sich unter der Last der Jahre zu krümmen begann. Ich hatte ein paar Zeitungsartikel über ihn gelesen, die meine Großmutter sorgfältig in ein Album geklebt hatte. Damals war Pépé für seinen vernichtenden Schlag berühmt gewesen. 1957 hatte er dann aus Liebe zu meiner Großmutter mit dem Boxen aufgehört und es nie bereut. Die Lokalzeitung hatte, wie ich nicht ohne Stolz feststellte, auf der Titelseite über ihn berichtet:

»VICTOR QUEYRIOUX – nach 88 Siegen hängt
der einstige Europameister die Boxhandschuhe
an den Nagel und lässt sich mit seiner Familie
in der Vendée nieder.«

Ich suchte nach Worten, die mir nicht wieder die Tränen in die Augen treiben würden, und sagte schließlich: »Adrien hat mir nichts getan. Ich … Ich habe es mir anders überlegt.«

»Dabei hätte ich darauf gewettet, dass ihr zwei eines Tages heiratet.«

»Dann hättest du verloren«, erwiderte ich mit einem Kloß im Hals.

»Trotzdem gefällt es mir nicht, dass du traurig bist, und schon gar nicht wegen eines Mannes. Das da hat er dir doch hoffentlich nicht verpasst, oder?«, fragte er und deutete auf die Beule an meiner Stirn.

So viel zur Wirksamkeit der Abdeckcreme.

»Nein, Adrien hat nichts damit zu tun. Ich hatte vorgestern einen kleinen Unfall.«

Pépé zog die Augenbraue hoch, sagte aber nichts. Also erzählte ich ihm alles: wie ich blindlings über die Straße gelaufen war, den Zusammenstoß mit dem Auto und das Urteil des Neurologen.

»Egal, wie ich mich entscheide, es besteht das Risiko, dass ich dabei draufgehe«, schloss ich.

Mein Großvater stieß einen leisen Pfiff aus. »Das ist ja eine schöne Bescherung.«

Er schwieg einen Moment, und ich fürchtete mich vor dem, was er als Nächstes sagen würde. Normalerweise brachte ihn nichts so leicht aus der Ruhe, und ich hätte ihm das gern erspart, aber ich wollte es ihm auch nicht verschweigen.

»Komm«, sagte er und stand abrupt auf. »Wir schauen uns meine Blumen an.«

Schweigend hakte ich mich bei ihm ein, und wir spazierten langsam zwischen den schon üppig blühenden Beeten hindurch. Mit dem Alter war sein Gang steifer geworden, aber selbst wenn ihn diese Schwäche ärgerte, ließ er sich nichts anmerken, sondern strahlte wie immer Lebensfreude aus.

»Die sind wunderschön«, sagte ich und blieb vor einem Tulpenbeet stehen.

Ich bewunderte auch seine Pfingstrosen und Narzissen. Er freute sich sichtlich über meine Komplimente, erwiderte aber bescheiden: »Ach, das ist nur so ein Zeitvertreib.«

Nach dem Tod meiner Großmutter vor fünfzehn Jahren hatte sich mein Großvater von einem Tag auf den anderen ins Gärtnern gestürzt. Das hatte ihm besser als alles andere geholfen, über seine Trauer hinwegzukommen. Mémé war seine Rose gewesen, seine Blume, sein Wunder der Natur. Bestimmt sprach er auch mit ihr, wenn er sich hinunterbeugte und mit seinen dicken Fingern über ein Blütenblatt strich.

Ein Stück weiter stieg mir der Duft von Maiglöckchen in die Nase und erinnerte mich daran, dass der Frühling nun wirklich da war. Pépé beobachtete mich von der Seite, sagte aber nichts.

»Siehst du die Schmetterlinge?«, fragte er plötzlich und deutete auf die Falter, die um die Blüten herumschwirrten, um Nektar zu sammeln. »Sie haben nichts außer ihrer Freiheit. Ihre Existenz ist von kurzer Dauer, aber das wissen sie nicht, deshalb können sie nur nach vorn leben. Wenn sie Angst vorm Fliegen hätten, würden sie nirgendwohin kommen.«

Ich setzte mich auf die niedrige Mauer, die den Garten umschloss. »Was willst du mir damit sagen?«

»Dass du nicht die Arme hängen lassen darfst. Nur schlechte Boxer lassen sich von der Gewalt des Kampfes abschrecken.«

Die Zärtlichkeit in seiner Stimme war von einem Hauch Traurigkeit durchzogen.

»Ich bin keine Boxerin.«

»Nein, aber du bist meine Enkelin. Mein Fleisch und Blut. Eine Kämpferin.«

Seine Worte wühlten mich auf, doch ich wollte nicht, dass er es merkte, und so beugte ich mich hinunter und pflückte einen Maiglöckchenstängel.

»Der Tod ist was für gewöhnliche Leute«, sagte er. »Und du bist außergewöhnlich.«

»Du überschätzt mich, Pépé. Der Neurologe sieht die Dinge nicht so poetisch wie du.«

Streng deutete er mit dem Finger auf mich. »Du glaubst doch nicht allen Ernstes, dass du dich vor mir aus dem Staub machen kannst, oder? Denn wenn du vorhast, in den nächsten Tagen zu sterben, sag mir bitte Bescheid, damit ich mich vorher schon mal da oben umsehen kann.«

»Verstanden, Chef.« Obwohl ich einen Kloß im Hals hatte, bemühte ich mich um einen scherzhaften Ton, denn ich traute es ihm durchaus zu, dass er seine Drohung wahrmachte.

Er lächelte leise und fuhr sich mit der Hand durch das weiße Haar.

»Bleibst du über Nacht hier?«

5

Am nächsten Tag musterte ich mich eingehend vor dem Spiegel, um zu sehen, ob sich irgendetwas verändert hatte. Innerlich war ich wie erstarrt, und ich fragte mich, ob die Tatsache, dass ein Damoklesschwert über mir schwebte, mich vorzeitig altern ließ, aber mein eher rundliches Gesicht sah genauso aus wie immer. Die Knubbelnase, die roten Wangen, alles da. Meine haselnussbraunen Augen wirkten vielleicht etwas matter, und seit ein paar Tagen fiel es mir schwerer zu lächeln, aber nichts wies darauf hin, dass der Tod bereits um mich herumschlich. Im Gegenteil, meine widerspenstigen kastanienbraunen Haare schienen sich an diesem Morgen geradezu über mich lustig zu machen. Ihr kupfriger Glanz erschien mir so unpassend, dass ich kurz erwog, sie mir rabenschwarz zu färben. Aber es gab schon genug morbide Klischees, was meinen Beruf anging, da musste ich mich nicht auch noch wie Edward mit den Scherenhänden stylen.

Ich legte den Spiegel zur Seite und betrachtete den Raum, als sähe ich ihn zum ersten Mal. Schon mit sechs Jahren hatte ich oft in diesem Zimmer mit den meerblauen Wänden geschlafen, das früher meinem Vater gehört hatte. Das Bett war immer noch dasselbe: ein altes Boot, das Pépé damals, als sein Sohn Seemann werden wollte, umgebaut und gestrichen hatte. Früher, wenn ich hier übernachtete, hatte sich Félix, der alte Labrador, immer neben mir auf den Bettvorleger gelegt, vermutlich, um aufzupassen, dass ich nachts nicht von einer Horde Piraten überfallen werde.

»Solange er da ist, kann dir nichts passieren«, hatte mir mein Großvater immer versichert.

Ich seufzte, als ich an diese entflohenen Kindheitsmomente dachte. Bevor ich zum Frühstück nach unten ging, warf ich einen verzweifelten Blick auf mein Handy. Adrien hatte nicht versucht, mich zu erreichen. Wahrscheinlich hatte er beschlossen zu warten, bis ich mich bei ihm meldete, und da, wo seine Anwesenheit zuvor gewärmt hatte, schmerzte mich jetzt seine Abwesenheit. Aber ich wollte nicht, dass er von dem, was ich durchmachte, in Mitleidenschaft gezogen wurde.

Als ich in die Küche kam, war Pépé gerade dabei, sein Brot mit Butter zu bestreichen. Er hatte mir bereits eine dampfende Schale Nescafé hingestellt und sang leise ein Lied von Michel Polnareff, »Dans la maison vide«. Ich sagte, wie seltsam ich es fand, dass eine so schwungvolle Melodie einen so traurigen Text hatte.

»Es war eins von den Lieblingsliedern deiner Großmutter«, erwiderte er mit einem Lächeln in der Stimme.

»Denkst du noch viel an sie?«

Gewöhnt man sich daran, dass einem jemand fehlt?

Ich trank einen Schluck Kaffee.

»Natürlich, Jo, aber ich bin nicht mehr traurig. Ich empfinde eher eine Art glückliche Wehmut, weil ich hier« – er drückte die Faust auf sein Herz – »nur die schönsten Momente aufbewahrt habe.«

Er legte mir ein paar Scheiben Landbrot hin und fügte mit

einem Zwinkern hinzu: »Außerdem wird dieses Haus niemals leerstehen. Eines Tages werden deine Kinder hier aufwachsen, und sie werden es mit fröhlichem Lärm, aufgeschürften Knien und Kakaoduft erfüllen.«

Sofern ich lange genug lebe, um Kinder zu bekommen.

Ich suchte gerade nach einer möglichst ausweichenden Antwort, als mein Handy klingelte.

»Da muss ich drangehen, das ist Mama.«

Ich ging hinaus in den Hof, um allein zu sein. Kaum hatte ich das Gespräch angenommen, rief meine Mutter ohne Begrüßung: »Johanna Émilie Queyrioux, du hast mich angelogen!«

Ups. Das klingt nach Ärger. Nur die Ruhe – sie kann es noch nicht wissen.

»Wovon redest du, Mama?«, fragte ich mit Unschuldsstimme.

Zum Glück konnte sie nicht sehen, wie ich rot wurde. Sie hätte mich sofort durchschaut. Ich hatte meinen Eltern nicht den wahren Grund für meine Krankschreibung verraten, weil ich Angst hatte, mich festgeschnallt auf dem OP-Tisch wiederzufinden, bevor ich auch nur Zeit hatte, darüber nachzudenken. Deshalb hatte ich eine Grippe vorgeschoben, und mein Vater sprang im Institut für mich ein.

»Ich bin auf dem Weg zur Arbeit bei dir vorbeigegangen, und du bist nicht da.«

»Natürlich bin ich hier«, log ich mit Nachdruck.

Ich hörte, wie sie Luft holte.

»Warum hast du mir dann nicht aufgemacht?«

»Na ja, weil ich ... noch geschlafen habe! Ich hab dir doch gesagt, dass ich krank bin. Außerdem hatte ich Ohropax drin.«

Genau in dem Moment krähte ein Hahn von einem der benachbarten Höfe. Verfluchtes Federvieh! Na, mit etwas Glück hatte meine Mutter es nicht gehört.

»Und seit wann hältst du in deiner Wohnung Hühner?«, fragte sie spöttisch.

Mist. Da es weder etwas genützt hätte, dem Hahn den Hals umzudrehen, noch, mir eine groteske Geschichte auszudenken, entschied ich mich für eine Halbwahrheit.

»Also gut. Ich habe beschlossen, Pépé mal wieder zu besuchen. Wir sehen uns viel zu selten.«

»Es geht dir also wieder besser?«

»Ein bisschen«, antwortete ich und hustete demonstrativ.

Aber ihr mütterlicher Instinkt ließ sich davon nicht überzeugen.

»Was erzählst du mir nicht, Schätzchen?«, fragte sie mit sanfterer Stimme. »Arbeitest du zu viel? Hast du einen Burnout?«

Ich stöhnte, weil ich wusste, dass sie nicht lockerlassen würde.

»Nein, natürlich nicht, ich ...«

Mir fiel nichts mehr ein, und ich wollte ihr auch nicht noch mehr Lügen auftischen. Ich hätte ihr alles sagen sollen, was mir auf dem Herzen lag – oder vielmehr auf meiner rechten mittleren Hirnarterie. Aber dann hätte sie keine Ruhe gegeben, bis ich in die Operation einwilligte, und ich wollte meine Entscheidung selbst treffen.

»Dein Schweigen ist voller Widersprüche«, sagte sie.

Ich hörte in ihren Worten all die Fragen, die sie sich verkniff, und so, wie ich sie kannte, wäre sie durchaus imstande, postwendend hier aufzukreuzen, wenn es mir nicht gelang, sie zu beruhigen. Das war der Nachteil des Einzelkinddaseins: Meine Mutter hatte immer Angst, dass mir etwas Schlimmes zustieß. Das hatte unserer Beziehung nie geschadet, weil sie sich zusammenriss, um mir Freiraum zu lassen, aber sobald irgendetwas nicht stimmte, spürte sie es sofort.

»Es ist Liebeskummer«, erklärte ich ihr schließlich, bevor sie auf die Idee kam, ein Drogenkartell hätte mich als Geisel genommen.

Sie schwieg einen Moment, dann fragte sie vorsichtig: »Ist Christophe wieder in deinem Leben aufgetaucht?«

»So verzweifelt bin ich nun auch wieder nicht!«, rief ich lachend aus.

Sie seufzte erleichtert. »Gott sei Dank! Einen Kerl, der meine Tochter zwei Jahre lang niedermacht, weil sie für seinen Geschmack ›eine Spur zu rundlich‹ ist, wollen wir bei uns auch nicht haben.«

Es machte mich traurig, dass meine Mutter immer noch wütend auf meinen Exfreund war. Sie war eigentlich ein umgänglicher und besonnener Mensch, aber sie konnte auch sehr nachtragend sein. Zum Beispiel warf sie meinem Vater bisweilen immer noch vor, dass er ihren Kaschmirpullover vor siebzehn Jahren in der Waschmaschine ruiniert hatte. Oder sie jagte meinen Ex in die ewige Verdammnis, weil er einmal behauptet hatte, sie würde zu fett kochen – was für meine Mutter die schlimmste aller Beleidigungen war.

»Keine Sorge«, sagte ich. »Christophe ist aus meinem Leben verschwunden und wird auch nie wieder zurückkommen.

Dazu mag ich Schokoladeneclairs einfach zu gern. Und dein Kalbsragout.«

»Sehr gut. Ich hoffe, du lässt nie wieder zu, dass jemand dir das Gefühl gibt, du müsstest dankbar sein, weil er mit dir zusammen ist, Johanna. Also, wer ist der Glückliche?«

Ich kürzte das Gespräch ab, indem ich ihr versprach, bald zu Hause vorbeizuschauen und ihr alles zu erklären. Pépé blickte auf, als ich wieder in die Küche kam, und schmunzelte.

»Deine Mutter ist schon etwas speziell, oder?«

»Sagen wir, sie lässt sich nichts vormachen.«

Ich griff nach der Butter, um mir ein Brot zu schmieren.

»Deine Eltern haben es verdient, die Wahrheit zu erfahren, Jo.«

Ich schüttelte energisch den Kopf. »Erst, wenn ich meine Entscheidung getroffen habe.«

»Und wann wirst du das tun?«

»Ich weiß es nicht. Ich gehe in jedem Fall ein hohes Risiko ein. Vielleicht sterbe ich, oder ich muss mit schlimmen Folgen leben. Stell dir mal vor, ich wache auf und bin gelähmt!«

»Vielleicht bist du aber auch einfach wieder gesund und an dieser Prüfung gewachsen.«

Sein Einwand überzeugte mich nicht, und ich schalt ihn sanft: »Du liest heimlich Ratgeberbücher!«

»Ich lese vor allem Trauer in deinem Gesicht, und das gefällt mir nicht.«

Da ich nichts darauf erwiderte, fuhr er fort: »Das mit Adrien ist schade. Du solltest dich von dem leiten lassen, was dir Freude macht, nicht von der Angst.«

»Eine Liebesgeschichte kommt für mich jetzt nicht in Frage«, erwiderte ich entschieden.

Er sah mich an, als wäre ich ein trotziges Kind, das nicht hören will.

»Warum verschließt du dein Herz? Glaubst du, es geht dir besser, wenn du allein und unglücklich bist?«

»Ich glaube vor allem, dass es ein verdammt schlechtes Timing ist. Warum muss das ausgerechnet mir passieren?«, seufzte ich.

»Weil das Schicksal weiß, dass du stark genug bist. Trink aus und komm mal mit«, sagte er und stand auf. »Ich muss dir was zeigen.«

Während Pépé sich eine Jacke anzog, trank ich den Rest von meinem Nescafé und schlüpfte in meine roten Converse. Dann folgte ich ihm durch die Hintertür und zu dem Weg, der zum Fluss hinunterführte.

»Ein Ausflug, so wie früher, als ich klein war?«, fragte ich neugierig.

Er lächelte geheimnisvoll und sagte dann mit einem Lachen: »Du bist zwar zu jung, um zu sterben, aber eindeutig zu alt, als dass ich dich auf meinem Gepäckträger durch die Gegend fahre.«

Ich musste ebenfalls lachen und begann, wie früher die Wildpflanzen zu benennen, an denen wir vorbeikamen: Brennnessel, Gänseblümchen, Löwenzahn, Taubnessel. Der Duft der erwachenden Vegetation hatte etwas Tröstliches. Als wir schließlich am Ende des Grundstücks ankamen, wo der Bach ruhig vorüberfloss, blieb Pépé etwas außer Atem stehen. Ich sah, dass sein altes Boot immer noch da lag, mit dem Kiel nach oben an einem Baumstamm festgemacht. Wie lange war ich nicht mehr hier unten gewesen!

Wir setzten uns auf das Boot, und er zog ein Medaillon aus seiner Tasche.

»Was ist das?«, fragte ich.

»Ein Geheimnis …«, antwortete er schalkhaft. »Das wird dir bestimmt gefallen.«

Er reichte mir das Schmuckstück. Neugierig nahm ich es und sah es mir genauer an. Es war eine alte goldene Kette mit einem Medaillon mit fein ziseliertem Rand. In der Mitte befand sich ein Einsatz aus Porzellan, der mit Blumen in Rosa und blassem Violett bemalt war. Mit gerunzelter Stirn kramte ich in meinem Gedächtnis. Vergeblich.

»Das kenne ich nicht. Hat es Mémé gehört?«

Lächelnd schüttelte mein Großvater den Kopf.

»Mach's auf.«

Ich folgte seiner Aufforderung und entdeckte ein winziges Schwarzweißfoto, auf dem eine Frau mit anmutigem Gesicht abgebildet war, die einen dunkelhaarigen Säugling auf dem Arm hielt.

»Wer ist das?«

»Ich hoffe, das wirst du mir sagen können«, erwiderte Pépé mit herausforderndem Blick und gab mir ein kleines, zusammengefaltetes Stück Papier. »Lies, das gehört zu dem Medaillon.«

Ich nahm das Papier und strich es vorsichtig glatt. Es standen nur wenige Worte darauf:

Von Charlotte, die Gabriel niemals vergessen hat.
Dieses Erinnerungsstück gehört von Rechts wegen Ihnen.

Charlotte und Gabriel … Die Namen sagten mir nichts. Ein wenig enttäuscht von der Kürze der Nachricht drehte ich das Papier um. Vielleicht stand auf der Rückseite noch etwas? Nein. Anscheinend würde ich mich damit zufriedengeben müssen.

»Hast du das auf dem Flohmarkt gefunden?«, fragte ich.

Mit einer Handbewegung fegte mein Großvater die Blätter weg, die sich auf dem Boot angesammelt hatten.

»Ich habe das Medaillon vor fünfzehn Jahren mit der Post bekommen«, begann er zu erzählen. »Das Päckchen kam aus England. Zuerst dachte ich, es handele sich um einen Irrtum.«

»Und da war nichts weiter dabei? Kein Brief?«

»Nein, nur dieser Zettel. Ich schickte beides zurück an den Absender. Doch einen Monat später bekam ich es erneut zugesandt, mit dem Hinweis, es sei kein Irrtum möglich.«

»Eigenartig … Und warum hast du es behalten? Du hättest das Medaillon doch an einen Antiquitätenhändler verkaufen können, oder?« Ich wog das Schmuckstück in meiner Hand.

»Irgendwie konnte ich mich nicht dazu entschließen. Der Absender wirkte so überzeugt, und außerdem …« Er verstummte mit einem schuldbewussten Lächeln.

»Was außerdem?«

Verlegen blickte Pépé zum anderen Ufer, wo ein Schwanenpaar sein Domizil aufgeschlagen hatte.

»Es gibt da etwas, das du nicht weißt. Ich hatte einen Bruder. Etwas älter als ich.«

»Einen Bruder? Warum hast du mir nie von ihm erzählt?«

»Er ist gestorben, als ich noch ein Baby war. Ich habe keinerlei Erinnerung an ihn.«

Nicht zu fassen – ein Stück Familiengeschichte, von dem ich nichts geahnt hatte! Pépé war nie sehr redselig gewesen, was seine Kindheit anging. Das Wenige, was ich ihm hatte entlocken können, war, dass er einen cholerischen Vater gehabt hatte, der Champagner-Produzent gewesen war, und eine zurückhaltende, um nicht zu sagen unterwürfige Mutter. Aber diesen so jung verstorbenen Bruder hatte er noch nie erwähnt!

»Das ist ja schrecklich!«, sagte ich voller Mitgefühl. »Woran ist er denn gestorben?«

»Wahrscheinlich an einer Kinderkrankheit ... Ich habe erst viel später von ihm erfahren. Meine Eltern haben so gut wie nie von der Vergangenheit gesprochen.«

Mit einem Mal erschien mir Pépés Persönlichkeit in einem neuen Licht. Sein Kampfgeist im Ring, über den so viele Zeitungen geschrieben hatten. Dieses Bedürfnis zu existieren, dieser Hunger, als Sieger aus dem Kampf hervorzugehen. Wie kann ein kleiner Junge im Schatten eines so früh verstorbenen Bruders zu einem eigenen Wesen heranwachsen? Selbst wenn er nichts davon gewusst hatte, musste er im Verhalten seiner Eltern etwas gespürt haben ...

»Aber was hat das hier damit zu tun?«, fragte ich und hielt das Medaillon hoch.

»Vielleicht gar nichts«, antwortete er mit Bedacht. »Nur, dass mein Bruder auch Gabriel hieß.«

Falls es doch ein Irrtum war, schien das Schicksal Spaß an seltsamen Zufällen zu haben.

»Das heißt, diese Charlotte hat womöglich deinen Bruder gekannt? Aber wie kann das sein, wenn das Päckchen aus England kam?«

»Genau das habe ich mich auch schon gefragt, Jo. Vielleicht war es ein früheres Kindermädchen, das nach Großbritannien gegangen ist ... Keine Ahnung.«

Sofort begann ich, untermalt vom Gezwitscher der Meisen, nachzudenken. Warum hätte ein einfaches Kindermädchen ein Foto von dem kleinen Jungen der Familie, für die sie arbeitete, mitnehmen sollen? Es sei denn ... Und wenn sie die biologische Mutter von Gabriel gewesen war? Die Geliebte meines Urgroßvaters?

Wenn mein Gehirn anfängt, Hypothesen aufzustellen, kann es ihm ja nicht so schlecht gehen.

»Hast du nie versucht, mehr rauszukriegen?«, fragte ich neugierig.

Er warf mir einen vielsagenden Blick zu. »Jo, ich habe das Päckchen in dem Jahr bekommen, als deine Großmutter krank wurde. Hätte ich sie etwa allein lassen sollen, um nach England zu fahren, noch dazu vermutlich umsonst?« Ohne meine Antwort abzuwarten, fuhr er fort: »Ich weiß, du sagst gleich, vielleicht wäre es nicht umsonst gewesen. Aber selbst wenn es ein Geheimnis um meinen Bruder gab, glaubst du wirklich, ich hätte damals Lust gehabt, so einer alten Geschichte nachzujagen?«

Mit dem Fuß schob ich einen Zweig hin und her. »Und jetzt würdest du es tun?«

»Ich nicht. Aber du könntest es versuchen.«

Ich sah ihn lange an und fragte mich, ob er angesichts dessen, was ich ihm über mein Aneurysma erzählt hatte, vielleicht den Verstand verlor.

»Das ist doch wohl nicht dein Ernst! Ich sage dir, dass ich ein Problem mit dem Gehirn habe, und du verlangst von mir, dass ich nach England fahre.«

»Doch, Jo, das ist mein Ernst. Entgegen deinen Befürchtungen werde ich derjenige sein, der als Erster die Handschuhe an den Nagel hängt.«

Sein Tonfall war so bestimmt, dass mir keine Entgegnung einfiel.

»Ich bin alt, das entspricht der Logik des Lebens. Und je näher meine Stunde kommt, desto mehr beschäftigt mich diese Sache mit dem Medaillon. Es würde mich schon mächtig ärgern, wenn ich gehen müsste, ohne zu wissen, was es damit auf sich hat.« Er hatte ganz rote Wangen bekommen.

»Aber ich kann doch nicht mal eben so nach England fahren«, wandte ich ein. »Jedenfalls nicht, solange ich mich nicht entschieden habe, ob ich mir im Gehirn herumfuhrwerken lasse.«

»Was macht es für einen Unterschied, ob du hier darüber nachdenkst oder dort?«

Ich sah, wie die Hoffnung in seinen Augen aufleuchtete, und versuchte, mir meinen Ärger nicht anmerken zu lassen. Während ich eine lebenswichtige Entscheidung treffen sollte, wollte mein Großvater, dass ich Hunderte von Kilometern reiste, um ein fünfzehn Jahre altes Geheimnis zu lösen!

Andererseits hatte ich jetzt drei freie Wochen vor mir. Warum sollte ich die ganze Zeit hier hocken und grübeln? Schon wieder musste ich eine Entscheidung treffen, diesmal sofort.

Reise oder OP-Tisch? Vielleicht war es an der Zeit, dass ich lernte, Prioritäten zu setzen.

»Wo in England muss ich denn hin?«

6

Montag, 6. Mai. Luton, England

»Du bist ganz blass«, sagte Adeline, während sie sich anschnallte. »Bist du dir sicher, dass das mit dem Flugzeug eine gute Idee war?«

»Ich habe ein bisschen Druck im Kopf, weiter nichts.«

»Muss ich mir Sorgen machen?«

Ich verkniff mir ein Lächeln. »Ich bin nicht gestorben, während wir in der Luft waren, dann wird es jetzt sicher auch nicht passieren«, erwiderte ich. »Ich habe nur zu wenig geschlafen. Wollen wir?«

Ich startete den gemieteten Opel Corsa, und Adeline gab die Koordinaten in das Navi ein: Ilfracombe in Devon, zweihundertfünfzig Meilen entfernt. Ich hatte ein bisschen recherchiert und herausgefunden, dass es eine Hafenstadt mit rund elftausend Einwohnern war und dass sie irgendwo in *Harry Potter* vorkam. Das war mehr oder weniger alles, was ich über unser Ziel wusste.

»Bist du wirklich bereit?«, fragte Adeline.

»Das mit dem Linksfahren macht mich ein bisschen nervös, aber du vertraust mir doch, oder?«

Sie lachte und verdrehte die Augen.

»Was bleibt mir anderes übrig? Aber meine Frage bezog sich eher auf das, was wir hier vorhaben.«

»Ach so.« Ich setzte den Blinker und fuhr auf die M 1. »Doch, ja, ich bin bereit. Jetzt, wo alles in Gang gesetzt ist, habe ich keine Lust anzuhalten.«

Mein Großvater hatte mich gebeten nachzuforschen, was es mit dem geheimnisvollen Medaillon auf sich hatte, also würde ich es tun, und ich hatte die Absicht, ans Ziel zu gelangen. Anfangs hatte ich gedacht, es würde reichen, ein bisschen im Internet zu recherchieren. Den Namen des Absenders eingeben, die Telefonnummer oder Mailadresse herausfinden und ihn kontaktieren. Aber das hatte zu nichts geführt, und ich wollte dieses Geheimnis unbedingt lösen. Es war nicht einfach nur Neugier, die mich antrieb; das Ganze war so spannend, wie auf einem alten, verstaubten Dachboden zu kramen, auf der Suche nach einem Schatz.

Adeline hatte darauf bestanden mitzukommen. Sie hatte seit zwei Jahren keinen richtigen Urlaub mehr gehabt, außerdem würde der Abstand ihr vielleicht helfen, Klarheit zu bekommen, was ihre Beziehung anging. Bruno wollte gern ein Kind, aber sie fürchtete sich vor diesem Schritt, weil sie meinte, damit wäre ihr Sozialleben am Ende.

»Und schließlich weiß man ja nicht, was dich da drüben erwartet«, hatte sie gemeint. »Zu zweit sind wir stärker.«

Während ich der Autobahn Richtung M 25 folgte, hatte ich das Gefühl, auf eine seltsame Begegnung zuzusteuern. In dem Punkt hatte Adeline recht: Ich hatte keine Ahnung, was mich in Ilfracombe erwartete, und ich war durchaus froh, sie an meiner Seite zu haben. Ich wusste ja nicht mal, ob die Person, die meinem Großvater 2003 das Päckchen zugeschickt hatte, eine gewisse Doris Evans, noch lebte.

»Es kann gut sein, dass nichts dabei rauskommt«, bemerkte ich vorsichtshalber. »Schließlich haben wir nur ein altes Medaillon und ein paar Worte auf einem Zettel.«

»Na und? Dann machen wir es uns halt nett und schauen uns die Gegend an.« Sie hielt ihr Smartphone hoch wie eine Trophäe. »Ich habe uns für die Reise eine geniale Playlist zusammengestellt!«

Sie strahlte wie ein Kind vorm Weihnachtsbaum, und ich ließ mich von ihrer Begeisterung anstecken.

»Na, dann Musik, Maestra!«

Allerdings fiel mein guter Wille sofort in sich zusammen, als die ersten Töne von »God Only Knows« von den Beach Boys erklangen. Das war der Lieblingssong von Adrien und mir.

»Hast du nichts Besseres gefunden?«, maulte ich, als Carl Wilson anfing zu singen.

»I may not always love you
But long as there are stars above you …«

Adeline, die mit einer Wasserflasche vorm Mund als Mikro mitgesungen hatte, hielt inne. »Paul McCartney höchstpersönlich hat über diesen Song gesagt, er sei das schönste Liebeslied, das je geschrieben wurde. Und er ist das Beste, was die Engländer seit dem Fünfuhrtee erfunden haben. Dagegen kommst du nicht an, Jo.«

»God only knows what I'd be without you …«

Die betörende Stimme des Sängers und die Melodie, die sein Bruder komponiert hatte, verursachten mir eine Gänsehaut. Verdammt, jetzt kamen mir auch noch die Tränen!

»Nein, im Ernst. Ich wäre dir wirklich dankbar, wenn du was anderes spielen könntest.«

»Ich dachte, du würdest dich freuen«, murrte Adeline. »Bis vor kurzem war das doch noch deine Lieblingsband.«

»Tut mir leid, es ist nur ... Das ist unser Lied, also von Adrien und mir.«

»Das ist das Lied von Tausenden von Leuten. Aber es ist rührend zu wissen, dass ihr ein gemeinsames Lied habt, wie ein Liebespaar.«

Das war nicht gerade das, was ich hören wollte.

»Sag von mir aus, was du willst, ich schalte jetzt auf Durchzug.«

Zu meiner großen Erleichterung brach sie die Beach Boys ab und klickte weiter auf »Where Is My Mind?« von den Pixies. Ich wusste selbst nicht so genau, wo mir der Kopf stand, aber zumindest hatte ich bei dem Lied nicht das Gefühl, dass jemand mein Herz mit Fäusten traktierte.

»Hast du was von ihm gehört?«, fragte Adeline vorsichtig.

»Ich habe ihm geschrieben, dass ich wegfahre ... Wahrscheinlich hasst er mich, weil ich ihn einfach sitzengelassen habe.«

»Und was hat er geantwortet?«

»›Ich finde es wirklich toll, was du für deinen Großvater tust. Er hat großes Glück, dass er dich hat.‹«

Ich stieß einen trübsinnigen Seufzer aus. Ein großer Teil meiner Neuronen dachte an Adrien, der andere fragte sich, wie er ihn vergessen sollte. Wir hatten uns jetzt seit über einer Woche nicht mehr gesehen, das war bisher noch nie vorgekommen, seit wir uns kannten. Mit dem Abstand wurde mir auch klar, dass unsere Freundschaft viel zu eng war, um nicht noch mehr zu sein. Kein Tag verging, ohne dass wir uns Nachrichten schickten. Die Vertrautheit, wenn unsere Blicke sich trafen. Das Bedürfnis, zusammen zu sein. Unsere Liebe war offensichtlich, aber ich hatte es nicht gemerkt, und jetzt hatte ich das furchtbare Gefühl, durch meine eigene Schuld etwas sehr Kostbares verloren zu haben. Schon wieder stiegen mir die Tränen in die Augen. Ich riss mich zusammen und atmete tief durch.

»Du steckst den Kopf in den Sand«, sagte Adeline. »Du weißt genau, dass er dasselbe für dich empfindet.«

»Ich will zwischen uns nichts überstürzen, nicht jetzt.«

»Überstürzen?«, rief sie entgeistert. »Ihr schleicht doch schon seit einem Jahr umeinander herum, während ihr so tut, als wärt ihr nur befreundet.«

»Erst mal abwarten, ob ich das hier überlebe, Adeline. Und das ist ein Kampf, den ich ohne ihn führen muss.«

»Willst du meine Meinung hören?«, fragte sie und warf ihre Haare zurück.

»Nein, eigentlich nicht. Aber ich schätze mal, du sagst sie mir trotzdem.«

Adeline nahm nie ein Blatt vor den Mund und schreckte auch nicht vor unliebsamen Wahrheiten zurück. Aber von Letzteren hatte ich fürs Erste genug gehört.

»Wenn es jemanden gibt, der dich in dieser schweren Zeit unterstützen kann, dann ist es Adrien.«

Ich knirschte mit den Zähnen. »Musst du mich immer wieder damit traktieren? Das Ganze ist so schon schwierig genug, glaub mir.«

Da ich merkte, dass ich ihr gegenüber ein wenig zu hart gewesen war, fügte ich hinzu: »Ich würde dir gern ein fröhliches Gesicht präsentieren und mich verhalten wie sonst auch, aber um ehrlich zu sein, macht mich das alles ziemlich fertig.«

»Das ist doch völlig normal, Jo.«

»Danke, dass du mitgekommen bist.«

Adeline zupfte ihre smaragdgrüne Tunika zurecht, die perfekt zu ihren strahlenden Augen passte.

»Ist doch selbstverständlich, dafür sind Freundinnen schließlich da.«

»Der Gedanke an meinen Tod macht mich ganz schön schwach, nicht?«

»Nein, du bist stark, und dafür bewundere ich dich.«

»Stark? Ich?«

Wie konnte sie mich so bezeichnen, obwohl ich seit einer Woche fast alle Menschen, die ich liebte, anlog? Meine Eltern waren zwar etwas überrascht gewesen, dass ich mich wegen einer Trennung krankschreiben ließ, aber ich hatte nicht den Mut gehabt, ihnen die Wahrheit zu sagen. Meine Mutter hatte nur die Augenbraue hochgezogen, als ich von der Reise nach England erzählt hatte, und dann gemeint, das würde mir sicher guttun. Pépé würde mich nicht verraten, denn er hatte verstanden, dass ich Zeit brauchte, und mir den perfekten Vorwand gegeben, um eine Weile aus meinem Leben zu verschwinden.

Adeline stellte die Musik leiser und musterte mich einen Moment. »Ja, du bist stark, Jo. Ich kenne keine andere Frau, die dazu steht, verschiedenfarbige Socken zu tragen, selbst bei einer Sicherheitskontrolle am Flughafen.«

»Oh, die gibt es, glaub mir …«

»Mag sein, aber die singen nicht auch noch lauthals unter der Dusche Whitney-Houston-Songs, obwohl alle im Haus sie hören können. Sogar der sexy Typ aus dem ersten Stock.«

»Der ist schwul, das zählt nicht.«

»Und dann noch deine unglaubliche Haltung! Ich an deiner Stelle hätte deinen Ex krankenhausreif geschlagen, bei all dem Mist, den er dir vor den Latz geknallt hat.«

Ich versicherte ihr, dass das nichts mit Haltung zu tun hatte, sondern eher mit Blindheit.

»Schön, du willst also einen unwiderlegbaren Beweis?«, rief sie. »Kannst du haben: Du trinkst Nescafé, obwohl er absolut gruselig schmeckt. Wer außer dir bringt das fertig?«

Ich musste lachen und gab auf.

Vier Stunden später, nachdem wir auf Landstraßen um die großen Städte – Exeter, Taunton und Yeovil – herum und dafür durch etliche kleine Dörfer gefahren waren, hielt Adeline, die mich am Steuer abgelöst hatte, an einem Rastplatz.

»Wir haben es geschafft!«, rief sie und stieß triumphierend die Faust in die Luft.

Ich nickte. Die Gurkerei über die schmalen, gewundenen Straßen von Devon war mühsam gewesen, aber wir waren am Ziel angekommen. »Stell dir mal vor, wir wären unterwegs in einen Schneesturm geraten!«

»Lieber nicht«, entgegnete sie.

Der Rastplatz befand sich oberhalb der Stadt, und von dort aus hatten wir einen freien Blick auf Ilfracombe, dessen Straßen wie ein Amphitheater um den Hafen angelegt waren. Die Häuser standen dicht an dicht, manche modern und weiß, rosa oder blau gestrichen, andere im viktorianischen Stil – ein überraschender, aber durchaus gelungener Kontrast.

»Hm, der Südwesten Englands gefällt mir, trotz der fürchterlichen Schlängelstraßen.«

Ich ließ den Blick über die schroffe Felsküste wandern, die den Badeort umgab. Adeline hatte recht, es gab weitaus hässlichere Ferienorte. Dann stiegen wir wieder ins Auto, um uns auf die Suche nach dem Hotel zu machen, in dem wir ein Zimmer für mehrere Tage gebucht hatten. Wenige Minuten später hatten wir es gefunden: Das Harbour Lights lag nicht weit vom alten Hafen entfernt, einem der schönsten Viertel von Ilfracombe. Das Haus war ein viktorianisches Schmuckstück und hatte sogar noch die alten Schiebefenster. Ich hüpfte vor Freude wie ein Kind.

»Oh, das ist ja wie in einem Roman aus dem neunzehnten Jahrhundert!«

»Lieber Gott«, seufzte Adeline, »was hat mich bloß geritten, mit einer Verrückten in Urlaub zu fahren?«

Nachdem wir unsere Schlüssel bekommen hatten, fuhren wir hoch in den zweiten Stock. Im Aufzug konnte ich mir ein Gähnen nicht verkneifen. Nun, da wir angekommen waren, merkte ich, wie erschöpft ich war. Und nach den dunklen Schatten unter Adelines Augen zu urteilen, ging es ihr nicht viel besser.

Als ich mein Zimmer betrat, musste ich lächeln. Mit der Blümchentapete in Quietschrosa und dem eisernen Bettgestell kam ich mir beinahe vor wie in einem Historienfilm à la Jane Austen.

»Glaubst du, hier spukt es?«, scherzte ich, als Adeline hereinkam.

»Die Gespenster ziehen Schottland vor«, erwiderte sie mit Expertinnenmiene und tänzelte zum Fenster. »Oh – sieh mal, Jo! Welch ein traumhafter Blick!«

Ich stellte mich neben sie, und in der Tat bot sich uns ein atemberaubendes Panorama: zur einen Seite der mächtige Hügel von Hillsborough, der mit seinen über hundert Meter Höhe ins Meer ragte, und auf der anderen Seite das ruhige Wasser des Hafens, über dessen kleine Fischerboote die Möwen durch die Luft segelten. Es war einfach malerisch.

»Ja, es ist wirklich fantastisch! Gut, dass Pépé auf der Reise bestanden hat.«

»Willst du direkt zu dieser Doris Evans?«

Der Gedanke war verlockend, aber ich schüttelte den Kopf. »Der Tag war anstrengend, für uns beide. Das hat Zeit bis morgen früh.«

Nach einer ausgiebigen Dusche beendeten wir den Tag mit einer Portion Fish and Chips. Die frische Meeresluft hatte uns hungrig gemacht. Das Restaurant war gut besucht, aber wir ergatterten noch einen freien Tisch in einer vergleichsweise ruhigen Ecke. Als die Kellnerin uns das Essen brachte, gestand mir Adeline, dass sie es ganz seltsam fand, ohne Bruno zu verreisen.

»Ich fühle mich wie amputiert«, sagte sie.

»Dann kann noch nicht alles zwischen euch kaputt sein«, versicherte ich ihr.

»Meinst du?« Sie spielte mit einem der Ringe, die er ihr geschenkt hatte. »Aber ich weiß nicht, ob er mir wirklich fehlt oder ob es nur die Gewohnheit ist, weil wir sonst immer zusammen sind. Ich vermassele mein Leben, findest du nicht?«

Ich schob mir eine Pommes mit Essig in den Mund. »Du hast wieder mit deinem Bruder telefoniert, stimmt's?«

»Meinem *saublöden* Bruder, um genau zu sein.«

Im Gegensatz zu seiner Schwester hatte Antonin eine brillante Karriere bei der Polizei hingelegt und gehörte mittlerweile zu den hohen Tieren bei der Kripo in Paris. Er konnte es einfach nicht akzeptieren, dass Adeline ihren sicheren Job hingeschmissen hatte, um das zu tun, was ihr Spaß machte, und ließ keine Gelegenheit aus, ihr seine Missbilligung unter die Nase zu reiben. Seit neuestem richteten sich seine Vorwürfe auch gegen Bruno, dessen beruflicher Ehrgeiz seiner Meinung nach zu wünschen übrig ließ. Bruno leitete die IT-Abteilung einer Supermarktkette, und damit fühlte er sich auch sehr wohl. Laut Antonin, diesem alten Besserwisser, blieb Adeline nur aus Bequemlichkeit bei ihm, und eines Tages würden sie als zwei alte Freaks enden, die sich nichts mehr zu sagen hatten.

»Vergiss deinen Bruder. Der wird nie zufrieden sein, ganz egal, was du tust. Du fürchtest dich doch vor allem davor, dass es langweilig in eurer Beziehung wird, oder irre ich mich?«

Adeline nickte nachdenklich. »Ja ... Ja, ich glaube, das ist es. Ich habe Angst, dass wir uns irgendwann anöden. Die

Leidenschaft aus der Anfangszeit ist kaum noch da. Das ist doch Mist, oder?«

»Ich finde euch nicht öde«, erwiderte ich ernst. »Ihr entwickelt euch weiter, das ist doch normal nach sieben Jahren.«

Ich nahm meine Eltern als Beispiel, die seit fast vierzig Jahren verheiratet waren.

»Ich habe bei ihnen nie irgendwelche leidenschaftlichen Gesten gesehen, aber sie lieben sich. Zumindest so lange, bis meine Mutter meinem Vater vorwirft, er hätte zu viel Knoblauch ins Essen getan oder eine Katze adoptiert, die dauernd auf den Teppich kotzt.«

Von Adelines Lachen ermutigt, fuhr ich fort: »Meiner Meinung nach ist eine langjährige Liebe genau das: eine Art angenehme Routine, gewürzt mit einer Prise Verrücktheit. Die Zärtlichkeit im Alltag. Den anderen in- und auswendig zu kennen und ihn trotzdem zu lieben. Zu wissen, dass man sich im Sturm an ihm festhalten kann.«

Und das sage ausgerechnet ich ...

Plötzlich stiegen mir die Tränen in die Augen, weil mir klar wurde, dass ich genau entgegengesetzt zu meiner Sicht der Liebe gehandelt hatte. Anstatt mich festzuhalten, hatte ich meinen Fels weggestoßen, weil ich überzeugt war, dass die Welt für mich keine Perspektive mehr hatte. Allerdings war die Situation eine andere, denn Adrien und ich waren kein Paar. Wir hatten uns noch nicht mal geküsst.

Falls Adeline merkte, wie aufgewühlt ich war, ließ sie es sich nicht anmerken. Sie nahm eine Papierserviette, um sich das Fett von den Fingern zu wischen, unterdrückte ein Gähnen und sagte: »So müde, wie wir sind, haben wir keinen klaren Blick auf unser Liebesleben. Gehen wir schlafen.«

Mit schwerem Herzen und vollem Magen kehrten wir ins Hotel zurück.

7

Am nächsten Morgen machten wir uns, nachdem wir ein riesiges Frühstück aus Eggs Benedict, Toast und dicken Bohnen in Tomatensauce verdrückt hatten, auf den Weg zu Doris Evans. Als ich dem Mann an der Rezeption den Zettel mit der Adresse zeigte, erklärte er mir, dass sie außerhalb des Stadtzentrums von Ilfracombe lag.

»Also wieder ein Ausflug auf die Schlängelstraßen!«, rief ich mit leicht gezwungener Munterkeit.

»Warum habe ich bloß so viel gegessen?«, stöhnte Adeline. »Und warum können die hier keine geraden Straßen bauen?«

Ich musste schmunzeln. »Sei froh, das Medaillon hätte uns auch nach Sibirien schicken können.«

»Dann wäre unsere Freundschaft an ihre Grenzen gestoßen, meine Liebe. Bevor ich mir auf der Suche nach einem einstigen Gulag den Arsch abfriere, nehme ich doch eher ein wenig Übelkeit in Kauf.«

Eine Viertelstunde später fuhr ich langsam um eine letzte Kurve, und da tauchte ein Bauernhof vor uns auf.

»Was? Das ist es?«, fragte Adeline verdutzt.

Ich hatte mir zwar nichts Konkretes vorgestellt, aber mit einem landwirtschaftlichen Betrieb hatte ich auch nicht gerechnet.

»Sieht ganz so aus«, erwiderte ich und musterte den Hof, der dem Meer den Rücken zukehrte.

Auf einer Klippe oberhalb des Atlantiks gelegen, war das langgezogene Granithaus von sattgrünen Wiesen umgeben, auf denen eine Herde roter Kühe graste. Der Weg dorthin war von blühenden Weißdornbüschen gesäumt. Das Haus wirkte solide, gebaut, um den Unbilden des Wetters standzuhalten. In der Ferne zog ein Traktor seine Furchen durch ein Feld. Ich parkte das Auto neben der Zufahrt, und Adeline folgte mir, als ich das niedrige Holztor öffnete. Vorsichtig näherten wir uns dem Haupthaus, dessen leuchtend rote Tür von einer violetten Glyzinie umrahmt wurde.

»Das ist ja zauberhaft!«, sagte Adeline staunend.

Plötzlich schoss ein Collie auf uns zu und begrüßte uns so stürmisch, als wären wir alte Freundinnen.

»Sachte, sachte!«, rief ich lachend, als der Hund sich aufrichtete und seine Vorderpfoten auf meine Brust stellte.

»Sam, hierher!«

Widerstrebend gehorchte der Collie, und so konnte ich den Mann sehen, der ihn gerufen hatte: schätzungsweise Ende dreißig, groß und schlank, mit breiten Schultern und karamellbrauner Haut, die von Sommersprossen übersät war. Ich hatte Mühe, meine Enttäuschung zu verbergen, denn das war mit ziemlicher Sicherheit nicht Doris Evans.

»Guten Tag«, sagte er. »Kann ich Ihnen helfen?«

Ich lächelte betrübt. »Wahrscheinlich nicht. Meine Freundin und ich suchen eine Frau, die vor etwa fünfzehn Jahren hier gelebt hat.«

»So?« Er runzelte die Stirn. »Wie heißt sie denn?«

»Wir wollen Sie nicht belästigen, aber ich vermute, es handelt sich dabei um die frühere Besitzerin Ihres Hofs.«

Der Mann musterte mich mit seinen dunklen Augen. »Ich bin hier aufgewachsen. Der Hof gehört meiner Familie, und zwar schon seit mehreren Generationen.«

Das änderte alles! Sofort kehrte meine Hoffnung zurück.

»Wenn das so ist – kennen Sie eine gewisse Doris Evans?«

»Doris ist meine Großmutter«, erwiderte er misstrauisch. »Darf ich fragen, was Sie von ihr wollen?«

Ich zögerte; ich wollte mich nicht einem vollkommen Unbekannten anvertrauen. Adeline sprang in die Bresche.

»Es handelt sich um eine persönliche Angelegenheit«, antwortete sie. »Ist sie hier?«

Dem Mann schien ihr energischer Ton nicht zu gefallen, aber glücklicherweise lenkte der Collie uns ab, indem er mich erneut ansprang, sodass sein Herrchen ihn am Halsband packen musste. Einen Moment lang dachte ich, der Fremde würde sich einfach umdrehen und uns stehen lassen. Ich musste ihn von unseren guten Absichten überzeugen, bevor er uns von seinem Hof jagte. Und vor allem höflich und freundlich bleiben, auch wenn *er* offenbar *nicht* vorhatte, höflich und freundlich zu sein.

»Hören Sie«, sagte ich ruhig. »Wir sind extra aus Frankreich gekommen, um mit ihr zu sprechen.«

Schlagartig hellte sich seine Miene auf. »Ah!«, rief er aus. »Ich hatte doch gleich den Eindruck, dass Sie einen Akzent haben! Ich bin Gavin. Gavin Evans.«

Etwas verwirrt von dem Stimmungswechsel stellte ich mich ebenfalls vor.

»Meine Großmutter ist unterwegs, sie bringt unsere Produkte in Jennas Laden«, erklärte er in geradezu herzlichem Tonfall. »Aber könnten Sie heute Nachmittag vielleicht noch mal herkommen? Ich sage ihr Bescheid, dass Sie da waren.«

»Sehr gern, Gavin. Vielen Dank.«

Perplex gingen Adeline und ich zurück zum Auto. Während der Rückfahrt ins Zentrum von Ilfracombe sagte meine Freundin: »Der Typ sieht ja klasse aus, aber er benimmt sich ziemlich merkwürdig, findest du nicht?«

»Vielleicht will er seine Großmutter vor Betrügern schützen. Alte Leute sind da ja ideale Opfer …«

»Findest du etwa, dass wir wie Verbrecherinnen aussehen?«

Wir mussten beide lachen.

»Was ich am seltsamsten fand«, sagte ich, »war seine plötzliche Freundlichkeit, als er hörte, woher wir kommen.«

»Das kann nur eins bedeuten: Das Medaillon ist nicht versehentlich bei deinem Großvater gelandet!«, frohlockte sie.

Wir stellten das Auto auf dem Hotelparkplatz ab und schlenderten durch die bezaubernden kleinen Straßen von Ilfracombe. Die altmodischen Schaufenster mit den gestreiften Markisen lockten uns, in jedes einzelne Geschäft zu schauen. Und dann die vielen Cafés, die mit *scones with cream & strawberry jam* warben …

»Es wäre ein Verbrechen, nach Frankreich zurückzukehren, ohne das mal gekostet zu haben«, erklärte Adeline.

»Bring mich bloß nicht in Versuchung! Meine Waage wird ausflippen, wenn ich nach Hause komme«, erwiderte ich und dachte daran, wie ich das letzte Mal versucht hatte, meine Oberschenkel in eine Größe 42 zu quetschen.

»Die Schokoladeneclairs, die du dauernd mit Adrien verdrückst, haben genauso viele Kalorien.«

Ich ignorierte ihren Kommentar geflissentlich. »Aber ich könnte Lucette ein paar Scones mitbringen. Darüber würde sie sich bestimmt freuen.«

»Adrien auch«, bemerkte Adeline.

Ich warf ihr einen scharfen Blick zu. Kurz darauf kamen wir am Fuß der Verity an, der großen Statue von Damien Hirst, die eine der Hauptattraktionen der Stadt war. Doch obwohl ich sie durchaus interessant fand, hatte ich gerade überhaupt keine Lust, die Touristin zu spielen. Dazu beschäftigte mich die Begegnung mit Gavin Evans zu sehr. Was mochte die Verbindung zwischen Charlotte und dem verstorbenen Bruder meines Großvaters sein? Diese Frage ging mir seit unserem Gespräch auf dem Boot nicht aus dem Kopf.

»Hör auf zu grübeln«, befahl Adeline. »Davon kriegst du Knoten im Hirn, und ich weiß nicht, ob das in deinem Zustand gut ist.«

Ich sah sie empört an. »Sehr mitfühlend, vielen Dank!«

»Entschuldige, aber du hast ohnehin schon genug Sorgen. Warum lässt du dich nicht einfach mal treiben? Außerdem kriegst du ja in ein paar Stunden Antworten.«

Sie hatte natürlich recht. Anstatt mir das Hirn zu zermartern, sollte ich lieber mein Smartphone rausholen und den Hafen bei Ebbe fotografieren, mit all den Booten, die dicht an dicht auf dem nassen Sand lagen.

»Stimmt, das klärt sich wahrscheinlich alles heute Nachmittag.«

Adeline lächelte breit. »Ich wette, worum du willst, dass

Charlotte die Schwester deines Urgroßvaters war und verstoßen wurde, weil sie ein uneheliches Kind erwartete.«

Das war gut möglich. Wenn Gabriel der ältere Bruder meines Großvaters war, musste er in den Zwanzigerjahren geboren sein, als die Frauen noch so gut wie keine Rechte besaßen. Ich blieb nun doch stehen und betrachtete die zwanzig Meter hohe Statue aus Stahl und Bronze, die am Hafeneingang über das Meer ragte. Sie stellte eine nackte Schwangere dar, deren eine Hälfte aufgeschnitten war, sodass man den Fötus sehen konnte.

»In jedem Fall hoffe ich, dass Charlotte nicht so ein abstoßendes Schicksal ereilt hat wie Verity«, sagte ich mit angewiderter Miene.

Drei Stunden später empfing uns eine weißhaarige Dame in der Küche des Bauernhofs. Mit einer Blümchenschürze um die Taille und mehlbestäubten Händen begrüßte sie uns in nahezu perfektem Französisch, als ihr Enkel uns vorstellte.

»Sie sind zurückgekommen! Als Gavin mir erzählt hat, dass er Sie hat gehen lassen, fürchtete ich schon, ich würde Sie nie wiedersehen.«

Bei ihrem munteren Tonfall und dem Strahlen in ihrem dezent geschminkten Gesicht musste ich lächeln.

»Grammy war richtig böse, weil ich Sie nicht zum Mittagessen eingeladen habe«, gestand Gavin.

»Manchmal frage ich mich, was ich bei deiner Erziehung falsch gemacht habe«, scherzte Doris mit einer Mischung aus Vorwurf und Zuneigung. »Ich kann dich ja nicht mal zwanzig Minuten allein lassen!«

Sie rückte ihre Brille zurecht und erklärte uns, dass sie jeden Morgen nach Ilfracombe fuhr, um ihre Produkte in ein kleines Geschäft für lokale Spezialitäten zu bringen, das einer gewissen Jenna gehörte. Doris backte Kekse und andere Leckereien mit Honig, den sie von einem benachbarten Imker bekam.

»Und jetzt setzen Sie sich, meine Damen, und sagen Sie mir, was Sie zum Hof der Familie Evans führt.«

Ich ließ mich auf einer der beiden Holzbänke an dem langen Tisch nieder. Der Raum mit den sichtbaren Holzbalken war niedrig, aber nicht bedrückend. An der Wand oberhalb der Arbeitsfläche, auf der ein gerade aus dem Ofen geholtes Blech mit Keksen stand, hingen lauter kupferne Töpfe und Pfannen, und mehrere Wiesenblumensträuße in leeren Marmeladengläsern vervollständigten den Shabby-Chic-Look. Doris bat Gavin, uns einen Tee zu kochen. Ich wollte schon protestieren, weil die Küche vom Ofen so aufgeheizt war, verkniff es mir dann aber, um unsere Gastgeberin nicht zu verstimmen.

»Hier drinnen ist es wie in der Sauna, wenn ich backe«, entschuldigte Doris sich, als sie sah, wie Adeline ihre Weste aufknöpfte. »Ich mache mal das Fenster auf. Mögen Sie ein paar Kekse zum Tee?«

»Nein, vielen Dank«, erwiderte meine Freundin hastig. »Wir haben schon ausgiebig die hiesigen Spezialitäten gekostet, und ich fürchte, ich kann frühestens in zwei Tagen wieder etwas essen.«

Doris schmunzelte. »Sie sind wohl zum ersten Mal hier?«

Wir nickten beide.

»Sind Sie Schwestern?«, fragte Gavin, während er Tassen aus Porzellan auf den viel genutzten alten Holztisch stellte.

»Nein«, antwortete Adeline mit einem Zwinkern. »Ich spiele die Rolle der besten Freundin, die Jo auf ihrer Reise ins Unbekannte begleitet.«

»Und zwar weil ich genial bin und sie ohne mich nicht klarkommt«, präzisierte ich.

Gavin holte die blau gepunktete Teekanne und setzte sich zu uns. »Und was ist der Zweck dieser Reise?«

Vergessen, dass mein Leben im Eimer ist.

Doris gesellte sich zu uns, und ich nahm das Medaillon aus meiner Handtasche.

»Das hier hat mein Großvater mir vor ein paar Tagen gezeigt«, sagte ich und schob es ihr hin.

Die alte Dame nickte nur stumm; offensichtlich kannte sie das Schmuckstück.

Ermutigt fuhr ich fort: »Das Problem ist, er hatte zwar einen Bruder namens Gabriel, aber er versteht nicht, was dieses Medaillon mit ihm zu tun hat.«

Doris und Gavin wechselten einen vielsagenden Blick. »Wenn ich Sie recht verstehe, haben Sie noch nie von Charlotte gehört?«, sagte sie zu mir.

Ich schüttelte den Kopf.

»Charlotte war meine Mutter.«

»Gut, aber ich verstehe immer noch nicht, warum –«

»Sie stammte aus Épernay, im Norden von Frankreich.«

Plötzlich herrschte Stille. Épernay. Dort war Pépé aufgewachsen. Mein Herz begann, schneller zu schlagen.

»Daher kommt meine Familie väterlicherseits«, sagte ich,

dann gestand ich ihr, dass ich angenommen hatte, Charlotte sei vielleicht eine Angestellte meiner Urgroßeltern gewesen.

»O nein, meine Mutter kam aus einer wohlhabenden Familie der Stadt, sie hat eine bürgerliche Erziehung genossen.«

Doris trank einen Schluck Tee und lächelte mir zu. »Ihre Eltern hatten beschlossen, sie mit dem Sohn eines Champagnerwinzers zu verheiraten, der dank seiner Rebstöcke reich zu werden begann. Zu jener Zeit hatte man als Frau nicht unbedingt die Wahl, und nach allem, was ich weiß, hatte Charlottes Vater eine Menge Geld in das Weingut investiert.«

»Wollen Sie damit sagen, dass mein Urgroßvater zweimal verheiratet gewesen ist?«

»Ja«, antwortete sie. »Und aus dieser ersten Verbindung ist Gabriel hervorgegangen.«

Ich war vollkommen platt, aber immerhin war damit ein Geheimnis gelöst. Nun musste ich noch herausbekommen, was geschehen war und warum mein Großvater dieses Medaillon bekommen hatte.

»Was ist passiert? Haben sie sich scheiden lassen?«

»Ganz so war das nicht ...« Die alte Dame schwieg einen Moment und überlegte.

»Das Beste wäre wohl, wenn ich das Ganze von Anfang an erzähle«, sagte sie schließlich. »Uns bleibt noch etwa eine Stunde, bevor Gavin wieder an die Arbeit muss.«

Gavin nickte, und Doris nahm uns mit in die Zeit neunundachtzig Jahre zuvor.

8

Charlotte, 1929

»Meine Güte!«, rief Charlotte begeistert aus und stieg aus dem Taxi. Sie blickte sich kurz um, dann folgte sie ihrem Mann unter das Vordach des Hotel Plaza. Die Luft roch noch nach dem Schnee, der in den vergangenen Tagen gefallen war, doch zum Glück waren die Straßen passierbar. Die junge Frau rückte ihren Hut zurecht und trat mit ihrem Mann durch die Drehtür. Ein Luxus, wie sie ihn noch nie gesehen hatte, empfing sie. Von der Decke hing ein riesiger Lüster, der den roten Teppichboden im Foyer zum Leuchten brachte. Eine Glocke erklang, und ein Page in Uniform mit Goldtressen und passender Kappe deutete auf das Gitter des Aufzugs, das aufgeglitten war. Charlotte sperrte sich einen Moment – sie war noch nie in eine von diesen fahrbaren Kabinen gestiegen! Doch Émile legte die Hand auf ihren Rücken und schob sie mit leichtem Druck vorwärts. Ihr war ein wenig schwindelig. Welch ein Unterschied zu den kreidigen Ebenen und den rustikalen Häusern der Champagne, in der sie noch vor sechs Tagen gewesen waren!

»Möchtest du dich ein wenig ausruhen?«, fragte Émile in einem Tonfall, der erahnen ließ, dass er etwas ganz anderes im Sinn hatte.

Die junge Frau spürte, wie sie der Mut verließ. Sie wusste, dass es ihre Pflicht war, die Wünsche ihres Mannes zu befriedigen, aber sie musste erst einmal die neuen Eindrücke verarbeiten und sich von den Strapazen der Fahrt über den Atlantik erholen.

»Ich bin erschöpft«, antwortete sie schwach, als sie ihre Suite betraten.

Émile schnaubte verächtlich. »Du bist nicht sehr belastbar. Nun gut, dann leg dich eben hin, während ich die Umgebung erkunde. Aber halte dich für das Abendessen bereit, du weißt, wie viel davon abhängt.«

Ohne sich die drei Zimmer anzusehen, die ihnen zur Verfügung standen, machte er auf dem Absatz kehrt und verschwand. Mit einem erleichterten Seufzer trat Charlotte ans Fenster. Sie würde warten, bis ihre Koffer gebracht wurden, und sich dann ein wenig erholen. Sie blickte hinunter auf die Fifth Avenue. Auf der Straße drängten sich Automobile und Pferde, und die Gehwege waren voller Passanten. Sie hatte gehört, dass Paris sehr belebt sein sollte, aber hier in New York schien noch zehnmal mehr los zu sein. Sie betrachtete den Horizont, wo sich zahllose Wolkenkratzer gen Himmel reckten.

»Einfach atemberaubend!«, rutschte es ihr heraus.

Dabei hatte sie Épernay und ihre Weingüter nur widerstrebend für diese Blitzreise nach Amerika verlassen. Sie war vollkommen überrascht gewesen, als Émile ihr gesagt hatte, dass ein Import-Export-Unternehmer sie nach Manhattan einlud, um Geschäfte mit ihnen zu machen. Doch ihr war das Herz schwer geworden, als sie begriffen hatte, dass ihr kleiner Gabriel nicht mitkommen konnte. Es wäre ihre erste Trennung seit seiner Geburt! Aber natürlich wäre eine solche Reise zu strapaziös für ein Kind von gerade mal drei Monaten. Der

Kleine fehlte ihr schrecklich mit seiner Mimik und seinem noch zahnlosen Lächeln, seinen roten Bäckchen und den großen von langen Wimpern umrahmten Augen, aber er war bei seinen Großeltern väterlicherseits gut aufgehoben. Émile und sie konnten die Gelegenheit nutzen, diese außergewöhnliche Stadt zu erkunden. Sie würden sich amüsieren, und vielleicht täte das auch ihrer Ehe gut, die unter ihrem anstrengenden Alltag gelitten hatte. Im Oktober die Ernte, von November bis März der Rebschnitt, im Juni das Aufbinden und im Juli das Ausspitzen – ihr Leben war von diesen Arbeiten bestimmt, die bis zur Abfüllung und zum Einlagern in den Kellern reichte. Der Rhythmus war anstrengend, aber Charlotte beklagte sich nicht, und sie arbeitete, ohne zu murren.

Du bist nicht sehr belastbar. Sie schluckte, als sie an Émiles Bemerkung dachte, und zwang sich, den Vorhang loszulassen, den sie ein wenig zu fest umklammerte. Die Erschöpfung legte ihre Nerven blank. Gut, Émile wurde schnell ungeduldig, und seine Wutanfälle waren gefürchtet, aber er war sicher auch müde. Mit seinen zweiunddreißig Jahren verbrachte er unzählige Stunden in den Weinbergen, um sich zu vergewissern, dass die Rebstöcke sich gut entwickelten. Die Erinnerung an die Entbehrungen, die er und seine Familie während des Krieges erlitten hatten, war noch sehr lebendig, und er sagte jedem, der es hören wollte, dass das Geld nicht auf den Bäumen wuchs. Wie könnte sie ihm das verübeln?

Charlotte nahm sich vor, es abends wiedergutzumachen. Ja, ihr Aufenthalt hier würde unvergesslich sein. Von diesem Gedanken aufgemuntert, sah sie sich in der Suite um und staunte über die aufeinander abgestimmte Dekoration in Weiß und

Grün, von den Polsterbänken bis zur Bettwäsche. Im Badezimmer wanderte ihr Blick über das Waschbecken aus Marmor und die glänzenden Kupferrohre und blieb an der Badewanne mit den Löwenfüßen hängen. O ja, ein heißes Bad, das war jetzt genau das Richtige, dachte sie und ließ ihre Kleider auf den schwarz-weiß gefliesten Boden fallen.

Der Wagen hielt vor dem Cotton Club, wo sie verabredet waren. Charlotte hatte einen aufgeregten Schauer verspürt, als der Chauffeur ihnen gesagt hatte, dass der Nachtclub sich in Harlem befand, in dem Viertel, wo man die aufregendsten Abende in ganz New York erleben konnte.

»Das ist alles so unglaublich, Émile!«

Ihr Mann verzog den Mund. »Es passt mir gar nicht, dass ich dich an einen solchen Ort mitnehmen muss«, erwiderte er reserviert. »Morgen gehen wir im Central Park spazieren, der soll recht sehenswert sein – und wesentlich passender für eine Dame.«

Charlotte nickte nur, um ihn nicht zu verärgern, und stieg aus dem Wagen, als die Tür geöffnet wurde. Flankiert von zwei Männern in dunklen Anzügen und mit passenden Hüten, die er als seine beiden rechten Hände vorstellte, empfing Ryan Dolan das Paar vor dem Club.

»Nach Ihnen«, sagte er und wies auf den langgezogenen gestreiften Baldachin, der zum Eingang führte.

Drinnen hörte man von überallher Gelächter und das Klirren von Besteck. Im ersten Moment konnte Charlotte wegen des Rauchs, der in der Luft hing, kaum etwas erkennen. Während Dolan sie an ihren Tisch führte, gewöhnten sich ihre

Augen allmählich an das gedämpfte Licht, und trotz des allgemeinen Lärms schnappte sie hier und da ein paar Gesprächsfetzen auf. In der Mitte des Saals spielte ein Orchester auf einer hufeisenförmigen Bühne Jazzmusik. Rundherum waren auf zwei Ebenen kleine Tische verteilt, und entlang der Wände reihten sich diskrete Nischen aneinander. Das Ganze wirkte intim und gesellig zugleich. Alle fünf nahmen Platz.

»Sie sind sehr schön, Madame«, schmeichelte ihr Dolan.

Sie dankte ihm schüchtern, obwohl sie sich im Vergleich zu den jungen Frauen mit den kurz geschnittenen Haaren, die sie um sich herum sah, fade vorkam. Sie trugen eng anliegende, mit Strass und Perlen verzierte Kleider, und mit ihren dunkel umrandeten Augen und den karminroten Lippen strahlten sie Leichtigkeit und Unbeschwertheit aus. Charlotte stieß einen leisen Seufzer des Neids aus. Ihr Kleid war extra für diese Reise angefertigt worden, und da Émile zum Geiz neigte, hatte sie sich mit einem langweiligen dunkelblauen Stoff und passenden Schuhen zufriedengeben müssen. Ihr einziger Schmuck war das Medaillon, das sie immer trug und in dem sich eine Fotografie von ihrem Sohn befand.

Während die Männer miteinander sprachen und ihr Filet Mignon aßen, betrachtete Charlotte neugierig die Dekoration, die an einen tropischen Urwald erinnerte. Ein Koloss, den ihre Gastgeber »Big Frenchy« nannten, einer der Besitzer des Clubs, ging von Tisch zu Tisch, um sich zu vergewissern, dass alles in Ordnung war. Die Musik wurde immer mitreißender, und die ersten Paare erhoben sich, um zu tanzen. Voller Bedauern, weil Émile kein Mensch war, der gern feierte, wippte sie mit dem Fuß im Takt. Wie gern hätte sie sich dort auf dem Parkett amüsiert, doch ihr Mann ließ lediglich die Gläser mit Alkohol tanzen, die man ihm servierte.

Sie nahm ihren ganzen Mut zusammen und sagte: »Das Orchester gefällt mir sehr! Der Sänger strahlt eine solche Energie aus!«

Émile verzog keine Miene.

»Das ist Cab Calloway«, erklärte ihr Dolan. »Ein echtes Showtalent.«

Der Sänger schüttelte seinen wilden Lockenschopf und dirigierte mit ausholenden Bewegungen das gesamte Publikum, das ihm den Refrain zu »Minnie the Moocher« nachsang:

»*Hi-dee hi-dee hi-dee hi*
Hi-dee hi-dee hi-dee ho
Whoa-a-a-ah ...«

»Was für ein Talent!«, jubelte Charlotte.

Émile warf ihr einen strengen Blick zu. Vielleicht war es unhöflich von ihr, das Gespräch auf sich zu ziehen, aber sie war so begeistert, dass sie nicht länger still sein konnte.

»Madden hatte ein gutes Gespür, als er den Laden hier übernommen hat«, sagte Dolan. »Die New Yorker sind ganz verrückt nach dieser Musik.«

Émile legte seine Gabel hin. »Sind alle Musiker schwarz?«

Sein Gegenüber nickte. »Und nicht nur die Musiker, sondern auch die Tänzer und die Angestellten ...«

»Gütiger Himmel«, stieß Émile aus. »Findet die Geschäftsleitung das nicht gefährlich?«

»Keine Sorge, dieser Club ist sehr exklusiv. Die Besitzer empfangen nur die Crème der Gesellschaft und lassen ausschließlich weiße Gäste herein.«

Émile lachte ungläubig.

»Wer hätte noch vor zehn Jahren gedacht, dass die Weißen mal dafür zahlen würden, sich von Schwarzen unterhalten zu lassen?«, sagte Teddy, Dolans eine rechte Hand.

Charlotte trank einen Schluck Wein und dachte bei sich, dass New York voller Überraschungen war. »Kommen auch bekannte Leute hierher?«, fragte sie.

»Natürlich. Jede Menge Schauspielerinnen und viele berühmte Namen vom Film. Heute Abend ist zum Beispiel Charlie Chaplin unter den Gästen.« Dolan deutete auf einen Mann, der mit einem blonden jungen Mädchen an einem Tisch saß.

Charlotte hätte sich fast verschluckt.

»Charlie Chaplin? Der Schauspieler?«, rief sie beeindruckt und sah zu dem schmalen kleinen Mann hinüber, den er ihr gezeigt hatte.

Chaplin hatte fast jugendliche Züge, obwohl seine dunklen Locken von Silberfäden durchzogen waren. Nie im Leben hätte sie ihn ohne sein Kostüm erkannt!

»Ich kann Sie miteinander bekannt machen«, bot Dolan ihr liebenswürdig an.

Sie wollte gerade zustimmen, da erwiderte Émile knapp: »Nicht nötig. Meine Frau hat keinen seiner Filme gesehen. Sie hätte ihm nichts Interessantes zu sagen.«

Obwohl sie verletzt war, bemühte Charlotte sich, Haltung zu bewahren und zu lächeln. Sie spielte mit ein paar Brotkrümeln und betrachtete zerstreut Dolans Hände. Seine Fingernägel waren kurz geschnitten, mit einem feinen weißen Rand. Auch wenn er angespannt wirkte und sich immer wieder nervös umsah, war er ein gepflegter, eleganter Mann, der nicht älter als fünfunddreißig sein konnte. Sein blondes, mit Brillantine zurückgekämmtes Haar umrahmte ein kantiges Gesicht mit hoher Stirn und feinen Zügen. Sein Anzug war von sehr guter Qualität, aber dezent. Dolan, der ihre verstohlenen Blicke bemerkt hatte, lächelte leise.

»Sie scheinen sich gut zu amüsieren.«

Mittlerweile war der Sänger von Steptänzern abgelöst worden. Das rhythmische Klacken, das vom Parkett verstärkt wurde, faszinierte Charlotte.

»Das ist großartig«, sagte sie. »So etwas habe ich noch nie gesehen.«

»Dann werden Ihnen bestimmt auch die *Chorus Girls* gefallen«, warf Frank, die zweite rechte Hand, ein.

Da Émile und Charlotte ihn nur verständnislos ansahen, erklärte er ihnen, dass es sich dabei um »Mulattinnen« handelte, Mädchen, die aus gemischten Paaren hervorgegangen waren und die halbnackt zu lasziver Musik tanzten.

Peinlich berührt räusperte sich Émile. »Ich fürchte, das ist kein passendes Spektakel für meine Frau«, sagte er streng.

»Sie wissen nicht, was Sie verpassen«, gab Frank grinsend zurück.

Ryan Dolan brachte ihn mit einer Handbewegung zum Schweigen. Die Geste eines Mannes, der es gewohnt war zu befehlen.

»Frank hat wohl den guten Geschmack der Franzosen vergessen«, entschuldigte er sich.

In dem kurzen Schweigen, das darauf folgte, musterte er Charlotte. Unter seinem forschenden Blick wäre sie am liebsten mit den tropisch gemusterten Tapeten verschmolzen. Als Calloway mit seinem Orchester wieder auf die Bühne trat, wandte Dolan sich zu Émile.

»Gestatten Sie, dass ich Ihre Frau zum Tanzen auffordere?«

Charlotte wollte protestieren, doch sie wusste, dass ihr Mann niemals den Affront begehen würde, nein zu sagen. Die Geschäfte gingen immer vor. Émile nickte nur leicht, und so blieb ihr nichts anderes übrig, als sich auf die Tanzfläche führen zu lassen.

»Ich weiß aber nicht, wie man zu dieser Musik tanzt«, wandte sie ein, als der Amerikaner die Hand um ihre Taille legte.

»Sie brauchen sich nur führen zu lassen.«

Wie sich zeigte, war er ein ausgezeichneter Tänzer, und Charlotte schaffte es, ihm nicht auf die Füße zu treten. Doch diese Nähe zu einem Fremden war ihr peinlich, und so versuchte sie, Konversation zu machen.

»Dolan, das ist ein englischer Name, nicht?«

»Irisch«, korrigierte er sie. »Meine Vorfahren sind Ende des letzten Jahrhunderts nach New York ausgewandert. Ich bin hier geboren. Übrigens sprechen Sie ganz hervorragend Englisch.«

»Man hat mir die Sprache von klein auf beigebracht«, erwiderte sie. »Es ist also nicht mein Verdienst.«

»Ah ja? Was machen denn Ihre Eltern?«

»Meine Mutter hat sich seit dem Tod meines Vaters in einem Kloster eingeschlossen. Er war Direktor einer Bank.«

»Das tut mir sehr leid«, sagte er mitfühlend. »Und wie haben Sie Ihren Mann kennengelernt?«

Die Frage überraschte Charlotte nicht. Mehr als je zuvor war ihr bewusst, dass sie eigentlich nicht zueinander passten. Sie war erst achtzehn gewesen, als sie 1927 den zwölf Jahre älteren Émile geheiratet hatte. Die Unterschiede zwischen ihnen waren augenfällig: Da sie nicht besonders groß war, bemühte sie sich stets um eine gute, aufrechte Haltung; Émile hingegen war ein regelrechter Bauer – groß und kräftig, mit derben Zügen und dunklen Augen, die ständig unruhig hin und her blickten. Er war durchaus nicht ohne Charme, aber sein düsteres Wesen gewann oft die Oberhand. Im Gegensatz dazu wusste Charlotte, dass das Hervorstechendste in ihrem ovalen Gesicht der offene Blick aus den saphirblauen Augen war.

»Mein Vater ist Émiles Vater in einem geschäftlichen Zusammenhang begegnet«, antwortete sie. »Sie haben uns bei einem Ball einander vorgestellt.«

Es war ein Sonntag im Sommer gewesen, vor zweieinhalb Jahren. Das Fest hatte in einem Ausflugslokal am Ufer der Marne stattgefunden. Émile hatte sie zum Tanzen aufgefordert, und sie hatten sich zu den Klängen von »La Valse Brune« gedreht.

Charlotte hatte sich kein bisschen zu dem wuchtigen Mann hingezogen gefühlt, der sich ungeschickt bewegte, aber sie war klug genug gewesen, ihre Jungmädchenträume beiseitezuschieben, und hatte auf ein friedliches Miteinander gehofft. Einige Monate später hatte die Hochzeit stattgefunden.

Ryan wandte den Kopf, und ihre Blicke trafen sich. Er sah

sie einen Moment lang an. In seinen leuchtend blauen Augen lag etwas unglaublich Kraftvolles, eine gelungene Mischung aus Nonchalance, Gewitztheit und Arroganz. Charlotte bemerkte eine kleine Narbe an seiner Augenbraue, halb verborgen zwischen den Härchen, und ihr wurde bewusst, wie nah sie einander waren. So nah, dass sie seinen Geruch nach Leder und Zitrone wahrnahm. Sie spürte, wie ihr die Hitze in die Wangen stieg, versuchte aber, es zu überspielen, indem sie das Gespräch wieder aufnahm.

»Es ist doch sicher stimulierend, in einem so großen Land aufzuwachsen, oder?«

Mit einer Armbewegung veränderte er seine Position und drehte sie so, dass sie Émile nicht mehr sehen konnte.

»Mit Ihnen zu tanzen ist stimulierend«, erwiderte Ryan, ohne den Blick von ihr zu lösen.

Aus der Fassung gebracht, sah Charlotte zu einem der Musiker und wagte es nicht mehr, etwas zu sagen.

»Verzeihung, ich wollte Sie nicht in Verlegenheit bringen«, entschuldigte sich ihr Kavalier mit einem eigentümlichen Lächeln.

Das Musikstück endete, und als sie zu ihrem Tisch zurückkehrten, bemerkte Charlotte, wie Émile sie beide wütend anstarrte.

Émile nahm seinen Hut ab und warf ihn auf das Bett.

»Der Kerl gefällt mir nicht!«, stieß er aufgebracht hervor.

Im Taxi, mit dem sie zur Fifth Avenue zurückgekehrt waren, hatte er kein Wort gesagt. Charlotte, die die Anspannung spürte, die zwischen ihnen herrschte, seit sie mit Dolan getanzt hatte, mochte ihn nicht fragen, was los war, solange sie nicht unter sich waren. Nun lief er zwischen der Zimmertür und dem Fenster auf und ab.

»Er ist hinter dir her, das sieht doch ein Blinder!«

»Also wirklich, Émile!«, protestierte Charlotte. »Hast du mich mal angeschaut? Und hast du gesehen, welch Schönheiten an den Tischen um uns herum saßen?«

Missmutig ließ Émile sich in einen Sessel fallen. »Schönheiten? Von wegen! Magere Dinger, die sich wie Flittchen benehmen und ihre Beine zeigen. Unsere Großmütter würden sich in ihren Gräbern umdrehen, wenn sie das sähen.«

Charlotte setzte sich an die Frisierkommode und löste langsam ihre Ohrringe. Die Kleidersäume waren in der Tat um mehr als fünfzehn Zentimeter nach oben gewandert und entblößten deutlich mehr Haut, als schicklich war – was die New Yorkerinnen nicht zu kümmern schien. Aber immerhin schleiften die Röcke nicht mehr am Boden, wo sie nass und schmutzig wurden.

»Wenn du dich in Amerika nicht wohlfühlst, bleibt uns wohl nichts anderes übrig, als nach Hause zurückzukehren.«

Die Aussicht, ihre Reise abkürzen zu müssen, passte ihr gar nicht, aber wenn ihr Mann sich dazu entschied, musste sie sich dem beugen. Doch Émile schüttelte den Kopf.

»Nein, wir bleiben noch drei Tage, wie vereinbart«, verkündete er. »Aber ich halte es für besser, wenn du morgen Abend nicht mitkommst. Diese dekadenten Clubs sind nichts für dich.«

Charlotte verzog den Mund. »Émile, du willst mich doch nicht allen Ernstes hier einsperren!«

»Es hat mir nicht gefallen, wie du dich auf der Tanzfläche produziert hast.«

Die junge Frau biss sich auf die Lippe, als hätte sie sich tatsächlich danebenbenommen. »Was hätte ich denn tun sollen?«, erwiderte sie. »Du hast mich doch selbst mit ihm tanzen geschickt.«

Ohne auf ihre Bemerkung einzugehen, fuhr er sich müde mit der Hand durchs Gesicht. »Seine Frau möchte dich morgen kennenlernen.«

Charlotte fuhr herum, von einer neuen Unruhe erfüllt. »Dolans Frau? Warum denn?«

»Was weiß ich! Er hat es mir gesagt, während du deinen Mantel geholt hast.«

Dolans Frau ... Charlottes Stimmung verdüsterte sich, obwohl sie nicht so recht wusste, warum. Der Geschäftsmann war also verheiratet. Das hätte sie weder überraschen noch irritieren sollen. Doch so, wie er sie angesehen hatte, hatte sie einen Moment lang gedacht ... Sie schüttelte den Kopf und schalt sich innerlich. Nein, da gab es gar nichts zu denken! Dolan war ein Schmeichler, das war sicher Teil seines Berufs.

»Und was denkst du?«, fragte sie ihren Mann in gespieltem Gleichmut.

Émile gähnte hemmungslos und lockerte seine Schultern. »Ich denke, dass das immerhin eine Ablenkung für dich wäre, während ich mich mit Madden treffe.«

Verdutzt zog sie die Augenbraue hoch. »Dem Chef des Cotton Club?«

»Dolan handelt in seinem Namen mit mir. Ich nehme an, Madden will versuchen, einen Rabatt auszuhandeln.«

»Aber warum wollen diese Leute französischen Champagner kaufen?«, fragte Charlotte, während sie in ihr Nachthemd schlüpfte. »Haben die hier in Amerika keinen?«

Émile stieß ein spöttisches Lachen aus. »Du kannst manchmal aber auch dumm sein! Meine liebe Charlotte, die Situation hier ist nicht dieselbe wie bei uns. Der Alkohol ist ... reserviert für einige wenige Privilegierte. Die Amerikaner dürfen ihn weder produzieren noch konsumieren.«

Nun, da er es sagte, erinnerte sie sich, dass sie tatsächlich in einer Zeitung etwas darüber gelesen hatte. Aber ihre Tage waren so ausgefüllt, dass sie Nachrichten aus dem Ausland kaum richtig zur Kenntnis nahm.

»Ist es dann überhaupt legal, wenn du ihnen welchen lieferst?«, fragte sie beunruhigt.

»Die Heuchler, die den Hahn zudrehen, drücken gelegentlich auch mal ein Auge zu, wenn es ihnen passt ... Was für viele Leute ein Segen ist. Aber diese Dinge gehen dich nichts an«, fügte er mit einer energischen Handbewegung hinzu. »Das sind Männerangelegenheiten, und je weniger Fragen du stellst, desto besser.«

In dieser Nacht fand Charlotte, obwohl sie unendlich müde war, erst spät in den Schlaf. Die Bilder des Abends vermischten sich mit ihren Bedenken, was Émiles Geschäfte in Amerika betrafen. Wenn der Alkohol hier verboten war, lief ihr Mann dann nicht Gefahr, im Gefängnis zu landen? Und was war Ryan Dolans Rolle in alldem? Vielleicht konnte seine Frau ihr morgen mehr dazu sagen. Oder vielleicht sollte sie besser gar nicht mehr an all das denken. Ihr blieben noch drei Tage, um New York zu genießen, dann würden sie nach

Épernay zurückkehren. Wo sie diesen verrückten Abend und Dolans magnetische Augen vergessen konnte. Noch nie hatte sie so weiche Knie bekommen, wenn ein Mann sie ansah.

9

Ein Chauffeur holte Charlotte am späten Vormittag ab. Offenbar war geplant, dass sie mit Mrs Dolan zu Mittag essen und anschließend den ganzen Nachmittag in ihrer Gesellschaft verbringen würde. Sie machte sich nicht ohne eine gewisse Unruhe auf den Weg, denn sie fürchtete, dieser Frau, die sie gar nicht kannte, nichts Interessantes erzählen zu können. Dennoch war ihre Neugier geweckt: Hatte Dolan eine von diesen gertenschlanken, trägen Schönheiten geheiratet oder eine Frau gewählt, die sich mit Sorgfalt um den Haushalt kümmerte?

Der Wagen hielt bereits nach wenigen Minuten am Rand des Central Park, dort, wo die Gehwege sich verbreiterten.

»Sind wir schon da?«, fragte Charlotte überrascht.

»Ja, Madam«, bestätigte der Chauffeur. »Man hat mich angewiesen, Sie am Central Park West abzusetzen.«

Das war ja eigenartig. Vielleicht wollte Mrs Dolan noch ein wenig spazieren gehen, um den Appetit anzuregen? Charlotte stieg aus dem Auto und erstarrte: Neben dem Eingangstor zum Park stand Ryan Dolan und nicht weit von ihm Frank, einer seiner Begleiter. Sie versuchte, eine gelassene Haltung einzunehmen, obwohl ihr Herz heftiger schlug, und ging auf ihn zu.

Beruhige dich, es gibt sicher eine Erklärung.

»Ist Ihrer Frau etwas dazwischengekommen?«, fragte sie den Geschäftsmann.

Er lachte, und in seinen Augen blitzte der Schalk. »Ich sehe also wirklich so aus, als wäre ich verheiratet? Interessant …«

Charlotte stieg die Röte in die Wangen, als sie begriff, dass er Émile angelogen hatte.

»Oh!«, rief sie aus. Obwohl sie sich geschmeichelt fühlte, brachte die Situation sie aus der Fassung.

»Ich hoffe, Sie nehmen mir dieses kleine Arrangement nicht übel«, sagte Ryan mit gespielter Zerknirschung. »Ich hatte große Lust, ein wenig Zeit mit Ihnen allein zu verbringen.«

Charlotte atmete die eisige Luft ein und zögerte. Das Hotel war nicht weit, sie konnte von dort, wo sie stand, den oberen Teil der Fassade sehen. Umzukehren würde ihr Ärger ersparen. Doch ihre Füße waren wie auf dem eisglitzernden Gehsteig festgefroren.

»Was würde mein Mann sagen, wenn er wüsste, dass ich mich in Wirklichkeit mit Ihnen treffe?«, fragte sie schließlich.

Dolan zuckte lässig die Achseln. »Muss er es denn erfahren?«

Charlotte spürte, wie ihr Widerstand dahinschmolz, und schluckte nervös. »Antworten Sie auf Fragen immer mit einer Gegenfrage, Mister Dolan?«

»Nur, wenn mir danach ist«, erwiderte er geradeheraus. »Wollen wir ein wenig gehen, bevor wir zu Eis erstarren?«

Er bot ihr seinen Arm, und sie betraten den Central Park. Frank folgte ihnen mit etwas Abstand.

Charlotte warf einen Blick über die Schulter. »Folgen Ihre Begleiter Ihnen eigentlich auch, wenn Sie zur Toilette gehen?«, fragte sie mit leisem Spott.

Dolan schmunzelte. »Nicht ganz, aber ich muss auf Nummer sicher gehen.«

Sie konnte sich eine kleine Spitze nicht verkneifen: »Wegen der eifersüchtigen Ehemänner?«

»Ich mag eigentlich keine Frauen mit frechem Mundwerk«, entgegnete er im gleichen Tonfall.

»Sie weichen schon wieder meiner Frage aus.«

Er seufzte. »Wenn man mit seiner Arbeit gut verdient, gibt es immer Neider. Ich muss mich schützen.«

Um seine Aussage zu unterstreichen, öffnete er seinen Mantel ein wenig, sodass sie ein Holster mit einem Revolver erkennen konnte.

Charlotte blieb abrupt stehen. »Wenn es gefährlich ist, mit Ihnen spazieren zu gehen, Mister Dolan, würde ich es vorziehen, ins Hotel zurückzukehren.«

Er lächelte ihr voller Liebenswürdigkeit zu. »Bitte nennen Sie mich doch Ryan. Und nein, Sie sind an meiner Seite nicht in Gefahr.«

Charlotte wartete auf weitere Erklärungen, aber es kam nichts. Er schien kein großer Redner zu sein. Sie wusste nicht, was sie von alldem halten sollte, aber sie versuchte, sich ein wenig zu entspannen, und sie gingen weiter. Vor ihnen lag ein zugefrorener See, auf dem Schlittschuhläufer ihre Runden drehten. Sie merkte, dass Ryan sie ansah, und holte tief Luft.

»Ihr Verhalten verwirrt mich«, gestand sie ihm. »Warum

haben Sie sich hinter dem Rücken meines Mannes mit mir verabredet? Hat es mit den Geschäften zwischen Ihnen und Émile zu tun?«

»Nein, überhaupt nicht. Aber was wissen Sie denn über unsere Geschäfte?«

Er hatte die Stirn gerunzelt, als wäre er plötzlich misstrauisch geworden. Frank machte einen Schritt auf sie zu, aber Ryan stoppte ihn mit einer Handbewegung.

»Nun sagen Sie schon, Charlotte.«

Sie wandte den Blick ab, als wäre sie ertappt worden. Morgens beim Frühstück hatte sie in der *New York Times* gelesen, die das Hotel zur Verfügung stellte, und war bei einem Artikel hängen geblieben, in dem es um das sogenannte »Valentinstag-Massaker« ging, das zehn Monate zuvor in Chicago geschehen war – eine grausige Abrechnung unter Alkoholschmugglern im Auftrag von Al Capone. Charlotte weigerte sich zwar zu glauben, dass Ryan Dolan in solche illegalen Aktivitäten verwickelt war, aber ihr Instinkt riet ihr, ihm aus dem Weg zu gehen. Lag es an der Narbe an seiner Augenbraue, an den beiden Männern, die ihm überallhin folgten, oder einfach nur an der gefährlichen Anziehungskraft, die er auf sie hatte?

»Ich weiß gar nichts«, antwortete sie schließlich. »Émile hat nicht mit mir darüber gesprochen. Um ehrlich zu sein, finde ich das alles sehr seltsam.«

Ryan wirkte erleichtert. »Ihr Mann produziert Champagner, und ich kaufe ihn im Auftrag einiger Clubs und Restaurants. Daran ist gar nichts seltsam.«

Er nahm eine Zigarette aus seinem Etui, zündete sie an und

zog ausgiebig daran. Sein Blick lag nachdenklich auf dem See, während die blasse Wintersonne ein paar kupferne Fäden in seinem Haar aufleuchten ließ. Charlotte fragte sich, wie lange sie hier noch stehen und den Eisläufern zusehen wollten. Um sie herum rollten Kutschen durch die Alleen des Parks. Es hatte aufgehört zu schneien, aber es war kalt, genauso kalt wie zu Hause in der Champagne. Doch hier schienen die verschneiten Äste der Bäume direkt aus einem Märchen zu stammen.

»Hätten Sie Lust, mit mir zu Mittag zu essen und anschließend einen Film mit Charlie Chaplin anzusehen?«, fragte Ryan unvermittelt. »Es ist wirklich ein Unding, dass sie keinen einzigen seiner Filme kennen.«

Charlotte sah ihn überrascht an. »Ich ... Ich weiß nicht, ob ...«, stammelte sie. »Sie wissen schon, ob sich das ...«

»Wovor haben Sie Angst? Ich schlage Ihnen doch nur einen netten Nachmittag unter guten Freunden vor.«

Gute Freunde. Die Bezeichnung war nun wirklich etwas voreilig! Dieser Mann brachte sie völlig durcheinander, aber er machte sie auch neugierig. Sie wollte schon ablehnen, doch dann fiel ihr ein, dass Émile ja nichts davon erfahren würde, da er annahm, sie sei mit Mrs Dolan zusammen. Ein Mittagessen und ein Besuch im Kino, wozu verpflichtete sie das schon? Sie war noch nie in einem Kino gewesen, warum also sollte sie sich in ihrem Hotelzimmer verkriechen, wenn sie ein viel aufregenderes Abenteuer erwartete?

»Einverstanden, Ryan.«

»Chaplin hatte bei den Dreharbeiten zu *Der Zirkus* mit großen Schwierigkeiten zu kämpfen«, sagte Ryan, während er Charlotte seinen Arm bot.

Vor dem Kinobesuch hatte er sie ins Beefsteak Charly's eingeladen, ein typisches Yankee-Restaurant an der 50. Straße, dessen Speisekarte direkt auf die Fensterscheibe geschrieben war. Neugierig auf die amerikanische Kultur, hatte sie sich in dem einfachen, von Lärm und Geschäftigkeit erfüllten Lokal sofort wohlgefühlt. Sie hatten riesige Zwiebelsteaks gegessen und sich über die derben Manieren der Kellner amüsiert und waren dann zum Times Square geeilt, um die Vorführung nicht zu verpassen. Frank hatte sich etwas in das Gewimmel der Passanten zurückgezogen, um ihnen ein wenig Privatsphäre zu geben, war ihnen aber stetig gefolgt.

Charlotte war noch ganz beeindruckt von dem Film, den sie gerade gesehen hatten, einer subtilen Mischung aus Burleske und Drama.

»Tatsächlich?«, erwiderte sie. »Obwohl – eigentlich überrascht es mich nicht. Die Szene mit seiner Nummer auf dem Seil ist unglaublich!«

»Es heißt, die hätten sie siebenhundertmal gedreht.«

»Siebenhundertmal?«, staunte sie. »Unfassbar!«

»Und das ist noch nicht alles«, fuhr Ryan fort. »Ein Sturm hatte das erste Zirkuszelt völlig zerstört, und Chaplin war sechs Wochen im Krankenhaus, nachdem ihn die Affen, die man in dem Film sieht, mehrfach gebissen hatten. Aber das Schlimmste war für ihn bestimmt die Szene im Löwenkäfig …«

Charlotte riss die Augen auf. »Er ist wirklich da reingegangen?«

Er nickte.

»Gütiger Jesus, er hätte sterben können!«, rief sie entsetzt aus. »Wenn ich das gewusst hätte, wäre ich gestern Abend zu ihm gegangen und hätte ihn beglückwünscht.«

»Das wäre Ihrem Mann offensichtlich nicht recht gewesen«, bemerkte Ryan ernst.

Sie gingen den Times Square entlang, wo sich die Stadt in eine Art menschlichen Ameisenhaufen zu verwandeln schien. Charlotte gestand ihm, dass sie solche Menschenmassen und eine solche Betriebsamkeit nicht gewohnt war. Épernay war eine ruhige Kleinstadt, und sie war vom Patrizierhaus ihrer Eltern direkt aufs Weingut ihres Mannes gezogen. Großstädte kannte sie nicht. All die Eindrücke überwältigten sie und überforderten sie auch ein wenig, aber sie konnte nicht genug davon bekommen!

»Dieses Viertel ist das Zentrum von Manhattan«, erklärte ihr Ryan. »Es heißt nicht zufällig Midtown.«

Sie machte große Augen, als sie erfuhr, dass es in der Stadt rund vierhundert Wolkenkratzer gab. Von allen Seiten drängten sich die Leute auf den Gehsteigen, auf dem Weg zur U-Bahn oder zu irgendeinem anderen Ort, den sie zielstrebig ansteuerten. Für sie war das ganz normal. Manche traten in prächtige Geschäfte – in zwei Wochen war Weihnachten –, andere warteten vor Theatern.

»Wenn ich mir vorstelle, dass Sie inmitten dieses Trubels aufgewachsen sind!«

Ryan tat, als lüpfe er einen imaginären Hut, verbeugte sich und sagte mit übertrieben irischem Akzent: »Nee, Verehrteste, ich bin ’n Vorstadtjunge.«

»Sie machen sich über mich lustig!«, erwiderte sie, aber sie konnte ihm nicht böse sein. Der Mann amüsierte sie.

»Es stimmt aber, glauben Sie mir«, sagte Ryan, nun wieder ernst. »Meine Vorfahren sind vor achtzig Jahren hierhergekommen, wegen der großen Hungersnot. Der Bruder meines Urgroßvaters ist auf der Überfahrt bei einem heftigen Sturm ums Leben gekommen. Die Übrigen haben sich in Five Points niedergelassen.«

Charlotte runzelte die Stirn. »Ist das ein Viertel von Manhattan?«

»Five Points? Das war eine Ansammlung von fünf Straßen in der Nähe eines trockengelegten Sumpfes. Dort lebten arme Immigranten wie wir. In bin in einem dieser elenden Holzhäuser an der Anthony Street aufgewachsen ... Wir haben zu viert in einem Zimmer gehaust: meine Eltern, meine Großmutter und ich. Ein furchtbares Loch.«

Ryan schilderte den Gestank nach Müll, der ständig in der Luft hing, und die dicken Ratten, die überall herumliefen, sobald die Menschen sich bei Anbruch der Dunkelheit in die Häuser zurückzogen.

»Hatten Sie denn keine Möglichkeit, woanders zu wohnen?«

In Erinnerungen versunken, schüttelte er den Kopf. »Mein Vater arbeitete auf dem Fischmarkt und meine Mutter als Wäscherin. Wir hatten gerade genug für die Miete und das Essen, das fast ausschließlich aus Kohl und Kartoffeln bestand.« Angewidert verzog er das Gesicht. »Bis heute kann ich den Geruch nach Kohl nicht ertragen.«

»Ihre Eltern sind doch bestimmt stolz auf Ihren Erfolg.«

»Sie haben es nicht mehr erlebt. Die katastrophalen Lebensbedingungen haben ihre Gesundheit ruiniert. Mein Vater ist an einem Kieferabszess gestorben und meine Mutter an einem Emphysem.«

Charlotte sah ihn voller Mitgefühl an. »Das tut mir sehr leid.«

»Lassen wir die Vergangenheit, wo sie ist«, sagte er mit einem Achselzucken. »Die Gegenwart ist uns hold, also nutzen wir es aus!«

»Aber Sie haben es trotz dieser Schwierigkeiten weit gebracht«, sagte sie bewundernd.

Ryan blieb stehen und musterte sie, als wollte er sich ihre Gesichtszüge einprägen. Sein eindringlicher Blick verwirrte sie, und sie strich sich nervös über den Nacken.

»Finden Sie?«, fragte er nach einigen Sekunden ernst.

Ohne eine Antwort abzuwarten, ging er mit schnellen Schritten weiter und zeigte kurz darauf in die Höhe.

»Sehen Sie das Gebäude da? Das war früher mal der Sitz der *Times*. Letztes Jahr wurde dort oben die erste elektrische Nachrichtentafel der USA eingeweiht.«

Charlotte klatschte in die Hände. So etwas Modernes – nicht zu glauben! Begeistert sog sie alles um sie herum in sich auf, um es nie wieder zu vergessen, bis hin zum Duft der gerösteten Maronen, die in den Straßen angeboten wurden.

»Und was stand auf der Tafel?«, fragte sie wissbegierig.

»Sie verkündete die Hinrichtung von Ruth Snyder auf dem elektrischen Stuhl.«

»Ich glaube, davon habe ich nichts gehört.«

»Das sind keine Geschichten für junge Damen …«

Charlotte zog einen Schmollmund, was Ryan zum Lächeln brachte.

»Wenn Sie unbedingt wollen«, sagte er amüsiert. »Diese Frau wurde des Mordes an ihrem Mann schuldig gesprochen, was hier für Debatten gesorgt hat, denn sie schilderte zur Verteidigung das grauenvolle Leben, das sie an seiner Seite erdulden musste.«

Sie dachte einen Moment über dieses Argument nach. Sie verstand, dass manche etwas derben Verhaltensweisen der Männer schwer auszuhalten waren, aber deshalb den eigenen Ehemann ermorden?

»Ich frage mich, was er ihr angetan haben mag, um sie so weit zu treiben«, murmelte sie.

»Der Grad dessen, was wir ertragen können, ist bei jedem von uns verschieden«, erwiderte Ryan und versenkte seinen Blick in ihrem. »Manche Ehen sind nicht glücklich, das wissen Sie so gut wie ich.«

Getroffen von seiner Andeutung zog Charlotte ihren Arm aus seinem.

»Ich möchte jetzt ins Hotel zurück«, sagte sie kühl und strich ihren Mantel glatt. »Émile macht sich bestimmt schon Sorgen.«

»Ich wüsste nicht, weshalb«, wandte Dolan ein. »Offiziell verbringen Sie doch den Tag mit meiner Frau.«

»Und dieser Tag ist jetzt zu Ende«, erwiderte sie unerbittlich. »Mein Mann schätzt es sicher nicht, wenn ich zu lange fortbleibe.«

Ryan seufzte kurz und legte die Hand auf ihren Arm, um ihren Schritt zu bremsen.

»Charlotte, bitte entschuldigen Sie, wenn ich Sie verletzt habe. Das war nicht meine Absicht.«

Er sah sie an, und in seinen Augen lag plötzlich etwas, das ihr das Herz zusammenzog.

»Ich muss wirklich zurück«, wiederholte sie. »Ich hätte niemals einwilligen dürfen, mit Ihnen zu gehen.«

Seine Schultern versteiften sich. »Warum nicht? Haben Sie sich nicht gut amüsiert?«

Charlotte erinnerte sich, wie sie einige Stunden zuvor in dem Lokal die Augen aufgerissen hatte, als sie das riesige Stück Fleisch sah, das sie essen sollte, und wie sie gelacht hatte, als Ryan versuchte, den Yankee-Akzent des Kellners nachzuahmen. Doch, sie hatte sich sogar großartig amüsiert. So sehr wie schon seit Monaten nicht mehr, auch wenn dieses Eingeständnis sie beschämte.

»Ryan«, sagte sie leise. »Ich ... ich weiß nicht, was Sie von mir erwarten, aber es ist vermutlich weit mehr, als ich Ihnen geben kann.«

Da sie wieder bei der Fifth Avenue angekommen waren, blieb Charlotte stehen. Um sie herum eilten die Leute vorbei, gleichgültig gegenüber den Gefühlen, die in ihr tobten.

»Sie wollen mir doch nicht weismachen, dass Sie mit Ihrem Mann glücklich sind, oder?«, flüsterte Ryan, das Gesicht gefährlich nah an ihrem.

Dieser Mann war ein wenig zu hellsichtig für ihren Geschmack.

»Darum geht es nicht.« Sie wich ein Stück zurück. »Ich habe einen kleinen Jungen, der mich braucht. Was wäre ich für eine Mutter, wenn ich ...«

»Ich wusste nicht, dass Sie ein Kind haben«, sagte er und drückte ihre Hand. »In diesem Fall hoffe ich, dass seine Erziehung Ihnen Trost bietet.«

Charlotte hatte einen Kloß im Hals. »Leben Sie wohl, Mister Dolan«, brachte sie mühsam hervor.

Ryan lächelte unergründlich. »Ich wünsche Ihnen ein schönes Leben, Charlotte!«, rief er, als sie bereits auf das Hotel zuging.

10

Auf dem Sofa aus grünem Samt ausgestreckt, versuchte Charlotte, sich für den Artikel zu interessieren, den sie las. Es ging darin um Louise Brooks, die gerade in Frankreich den Film *Miss Europa* gedreht hatte. In der Zeitschrift waren auch Fotografien abgebildet, die die Schauspielerin bei ihrer Ankunft in Paris zeigten, mit einem Glockenhut (Charlotte träumte davon, sich auch so einen zu kaufen) und einem Pelzmantel, der sicher unbezahlbar war. Lächelnd und selbstbewusst posierte die junge Frau mit einem riesigen Blumenstrauß in den Armen, und ihre großen Augen blickten maliziös in die Kamera. In diesem Moment hätte Charlotte eine Menge darum gegeben, so ein sorgloses Leben zu führen. Die Abreise nahte, und an ihrem letzten Abend in New York war sie erneut dazu verdammt, in der Hotelsuite zu bleiben, während Émile mit irgendwelchen Geschäftsleuten im Lüchow's, einem sehr eleganten deutschen Restaurant an der 14. Straße, in der Nähe des Union Square, zum Essen verabredet war. Sie war furchtbar wütend und enttäuscht, weil sie so sehr gehofft hatte, noch einmal die Zerstreuungen genießen zu können, die die Stadt zu bieten hatte.

Charlotte schloss einen Moment die Augen und rief sich die vergangenen zwei Tage ins Gedächtnis, die unglaublich schnell vergangen waren. Der Spaziergang mit Émile durch

Manhattan, bei dem er ihr eine Tüte gerösteter Maronen gekauft hatte, obwohl er es so verabscheute, Geld auszugeben. Die Geschäfte schienen sehr erfreulich gelaufen zu sein, und Émile hatte zu seiner Jovialität zurückgefunden. Charlotte hatte sich dazu zwingen müssen, seine gute Laune zu teilen, und die Erschöpfung von der Reise als Grund für ihre mangelnde Begeisterung vorgeschoben. Der Spaziergang durch den Central Park war ihr ohne Ryans Gegenwart sehr fade vorgekommen. Ryan Dolan … Trotz aller Warnungen ihres Gewissens bekam sie ihn einfach nicht aus dem Kopf. Sie versuchte, sich davon zu überzeugen, dass es nur eine alberne, vorübergehende Schwärmerei war. Die Anziehungskraft des Verbotenen war nicht für die Dauer geschaffen, und ab morgen früh wäre Ryan Dolan nichts weiter als ein Name, eine Erinnerung, Tausende von Kilometern von ihr entfernt. Ein Ozean trennte sie und würde die Versuchung, die sie in seiner Gegenwart verspürt hatte, ertränken. Doch in diesem Moment fiel es Charlotte schwer stillzuhalten, und die Einsamkeit, die Émile ihr an diesem letzten Abend aufzwang, lastete auf ihr.

Das Klingeln des Telefons ließ sie zusammenzucken. Wer könnte denn etwas von ihr wollen? *Hoffentlich ist Émile nichts zugestoßen*, dachte sie zu ihrer eigenen Überraschung, als sie den Hörer abnahm.

Am anderen Ende der Leitung war ein Mitarbeiter vom Empfang, der ihr mitteilte, dass unten jemand auf sie wartete.

Charlotte runzelte die Stirn. »Das muss ein Irrtum sein.«

»Sind Sie nicht Madame Queyrioux?«

»Doch, das bin ich. Wer ist denn dieser Jemand?«

»›Der kleine Junge aus Five Points‹«, zitierte der Anrufer.

Sie spürte, wie das Blut aus ihrem Gesicht wich. Was zum Teufel tat Ryan hier? Und wo war dann Émile?

»Sagen Sie ihm bitte, ich komme runter«, erwiderte sie tonlos.

Sie warf einen prüfenden Blick in den Spiegel und rückte die Nadeln, die ihre Frisur hielten, zurecht. Die Koffer waren bereits gepackt, sie konnte sich jetzt nicht mehr umziehen, also musste sie ihm wohl oder übel in ihrer langweiligen Reisekleidung – Bluse, Pullover und Rock – gegenübertreten. Die Hand um ihr Medaillon geklammert, verließ sie die Suite.

Im Foyer teilte man Charlotte zu ihrer Überraschung mit, sie möge sich in die Bar begeben, aus der Stimmengewirr, Klavierklänge und Rauchschwaden von den Zigarren der Männer drangen. Mühsam und mit weichen Knien bahnte sie sich einen Weg durch das Gedränge. Die Zeit schien stillzustehen. In dem Moment, als sie ihn erblickte, an einem Tisch in einer ruhigen, dunklen Ecke, drohte ihr Herz davonzufliegen.

»Ryan«, murmelte sie, noch immer ungläubig.

»Sie sind gekommen«, erwiderte er im gleichen Tonfall und erhob sich.

Sie sahen sich an, als wollten sie sich vergewissern, dass sie nicht träumten, und Charlotte dachte flüchtig, dass Ryans Augen die Farbe eines Frühlingshimmels hatten.

»Ich dachte, Sie wären mit meinem Mann zusammen«, stammelte sie. »Es ist doch hoffentlich nichts pas–«

»Ich fühlte mich ein wenig unwohl«, unterbrach er sie. »Ich habe das Essen abgesagt.«

Sein ganzes Gesicht hatte sich in ein Lächeln verwandelt, das alles andere überstrahlte.

»So leidend sehen Sie aber gar nicht aus.« Charlotte merkte, wie ihre Stimme bebte, und sie fragte sich, ob all das wirklich geschah. Die Welt um sie herum begann zu verschwimmen.

»Ich leide daran, dass ich immer nur an Sie denken kann, Charlotte«, erwiderte Ryan.

»Seien Sie still!«, flehte sie mit gequältem Blick. »Sie kennen meine Situation.«

»Morgen reisen Sie ab, und wir werden uns nie wiedersehen. Gewähren Sie mir diesen Abend und essen Sie mit mir.«

Sie hätte gern ihre Gedanken geordnet und ihm ruhig erklärt, dass das nicht möglich war, aber seine Gegenwart brachte sie völlig durcheinander.

»Also gut«, sagte sie und setzte sich. »Essen wir.«

Der Kellner schenkte ihnen Champagner ein (offiziell Apfelsaft), und sie stießen an, während sie auf die Hummerplatte warteten, die sie bestellt hatten.

»Auf Ihren Aufenthalt in unserer wunderbaren Stadt, Charlotte! Ich hoffe, Sie nehmen nur die besten Erinnerungen mit nach Hause.«

Sie lachte schuldbewusst. »Reden Sie nur. Ich werde mit Ihnen essen und dann schlafen gehen. Das ist alles, worauf Sie hoffen dürfen.«

Dennoch musste sie ihn immer wieder anschauen. Ryan beugte sich über den kleinen runden Tisch zu ihr.

»Glauben Sie an Liebe auf den ersten Blick?«, fragte er unumwunden.

Überrumpelt senkte sie den Kopf und betrachtete die Perlen, die in ihrem Glas aufstiegen.

»Liebe auf den ersten Blick passiert unerfahrenen jungen Mädchen in romantischen Büchern. Und sie geht immer schlecht aus«, fügte sie in Gedanken an ihre Lektüre von *Tess* hinzu.

»Ich glaube an Gefühle, die plötzlich zwischen einem Mann und einer Frau in einem Jazzclub entstehen können.«

»Sind Sie da nicht ein wenig vermessen?«, entgegnete sie und leerte ihr Glas zu schnell.

Seine Augen verhehlten seine Gefühle nicht mehr. »Wie ich Ihnen schon gesagt habe, Charlotte, seit dem Abend im Cotton Club denke ich unentwegt an Sie. Und ich weiß, dass es Ihnen umgekehrt genauso geht, machen Sie sich nichts vor.«

Benommen vom Alkohol und von seinen Worten, spürte sie, wie ihr Puls sich beschleunigte. Sie hätte gern gelächelt, verkniff es sich aber, weil sie fürchtete, er würde es als Aufforderung verstehen.

»Ryan, Sie wissen doch, dass ich –«

Er brachte sie zum Schweigen, indem er zart mit dem Daumen über ihre Lippen strich.

»Sehen Sie mich an und sagen Sie mir, dass Sie nicht dasselbe empfinden.«

Charlotte war hin- und hergerissen zwischen der Vernunft, die ihr riet zu fliehen, und der ungeheuren Anziehung, die sie daran hinderte, aufzustehen und zu gehen. Es war gefährlich, viel zu gefährlich.

»Was ich empfinde, zählt doch nicht ...«, erwiderte sie

schließlich. Ihr schoss die Röte ins Gesicht, und sie biss sich auf die Lippen.

Ryan beugte sich noch ein wenig weiter vor. »Wenn Sie wüssten, wie gern ich Sie küssen würde.«

Charlotte verschlug es den Atem. Das Blut rauschte durch ihren Körper, und sie wusste, dass sie ihrem Verlangen nicht mehr lange standhalten konnte.

»Wir könnten uns das Essen nach oben bringen lassen«, schlug Ryan vor. »Ich habe mir eine Suite genommen.«

Voller Panik, weil ihr klar war, was sein Vorschlag bedeutete, sagte sie das Erste, was ihr durch den Kopf schoss.

»Ich habe keinen Hunger.«

»Das trifft sich gut, ich nämlich auch nicht. Ich will nur Sie.«

In seiner Stimme lag so viel Entschiedenheit, dass sie jeden Widerstand aufgab. Sie war besiegt. Ryan berührte ihre Seele auf eine Weise, wie Émile es niemals vermocht hatte. Es war jenseits aller Vernunft und guten Sitten, aber sie konnte nichts dagegen tun.

»Geht mir genauso«, murmelte sie, als wäre mit einem Mal alles andere unwichtig.

Ryan schloss die Tür seiner Suite, ging auf Charlotte zu und schob sie sanft gegen den Schreibtisch. Sein brennender Blick löste eine Wärme in ihrem Schoß aus. Sie hielt es nicht länger aus, schob den letzten Rest Schuldgefühle beiseite und zog ihn an sich. Dieses Verlangen war verrückt, aber vor allem machte es sie lebendig und brachte sie dazu, jegliche Bedenken über Bord zu werfen. Seit vier Tagen wirbelte Ryan alles in ihr durcheinander, und ihr fiel nichts Besseres ein, als sich in seine Arme zu werfen wie ein Insekt, das vom Licht angezogen wird.

Ryan küsste sie zuerst auf die Stirn, dann auf die Nase und die Lider. Doch Charlotte wollte mehr, seine keuschen Küsse machten sie ungeduldig. Wortlos legte sie die Hände um sein Gesicht.

»Lass mich dich heute Abend glücklich machen«, flüsterte er.

Ihre ganze Welt war dabei, in tausend Scherben zu zerspringen, und sie wusste nicht, ob es ein Fluch oder ein Geschenk war. Doch schon jetzt würde ihr Leben nie wieder so sein wie zuvor, und so ließ sie zu, dass Ryan ihr die Kleider auszog, und zuckte nicht, als er kurz innehielt und seinen Revolver in Reichweite legte. Er atmete schwer und küsste sie ungestüm.

»Sag mir nicht, dass ich aufhören soll, Charlotte.«

»Mach weiter«, flüsterte sie, das Gesicht in seiner Halsbeuge.

Ihr war schwindelig vor Verlangen. Sich Ryan hinzugeben war, als würde sie ein neues, fremdes Land entdecken, dessen Geheimnisse sie nie erahnt hatte, ein unerforschtes Gebiet, das alle ihre Sinne forderte. Es war zärtlich und wild zugleich. Sie stieß einen Schrei aus, als sie spürte, wie ihre Lust ihren Höhepunkt erreichte und wie ein Feuerwerk in ihr explodierte. Sie bäumte sich auf, und es verschlug ihr den Atem.

Anschließend zog er sie eng an sich, und Charlotte streichelte das zarte Muster aus Sommersprossen auf seiner Brust.

Es drängte sie, ihm Fragen zu stellen, aber sie war sich nicht sicher, ob sie die Antworten hören wollte. Arbeitete er für die Mafia? Hatte er Blut an seinen Händen? Warum versuchte sie, mildernde Umstände für ihn zu finden, obwohl das gegen jede Moral verstieß?

»Jetzt werde ich mich zwingen müssen, dich zu vergessen«, sagte sie leise.

»Du wirst es schaffen.« Er stützte sich auf, um ihr in die Augen sehen zu können. »Dir bleibt nichts anderes übrig.«

Charlotte seufzte, denn sie wusste, dass Ryan recht hatte. Sie war keine moderne Frau und erst recht keine von diesen *flappers*, die die Haare kurz trugen und taten, was sie wollten. Für so ein Leben war sie nicht geschaffen. Nach Frankreich zurückzukehren, sich ihren Sohn zu schnappen und mit dem nächsten Schiff wieder hierherzukommen war undenkbar. Die moralischen Werte, mit denen sie aufgewachsen war, beherrschten ihr Dasein; das war nun einmal so. Sie löste sich von ihrem Geliebten und betrachtete ihn lange, um sich jede Einzelheit seines Körpers einzuprägen: die feinen, blonden Härchen auf seiner hellen Haut, seine gerade Nase, die ein wenig schweren Lider und die Grübchen, die sich auf seiner Wange bildeten, wenn er lächelte.

»Eine Kriegsverletzung?«, fragte sie und strich mit dem Finger über die schmale Narbe unterhalb seines rechten Schlüsselbeins.

»Natürlich«, antwortete er schmunzelnd. »Wenn man aus Five Points kommt, ist das das Minimum.«

Charlotte richtete sich auf und stützte sich auf den Ellbogen. »Sag mir, wo du jetzt lebst, Ryan Dolan.«

»Ich könnte dir erzählen, dass ich ein Haus auf Long Island habe …«

»Long Island? Das kenne ich nicht.«

»Hast du *Der große Gatsby* nicht gelesen? Long Island ist ein Ort der Reichen und Schönen. Lauter riesige Villen mit Blick aufs Meer, in denen tolle Partys gefeiert werden …«

»Ich verstehe. Du träumst davon, auf Long Island zu leben«, erwiderte sie.

Ryans Blick richtete sich in eine unbestimmte Ferne. »Ich nehme an, das erwartet man von einem Mann wie mir«, sagte er leise.

»Was ist denn ein Mann wie du?«

»Genau das Gegenteil von deinem Mann.«

Als er Émile erwähnte, sprang Charlotte plötzlich vom Bett und begann hastig, ihre Kleidungsstücke aufzusammeln.

»Er muss jeden Moment zurückkommen!«, rief sie panisch aus. »Was ist, wenn … O Gott, was haben wir nur getan?«

Ryan stand ebenfalls auf, trat ruhig zu ihr und zwang sie, ihr Hemd wieder hinzulegen.

»Beruhige dich«, sagte er und zog sie an sich. »Die Jungs sind mit ihm ins Clam House gegangen. Der Club dürfte ihm sehr gefallen.«

Als er begann, ihre Halsbeuge zu küssen, überwältigte sie erneut das Verlangen.

Eine Stunde später bereitete sich Charlotte, der Verzweiflung nahe, darauf vor zu gehen. Nun, da sie das Glück in Ryans Armen gekostet hatte, erfüllte die Vorstellung, in ihr monotones Leben zurückzukehren, sie mit Trauer. Auch wenn er ihr immer wieder sagte, sie solle ihre gemeinsamen Stunden nicht bereuen, dachte sie bei sich, dass ihr die Abreise wesentlich leichter fallen würde, wenn sie Dolan und seinem intensiven Blick nicht begegnet wäre.

»Du bist eine gute Frau.« Er strich ihr übers Haar. »Du trägst deinen Ehering nicht nur am Finger, sondern auch um dein Herz. Ich weiß, dass du loyal bist, Charlotte.«

Loyal? Was für ein merkwürdiger Gedanke. Wie konnte er nach dem, was sie gerade getan hatte, so etwas behaupten? Sie nahm alle Kraft zusammen, um nicht schwach zu werden und ihn anzuflehen, sie bei sich zu behalten, und holte tief Luft.

»Lass mich noch mein Gesicht erfrischen, dann gehe ich.«

Sie lief ins Bad, schloss die Tür ab und drehte alle Wasserhähne voll auf, um das Schluchzen zu übertönen, das sie nicht länger unterdrücken konnte. Einige Minuten später, als sie sich wieder gefasst hatte, spritzte sie sich eiskaltes Wasser ins Gesicht, um die Spuren all der Gefühle, die sie innerhalb weniger Stunden aufgewühlt hatten, wegzuwaschen. Schließlich trat sie wieder hinaus, bereit für den Abschied.

Doch Ryan war ihr zuvorgekommen. Da ihm bewusst war, wie schwer die Trennung sein würde, hatte er ihr Bedürfnis nach Alleinsein genutzt, um ihr eine kurze Nachricht zu schreiben und für immer aus ihrem Leben zu verschwinden.

Danke für diesen unvergesslichen Abend, Charlotte.
Bewahren wir uns die Erinnerung an diese zauberhaften
Momente ungetrübt von Schmerz. So ist es besser.

Charlotte knüllte den Bogen zusammen und warf ihn in den Papierkorb. Sie schloss die Augen; mit einem Mal fühlte sie sich unendlich leer. Von nun an würde sich ihr Leben wieder um die Weinstöcke und die Jahreszeiten drehen, die in ihrem ruhigen französischen Landstrich dahinzogen. Ihr einziger Trost war, dass sie ihren kleinen Gabriel wiedersehen würde. Nur er konnte ihr helfen, die kurze amerikanische Episode zu vergessen, die ihr Herz durcheinandergewirbelt hatte. Letzten Endes rückte das Leben alle Dinge wieder an ihren Platz.

Mit unsicheren Schritten kehrte Charlotte zu ihrer Suite zurück. Ihr war, als würde der Boden unter ihren Füßen schwanken, und das lag nicht am Champagner. Als sie die Tür öffnete, blieb sie abrupt stehen. Mitten im Zimmer saß Émile rittlings auf einem Stuhl, rauchte eine Zigarette und sah sie mit wutverzerrter Miene an. Sie verspürte den Impuls, sich umzudrehen und davonzulaufen, riss sich jedoch zusammen. Schließlich stand ihr ja nicht auf der Stirn geschrieben, was sie getan hatte.

»Oh, du bist schon zurück, Émile?«, sagte sie, um einen unbekümmerten Ton bemüht.

Ihr Mann drückte die Zigarette im Aschenbecher aus, den er in der anderen Hand hielt, und starrte sie finster an.

»Ja, ich bin zurück. Darf ich fragen, was du um diese Zeit außerhalb unseres Zimmers machst?«

»Nichts Besonderes«, erwiderte sie. »Ich hatte Lust, noch ein wenig frische Luft zu schnappen, deshalb bin ich ein paar Schritte gegangen.«

Da sie nicht wusste, wie lange er schon auf sie wartete, hütete Charlotte sich vor genaueren Angaben, die nur zu weiteren Lügen führen würden. Sie durchquerte das Zimmer, wagte es jedoch nicht, ihm in die Augen zu sehen. Émile stand auf und packte sie am Handgelenk, sodass sie stehenbleiben musste. Er musste reichlich getrunken haben, denn sein Atem roch nach Alkohol.

»Ich nehme an, dein nächtlicher Spaziergang hat nichts damit zu tun, dass man dich mit Dolan unten in der Bar gesehen hat?«, knurrte er.

Die junge Frau wurde aschfahl. Wer hatte sie verraten? Ihre Lippen bewegten sich, doch es kam kein Ton heraus.

»Ich weiß nicht, was man dir gesagt hat, Émile, aber es stimmt nicht.«

Er stieß sie mit solcher Kraft weg, dass sie über den einen Fuß des Bettes stolperte und beinahe gefallen wäre.

»Lüg mich nicht an!«, donnerte er. »Als man mir sagte, Dolan käme nicht mit zu dem Abendessen, wusste ich, dass etwas faul war. Dieser Dreckskerl! Wenn ich geahnt hätte, dass er seinen Vorschuss in Naturalien haben will, hätte ich dich nie im Leben mitgenommen!«

Drohend kam er auf sie zu, und sie wich voller Angst zurück. Sie wollte protestieren, doch er ließ sie nicht zu Wort kommen.

»Da ich dich bei meiner Rückkehr hier nicht vorgefunden habe, bin ich wieder nach unten gegangen, um zu fragen, ob jemand dich gesehen hatte. Und siehe da, der Kerl an der Rezeption hat mir gesagt, dass du ›mit diesem Iren, der Ihr Zimmer bezahlt hat‹, wie er sich ausdrückte, nach oben gegangen bist. Ihr zwei habt mich schön verarscht!«

Charlotte war mittlerweile eingezwängt zwischen der Wand und der imposanten Masse ihres Mannes.

»Hör auf, Émile!«, flehte sie ihn an. »Er muss mich mit einer anderen Frau verwechselt haben.«

»Verschon mich mit deinen Lügen! Kaum kehre ich dir den Rücken zu, führst du dich auf wie ein billiges Flittchen!«

Sie sah, wie er mit dem Arm ausholte, und krümmte sich zusammen. »Nicht, Émile!«

Doch in seiner blinden Wut hörte ihr Mann nichts mehr, sondern schlug und trat wie ein Rasender auf sie ein. Charlotte versuchte, so gut es ging, ihr Gesicht zu schützen, doch bald mischte sich unter ihre Tränen eine andere Flüssigkeit, die aus ihrer Lippe rann. Wenn er so weitermachte, würde sie hier sterben, in dieser Luxussuite des Hotel Plaza. Und sie würde Gabriel nie wiedersehen. Bei diesem Gedanken packte sie eine solche Empörung, dass sie die Kraft fand aufzubegehren.

»Willst du die Mutter deines Sohnes töten?«, rief sie.

Diese Worte hatten auf Émile dieselbe Wirkung wie ein elektrischer Schlag. Abrupt hielt er inne, als hätte ihn alle Energie verlassen.

»Steh auf und wasch dir das Gesicht«, befahl er ihr mit bebender Stimme.

Hastig kroch Charlotte davon, richtete sich taumelnd auf und floh ins Bad. Als sie vor dem Spiegel stand, sah sie, dass ihre Unterlippe dick angeschwollen war und blutete und ihre Wangen von Blutergüssen bedeckt waren. Ob man sie in dem Zustand am nächsten Tag überhaupt auf das Schiff lassen würde? Vorsichtig wusch sie sich das Gesicht. Das Schlimmste konnte sie wahrscheinlich mit Puder abdecken, und bis zu ihrer Ankunft in Frankreich würde wohl nicht mehr viel davon zu sehen sein. Als sie ihre Schulter betastete, die violett angelaufen war, brach sie in Schluchzen aus, und eine Woge von Kummer und Angst überrollte sie. Émiles unvorhersehbarer Jähzorn war nichts Neues, aber er hatte noch nie die Hand gegen sie erhoben, und sie hätte niemals gedacht, dass er zu solcher Gewalt fähig war. Was würde jetzt geschehen? Würde er von Neuem auf sie einschlagen? Sollte sie Hilfe rufen?

»Charlotte?«

Ihr Mann klopfte leise an die Tür.

»Lass mich in Ruhe.« Sie wischte sich die Tränen ab. »Du machst mir Angst. Ich will dich nicht mehr sehen.«

»Charlotte, sei nicht kindisch. Ich wollte dir nicht wehtun, aber so, wie du dich verhalten hast, blieb mir nichts anderes übrig.«

Hatte sie diese Strafe verdient? Ja, vielleicht. Sie kannte Ehefrauen, die von ihrem Mann eine Ohrfeige bekamen, weil die Suppe kalt oder das Fleisch zäh war, und sie beklagten sich nicht. Also musste sie die Schuld wohl bei sich selbst suchen. Sie hatte den Bund ihrer Ehe verraten, wie konnte sie sich da als Opfer darstellen? Armselig, das war sie.

»Ich komme«, sagte sie nach kurzem Schweigen matt.

Als sie aus dem Bad kam, kreuzte ihr Blick den ihres Mannes. Sie meinte, darin tiefe Verachtung zu lesen.

»Nimm die.« Er hielt ihr ein paar Tabletten hin. »Die helfen dir zu schlafen. Wir brechen morgen zeitig auf.«

Sie blinzelte, verwirrt von der Ruhe, die plötzlich wieder

im Zimmer eingekehrt war. Émile hatte seine verschwitzten Sachen ausgezogen und das Durcheinander, das durch ihren Streit entstanden war, beseitigt.

»Émile, ich ... Ich möchte, dass du weißt ...«

»Reden wir nicht mehr davon«, sagte er mit seltsam ruhiger Stimme. »Geh zu Bett und hör auf, darüber nachzudenken.«

Sie schluckte die Tabletten, legte sich hin, ohne sich auch nur auszuziehen, und versuchte, sich davon zu überzeugen, dass es von jetzt an besser werden würde. Zumindest würde sie alles tun, was in ihrer Macht stand, um ihren Mann nie wieder zu verärgern. Eine unendliche Müdigkeit überkam sie und löschte alle Gedanken aus. Sie drückte das Medaillon an ihr Herz, stellte sich Gabriels bezauberndes Gesicht vor und sank in einen tiefen Schlaf.

Am nächsten Morgen drang das Tageslicht bereits zwischen den Vorhängen hindurch, als Charlotte erwachte. Noch ganz benommen brauchte sie eine Weile, bis sie richtig zu sich kam. Ihr Gesicht schmerzte, und ihre Unterlippe fühlte sich an, als würde sie gleich platzen. Schlagartig kam die Erinnerung zurück: ihre Liebesnacht mit Ryan und Émiles rasende Wut bei ihrer Rückkehr. All das war also nicht nur ein furchtbarer Albtraum gewesen! Eine diffuse Angst stieg in ihr auf, und sie drehte sich im Bett, um ihren Mann zu wecken. Doch ihre Hand griff ins Leere. Wo war er?

»Émile?«, rief sie leise.

Der Klang ihrer eigenen Stimme genügte, um eine Migräne auszulösen. Mühsam erhob sie sich und zog die Vorhänge auf. Draußen hingen die Wolken tief am grauen Himmel, und auf den Gehwegen drängten sich bereits die Passanten. Wie spät war es denn?

»Émile?«, rief sie erneut und wollte gerade an die Badezimmertür klopfen, als sie hörte, wie jemand an die Tür der Suite pochte. Ohne daran zu denken, den Zustand ihres Gesichts im Spiegel zu überprüfen, schleppte sie sich zur Tür und öffnete sie. Der Page, der davorstand, schlug bei ihrem Anblick die Hand vor den Mund.

»Du liebe Güte!«, rief er aus. »Was ist denn mit Ihnen passiert, Madam?«

»Mein ... Wo ist mein Mann?«

»Ihr Mann? Der hat an der Rezeption Bescheid gesagt, dass er Ihre Koffer zum Schiff bringt, damit sie rechtzeitig verladen werden, und Sie sollen sich dort mit ihm treffen.«

Entsetzt wich Charlotte zurück und tastete blindlings nach einem Möbelstück, an dem sie sich festhalten konnte.

»Madam? Soll ich einen Arzt rufen?«

»Können Sie mir sagen, wie spät es ist?«, murmelte sie.

»Kurz vor zwölf, deshalb hat man mich raufgeschickt, um nachzusehen, ob das Zimmer leer ist.«

In unguter Vorahnung blickte sie sich um, auf der Suche nach ihren Sachen. Doch da war nichts. Kein Koffer und keine Handtasche. Sie hatte also keine Papiere mehr. Sie besaß nur noch das, was sie am Körper trug: ihre Kleider und die Halskette. Das Schiff musste bereits vor knapp zwei Stunden ausgelaufen sein, mit Émile und der Frucht seiner Rache an Bord. Mit nichts hätte er sie schlimmer bestrafen können als damit, ihr jede Möglichkeit zu nehmen, ihren Sohn wiederzusehen.

»Gabriel!«

Sie stieß einen Schrei aus wie ein verwundetes Tier, dann verlor sie das Bewusstsein.

11

Jo, 2018

Die Fransengardine tanzte leicht im Wind, der durch das geöffnete Fenster hereinwehte. Doris stellte ihre Teetasse ab.

»Ist alles in Ordnung?«

Nach der Unruhe in ihrer Stimme zu urteilen, war die Frage nicht nur rhetorisch gemeint. Das, was ich erfahren hatte, berührte mich. Instinktiv wanderte mein Blick zu dem Foto in dem offenen Medaillon.

»Ich bin schockiert von Émiles Verhalten«, erwiderte ich. »Es ist unfassbar, was er ihr angetan hat.«

Doris verschränkte die Finger. »Mama hat mir anvertraut, dass ihn ein Familiendrama im Ersten Weltkrieg schwer gezeichnet hatte. Seine Schwägerin war eines Tages schwanger, obwohl ihr Mann seit Monaten an der Front kämpfte – wenn Sie verstehen, worauf ich hinauswill. Als er zurückkam, nachdem er obendrein einen Arm verloren hatte, ertrug er die Schande nicht und erhängte sich. Das war Émiles älterer Bruder, derjenige, der eigentlich das Weingut übernehmen sollte.«

»Das ist ja furchtbar!«, rief Adeline entsetzt.

»Daher kam wohl seine Aversion gegen Frauen mit loser Moral«, erklärte Doris.

»Wenn er sich mehr Mühe gegeben hätte, seine Frau glücklich zu machen, wäre sie vielleicht nicht in den Armen eines anderen gelandet.«

Ich konnte mir nicht helfen, mir tat Charlotte leid, und die Geschichte mit Ryan wühlte mich auf. Gut, sie hatte ihren Mann betrogen, aber Gefühle suchte man sich schließlich nicht aus. Sie für immer von ihrem Sohn zu trennen war eine unverhältnismäßig harte Strafe.

»Ich bin ganz Ihrer Meinung, Jo«, sagte Gavin. »Das entschuldigt in keiner Weise sein niederträchtiges Verhalten.«

»Hat Charlotte erfahren, dass Gabriel gestorben ist?«

Doris hob die Hand. »Darüber sprechen wir ein andermal. Ich glaube, Sie haben fürs Erste genug Informationen zu verdauen.«

Gerade als ich sie fragen wollte, wann dieses nächste Mal sein sollte, begann der Collie zu bellen und lief zur Tür. Gavin blickte auf die Wanduhr.

»Das ist Tess, meine Exfrau«, erklärte er. »Ich habe bis zum Wochenende unseren Sohn.«

Bevor ich noch meine Überraschung äußern konnte, ging die Tür auf, und eine zierliche junge Frau in Jeans und einem etwas zu großen Hemd kam herein. Ihre kastanienbraunen Haare waren zu einem lockeren Knoten aufgesteckt, und sie wirkte ein wenig erschöpft, aber gut gelaunt.

»Hallo«, rief sie in den Raum. »Ratet mal, was Jack sich wieder für einen Unsinn –«

Sie brach ab, als sie uns erblickte. Gavin stellte uns vor.

»Das ist Johanna aus Frankreich mit ihrer Freundin Adeline. Sie sind gekommen, um etwas über Charlotte zu erfahren.«

Während der kleine Jack sich in die Arme seines Vaters warf, lächelte Tess uns strahlend zu.

»Genealogische Recherchen?«, fragte sie.

»Nicht so ganz. Ich bin hier, um meinem Großvater zu helfen.«

Gavin erklärte ihr die Situation mit wenigen Worten.

»Super!«, rief Tess, dann wandte sie sich zu Doris. »Da habt ihr ja sicher viel zu tun, Grammy. Wenn ihr wollt, dass Jack bei mir bleibt –«

»Aber natürlich nicht, meine Liebe. Ich freue mich immer, wenn er hier ist.« Wenn sie lächelte, bildeten sich unzählige kleine Falten in ihren Augenwinkeln.

»Wunderbar – endlich mal ein bisschen Zeit für meinen Mann und mich!«, sagte Tess mit einem verschwörerischen Zwinkern. »Manchmal kommt es mir so vor, als würde ich ein wildes Tier dressieren. Ich weiß nicht, wie diese Instagram-Mamas es schaffen, ein perfekt aufgeräumtes Haus zu haben. Bei mir liegen überall Spielsachen herum!«

»Diese Auszeit mit Adam tut dir bestimmt gut«, sagte Gavin zu ihr.

Mit einem Mal fühlte ich mich in dieser Familienszene überflüssig. Ich hatte das unangenehme Gefühl, in ihre Privatsphäre einzudringen.

»Wir lassen Sie jetzt in Ruhe«, verkündete ich. »Vielen Dank, dass Sie mir gesagt haben, wer Charlotte war.«

»Oh, aber ich habe Ihnen noch längst nicht die ganze Geschichte erzählt«, protestierte Doris fröhlich. »Kommen Sie doch morgen zum Mittagessen wieder.«

Fragend blickte ich zu Adeline – was Gavin offenbar bemerkte, denn er fügte hinzu, dass es eine Hähnchenpastete geben würde.

»Die kriegt niemand besser hin als Grammy«, versprach er uns.

»Mir läuft jetzt schon das Wasser im Mund zusammen!«, erwiderte Adeline, die offenbar bereits vergessen hatte, wie flau ihr heute Morgen gewesen war.

»Dann also bis morgen!«, rief Doris und umarmte uns zum Abschied.

Jack war schon vor uns aus dem Haus gelaufen und rannte hinter dem Collie her um einen Apfelbaum, an dessen einem Ast eine Schaukel hing.

»Kommst du mit mir in den Stall?«, rief Gavin ihm zu, was sofort begeisterte Zustimmung fand.

Adeline und ich gingen den Weg hinunter und schlossen das Tor hinter uns.

»Was für ein zauberhafter Ort!« Sie drehte sich noch einmal um und winkte zum Abschied.

Ich nickte lächelnd. Kaum hatte ich den Wagen gestartet, schaltete Adeline wieder ihre Playlist ein.

»Wenn jetzt noch mal ›God Only Knows‹ kommt, gehst du zu Fuß zurück«, warnte ich sie.

»Keine Sorge«, erwiderte sie mit einer Miene, die mich misstrauisch machte. So, wie ich sie kannte, suchte sie uns jetzt ein 90er-Jahre-Revival mit den Spice Girls als Hintergrundberieselung heraus.

»Gegen Robbie Williams hast du ja wohl nichts, oder?«

Na bitte, so weit daneben hatte ich also nicht gelegen. Aber der Song gefiel mir ganz gut – zumindest bis Adeline anfing, laut auf Französisch mitzusingen:

»Quand l'amour n'est plus là
Que reste-t-il pour survivre ici-bas?
Donne le meilleur de toi-même
Et tu trouveras l'amour suprême ...«

»Ich schwöre dir, wenn du nicht aufhörst, stelle ich dich bei Ebay rein!«

»Wieso?«, entgegnete sie frech. »Du willst doch wohl nicht behaupten, das ist auch euer Lied, oder?«

»Sehr witzig«, knurrte ich. »Ich bin nur mittlerweile allergisch gegen Liebeslieder.«

Zum Glück sang sie nicht weiter, sondern fragte mich, was ich von Charlottes Geschichte hielt.

»Doris erscheint mir vertrauenswürdig«, erwiderte ich, während ich mich auf die Haarnadelkurven konzentrierte, die nach Ilfracombe hinunterführten. »Und es sieht ganz so aus, als wäre mein Urgroßvater ein Mistkerl gewesen.«

»Und ein Feigling obendrein. Anstatt Ryan Dolan eine reinzuhauen, hat er es an seiner Frau ausgelassen. Bei solchen Typen kriege ich Mordlust.«

Als sie noch bei der Polizei war, hatte Adeline eine ganze Menge geschlagene Frauen zu sehen bekommen. Opfer, von denen einige sich selbst die Schuld gaben (»Ich habe es verdient, wenn ich ihn nicht so gereizt hätte ...«), wie Charlotte es offenbar getan hatte, und andere, die alles leugneten (»Es war ein Unfall, das ist das erste Mal, er würde mir niemals etwas antun«). Genau wie Adeline regte auch mich das auf.

»Pépé hat oft gesagt, dass sein Vater jähzornig war, das überrascht mich also nicht allzu sehr. Aber eine Mutter von ihrem

Kind zu trennen und umgekehrt, da komme ich nicht mehr mit.«

»Was glaubst du, wie er reagiert, wenn er das alles erfährt?«

Er würde die Neuigkeiten sicher mit seiner üblichen Gelassenheit aufnehmen.

»Ich glaube, er weiß nicht, dass sein Vater schon mal verheiratet war … Aber das Ganze ist bald hundert Jahre her, für ihn wird es nicht mehr viel ändern. Ich rufe ihn gleich mal an, wenn wir wieder im Hotel sind.«

»Und anschließend ins Pub?«

»Ja, warum nicht?«

Ein paar Minuten später hatte ich meinen Großvater am Telefon.

»Jo, ist alles in Ordnung?«, fragte er beunruhigt.

»Ja. Ich hatte dir doch versprochen, so oft wie möglich anzurufen, also tue ich das auch.«

Er wirkte erleichtert, und ich erzählte ihm, was ich von Doris erfahren hatte. Wie vermutet war er nicht sonderlich überrascht, als er hörte, wie Émile auf Charlottes Untreue reagiert hatte.

»Mein Vater konnte so ein Rüpel sein … Weißt du«, gestand er mir, »dass ich Boxer geworden bin, kam daher, dass ich diese Gewalt auch in mir hatte, und ich brauchte ein Ventil dafür.«

»Aber ich habe nie gesehen, dass du gegen irgendwen die Hand erhoben hast, nicht mal gegenüber einem Tier.«

»Weil ich im Gegensatz zu ihm diese Wut anderswo rausgelassen habe, und zwar im Ring.«

Ich konnte mir gut vorstellen, dass dieses väterliche Erbe

für einen von Grund auf guten Mann wie ihn nicht leicht zu tragen war.

»Hattest du vermutet, dass Gabriel dein Halbbruder war?«

Am anderen Ende herrschte Schweigen. Vielleicht war das Thema für ihn doch schwieriger, als ich gedacht hatte.

»Wie ich dir schon sagte, haben wir, abgesehen von dem Moment, als meine Mutter mir von Gabriels kurzer Existenz erzählt hat, nie über ihn gesprochen. Für mich war er nicht mehr als ein Name.«

Das verstand ich, aber eine Frage beschäftigte mich noch. »Wenn deine Eltern nicht in der Vergangenheit wühlen wollten, warum haben sie dir dann überhaupt von ihm erzählt?«

»Das ist alles lange her.«

Erst dachte ich, er würde nicht weiter darauf eingehen. Ich hörte, wie er etwas vor sich hin brummte, dann entschloss er sich zu sprechen.

»Es war 1947, gegen Ende des Winters. Das weiß ich noch, weil ich kurz vorher französischer Meister bei den Amateuren geworden war. An dem Tag hatte ich mich nach der Arbeit auf dem Weinberg ein bisschen hingelegt. Ich wurde wach von einem Streit. Da war eine Frauenstimme, die ich nicht kannte. Sie sagte zu meinem Vater, dass sie Gabriel sehen wollte. Seine Antwort darauf war unglaublich brutal ...«

Da er nicht weitersprach, hakte ich nach. »Was hat er denn gesagt?«

»Er hat sie angeschrien, dass Gabriel schon seit Jahren tot sei und dass es ihre Schuld sei. Der Streit wurde immer heftiger, deshalb bin ich aufgestanden und runtergegangen, um ... Ich weiß selbst nicht, was ich mir davon erhoffte«, seufzte er nach einer kurzen Pause. »Wenn mein Vater einen Wutanfall bekam, war es praktisch unmöglich, ihn zu beruhigen.«

»Was ist dann passiert?«

»Er hat die Frau einfach vor die Tür gesetzt und sie angebrüllt, sie solle sich nie wieder bei uns blicken lassen. Ich konnte mich zwischen die beiden stellen, aber so, wie er ihren Arm umklammerte, hat sie bestimmt noch tagelang einen blauen Fleck auf dem Arm gehabt.«

Mein Herz begann, schneller zu schlagen. Diese Frau war wahrscheinlich Charlotte gewesen!

»Wie sah sie aus?«

»Das ging alles so schnell, dass ich sie nur ganz kurz gesehen habe. Sie muss so um die vierzig gewesen sein. Was mir aber im Gedächtnis geblieben ist, waren ihr eleganter veilchenblauer Mantel und ihr Blick, in dem sich Entschlossenheit und tiefer Schmerz mischten.«

Ich musste Doris unbedingt fragen, ob ihre Mutter einen solchen Mantel besessen hatte.

»Ist die Frau gegangen, nachdem dein Vater sie rausgeworfen hatte?«

»Ja. Und da habe ich von meinen Eltern eine Erklärung verlangt. Da mein Vater immer noch tobte, hat meine Mutter mir erklärt, wer Gabriel war. Aber über die Frau wollten sie mir nichts sagen.«

»Ich wette, es war Charlotte.«

»Ja, das ist sehr gut möglich.«

»All das erklärt aber noch nicht, warum Doris dir das Medaillon geschickt hat«, bemerkte ich.

Mein Großvater lachte. »Das ist wieder deine legendäre

Ungeduld, Jo. Sie braucht sicher Zeit, es ist nicht so leicht, die Vergangenheit wiederaufleben zu lassen.«

Ich musste zugeben, dass er recht hatte. Ich war unangekündigt bei ihr in England aufgetaucht, und nach fünfzehn Jahren hatte Doris sicher längst die Hoffnung aufgegeben, uns von der Verbindung zwischen ihrer Mutter und Gabriel erzählen zu können.

Wir unterhielten uns noch ein wenig über andere Dinge; unter anderem erfuhr ich, dass Lucette das Gebiss ihres Zimmernachbarn Marcelin geklaut hatte, weil es beim Kauen immer solchen Krach machte.

»Rate mal, wen ich getroffen habe, als ich bei ihr war.«

Ich überlegte einen Moment. »Ich weiß nicht. Vielleicht Bradley Cooper? Du hast ihm von mir erzählt, und er ist sofort bei mir eingezogen?«

Pépé lachte laut. »Also, ich finde ja, zu dir würde eher jemand wie Matt Damon passen. Oder Adrien. Was die perfekte Überleitung ist, denn ihn habe ich getroffen.«

»Ah. Und, geht es ihm gut?«

»Er macht sich Sorgen, Jo. Ich glaube, er versteht dein Schweigen nicht. Ich habe mich ihm gegenüber nicht sehr wohlgefühlt.«

»Das tut mir leid, Pépé. Ich wollte dich nicht in Verlegenheit bringen.«

Mist, Mist, Mist! Nachdem ich aufgelegt hatte, sprang ich kurz unter die Dusche und öffnete mit schlechtem Gewissen meine Messenger-App. Dort wartete eine Nachricht von Adrien:

Hallo, du ☺. Wie ist es in Devon? Ich hab gestern an dich gedacht. Als ich eine Gruppe Touristen auf einer Draisinentour begleitet habe, bin ich an einer neuen Patisserie vorbeigekommen. Deren Schokoladeneclairs sahen superlecker aus, aber ohne dich mag ich sie nicht ausprobieren. Komm bald zurück, Jo!
PS: Wusstest du, dass die Eclairs so heißen, weil man sie verputzt wie der Blitz?

Ich musste lächeln, und zugleich zog es mir das Herz zusammen. Wie konnte ich ihn so lange ohne Nachricht lassen? Auch wenn ich mich nicht bereit für eine Liebesbeziehung fühlte, musste ich doch nicht auf Distanz gehen, oder? Ich begann, eine Antwort zu tippen, in der ich mich für mein Verhalten entschuldigte, löschte sie aber gleich wieder. Ich hätte tausendmal neu anfangen können und es doch nicht geschafft, auf »Senden« zu drücken. Ich ärgerte mich, weil ich mich wie ein Teenager benahm. Das Ganze war lächerlich, zumal wir Hunderte von Kilometern voneinander entfernt waren. Mit meinem Gehirn war im Moment wirklich nicht viel los! Genervt nahm ich meine Sachen und ging rüber zu Adeline.

Das George & Dragon war ein klassisches Pub mit weißer Fassade und Butzenfenstern. Es stammte aus dem 14. Jahrhundert und war das älteste der Stadt. Die Karte versprach leckere Biere und mit etwas Glück das eine oder andere Gespenst. Innen empfingen uns eine niedrige, von dunklen Holzbalken durchzogene Decke und unverputzte Steinmauern, was dem

Ganzen ein sehr rustikales Ambiente verlieh. Adeline und ich setzten uns an einen runden Holztisch mit Hockern. Nicht weit davon stand eine lebensgroße Pappfigur der Queen.

»Wir speisen in guter Gesellschaft«, bemerkte meine Freundin.

»Ach, übrigens – Prinz Harry heiratet doch bald, oder?«

Adeline fragte die Kellnerin danach, als sie kam, um die Bestellung aufzunehmen.

»Ja, in nicht mal zwei Wochen!«, bestätigte sie. »Wir wollen uns alle hier treffen, um die Zeremonie im Fernsehen zu verfolgen ... Ich kann's kaum erwarten!«

Sie wirkte so aufgeregt, als wäre sie selbst die zukünftige Braut und Meghan Markle nur ein Ablenkungsmanöver, um die Paparazzi nicht auf ihre Spur zu bringen.

»Schade, das verpassen wir gerade«, sagte Adeline, als die Kellnerin gegangen war.

»Meinst du, wir sind dann schon wieder zu Hause?«

»Ganz bestimmt. Wir haben noch drei oder vier Nächte im Hotel, und ich kann nicht noch länger wegbleiben. Aber bis dahin«, fügte sie hinzu und tätschelte mir die Hand, »hat Doris uns bestimmt alles erzählt.«

Irgendetwas an dieser Vorstellung irritierte mich.

»Findest du nicht, dass das alles ein bisschen zu glatt läuft? Wir tauchen einfach auf, und Doris redet ohne das geringste Misstrauen mit uns über so persönliche Dinge?«

Adeline zuckte die Achseln. »Das Leben ist kein Krimi von Agatha Christie. Diese Frau will ihre Geschichte schon seit Jahren loswerden, da fragt sie doch nicht nach unserem Ausweis.«

Die Kellnerin brachte uns zwei Teller mit Pfeffersteak in Tomatensauce.

»Ich verstehe ja, dass du es nicht eilig hast, wieder nach Hause zu fahren«, fuhr Adeline fort. »Aber über kurz oder lang wirst du dich mit deiner Entscheidung befassen müssen.«

»Darum geht es gar nicht. Ich denke schon, dass es besser wäre, mich operieren zu lassen, aber ich habe Schiss. Ich ... ich will mich nicht neben meine Großmutter ins Familiengrab legen. Dafür ist es noch zu früh.«

Adeline sah mich eindringlich an, und ihr Kinn zitterte kaum merklich. »Ich werde dir etwas verraten, Jo: Ich bin mir zu neunundneunzig Prozent sicher, dass du lange lebst. Aber das letzte Prozent macht mich ganz kirre, weil ich absolut keine Lust habe, meine beste Freundin zu verlieren. Ich verstehe sehr gut, dass du Angst hast, das ist vollkommen legitim.«

Ich kämpfte gegen die Tränen an, die mir in die Augen stiegen, und fragte sie, was ich tun sollte.

»Die starke Frau, die ich kenne, würde sich von alldem nicht beeindrucken lassen. Sie würde jeden Augenblick genießen.«

Ich schnaubte nur. »Ganz im Hier und Jetzt leben und so weiter? Das ist doch bloß Esoterikquatsch!«

»Ach ja? Aber genau das hast du mir geraten, als ich bei der Polizei aufgehört habe. Und jetzt komm mir nicht damit, dass das ja nicht dasselbe ist.«

Um das Thema zu wechseln, erzählte ich ihr von Adriens Nachricht.

»Und was hast du ihm geantwortet?«

»Gar nichts. Ich hab's versucht, aber ich finde nicht die passenden Worte. Ich wollte das Richtige tun, und stattdessen habe ich alles in den Sand gesetzt«, seufzte ich. »Im Kopf habe ich ja begriffen, dass meine Zukunft ungewiss ist, aber ich schaffe es nicht, meine Gefühle in den Griff zu kriegen.«

Aufgebracht schüttelte sie den Kopf. »Gefühle lassen sich doch nicht einfach abschalten, Jo!«

Während ich noch nach einer passenden Erwiderung suchte, sah ich, wie ihr Blick über meine Schulter wanderte.

»Oh, sieh mal«, rief sie aus. »Da ist Gavin!«

Genau in dem Moment, als ich mich umdrehte, entdeckte er auch uns. Er war in Begleitung eines Mannes und einer Frau und machte uns ein Zeichen, uns zu ihnen zu gesellen.

»Komm, amüsieren wir uns ein bisschen!«, sagte Adeline und stand auf.

In Nullkommanichts hatte sie unsere Teller zum anderen Tisch gebracht, und ich fand mich auf einer Bank wieder, eingequetscht zwischen der Wand und Gavins Freund, der ein wenig jünger zu sein schien als wir.

»Das sind Jenna und ihr Bruder Daniel«, stellte Gavin die beiden vor und erklärte ihnen dann, wer wir waren.

»Hallo«, sagte ich zu meinem Sitznachbarn, der nicht sonderlich begeistert wirkte, meine Bekanntschaft zu machen.

Adeline gab ihm lächelnd die Hand. »Sehr erfreut. Ich bin Jos beste Freundin.«

Beste Freundin, Psychotante und Tyrannin, um genau zu sein, ergänzte ich in Gedanken an unsere Unterhaltung eben.

Jenna, eine große junge Frau mit heller Haut und rotem Haar, das von einem Stirnband zurückgehalten wurde, hörte für einen Moment auf, Gavin anzusehen, als wäre er das achte Weltwunder, und lächelte uns strahlend zu.

»Willkommen in unserer kleinen Stadt«, verkündete sie mit kräftiger Stimme. »Ihr habt es richtig gemacht, im Frühjahr herzukommen, da zeigt sich England von seiner schönsten Seite.«

Ich erwiderte, dass Gavin und Doris uns schon von ihrem Geschäft mit regionalen Produkten erzählt hatten.

»Ihr müsst unbedingt mal vorbeikommen, bevor ihr wieder fahrt«, sagte sie. »Solange ihr Doris' Honey Buns nicht probiert habt, kennt ihr Ilfracombes wahre Schätze nicht.«

Dann wandte sie sich zu ihrem Bruder, der noch kein Wort gesagt hatte. »Danny, sei so nett und hol uns was zu trinken.«

Der Angesprochene stieß einen Seufzer aus und erhob sich widerwillig.

Wirklich charmant.

Jenna schmunzelte. »Zwischen meinem Bruder und mir ist es zurzeit etwas schwierig, er ist auf dem Selbstfindungstrip«, erklärte sie uns, als würden wir uns schon seit Jahren kennen. »Wenn ich mich nicht um ihn kümmern würde, läge er nur noch apathisch herum.«

»Du übertreibst«, mischte sich Gavin ein. »Er ist dreiundzwanzig, lass ihn ein bisschen leben. Neulich ist er zum Hof gekommen, um mir zu helfen. Was er braucht, ist eine Beschäftigung.«

Jenna wandte ein, dass Daniel es noch nie geschafft hatte, einen Job zu behalten.

»Er spielt den ganzen Tag nur mit seiner Xbox. Außerdem qualmt er wie ein Schlot. Ich mache mir Sorgen, Gavin, verstehst du das nicht? Schließlich habe ich diese Nervensäge großgezogen.«

Sie stieß einen leidgeprüften Seufzer aus.

Adeline räusperte sich, um ihr unsere Gegenwart wieder ins Gedächtnis zu rufen. »Ich habe auch manchmal Lust, meinen Bruder zu erwürgen. Vielleicht sollten wir euch lieber allein lassen ...«

»Oje, habe ich mal wieder das Gespräch an mich gerissen?« Jenna zog eine zerknirschte Miene.

In dem Moment kam Daniel mit drei Guinness zurück, und verlegenes Schweigen breitete sich aus.

»Wo waren wir stehengeblieben?«, fragte Jenna, als ihr Bruder sich wieder neben mich setzte.

»Bei Gavins Liebesleben!«, rief Adeline in einem spontanen Einfall aus. »Also, gibt es jemanden an deiner Seite, Mister Landwirt?«

Warum fragst du ihn nicht gleich nach der Farbe seiner Unterhose und danach, wie viele Kinder er haben will?

Hatte sie vergessen, dass er geschieden und Vater eines kleinen Jungen war?

»Ist das ein Antrag?«, entgegnete er schmunzelnd.

Jennas Lächeln erlosch schlagartig.

»Nein, ist es nicht«, antwortete ich an Stelle meiner Freundin. »Adeline hat in Frankreich schon alles, was sie braucht.«

»Das sagst du so«, murrte sie.

»Schwierigkeiten?«, fragte Gavin. »Ich bin ein guter Tröster wunder Herzen.«

»Soso, Mister Landwirt ist also ein Frauenheld ...«

Da Jenna mittlerweile mit gerunzelter Stirn auf ihr Bierglas starrte, sagte ich auf Französisch zu Adeline: »Hör auf zu flirten! Merkst du nicht, dass sie in ihn verliebt ist?«

Zum Glück schien niemand von den anderen Französisch zu sprechen. Gavin merkte offenbar nicht, wie verstimmt seine Freundin war. Adeline machte große Augen, als der Groschen fiel, und beeilte sich, das Ganze wiedergutzumachen, indem sie Jenna auf ihr Geschäft ansprach. Da Daniels Blick auf den Fernseher geheftet war, wandte Gavin seine Aufmerksamkeit mir zu.

»Du warst also schon mal verheiratet?«, fragte ich ihn in Erinnerung daran, wie Tess und Jack auf dem Hof erschienen waren.

»Das scheint dich zu überraschen«, bemerkte er lachend.

»Na ja, du wohnst bei deiner Großmutter, das ist doch etwas ungewöhnlich, oder?«

Er grinste. »Ah, ich verstehe – du dachtest, ich wäre eingefleischter Junggeselle!«

»Ja, vielleicht.«

»Falsch gedacht. Tess und ich sind uns bei einer Party von gemeinsamen Freunden begegnet, und es hat sofort gefunkt«, erzählte er. »Wir dachten, es wäre Liebe, und acht Monate später waren wir verheiratet. Sie ist auf den Hof gezogen, und dann kam Jack auf die Welt. Aber wir haben bald gemerkt, dass wir uns gegenseitig auf die Nerven gingen, und wir hatten im Grunde kaum Gemeinsamkeiten. Grammy hat es mir ein wenig übelgenommen, aber wir haben es geschafft, uns im Guten zu trennen und Freunde zu bleiben.«

»So was kommt vor«, bemerkte ich. »Aber ihr habt das mit Jack anscheinend gut hinbekommen, und das ist das Wichtigste.«

Er lächelte etwas verlegen. »Ich bin überrascht, dass du

den weiten Weg hierher gemacht hast, nur um Charlottes Geschichte zu hören«, sagte er, um das Thema zu wechseln.

»Ich würde alles tun, um meinem Großvater eine Freude zu machen«, erwiderte ich, ohne weiter ins Detail zu gehen.

Er musterte mich mit einem Blick, den ich nicht deuten konnte. Ich fühlte mich zwar nicht unwohl, wusste aber nicht so recht, was ich von ihm halten sollte.

»Ich finde es einfach furchtbar, dass er Charlotte von ihrem Kind getrennt hat. Der Kleine war gerade drei Monate alt, nicht?«

Gavin nickte, und als könnte er die Fragen hören, die mir durch den Kopf gingen, sagte er: »Ich hatte das Glück, Charlotte noch kennenzulernen. Trotz allem, was das Schicksal ihr zugemutet hat, ist sie sehr alt geworden. Sie war vierundneunzig, als sie 2003 starb. Eine echte Naturgewalt.«

»Unglaublich, dass sie es geschafft hat, über den Verlust von Gabriel hinwegzukommen. Émile konnte sich ja wenigstens mit der Geburt meines Großvaters trösten ...«

Plötzlich fiel mir etwas auf, das mich traf wie der sprichwörtliche Blitz.

Warum habe ich daran nicht eher gedacht?

Es war verdammt unverschämt von Émile gewesen, Charlotte unter dem Vorwand ihrer Untreue zu schlagen und sie allein in Amerika zurückzulassen.

Denn wenn meine Berechnungen stimmten, war Charlotte nicht die Einzige gewesen, die Ehebruch begangen hatte.

12

Als ich wieder in meinem Zimmer war, schlüpfte ich aus den Schuhen und setzte mich im Schneidersitz aufs Bett. Die Geschichte war vollkommen verrückt, aber um diese Zeit konnte ich nicht mehr bei Pépé anrufen. Es war fast Mitternacht, und er schlief sicher schon seit einer Weile. Ich hingegen war nach dem, was ich entdeckt zu haben glaubte, überhaupt nicht müde.

Da ich nicht wusste, was ich mit mir anfangen sollte, nahm ich mein Smartphone heraus. Der Messenger rief mich wie Saurons Ring. (Auch wenn ich äußerlich ganz nach meiner Mutter kam, hatte mein Vater mir zumindest einen Teil seiner Leidenschaft für Tolkien vererbt.) Der kleine grüne Punkt neben seinem Foto verriet mir, dass Adrien online war. »Ich glaube, er versteht dein Schweigen nicht«, hatte mein Großvater mir vorgeworfen.

Okay, Pépé, Botschaft angekommen. Ohne weiter nachzudenken, antwortete ich auf Adriens letzte Nachricht.

Hallo zurück ☺ Nett, dass du an mich denkst! Nein, ich wusste nicht, woher die Eclairs ihren Namen haben. Und wusstest du, dass Paul McCartney »God Only Knows« für das schönste Liebeslied überhaupt hält? Wahrscheinlich,

weil er nie gehört hat, wie wir es ~~massakrieren~~
singen! Devon ist toll, fast ein bisschen wie die
Bretagne. Allerdings kennen die Engländer
offenbar keine Schokoladeneclairs, die fahren
eher auf Würstchen, dicke Bohnen und alle
möglichen Puddings ab. Adeline hat sich heute
schon fast den Magen verdorben. Vielleicht sollte
ich hier eine französische Patisserie eröffnen,
um sie mit unseren Leckereien vertraut zu
machen, was meinst du?

Ich holte tief Luft und schickte die Nachricht ab, ohne sie noch einmal durchzulesen. Als kurz darauf seine Antwort kam, schlug mein Herz wie verrückt. Ich war wirklich erbärmlich.

Schön, dass du dich meldest, Jo. Ich hab mir ein
bisschen Sorgen gemacht und mich schon
gefragt, ob die Anti-Froschesser-Aktivisten dich
entführt haben. Ja, das mit McCartney wusste
ich, auch wenn du jetzt die Augen verdrehst.
Und es kommt überhaupt nicht in Frage, dass
du irgendwas in Devon eröffnest. Deine Mutter
würde mich mit ihrem elektrischen Bratenmesser
umbringen, wenn ich dir so was durchgehen
ließe ☺

Augen verdreh
Die einzige gefährliche Aktivistin hier ist Adeline,
sie flirtet hemmungslos mit Gavin, unserem

Gastgeber. Und zwar direkt vor der Nase
von Jenna, die in ihn verknallt ist. Beinahe wäre
es zu einem diplomatischen Zwischenfall
gekommen. Vielleicht sollte ich sie bis zu unserer
Rückkehr im Londoner Tower einsperren.
Und Korrektur: Meine Mutter würde dich nicht
umbringen, sondern dich so lange foltern (mit
dem elektrischen Bratenmesser), bis du
einwilligst, mit ihr in den nächsten Flieger zu
steigen, um mich zurückzuholen.

Natürlich äußerte ich mich nicht zu den Gründen für mein Schweigen. Ich hatte keine Lust, einen Herzinfarkt auf dem Gewissen zu haben, und ich wollte nicht, dass die letzten Worte, die er las, lauteten: »Tut mir leid, dass ich mich nicht eher gemeldet habe, Adrien, aber ich bin durchgedreht, weil Dr. Schlechte Nachricht mir mitgeteilt hat, dass ich womöglich bald tot bin.« In den letzten Tagen war ich in der Vogel-Strauß-Politik ziemlich gut geworden.

Eine neue Nachricht riss mich aus meinen Gedanken.

Die gute Adeline! Das hätte ich gern miterlebt.
Ich hoffe, sie und Bruno rappeln sich wieder
zusammen. Die beiden sind nett, und nette Leute
verdienen es, glücklich zu sein.
Kommst du mit deinen Recherchen gut voran?

Ich schilderte ihm in Kurzfassung, was Doris mir über Charlotte erzählt hatte. Er antwortete, dass er es schrecklich fand, und fragte, was denn nun die Verbindung zu meinem Großvater sein könnte, da er ja aus einer anderen Ehe stammte. Das war der Moment, um mit dem herauszurücken, was mir im Pub in den Sinn gekommen war.

Erst mal gibt es keine Verbindung. Aber Émile war nicht ehrlich. Er hat Charlotte auch betrogen, und zwar lange vor der Geschichte in New York.

Was??? Wie hast du das denn herausgekriegt?

Pépé ist im März 1930 geboren, also muss seine Mutter im Herbst davor schwanger geworden sein. Aber zu der Zeit lebte Charlotte noch in Frankreich, denn Gabriel ist im September 1929 auf die Welt gekommen. Daher muss Émile seine Geliebte geheiratet haben, nachdem er Charlotte in New York zurückgelassen hatte.

Das ist ja der Hammer!

Wie auch immer das nun gelaufen ist, mein Urgroßvater war kein Heiliger, ganz im Gegenteil.

Wer war das schon zu der Zeit? Ich wette, Ryan Dolan war ein Bootlegger. Klingt jedenfalls ganz danach.

Ich war im Geschichtsunterricht nie durch besonderen Fleiß aufgefallen, und was die Zwanzigerjahre anging, beschränkte sich mein Wissen auf die Bilder von Frauen mit kurzen Haaren, die Partys feierten und Charleston tanzten. Ich nahm mir vor, mich mal ein wenig genauer damit zu befassen.

Du meinst, so ein Alkoholschmuggler wie in Der Pate? Ja, schon möglich ... Ich mache jetzt mal Schluss, es ist schon spät, und Adeline bringt es fertig, mich im Morgengrauen zu wecken, um bei Ebbe am Hafen spazieren zu gehen.

Ich hätte dich übrigens auch begleiten können ...

Nein, hättest du nicht, weil ich dich nicht gelassen hätte.

Ich starrte einen Moment auf mein Smartphone und hoffte fast, er würde selbst darauf antworten. Was natürlich nicht geschah. Aber Adrien ließ es nicht auf sich beruhen.

Jo? Bist du noch da?

Meine Finger schwebten über der Tastatur. Ich wusste nicht, was ich ihm schreiben sollte; ich hatte die Wahl zwischen einer weiteren Lüge, bei der er so tun würde, als ob er mir glaubte, und einer Wahrheit, die ihm vermutlich wehtat. Schließlich schrieb ich, weil ich mir einredete, dass es das Beste war:

Ich bin müde, Adrien. Ich melde mich bald wieder ☺ Schlaf gut!

He, warte mal, Jo, bist du dir sicher, dass alles in Ordnung ist? Ich finde dich im Moment ziemlich merkwürdig.

Jo, bist du noch da?

Nicht? Na gut, dann verziehe ich mich jetzt schmollend in die Ecke und höre den Song von Rose, der dich so nervt. Nur um dir einen Ohrwurm zu verpassen:
♫ *Jeteeeeer tout par les fenêtres ...*

Ach, und ich schicke dir auch noch den Youtube-Link dazu, dann kannst du dir den Clip ansehen.

Anscheinend bist du wirklich nicht mehr da, sonst hättest du mich schon beschimpft, aus deinen Kontakten gelöscht und eine Voodoo-Puppe mit Nadeln gespickt. Gute Nacht, Jo. Komm trotzdem bald zurück.

Im Offlinemodus verfolgte ich seine Nachrichten, und mein unterdrücktes Lachen drohte sich in einen Heulkrampf zu verwandeln. Adrien fehlte mir so, dass es wehtat. Adeline hatte recht, ich hatte mir von Anfang an etwas vorgemacht, was meine Gefühle für ihn anging. Ich hatte mich hinter der Sicherheit einer Freundschaft verschanzt, und jetzt wusste ich nicht mehr, woran ich war. Ohne dieses verflixte Aneurysma wäre alles so viel einfacher gewesen! Irgendwann würde ich es ihm sagen müssen.

»Diese Pastete ist köstlich!«, schwärmte ich am nächsten Tag, als wir mit Doris, Gavin und Jack am Tisch saßen.

»Warte, bis du den Nachtisch probiert hast!«, erwiderte Gavin mit Genießermiene. »Du wirst nie wieder gehen wollen.«

Er stand auf, um den Tisch abzuräumen. »Nein, lass nur«, sagte er, als ich ihm helfen wollte. »Adeline und du, ihr seid unsere Gäste.«

»Darf ich rausgehen?«, fragte Jack. »Es regnet fast nicht mehr.«

Ich wandte den Blick zum Fenster. In der Tat hatte der Regen nach den heftigen Güssen, die während des Vormittags heruntergekommen waren, aufgehört, aber der Himmel war immer noch düster.

»Kommt nicht in Frage«, antwortete Doris. »Deine Mutter schimpft, wenn sie dich abholt und du Schnupfen hast.«

»Was soll ich denn dann machen?«, murrte der Kleine. »Mir ist langweilig.«

Mit einem Schmunzeln meinte Gavin, er könne seinen Nachtisch ja vor dem Fernseher essen, wo gerade eine Wiederholung von *Ghostbusters* lief. Das ließ Jack sich nicht zweimal sagen, und er verschwand sofort nach nebenan.

»*Ghostbusters?*«, sagte ich verwundert. »Er ist doch erst acht, oder? Kriegt er davon keine Albträume?«

Meine Güte, jetzt redete ich schon wie eine von diesen

Übermüttern, die anderen erklärten, wie sie ihren Nachwuchs aufziehen sollten. Nur dass ich selbst gar keine Kinder hatte.

Gavin amüsierte sich über meine Bemerkung. »Albträume? Er liebt diesen Film! Er selbst glaubt nicht an Geister, aber es macht ihm Spaß, seinen Freunden davon zu erzählen und ihnen Angst einzujagen.«

Doris füllte uns derweil großzügige Portionen von ihrem Apple Crumble mit Brombeeren auf. »Mit Obst aus unserem Garten!«

»Allmächtiger!«, seufzte Adeline und führte ihren Löffel zum Mund. »Ich wusste gar nicht, wie himmlisch die englische Küche sein kann!«

Ich fragte Doris höflich, ob sie gelernte Konditorin war.

»Nein, ich habe immer hier auf dem Hof gearbeitet, mit meinem Mann. Meine Eltern hatten Billy nach dem Krieg eingestellt … Und wir haben schnell gemerkt, dass wir nicht ohneeinander auskommen konnten.«

Die Sterne, die in ihren Augen funkelten, verrieten, wie sehr sie ihren Mann geliebt haben musste.

»Grammy hat immer für alle gekocht«, sagte Gavin und aß seinen letzten Rest vom Crumble. »Ich erinnere mich noch an das große Essen, das wir früher einmal im Jahr draußen abgehalten haben, mit allen Arbeitern vom Hof.«

Doris lächelte bei der Erinnerung daran. »Stimmt. Ich muss mal gucken, wo ich die Fotos habe … Jetzt können wir es uns nicht mehr leisten, so viele Leute zu beschäftigen.«

Sie schilderte uns, dass die Landwirtschaft, wie sie früher üblich war, nicht mehr viel einbrachte. Milch und Fleisch allein rentierten sich nicht mehr, deshalb hatten sie ihre Produkte diversifiziert. Zusätzlich zu den Keksen und Honey Buns, die sie backte, verkaufte sie über Jenna auch frische Eier und selbst angebautes Gemüse.

»Kennen Sie Jenna schon lange?«, fragte Adeline mit Unschuldsmiene.

»Wir sind zusammen aufgewachsen«, antwortete Gavin. »Unsere Eltern waren eng befreundet, bis …« Er brach ab und wandte sich ab. Ich wusste nicht, was passiert war, aber offensichtlich schmerzte es ihn immer noch sehr.

»Gavin hat die alte Scheune der Arbeiter, die wir nicht mehr brauchen, renoviert«, fuhr Doris fort, als wäre nichts gewesen. »Er hat daraus zwei Apartments gemacht, die wir an Sommergäste vermieten wollen.«

Das klang nach einer guten Idee. Urlaub auf dem Bauernhof war in Frankreich total angesagt, also würde es in England sicher nicht anders sein – was Gavin bestätigte.

»Wir haben Glück gehabt«, fügte er hinzu. »Unser Teil der Küste ist vom Bauwahn bisher verschont geblieben. Wenn ihr die Gelegenheit dazu habt, macht doch mal einen Ausflug, zu Fuß oder mit dem Rad, es lohnt sich.«

Adeline wurde unruhig, und ihre schmalen silbernen Armreifen klimperten. »Ich glaube nicht, dass wir Zeit haben, Touristen zu spielen. Wenn ich nicht in vier Tagen wieder zu Hause bin, wird mein Bankmensch mich vermutlich daran erinnern, dass sie mir den Kredit für die Firma nicht gegeben haben, damit ich in Urlaub fahre.«

Daraufhin wollte Doris wissen, was sie beruflich machte, und während wir Tee tranken, drehte sich das Gespräch um unsere Arbeit.

»Ein ziemlich ungewöhnlicher Job«, bemerkte Gavin, als ich ihnen erzählte, dass ich Thanatopraktikerin war.

»Jo macht nie irgendwas wie alle Welt!«, spottete Adeline.

Würde ich aber manchmal gern.

»Jeden Tag mit dem Tod zu tun zu haben erfordert sicher einen gewissen Mut«, sagte Doris.

»Ich weiß nicht, darüber denke ich gar nicht nach.« Ich versuchte, unbeschwert zu klingen, aber in Wirklichkeit war ich alles andere als das. Ich wusste, dass der Tod nicht nur ein leeres Wort war. Dass er einen ständig bedrohte, während man versuchte, ihn von sich fernzuhalten, zu vergessen. Dass man ihm von Geburt an ausgeliefert war. Aber natürlich sprach ich das nicht aus. Ich war nicht hier, um ihnen meine Gemütszustände darzulegen oder über mich zu sprechen. Ich musste mich auf Charlotte konzentrieren und nichts sonst. Deshalb wechselte ich das Thema.

»Sagen Sie, Doris, wie ist Ihre Mutter eigentlich in Devon gelandet? Es wäre doch logischer gewesen, nach Frankreich zurückzukehren, oder?«

Die alte Dame sah mich einen Moment an, als wäge sie ihre Worte ab. »Ihr Leben war voller Wendungen«, sagte sie schließlich. »Was an dem Abend geschehen ist, als sie sich Ryan Dolan hingegeben hat, war nur der Auslöser einer ganzen Kette von Ereignissen.«

»Der berühmte Flügelschlag eines Schmetterlings …«, sinnierte ich.

»Ja, in gewisser Weise. Trotzdem bin ich überzeugt, dass das, was wir Schicksal nennen, das Ergebnis unserer Entscheidungen ist. Die Zukunft ist keineswegs vorherbestimmt.«

Doris' Worte passten so gut zu dem, was mich umtrieb, dass all die Fragen, die mir im Kopf umherschwirrten, mit einem Schlag verschwanden.

»Wie ging es denn nun mit Charlotte weiter?«, fragte Adeline.

»Als sie in New York festsaß, ohne Geld und Papiere, dachte sie, jetzt wäre alles zu Ende.« Doris schüttelte traurig den Kopf, und ich verkniff mir die Frage, ob Ryan ein Alkoholschmuggler gewesen war, wie Adrien vermutete.

Morgens, während Adeline sich fertigmachte, hatte ich im Internet recherchiert, um etwas mehr über die sogenannten »wilden Zwanziger« zu erfahren. Alles hatte am 16. Januar 1919 begonnen, mit dem Volstead Act, der die Herstellung und den Verkauf alkoholischer Getränke in den gesamten Vereinigten Staaten verbot – geradezu ein Geschenk für die Gangster, die darauf ein florierendes Geschäft aufbauten. Ein Großteil der Bevölkerung unterstützte den illegalen Handel, und die meisten Polizisten ließen sich mit ein paar Scheinen bestechen. Das Ganze kippte zehn Jahre später mit dem berüchtigten Valentinstag-Massaker. Von da an führte das FBI einen regelrechten Krieg gegen Capone und seine Männer. Die wachsende Brutalität bei den Bandenkämpfen schockierte die Menschen, die bereits durch den Börsenkrach demoralisiert waren, der sich zwei Monate vor Charlottes Ankunft in New York ereignet hatte. Damals war es ziemlich riskant, mit seinen Freundinnen in eine Bar zu gehen, um einen Martini zu trinken.

»Eins verstehe ich nicht«, sagte ich. »Damals gab es doch schon die französische Botschaft – warum ist Charlotte nicht dorthin gegangen und hat erzählt, was passiert war? Man hätte ihr doch helfen können, nach Hause zurückzukommen.«

Gavin antwortete anstelle seiner Großmutter. »Sie war vollkommen überrumpelt, und ich bin mir nicht sicher, ob sie überhaupt von dieser Möglichkeit wusste.«

»Außerdem kam sie aus der Provinz«, ergänzte Doris. »Auf dem Land war es Anfang des zwanzigsten Jahrhunderts verpönt, seinen Mann zu betrügen. Die Leute hätten sie mit Schimpf und Schande fortgejagt, das wusste Charlotte.«

»Was hat Charlotte denn gemacht, ganz allein in dieser riesigen Stadt, die sie nicht kannte?«, fragte ich.

»Der Direktor des Plaza hat natürlich dafür gesorgt, dass Ryan Dolan informiert wurde, und der hat die Dinge dann in die Hand genommen.«

13

Charlotte, 1929/1930

»Was ist denn das für eine Geschichte, Charlotte?« Atemlos kam Ryan in ihr Zimmer gestürmt.

Die junge Frau richtete sich auf dem Bett auf. Ihre Beine zitterten unkontrollierbar. Über eine Stunde war vergangen, seit sie zu sich gekommen war, und der herbeigerufene Arzt hatte einen schweren seelischen Schock diagnostiziert. Der Hoteldirektor hatte über den Cotton Club Ryan informieren lassen. Man hatte Charlotte verordnet, sich hinzulegen, aber der Arzt hatte es nicht für nötig gehalten, ihr ein Beruhigungsmittel zu verabreichen. Aus ihren Schilderungen schloss er, dass Émile ihr eine hohe Dosis Schlafmittel gegeben hatte – stark genug, um mit ihrem Gepäck verschwinden zu können, ohne dass sie etwas davon mitbekam.

Auf dem Bett ausgestreckt, hatte Charlotte den vergangenen Abend Revue passieren lassen und war zu demselben Schluss gekommen wie der Arzt: Ihr Mann hatte sie betäubt. Wie ließe sich sonst erklären, dass sie, die normalerweise beim ersten Hahnenschrei aufstand, so lange geschlafen hatte? Sie hätte den Lärm der Stadt ein paar Stockwerke tiefer hören müssen. Sie hätte merken müssen, dass es Tag wurde, dass Émile ohne sie aufbrach. Von einem tiefen inneren Beben erschüttert, hatte sie darauf gewartet, dass Ryan kam.

»Stimmt es, was der Direktor gesagt hat?«, fragte er ungläubig. »Dein Mann hat dich hier zurückgelassen?«

»Ryan, es ist furchtbar!« Charlottes Stimme stockte. »Er war hier, im Zimmer, und er … er wusste alles, und …«

Ihr Herz zog sich vor Schmerz zusammen, während sie nach Worten rang. Das Ausmaß der Katastrophe erneut schildern zu müssen machte alles noch schrecklicher, noch konkreter. Vor lauter Machtlosigkeit und Schuldgefühlen bekam sie kaum Luft.

»Dieser Dreckskerl!«, knurrte Ryan mit zusammengebissenen Zähnen.

Ihn packte eine solche Wut, dass sich seine Muskeln vor Empörung verkrampften. Charlotte durchzuckte der Gedanke, dass das Leben ihres Mannes, wäre er noch in Manhattan, vermutlich keinen Pfifferling mehr wert gewesen wäre. Dann traf sie die Wahrheit mit voller Wucht: Émile war auf dem Schiff nach Frankreich, ohne sich darum zu scheren, was aus ihr wurde.

»Wo hatte ich bloß meinen Kopf?«, stöhnte sie. »Wenn ich nicht … Wenn wir nicht …«

Ryan stürzte zu ihr und schloss sie in die Arme. »Es ist nicht deine Schuld, dass dein Mann ein Feigling ist. Sieh doch nur, was er mit deinem Gesicht gemacht hat!«

»Ich habe ihn provoziert.«

»Nein. Nur Schwächlinge schlagen ihre Frauen. Dein Mann hätte noch viel Schlimmeres verdient.«

Verzweifelt fragte Charlotte, was denn nun aus ihr werden solle. Ryan versprach ihr, dass sie eine Lösung finden würden.

»Aber welche denn?«, rief sie und entzog sich brüsk seiner Umarmung. »Mich trennen Tausende von Kilometern von meinem Sohn, und ich weiß nicht, wohin ich gehen soll. Ich habe ja nicht mal mehr Papiere, um meine Identität zu beweisen!«

Erneut überkam sie Panik, und sie stand kurz vor einem hysterischen Anfall. Sie hörte kaum, was Ryan sagte.

»Charlotte, das wird schon, ich verspreche dir, dass alles wieder in Ordnung kommt.«

Doch sie ließ sich nicht trösten. »Mein Sohn braucht mich! Man kann ihm doch nicht die Mutter wegnehmen ... Wie konnte das nur geschehen?«, wimmerte sie und presste die Faust an den Mund.

Beschützend legte Ryan den Arm um ihre Taille, und sie sank schluchzend an seine Schulter. Er hielt sie eine Weile und strich ihr übers Haar. Dann sagte er sanft: »Charlotte, sieh mich an.«

Sie gehorchte und hob den Blick zu ihm. Die seelische Erschöpfung hatte sie ausgelaugt. Ihr sonst so gepflegtes Gesicht war gerötet, tränennass und von Blutergüssen entstellt.

»Ich weiß, wie schwer das ist, was du durchmachst.«

»Nein, das weißt du nicht. Wenn ich mein Baby nicht zurückbekomme, sterbe ich!«

Ryan holte tief Luft, und zwischen seinen Augenbrauen bildeten sich zwei senkrechte Falten. »Ich verspreche dir, dass ich alles tue, was in meiner Macht steht. Wirklich alles«, schwor er und drückte sie an sich. »So leicht kommt dieser Mistkerl nicht davon. Und jetzt ruh dich erst mal aus.«

Die folgenden Tage breiteten sich wie eine dicke Nebeldecke über sie. Dank der Tabletten, die ein Arzt ihr verschrieben hatte, tat sie kaum etwas anderes als schlafen. Schlafen half ihr, zu vergessen und nicht mehr zu existieren. Sobald sie die Augen öffnete, spürte sie erneut die Wucht des Schmerzes, der ihr die Brust niederdrückte und das Herz durchbohrte. Allein die Tatsache, dass sie noch lebte, erschien ihr grausam. Wie lange würde sie diese Qual noch ertragen müssen? Nach einer Weile erfand ihr von Schlafmitteln getränktes Gehirn Bilder, die sich zwischen ihre unruhigen Gedanken schoben: Gabriel, der nach seiner Mutter schrie und sie dann von sich stieß, als wäre sie eine Fremde. Da ihr diese Bilder unerträglich waren, beschloss Charlotte, keine einzige Tablette mehr zu schlucken. Lieber verzichtete sie ganz auf Schlaf, als jede Nacht von der Vorstellung heimgesucht zu werden, dass Gabriel sie nicht mehr erkannte, wenn sie wieder bei ihm war.

Ryan kümmerte sich sehr aufmerksam um sie; er kam jeden Morgen und am frühen Abend, brachte ihr Kleider und Waschzeug mit, ließ ihr etwas zu essen bringen und leistete ihr Gesellschaft. Er pflegte sie wie eine zarte Pflanze, die um keinen Preis eingehen durfte.

»Wann kann ich nach Frankreich zurück?«, fragte sie ihn eines Morgens, knapp zwei Wochen nach Émiles Flucht.

Ryans Augen leuchteten auf. Es war das erste Mal, dass Charlotte mit klarer Stimme sprach und etwas sagte, das in die Zukunft wies und nicht in das Labyrinth ihres Schmerzes.

»Hab noch ein wenig Geduld«, antwortete er. »Du bekommst bald neue Papiere, aber es wird ein paar Wochen dauern, bis sich eine Möglichkeit für die Rückreise ergibt.«

Charlotte seufzte. Sie trat ans Fenster, das auf die Fifth Avenue hinausging, und betrachtete das Gewimmel der Menschen, die dem Regen trotzten und sich auf den schönsten Moment des Jahres vorbereiteten: Weihnachten. In zwei Tagen war Heiligabend, und sie würde das Fest eingeschlossen in dieser Suite verbringen und darauf warten, dass ein Wunder geschah.

»Warum so lange?«, entgegnete sie gereizt.

Mit bedauerndem Blick erklärte ihr Ryan, dass sie nicht wissen konnte, in welcher seelischen Verfassung sich Émile befand. Umso wichtiger war es, alles sehr sorgfältig vorzubereiten. »Und weiß der Himmel, was er deinen Verwandten und Freunden erzählt hat, warum du nicht mit ihm zurückgekommen bist.«

»Und was soll ich die ganze Zeit tun? Ich habe genug davon, tatenlos hier herumzusitzen. Mein Kind braucht mich!«

Er ging zu ihr und schloss sie in die Arme. »Vertrau mir«, erwiderte er und wollte ihr einen zarten Kuss geben.

Doch Charlotte entzog sich ihm. »Ryan, wir können doch nicht ...!«

Er betrachtete sie einen Moment nachdenklich, dann zündete er sich eine Zigarette an.

»Ich verstehe, Charlotte«, sagte er und stieß den Rauch aus, der in bläulichen Kringeln zur Decke schwebte. »Ich verstehe deine Schuldgefühle und deine Ungeduld, wieder bei deinem Kind zu sein. Aber ... du liegst nicht im Sterben, was spricht also dagegen, bis dahin ein wenig zu leben?«

Er ging im Zimmer auf und ab. Da Charlotte nicht antwortete, fuhr er in schärferem Ton fort: »Ich will keine Ausflüchte mehr hören. Es ist Zeit, ins Leben zurückzukehren.«

Seine Worte hatten auf sie dieselbe Wirkung wie eine Ohrfeige. Für wen hielt er sich? Wütend stürzte sie sich auf ihn und packte ihn am Revers seines teuren Sakkos.

»Hast du überhaupt eine Vorstellung davon, was ich durchmache?«, schrie sie.

Er öffnete den Mund, um etwas zu erwidern, doch Charlotte ließ ihn nicht zu Wort kommen. »Wenn du mich nicht verführt hättest, wäre das alles nicht passiert! Wenn du mich an dem Abend nicht zum Tanz aufgefordert hättest, wäre ich jetzt in Frankreich, bei Gabriel! Du ... Du stolzierst wie ein Pfau in deinen maßgeschneiderten Anzügen herum, du bringst mir hübsche Kleider, als hätte ich die Absicht, je wieder einen Fuß in einen von diesen verfluchten Clubs zu setzen, und du wagst es zu bestimmen, ob ich das Recht habe, mich elend zu fühlen oder nicht? Wie kommst du dazu, Ryan Dolan?«

Angesichts seines Schweigens wich Charlotte nervös zurück und wünschte, sie hätte den Mund gehalten. Auch wenn Ryan sich über Émiles Verhalten aufgeregt hatte, war ihm der Einsatz von Gewalt sicher nicht fremd. Doch zu ihrer Überraschung verzog sich sein Mund zu einem amüsierten Lächeln.

»Darf man fragen, was so komisch ist?«, fragte sie verwirrt.

Ryan setzte zu einer Antwort an, überlegte es sich jedoch anders. Er trat auf sie zu und hob die Hand, um ihre Wange zu streicheln. Sie zuckte zusammen, blieb jedoch, wo sie war.

»Ich wollte dich nur aufrütteln, Charlotte. Und deine Reaktion hat mir gezeigt, dass du bereit bist, dich mit der Situation auseinanderzusetzen.«

»Ich verstehe nicht«, murmelte sie.

Worauf wollte er hinaus? Sie war immer noch am Boden

zerstört, und die bevorstehenden Feiertage machten es nicht gerade leichter.

»Du bist wütend«, sagte Ryan. »Und du hast allen Grund dazu. Ja, wenn ich dich nicht verführt hätte, wäre all das nicht passiert. Glaub mir, ich bedauere es zutiefst, denn ich wollte dir auf keinen Fall wehtun.« Ohne ihr Zeit für eine Antwort zu lassen, fuhr er fort: »Aber die Charlotte, die ich jetzt vor mir habe, ist lebendig und nicht mehr betäubt von Tabletten und Verzweiflung. Du bist bereit, selbst über dein Schicksal zu entscheiden und es in die Hand zu nehmen.«

Sie schluckte. »Mein Schicksal ist es, zu meinem Sohn zurückzukehren.«

»Und dafür darfst du dich nicht von deinem Kummer verzehren lassen. Ich habe Verbindungen, und wir werden alles tun, damit du wieder mit deinem Sohn zusammen sein kannst. Aber du kannst dich nicht länger hier vergraben. Von der achten Etage eines Hotels aus kann man nichts in Gang bringen.«

Charlotte nickte langsam. Sie wollte ihm so gern vertrauen, und er hatte nicht unrecht mit dem, was er sagte; der Schmerz lähmte sie, drohte sie zu überwältigen. Sie musste sich bewegen, etwas tun, sonst würde sie verrückt. Solange sie fern von Gabriel war, würde sie nicht wieder normal atmen können. Jede alltägliche Verrichtung würde eine Prüfung sein, jedes Erwachen fern von ihm eine Qual. Dennoch musste sie stark und entschlossen sein und Émile beweisen, dass er zwar eine Schlacht gewonnen hatte, aber noch lange nicht den Krieg. Und wenn sie siegen wollte, durfte sie keine Schwäche zeigen.

Am nächsten Tag, dem 23. Dezember, verließ Charlotte das Hotel, um ein wenig durch den Central Park zu gehen. Im ersten Moment war der Lärm draußen so stark, dass sie am liebsten kehrtgemacht und sich zurück in die Sicherheit ihrer Suite geflüchtet hätte. Der Regen, der während der letzten Tage über der Stadt gehangen hatte, war zarten Schneeflocken gewichen, und viele New Yorker nutzten die Gelegenheit, um im Park Schlittschuh zu laufen und spazieren zu gehen.

Charlotte zwang sich, wenigstens ein paar Schritte zu tun. Ihre Geschichte stand ihr nicht ins Gesicht geschrieben, und selbst wenn es so gewesen wäre, hätten die Leute es nicht bemerkt, weil sie sich nicht die Mühe machten, einander anzusehen. Diese Beobachtung half ihr, sich ein wenig zu entspannen. Die Bevölkerung hier war so kosmopolitisch, dass sie vollkommen in der Menge unterging. Sie hörte Gesprächsfetzen in allen möglichen Sprachen, und die Kleidung variierte je nach Herkunft oder gesellschaftlicher Stellung. Geschminkte Frauen mit kurz geschnittenem Haar unter den mit Taftrosetten verzierten Hüten trugen ihre Pelzmäntel zur Schau, einen Zigarettenhalter zwischen den leuchtend roten Lippen. Ein paar Meter weiter zogen Mütter in schlichten Wollmänteln ihren Sprösslingen Mützen über die Ohren und sahen ihnen beim Spielen zu, während sie das Jüngste im Kinderwagen wiegten. Männer in gut geschnittenen Anzügen eilten mit sicherem Schritt über die Gehwege, während andere, vermutlich Arbeiter, mit Schirmmütze und bisweilen geflickten Hosen an ihr vorbeigingen. Noch nie hatte Charlotte so viele verschiedene Menschen an ein und demselben Ort gesehen!

Plötzlich tauchten vier Jungen auf, stellten sich im Halbkreis vor sie hin und streckten ihre noch pummeligen Hände aus. Sie begriff sehr schnell, dass sie um Geld bettelten, und schüttelte den Kopf, traurig, weil sie ihnen nicht helfen konnte. Daraufhin verschwanden die vier, und während sie den schönen Kaschmirmantel, den Ryan ihr geschenkt hatte, enger um sich zog, fiel Charlotte auf, wie viele armselige Gestalten durch die Straßen irrten, auf der Suche nach etwas zu essen oder einem Ort, wo sie sich aufwärmen konnten. In einer Ecke des Parks kauerte eine abgemagerte alte Frau mit mattem Blick, bekleidet mit mehreren Schichten von Lumpen. Ihre Haut war schwarz von Schmutz, und sie hatte kaum noch Zähne im Mund. Obwohl sie offensichtlich dringend medizinische Hilfe brauchte, hockte sie da und bettelte, den Kopf nur mit einem dünnen roten Tuch bedeckt, das nichts gegen die beißende Kälte ausrichten konnte. Charlotte ärgerte sich – wenn sie ihr doch nur etwas geben könnte! Wie konnte ein Land, das so viel versprach, Menschen in solchem Elend sterben lassen?

Ryan kam wie immer am frühen Abend zu ihr ins Hotel, diesmal mit einer Zeitschrift und Rosinenbrötchen, die nach Zimt dufteten. Ohne einen Blick auf seine Gaben zu werfen, erzählte Charlotte ihm aufgeregt, was sie getan hatte.

»Du bist durch den Central Park gegangen? Das ist ja großartig!« Ryan schien sich wirklich zu freuen, dass sie endlich die Kraft gefunden hatte, sich aus ihrer Betäubung zu lösen.

»Anfangs war es völlig bizarr, ich kam mir vor wie eine Fremde in einem unbekannten Land. Aber weißt du, was mir aufgefallen ist? Wie viele Arme es hier gibt.«

Sie schilderte ihm, wie hilflos sie sich angesichts der Not der alten Frau gefühlt hatte. »Du hättest sie sehen sollen«, sagte sie empört. »Wie ist denn so etwas möglich?«

Ryan nickte langsam und biss in ein Rosinenbrötchen. »Das erinnert mich daran, dass ich dir ein bisschen Geld geben muss. Vielleicht willst du ja mal ins Kino gehen, dir etwas zum Anziehen oder zu essen kaufen –«

»O ja! Ich weiß, was ich dann tue!«, unterbrach sie ihn. »Ich bringe der Frau etwas zu essen. Und Kaffee, damit ihr ein bisschen wärmer wird …«

Sie hielt inne, als sie Ryans skeptische Miene sah.

»Findest du das keine gute Idee?«, fragte sie.

»Das ist es nicht, Charlotte. Im Gegenteil, ich bewundere deine Großzügigkeit. Aber Manhattan hat schon immer diejenigen fallen lassen, die nicht auf der richtigen Seite geboren sind. Und glaub mir, es gibt zu viele davon, als dass du das Problem allein lösen könntest.«

Er erklärte ihr, dass es vor allem die Immigranten traf. »Ob Italiener, Iren oder Polen – es ist immer dasselbe. Uns prägt das Gesetz der Straße. Einige schaffen es, in die Mittelschicht aufzusteigen, aber den anderen schenkt Amerika nichts.«

Bei der Vorstellung, wie seine Kindheit in Five Points gewesen sein musste, überlief Charlotte ein Schauder. In Armut geboren werden, Hunger, Schläge, ein hartes Leben, das sich niemand ausgesucht hatte. Kein Wunder, dass diese Benachteiligten nach Rache an der Gesellschaft gierten.

»Stammen alle Gangster aus armen Verhältnissen?«, fragte sie scheu.

Ryan musterte sie schweigend, und Charlotte hielt den

Atem an. Hätte sie lieber schweigen sollen? Sie wollte doch nur den Mann besser kennenlernen, dem sie auf Gedeih und Verderb ausgeliefert war! Ohne ihn hätte sie ganz sicher dasselbe Schicksal ereilt wie die alte Frau mit dem roten Kopftuch.

Er aß den letzten Bissen von seinem Brötchen und trat ans Fenster. »Diese Gangster, von denen du sprichst, werden größtenteils von einflussreichen Politikern unterstützt«, sagte er, den Blick auf den Central Park gerichtet.

»Wirklich?«

Er nickte. Dann wandte er den Kopf und sah ihr direkt in die Augen, verzog aber keine Miene.

»Jimmy Walker, unser Bürgermeister, ist bekannt dafür, dass er regelmäßig *speakeasies* aufsucht.«

Charlotte, die nicht wusste, was ein *speakeasy* war, erschrak, als er ihr die geheimen Bars beschrieb, die überall im Land aus dem Boden geschossen waren, oft im Hinterzimmer von allen möglichen Geschäften, aber auch in Privathäusern. Und so gut, wie Ryan dieses Milieu offensichtlich kannte, musste er ein Teil davon sein.

»Meine Liebe«, sagte er und kam auf sie zu, »es gibt noch so viel, was du über New York und Amerika lernen musst!«

»Dann bring es mir bei! Sag mir, warum dein Land Alkohol verbietet. Sag mir, ob das, was du tust, illegal ist, und warum du immer einen Revolver dabeihast. Ich muss diesen Ort verstehen, an dem ich festsitze.«

Wieder trat Schweigen ein. Die Worte waren ihr herausgerutscht, aber sie wollte wissen, womit sie es zu tun hatte.

Ryan sah sie mit leisem Stolz an. »Du bist eine intelligente

Frau, Charlotte. Doch um deiner Sicherheit willen möchte ich dir lieber nicht antworten.«

»Aber, Ryan, ich –«

»Nein.« Sein Tonfall war unmissverständlich. »Vertrau mir. Mehr verlange ich nicht von dir.«

Seufzend legte Charlotte die Zeitung weg, die sich fast ausschließlich mit dem Brand im Oval Office von Präsident Hoover am Abend zuvor beschäftigte. Sie langweilte sich und wusste nicht mehr, was sie tun sollte, um sich die Zeit zu vertreiben. *Welch eine seltsame Art, Weihnachten zu verbringen!*, dachte sie. Gabriel fehlte ihr schrecklich. Das Schlimmste dabei war, dass sie nicht wusste, ob auch er die Leere spürte oder ob er gar nichts von den Dramen mitbekam, die sich abspielten. Die Trennung belastete sie immer mehr, und nach all dem, was in der Zeitung stand, drängte es sie, New York zu verlassen.

Letzten Endes war Charlotte sogar froh, dass Ryan sich für diesen ersten Weihnachtstag nicht hatte freinehmen können, obwohl sie zunächst enttäuscht gewesen war. Als sie ihn zwei Tage zuvor darauf angesprochen hatte, hatte er ein Familienessen vorgeschoben.

»Der Sohn meines Onkels Joe hat sich vor zehn Jahren hier in New York niedergelassen, und ich kann seine Einladung nicht abschlagen, Charlotte. Weihnachten ist für die Iren immer ein wichtiges Fest.«

Er hatte ihr vorgeschlagen, ins Kino zu gehen und sich den Film *Lucky in Love* anzusehen, der im *New York Times Magazine* angekündigt war. Daraufhin hatte Ryan ihr einen wunderschönen, eng anliegenden Hut geschenkt, wie Charlotte ihn sich gewünscht hatte, dazu eine Schachtel Pralinen und einen Stapel Zeitungen und Zeitschriften aus den vergangenen Monaten und war gegangen.

Skandale, Morde, organisiertes Verbrechen, Racheakte, Börsenkrach, geheime Bars, daneben Werbung für das Ziegfeld Theatre oder für Rundfunkgeräte. Charlotte schwirrte der Kopf von den dunklen Seiten des amerikanischen Traums, und nun, da sie eine grobe Vorstellung davon hatte, fürchtete sie sich regelrecht davor hierzubleiben. Die Prohibition war zehn Jahre zuvor beschlossen worden, weil die Frauen genug davon hatten, dass der Lohn ihrer Männer in den Bars landete, und weil die kapitalistische Industrie begriffen hatte, dass nur ein nüchterner Arbeiter ein effizienter Arbeiter war. Prompt hatten die Gangster eine neue Berufung gefunden, nämlich den Bürgern, die keine Lust hatten, auf dem Trockenen zu sitzen, eine Möglichkeit zu bieten, wie sie sich trotzdem betrinken konnten. Staunend las Charlotte, dass die Bescheideneren sich damit begnügten, gepanschten Gin oder Wein zu verkaufen, der in der Badewanne hergestellt wurde, während die organisierten Banden die verbotenen Getränke via Kanada, Saint-Pierre et Miquelon oder die Karibischen Inseln ins Land schmuggelten, um die Crème de la Crème der Gesellschaft zu beliefern. Die Rivalitäten waren allerdings blutig. Ein Beispiel dafür war das Valentinstag-Massaker, ein anderes die Ermordung von Rothstein, dem König der Casinos, im vergangenen Jahr. Und es gab noch jede Menge mehr. Sieben Monate zuvor hatten sich die einflussreichsten Verbrecher des Landes ganz unverhohlen mehrere Tage lang in Atlantic City getroffen, um über ihre gemeinsame Zukunft zu sprechen.

Charlotte schluckte, als ihr dämmerte, warum Ryan ihr die Zeitungen dagelassen hatte: Es war ein klares Zeichen dafür, dass er ebenfalls zu diesen Bootleggern gehörte. Wollte er ihr damit sagen, dass sie ihn so nehmen musste, wie er war? Sie versuchte, ihn sich als eiskalten Mörder vorzustellen, doch das passte überhaupt nicht zu dem sanften, aufmerksamen Ryan, den sie zu kennen glaubte. Seine Narben sprachen für sich, aber war dieser Mann, der sie unter seine Fittiche genommen hatte, wirklich ein gewissenloser Gangster? Plötzlich schnürte sich ihr die Kehle zu: Sie war ihm ausgeliefert, und sie hatte keinerlei Beweis dafür, dass er ihr wirklich helfen wollte, zu ihrem kleinen Sohn zurückzukehren. Was, wenn er aus ihr eins von diesen Mädchen machen wollte, die sich zu anstößigen Liedern auf der Bühne produzierten, begafft von Männern, die sich dank der gut organisierten Unterwelt betrunken hatten?

In einem Anfall von Panik stürzte Charlotte zum Schreibtisch, in dessen Schublade die Dollars lagen, die Ryan ihr gegeben hatte. Es war eine ganz schön dicke Rolle ... Hastig steckte sie sie ein, schnappte sich ihren Mantel, setzte sich den neuen Hut auf und verließ das Plaza, ohne sich noch einmal umzusehen.

14

Das Taxi setzte sie bei der Schifffahrtsgesellschaft ab und fuhr davon. Nun war sie allein mit ihrer Entscheidung. Charlotte holte tief Luft, dann betrat sie mit energischem Schritt das Gebäude. Vor ihr standen drei Leute, die über ihre Reise diskutierten, und als sie die Ohren spitzte, bekam sie mit, dass am 28. ein Passagierschiff nach Frankreich auslief. In drei Tagen. Sie rechnete sich aus, wie viel Geld noch übrigbleiben würde, nachdem sie die Fahrkarte gekauft hatte. Sie könnte sich für die drei Nächte ein billiges Hotel suchen. Es war ihr egal, ob es voller Läuse war – bald wäre sie wieder bei ihrem Kind!

Als sie an die Reihe kam, war sie so aufgewühlt, dass sie Angst hatte, sich nicht klar ausdrücken zu können. Sie versuchte, sich zusammenzureißen, und sagte zu dem Mann am Schalter, dass sie eine Passage für das nächste Schiff nach Frankreich wollte. Diesmal würde sie nicht erster Klasse reisen, aber das kümmerte sie nicht. Ein wenig Unbequemlichkeit würde sie schon aushalten.

»Reisen Sie allein, Madam?«

Charlotte biss sich auf die Lippe. Welchen Grund mochte eine Dame haben, eine solche Reise ohne Begleitung zu unternehmen?

»Ja ... Ich möchte meine Schwester besuchen, die schwer

erkrankt ist«, log sie. »Mein Mann muss wegen der Arbeit hierbleiben.«

Musterte der Schalterbeamte sie argwöhnisch? Ahnte er, dass das Geld, das sie dabeihatte, gar nicht ihr gehörte, und dass sie in gewisser Weise auf der Flucht war? Sie versuchte, ihn mit einem Lächeln zu besänftigen, doch er verzog keine Miene.

»Bei der Abreise werden Sie Ihren Pass vorlegen müssen«, sagte er und sah sie durchdringend an.

Charlotte nickte. »Mein Pass. Ja, natürlich. Was würde denn passieren, falls ich ihn nicht dabeihätte?«

»Ohne Papiere wird man sie nicht auf das Schiff lassen«, erwiderte er ungerührt.

»Ich verstehe«, sagte sie leise und senkte den Blick. »Vielen Dank, ich denke noch mal darüber nach.«

Von Scham überwältigt, verließ sie fluchtartig das Gebäude. Also stand sie wieder vor dem Nichts! Draußen warf sie noch einen letzten Blick auf die Schiffe, die im trüben Wasser des East River vor Anker lagen, dann lief sie ziellos über die Docks, auf denen sich zahllose Holzfässer stapelten. Dort ließ Charlotte ihren zornigen und verzweifelten Schluchzern freien Lauf. Obwohl sie vor lauter Tränen kaum etwas sehen konnte, hatte sie das Bedürfnis zu gehen, und wenn es sein musste, würde sie auch zu Fuß zum Plaza zurückkehren. Was blieb ihr anderes übrig, nun, da sie die Gewissheit hatte, dass sie dieses Land nicht ohne Pass verlassen konnte? Mit raschem Schritt passierte sie zwei Blocks, wobei sie aufpassen musste, dass sie auf dem Schnee nicht ausrutschte. Die Geschäfte und Gebäude, an denen sie vorbeikam, waren ihr vollkommen fremd: ein Fleischer, mehrere Lebensmittelläden und ein Drugstore. An einer Straßenecke stand sogar jemand, der geröstete Kichererbsen verkaufte. Als die Flussgerüche und Möwenschreie vom Gestank nach Knoblauch und Urin abgelöst wurden, merkte Charlotte, dass sie sich verlaufen hatte. Sie musste umkehren und sich ein Taxi suchen. Da sie nicht wusste, wo sie sich befand, wählte sie die falsche Richtung. Dutzende von mageren, zerlumpten Kindern liefen über die von Unrat übersäten Gehwege. Trotz der Kälte lieferten sich drei kleine Jungen ohne Handschuhe eine Schneeballschlacht. Andere turnten auf den Treppengeländern herum. Eine Frau erschien am Fenster, bewaffnet mit einem Holzlöffel, und beschimpfte lauthals den Mann, der gerade aus ihrem Haus trat. Am Eingang eines halb verfallenen Gebäudes lehnte ein alter Mann, der Tabak kaute und Charlotte unverhohlen anstarrte. Als sie auf seiner Höhe ankam, verzogen sich seine Mundwinkel zu einem obszönen Grinsen.

»Suchst du das Abenteuer, meine Schöne?«, fragte er anzüglich.

Angewidert drückte sie ihre Handtasche fester an sich und beschleunigte ihren Schritt. Sie hätte sich für ihre Unbedachtheit ohrfeigen können. Wenn sie nicht so impulsiv gehandelt hätte, säße sie jetzt in ihrer warmen Suite! Wie dumm von ihr, in blinder Panik loszulaufen!

Plötzlich rempelte sie jemand von hinten an. Der Stoß war so heftig, dass sie sich an einer Mülltonne festhalten musste, um nicht zu stürzen. Dabei fiel ihr die Handtasche herunter. Als sie sich bückte, um sie aufzuheben, ergriff der Junge, der offenbar den Zusammenstoß verursacht hatte, ihre Hände.

Er war etwa zwölf Jahre alt und trug eine abgewetzte Jacke und zu große Schuhe. Sein schmutziges Gesicht sah zerknirscht aus, und er stammelte auf Italienisch: »*Mi scusi, signora! Perdono, perdono, perdono! Mi dispiace davvero.*«

Charlotte, die auf die dreckigen Fingernägel des Jungen starrte, verstand kein Wort.

»Ich spreche kein Italienisch«, sagte sie ratlos und wollte nach ihrer Handtasche greifen.

Doch wie gelähmt vor Entsetzen stellte sie fest, dass die Tasche nicht mehr da war. Die Kinder stoben in alle Richtungen davon.

»He, hiergeblieben!«, rief sie. »Gebt mir meine Tasche zurück!«

Sie wollte ihnen hinterherlaufen, doch sie waren wie durch Zauberei in irgendwelchen kleinen Gassen verschwunden.

»Das darf doch nicht wahr sein!«, stöhnte sie voller Wut.

Wieso hatte sie nicht gemerkt, dass dieser Bengel sie ablenkte, während ein anderer sich ihre Tasche schnappte? Sie musste um jeden Preis aus diesem dreckigen, stinkenden Viertel herauskommen. Es begann bereits zu dämmern. Wenn ein paar Kinder am Nachmittag solche Diebereien begehen konnten, mochte sie sich gar nicht ausmalen, was ihr alles zustoßen könnte, sobald es dunkel war.

Mit wild pochendem Herzen ging Charlotte weiter. Doch bevor sie die nächste Straßenecke erreichte, gaben ihre Beine plötzlich nach. Im gleichen Moment spürte sie, wie jemand sie am Arm packte, und als sie den Kopf umwandte, entfuhr ihr ein entsetzter Schrei. Das Gesicht, das sie ansah, war schwarz wie Ebenholz.

»Lassen Sie mich los!«, schrie sie.

Der Mann hob sofort die Hände, und sie seufzte vor Erleichterung, da er offenbar keine bösen Absichten hegte.

»Ich tue Ihnen nichts, Madam!«, versicherte er ihr mit tiefer Stimme. »Ich dachte nur, Sie werden ohnmächtig …«

Peinlich berührt fasste sie sich an den Hals und blinzelte die Tränen weg. »Tut mir leid, ich hatte Angst«, sagte sie zittrig. »Man hat mir gerade mein Geld gestohlen.«

»Tja, das geht uns wohl allen so.« Da sie nicht auf seine Bemerkung reagierte, fuhr er fort: »Sie sind ganz blass. Möchten Sie vielleicht eine Coca-Cola?«

Charlotte schüttelte den Kopf.

»Nein, vielen Dank. Ich möchte nur zurück ins Hotel Plaza an der Fifth Avenue. Ich habe mich verlaufen.«

Der Mann stieß einen Pfiff aus. »Da sind Sie aber ganz am falschen Ende. Ich werde Sie bis zur 42. Straße begleiten, und dann erkläre ich Ihnen, wie Sie von dort zum Hotel kommen.«

»Ist das weit?«

»Etwa zwei Meilen. Dafür brauchen Sie ungefähr eine Stunde.«

Charlotte taten die Füße jetzt schon weh, obwohl sie erst etwa eine halbe Stunde unterwegs war, aber sie beklagte sich nicht, sondern freute sich über ihr Glück im Unglück. Der Mann, der recht gesprächig war, stellte sich als Curtis Tiller vor. Er war zwar mager, aber sehr gepflegt, hatte tadellose Manieren und hielt stets ein wenig Abstand. Sie beschloss, ihm zu vertrauen. Vielleicht hätte sie vorsichtig sein sollen, aber sie hatte nicht mehr die Kraft, auf der Hut zu sein.

»Ich bin froh, dass ich Ihnen begegnet bin«, gestand sie

ihm dankbar. »Ich hatte schon befürchtet, dass es in diesem Viertel nur Gesindel gibt.«

»Das ist auch im Großen und Ganzen so«, erwiderte er mit einem Achselzucken. Er zog ein Päckchen Kaugummi aus der Tasche und bot ihr eins an, doch sie lehnte dankend ab.

»Wohnen Sie hier?«, fragte sie und deutete auf die Docks hinter ihnen.

Curtis schüttelte den Kopf. »Ich wohne mit meiner Cousine in Harlem.«

»In Harlem?« Charlotte machte große Augen. »Was tun Sie denn dann in dieser zwielichtigen Gegend?«

»Ich schaue mir die Clubs hier an.«

»An Weihnachten? Was für eine seltsame Idee.«

»Ich suche Arbeit. Keine Ruhe den Rechtschaffenen.«

Sofort dachte Charlotte an die schwarzen Kellner im Cotton Club. Da er gesagt hatte, dass er in Harlem wohnte, konnte es nicht allzu weit weg sein. Sie sprach ihn darauf an und fragte, ob er sich dort schon vorgestellt hatte.

»Ich habe mich nicht getraut«, gestand er. »Norma misstraut den Besitzern, sie sagt, die erpressen Schutzgeld von den Bars der Schwarzen.«

Charlotte nahm an, dass Norma seine Cousine war. »Aber ich habe dort Kellner wie Sie gesehen«, wandte sie ein.

Curtis blieb abrupt stehen, und sie hielt ebenfalls inne. Hatte sie ihn mit der Anspielung auf seine Hautfarbe verletzt? Doch er wirkte nicht verärgert, sondern eher amüsiert.

»Ich bin Musiker.« Er sah sie mit seinen dunklen Augen an. »Ich spiele Trompete.«

Eine alte Dame ging um sie herum und schimpfte über weiße Frauen, die sich schamlos mit Schwarzen herumtrieben.

»Oh, Verzeihung!«, rief Charlotte aus, ohne sich um die Frau zu scheren. »Musiker. Natürlich.«

Schweigend setzten sie sich wieder in Bewegung. Nach einer Weile fragte sie ihn, wie lange er schon Trompete spielte.

»Seit mein Vater sie mir in die Hände gedrückt hat«, antwortete Curtis lakonisch. »Und so habe ich mir die Trompete genommen, die früher ihm gehörte, und beschlossen, mein Glück in New York zu versuchen.«

Charlotte nickte und dachte an Calloway und sein Orchester.

»Sie sollten sich wirklich beim Cotton Club vorstellen«, sagte sie. »Dort suchen sie ständig Künstler für ihre Shows.«

Einen Moment lang fragte sie sich, ob er sie für eine liederliche Nachtschwärmerin hielt. Würde er es nicht merkwürdig finden, dass eine Frau, die nicht in der Lage war, von den Docks zur Fifth Avenue zurückzufinden, Orte wie diesen Club kannte? Doch falls er sie so einschätzte, ließ er sich nichts anmerken und dankte ihr für den Hinweis. Dann schoss ihr plötzlich durch den Kopf, was Émile wohl für ein Gesicht machen würde, wenn er sie jetzt sehen könnte, Seite an Seite mit einem Schwarzen. Noch vor ein paar Wochen hätte sie es selbst für undenkbar gehalten, aber alle ihre bisherigen Gewissheiten schienen nun der Vergangenheit anzugehören.

»Sehen Sie«, sagte Curtis und zeigte auf ein imposantes Gebäude, das vor ihnen aufragte, »dort ist die Grand Central Station.«

Mit einem Lächeln wandte Charlotte sich ihm zu und gab

ihm die Hand. Er sah sie verunsichert an, offenbar ratlos, wie er reagieren sollte. »Ich bin Ihnen sehr zu Dank verpflichtet.«

»Keine Ursache.« Er nahm ihre Hand ganz kurz, als hätte er Angst, sich zu verbrennen, und blickte sich dabei unruhig um.

Charlotte hatte Mühe, ihre Verwunderung zu verbergen, aber sie sagte nichts dazu. Sie konnte es kaum erwarten, zum Hotel zu kommen und ihre Schuhe auszuziehen, die überall drückten.

»Ich hätte Sie gern für Ihre Mühe entschädigt, aber ...«

»Ich weiß, man hat Sie bestohlen. Machen Sie sich deswegen keine Gedanken.«

Er beschrieb ihr, wie sie zur Fifth Avenue gelangte, dann trennten sie sich, und jeder von ihnen ging seiner ungewissen Zukunft entgegen.

Ryan saß auf einem Stuhl, das eine Bein übergeschlagen, und hielt die *New York Times* zusammengerollt ans Auge wie ein Fernrohr.

»Mir scheint, du bist Lichtjahre entfernt, Charlotte.«

Die Angesprochene trank einen Schluck Kaffee und bestrich ihren Toast mit Butter. Immer wieder musste sie an ihr Missgeschick denken, und sie ärgerte sich über ihr törichtes Verhalten. Außerdem hatte sie das Gefühl, in Curtis' Schuld zu stehen, wusste aber nicht, wie sie das Thema ansprechen sollte.

Sie wischte sich den Mund mit der Serviette ab. Ryan, der zum Frühstück gekommen war, als Wiedergutmachung für sein Fernbleiben am Abend zuvor, sah sie abwartend an.

»Ich habe mich gefragt, ob du den Direktor des Cotton

Club vielleicht davon überzeugen kannst, einen Musiker einzustellen …«

Überrascht ließ er die Zeitung sinken, legte sie auf den Tisch und strich sie glatt. »Habe ich etwas verpasst?«

Daraufhin schilderte Charlotte ihm eine geschönte Version der Ereignisse: Sie hatte ein wenig frische Luft schnappen wollen, war schließlich bis zur Grand Central Station gegangen und hatte dort, überwältigt vom Gewimmel und den Menschenmassen, umkehren wollen, dabei aber eine falsche Abzweigung genommen. Nachdem man ihr in der Nähe des East River die Handtasche gestohlen hatte, war ihr glücklicherweise Curtis Tiller begegnet. Nachdenklich hörte Ryan ihr zu, ohne sie zu unterbrechen. »Dank seiner Hilfe bin ich unversehrt wieder hierher zurückgekommen, und ich würde ihm im Gegenzug auch gern helfen.«

»Ich weiß nicht, ob ich genug Einfluss habe, um Big Frenchy und Madden zu überzeugen, aber ich kann zumindest versuchen, ein gutes Wort für ihn einzulegen, wenn es dir so wichtig ist«, sagte er mit gerunzelter Stirn.

Ihre Bitte schien ihm nicht zu passen, aber Charlotte wollte keinen Rückzieher machen. Sie mochte sich gar nicht vorstellen, was ohne Curtis mit ihr geschehen wäre!

»Ja, es ist mir wichtig«, erwiderte sie mit Nachdruck.

Ryan nickte, und Charlotte griff erleichtert nach ihrer Tasse. Sie hätte sich allerdings fast verschluckt, als er plötzlich fragte: »Was wolltest du denn am Bahnhof? Hast du noch nie Züge gesehen?«

»Ich bin rein zufällig dort gelandet«, log sie. Ihre Schultern verspannten sich.

»Mit all dem Geld, das ich dir dagelassen hatte.«

Beide sahen sich an, ohne mit der Wimper zu zucken. Charlotte war sich sicher, dass Ryan ihr kein Wort von der Geschichte glaubte. Und er wirkte ... enttäuscht. Ja, in seinem Blick lag Enttäuschung, obwohl sie eher mit Zorn gerechnet hätte. Dieser Mann war wirklich unergründlich.

»Es ist recht ungewöhnlich, dass eine Frau mit einer solchen Summe allein zu einem Spaziergang aufbricht.«

Ryans Bemerkung hing zwischen ihnen in der Luft. Charlotte kam sich dumm vor, weil sie gedacht hatte, sie könnte ihm so leicht etwas vormachen. Außerdem hatte sie genug von all den Geheimnissen und dieser ganzen unmöglichen Situation! Es war höchste Zeit, dass sie endlich ein paar Erklärungen bekam!

»Also gut – ja, ich hatte vor zu fliehen, wenn du es unbedingt wissen willst«, sagte sie. »Ich bin zur Schifffahrtsgesellschaft gegangen, um mir eine Passage nach Frankreich zu besorgen.«

Ryan presste die Kiefer zusammen und ließ sich gegen seine Stuhllehne fallen. »Fliehen wolltest du?« Er legte den Kopf schräg und sah sie an. »Ist das Wort nicht ein bisschen zu stark? Du bist doch nicht meine Gefangene.«

Aufgebracht warf Charlotte ihre Serviette auf den Tisch. »Ja, genau, ich wollte fliehen! Hast du noch nie das Gefühl gehabt, irgendwo festzusitzen, obwohl du eigentlich anderswo hingehörst? Denn genau so geht es mir jetzt!«

Ryan blieb ganz ruhig. Nur die Falten auf seiner Stirn verrieten eine gewisse Anspannung. »Was ist los mit dir, Charlotte? Ich dachte, du vertraust mir.«

»Darum geht es nicht«, entgegnete sie gereizt. Beinahe hätte sie hinzugefügt, dass sie ihn schließlich kaum kannte und nicht wusste, ob er ihr wirklich helfen wollte, nach Hause zurückzukehren, aber sie verkniff es sich.

»Ich dachte, ich kümmere mich gut um dich.«

»Ich komme mir vor wie ein Vogel im Käfig, Ryan. Du erzählst mir nichts, ich habe keine Ahnung, was du unternehmen willst, damit ich Gabriel wiedersehe.«

Sie hielt inne, holte tief Luft und stand auf. »Ich ertrage es nicht mehr, von allem abgeschnitten zu sein.«

Ryan zündete sich eine Zigarette an und fragte müde: »Was erwartest du eigentlich von mir, Charlotte? Glaubst du, ich brauche bloß mit dem Finger zu schnippen, und dein Sohn ist hier?«

Niedergeschlagen schüttelte sie den Kopf. Sie wusste selbst nicht mehr so genau, was sie wollte.

»Er fehlt mir so«, murmelte sie.

Ryan erhob sich, legte seine Zigarette weg und drückte ihre Hand. Als er sie in die Arme nahm, stieß sie ihn nicht weg.

»Ich weiß, Charlotte«, versuchte er, sie zu besänftigen.

»Nein, das weißt du nicht.«

Er küsste sie aufs Haar. »Meine hübsche, halsstarrige kleine Französin …«, flüsterte er. »Eigentlich wollte ich dich überraschen, aber jetzt sage ich es dir doch.«

»Was denn?«, fragte sie, das Gesicht an seine Schulter geschmiegt.

»Deine neuen Papiere sind fertig. Ich bringe sie dir übermorgen.«

Sie hob den Kopf und klammerte sich an sein Hemd, weil ihr die Knie nachzugeben drohten. »Ich kann nach Hause zurück!«, rief sie aus.

»Ja, das könntest du«, erwiderte er zögernd. »Aber es wäre nicht sehr klug.«

Darüber hatten sie schon gesprochen. Charlotte wusste, selbst wenn es ihr gelang, nach Épernay zurückzukehren, wäre sie dort nicht mehr gesellschaftsfähig. Ihr schlechter Ruf würde ihr die Zukunft ruinieren, sie würde keine Arbeit finden und somit auch nicht für ihren Sohn sorgen können. Ganz abgesehen davon, wie Émile reagieren würde, wenn er sie erblickte.

»Dann werde ich also hierbleiben müssen«, murmelte sie zutiefst enttäuscht und löste sich aus seiner Umarmung.

Die Wirklichkeit, die sich vor ihren Augen abzeichnete, erschien ihr sehr bitter. In Ryans Blick glomm Mitgefühl auf.

»Ich bin noch nicht fertig«, sagte er. »Du wirst deinem Mann schreiben und ihm mitteilen, dass du dich scheiden lassen und Gabriel zu dir nehmen möchtest.«

Charlotte überlegte kurz. Fürs Erste schien das tatsächlich die beste Lösung zu sein. Sobald Gabriel in New York war, würde sie nichts mehr daran hindern können, sich ganz dem Glück ihres Sohnes zu widmen. Vielleicht könnten sie sogar richtige Amerikaner werden. Dieses Land hatte ihnen bestimmt einiges zu bieten! Wenn sie hingegen aus einem Impuls heraus handelte, getrieben von ihrer mütterlichen Sehnsucht, gab es keine Garantie, dass sie damit Erfolg hatte. Allerdings blieb noch ein nicht unbedeutendes Hindernis.

»Émile wird sich niemals darauf einlassen, mir Gabriel zu

geben«, erwiderte sie trübsinnig. »Er lässt mich lieber leiden, als die Bedürfnisse seines Sohnes in Betracht zu ziehen.«

Sie erzählte ihm, wie sehr ihr Mann einige Jahre zuvor von der Untreue seiner Schwägerin traumatisiert worden war.

»Sein Bruder hat sich erhängt, als er entdeckte, dass während seiner Abwesenheit ein uneheliches Kind zur Welt gekommen war. Deshalb lässt Émile mich so teuer für das bezahlen, was wir getan haben.«

Doch Ryan fegte den Einwand mit einer Handbewegung beiseite. »Wenn er dir dein Kind nicht geben will, werden meine Männer und ich es holen. Und er täte gut daran, sich nicht dagegen zu wehren.«

Charlotte lief es eiskalt über den Rücken. Wie weit würden sie gehen? Sie hasste Émile, wie sie noch nie einen Menschen gehasst hatte, und hegte wüste Racheträume. Aber seinen Tod wollte sie nicht. Das wäre eine schwere Sünde, und seit der Nacht, als sie sich Ryan hingegeben hatte, gab es schon genug, wofür sie büßen musste.

»Arbeitest du für die Mafia, Ryan?«

Die Frage war ihr einfach herausgerutscht. Ryan legte die Hände fest auf ihre Schultern und zwang sie, ihn anzusehen.

»Still. Du musst nicht alles wissen.«

»Sag es mir«, beharrte sie. »Ich will, dass du ehrlich zu mir bist.«

Ihre Blicke kreuzten sich erneut in einem stillen Kampf.

»Den New Yorkern fällt es schwer, sich an das Alkoholverbot zu gewöhnen«, sagte er schließlich. »Auf meine Weise helfe ich ihnen.«

Angesichts dieses halben Geständnisses schloss Charlotte

die Augen. Sie kniff die Lider zusammen, bis sie helle Punkte tanzen sah, und wünschte, die Erde würde sich auftun und sie verschlingen. Denn obwohl sie die Gangster verabscheute, zog dieser eine sie wider jede Vernunft an.

»Dieser Madden, für den du arbeitest …«

»Owney Madden ist der Chef vom Cotton Club.«

»Aber er ist ein Verbrecher! Ich habe gelesen, dass er in Sing Sing gesessen hat. Das ist doch keine Kleinigkeit!«

»Müssen wir über diese Dinge sprechen, Charlotte? Du hast mir eine Frage gestellt, und ich habe darauf geantwortet.«

»Und ich danke dir für deine Ehrlichkeit, Ryan«, erwiderte sie und versuchte, die Bilder zu verscheuchen, die in ihrem Kopf auftauchten.

Wenn es ihnen gelang, Gabriel nach Amerika zu holen, würde sie ihn weit weg von diesem Sumpf aus Dekadenz und Gewalt aufziehen müssen. Aber das behielt sie für sich.

15

»Was hieltest du davon, Silvester mit mir im Cotton Club zu feiern?«

Charlotte war gerade dabei, sich das Haar aufzustecken, als Ryan mit einem triumphierenden Lächeln ins Zimmer kam.

Sie nahm die Nadel aus dem Mund und drehte sich zu ihm um. »Ich weiß nicht, ob ich Lust habe, noch mal einen Fuß dorthin zu setzen.«

Doch Ryan ließ sich seine gute Laune nicht verderben. »Aber Charlotte, das ist immerhin der Ort, an dem wir uns kennengelernt haben …«

»Und wo mein Unglück begonnen hat«, erwiderte sie scharf.

»Musst du mir das immer wieder vorhalten?«, fragte er gequält.

Sie sah, dass sie ihn wirklich verletzt hatte. »Entschuldige, Ryan. Ich fühle mich nur manchmal so … mutlos. Ich denke immer wieder, je mehr Zeit vergeht, desto größer ist die Gefahr, dass Gabriel mich vergisst. Ich fürchte, mir ist heute Abend nicht nach Feiern zumute.«

Er trat ein paar Schritte auf sie zu und betrachtete sie mit geheimnisvoller Miene im Spiegel. »Ich dachte nur, du hättest vielleicht Lust zu erleben, wie Curtis Tiller Trompete spielt.«

Charlotte sprang vom Frisierhocker auf. »Oh!«, rief sie aufgeregt. »Haben sie ihn wirklich engagiert?«

Ryan, der noch immer seinen Filzhut trug, nickte. Sie fiel ihm so stürmisch um den Hals, dass er fast das Gleichgewicht verlor.

»Aha!«, rief er, geschmeichelt von ihrem Überschwang. »Das nehme ich mal als Zusage. Ich hoffe, über die andere Nachricht freust du dich genauso.«

Charlotte erstarrte, als ihr bewusst wurde, dass sie die Hände um seinen Hals gelegt hatte. Das könnte er als Einladung auffassen, die ihr Gewissen ihr nicht zugestehen mochte.

»Und was ist das für eine Nachricht?«, fragte sie und wich einen Schritt zurück.

Ryan zog etwas aus seiner Jackentasche. »Ich hatte dir doch eine neue Identität versprochen – bitte sehr, Miss Charlotte Coomer!« Er wedelte vor ihrer Nase mit den Papieren.

Erneut stieß sie einen Jubelschrei aus. Endlich ein Schritt in ihre Zukunft! Gestern hatte sie einen Brief an Émile geschrieben, in einem freundschaftlichen Ton, als hätte er sie nicht seelisch und körperlich zerbrochen. Sie hatte weder die kleine Narbe erwähnt, die an ihrer Unterlippe zurückgeblieben war, noch die quälende Sehnsucht nach ihrem kleinen Jungen. Sie hatte ihm lediglich mitgeteilt, dass sie sich scheiden lassen und Gabriel zu sich nehmen wollte, und ihn gebeten, alles Nötige zu veranlassen. Charlotte wusste, dass es Wochen dauern konnte, bis eine Antwort kam – wenn überhaupt –, und dass ihr noch viel bevorstand, aber das Schwerste war geschafft. Die Hoffnung war wieder da, und eine Zukunft begann sich abzuzeichnen.

Während sie die Papiere studierte, sagte Ryan: »Du bist 1909 in Indiana geboren. Deine Mutter ist bei deiner Geburt gestorben, und dein Vater hat in einer Sägemühle gearbeitet. Er hat getrunken und dich geschlagen, und du bist weggelaufen, um dein Glück in New York zu versuchen.«

Sie nickte zögernd; sie hatte ihm auch etwas zu sagen, traute sich aber nicht. In den vergangenen Tagen hatte sie gründlich nachgedacht, und sie war zu dem Schluss gekommen, dass sie frei sein wollte, ohne in jemandes Schuld zu stehen. Wenn ihre Zukunft hier in New York lag, dann wollte sie auf ihren eigenen Beinen stehen.

»Nanu, Charlotte, freust du dich denn nicht?«, fragte Ryan, verwirrt von ihrem Schweigen.

»Doch, natürlich, aber ... Ich würde gern arbeiten«, antwortete sie schließlich.

»Du willst arbeiten?«, wiederholte Ryan verdattert.

»Ich habe keine Lust mehr, von einem Mann abhängig zu sein, und wenn ich meinen Sohn zurückhabe, möchte ich ihm moralische Werte beibringen. Dagegen kannst du nichts haben«, rechtfertigte sie sich.

»Darum geht es nicht. Ich dachte, du hättest die Zeitungen gelesen, die ich dir gebracht habe.«

»Habe ich auch.«

»Dann kann dir nicht entgangen sein, dass wir hier einen schweren Börsenkrach hatten. Es gibt kaum noch Arbeit.«

Charlotte nickte. In der Tat war in vielen Artikeln von der Panik und dem Aufruhr in der Wall Street zwischen dem 24. und dem 29. Oktober die Rede gewesen. Nach einem rasanten Börsenboom und einem starken Anstieg der industriellen Produktion hatten viele Investoren Aktien auf Kredit gekauft, in der Hoffnung, sie mit einem ordentlichen Gewinn wieder verkaufen zu können. Doch als der Dow Jones auf Talfahrt gegangen war, hatte er die gesamte Wirtschaft mitgerissen. Und als Folge davon war die Arbeitslosigkeit explodiert.

»Ich bin nicht pingelig«, beharrte sie. »Ich könnte bei Familien im Haushalt arbeiten.«

Ryan schüttelte den Kopf. »Fast alle Hausangestellten sind schwarz, Charlotte. Und weißt du, warum?«

»Nein.«

»Weil die Hausherrinnen so sicher sein können, dass ihre Männer nicht mit ihnen abhauen. Davon abgesehen sind auch die Reichen pleite.«

Frustriert starrte Charlotte ihn an. »Es muss doch irgendetwas geben, das ich tun kann!«

»Wir denken mal darüber nach, in Ordnung?«

In dem Club, der an der Ecke Lenox Avenue und 142. Straße lag, war die Stimmung auf dem Höhepunkt. Ein unablässiger Strom von Autos rollte vor dem Eingang heran, deren Scheinwerfer die nächtliche Dunkelheit von Harlem durchschnitten. Ganz New York schien sich entschlossen zu haben, den Jahreswechsel im Cotton Club zu feiern. Auf der Bühne wechselten sich die besten Musiker ab, um die Gäste zu unterhalten, zu denen unter anderen der Bürgermeister der Stadt, die Schauspielerin Mae West und Fred Astaire gehörten. Alle waren gekommen, um etwas zu erleben, und ihnen wurde jede Menge geboten.

Während sie die Jazzmusik und die Steptanznummern genoss, bemühte sich Charlotte um eine untadelige Haltung. Ryan hatte ihr ein Kleid in Schwarz und Silber geschenkt, mit eckigem Ausschnitt und einem Lamé-Rock. Noch nie hatte sie ein Kleid getragen, das so eng am Körper lag, und sie kam sich darin fast verkleidet vor! Um das Ensemble zu vervollständigen, hatte sie ein schwarzes Haarband mit einer passenden Feder und einer Blume aus Strass angelegt und ihr Haar im Nacken zusammengesteckt. So sah es aus, als trüge sie es kurz, und obendrein kamen ihr Gesicht und ihre blauen Augen besser zur Geltung. Seit Ryan sie abgeholt hatte, betrachtete er sie immer wieder voll Stolz und Verlangen.

»Harold!«, rief er gerade einem der Gäste an ihrem Tisch zu. »Was machst du so ein Gesicht? Heute ist Silvester, amüsier dich doch!«

»Das geht dich gar nichts an, Dolan«, knurrte der Angesprochene.

Teddy stieß einen Pfiff aus. »Oha! Bist wohl mit dem falschen Bein aufgestanden, was? Oder hast du heute Morgen deinen Whiskey nicht getrunken?«

Die Männer lachten schallend.

»Lass mich in Ruhe, okay? Meine Frau ist zu ihrer Schwester nach Seattle gezogen. Und sie hat die Kinder mitgenommen.«

Charlotte wandte sich voll Mitgefühl zu ihm. Sie konnte sich nur zu gut vorstellen, was der arme Kerl durchmachte.

»Das ist doch die perfekte Gelegenheit, dich mit deiner Schnalle zu amüsieren!«, schlug Frank spöttisch vor. »Und sorg dafür, dass Vera davon erfährt. Die Eifersucht holt sie schon zurück.«

Als Ryan Charlottes verständnislose Miene sah, flüsterte er ihr zu, dass »Schnalle« ein anderes Wort für »Geliebte« war.

»Gossensprache. Frankie kommt aus Brooklyn«, sagte er, als ob das alles erklärte.

Sie drückte seinen Arm und schenkte ihm ihr schönstes Lächeln. Auch wenn sie sich inmitten dieser männlichen und oft anzüglichen Gespräche manchmal etwas verloren fühlte, musste sie doch anerkennen, dass Ryan wusste, wie er seine Zuhörer für sich einnehmen konnte. Was er auch sagte, es wirkte wie ein Zauber: Sie nickten, lachten oder gratulierten ihm mit einem Knuff gegen die Schulter. Es war so anstrengend, ständig gegen die Anziehungskraft anzukämpfen, die er auf sie ausübte! Jedes Mal, wenn sie versucht war, sich in seine Arme zu werfen, sich im Himmelblau seiner Augen zu verlieren und ihn zu küssen, rief ihr Gewissen sie zur Ordnung; sich einem Mann hinzugeben, der vom organisierten Verbrechen lebte, war unmoralisch. Doch an diesem Abend war sie beschwipst vom Alkohol und suchte unentwegt seine Nähe.

»Apropos Schnalle – da kommt die von ganz Manhattan.« Harold wies mit dem Kinn auf eine junge Frau, die sich ihnen näherte.

»Oh-oh!«, seufzte Ryan und tat, als wollte er sich unter dem Tisch verstecken. »Das gibt Ärger!«

Genau wie die vier Männer sah Charlotte zu, wie die junge Frau sich mit wiegenden Hüften auf sie zubewegte. Die Knie, die unter dem modisch kurzen Kleid hervorschauten, waren ein wenig dick, aber sie strahlte großes Selbstbewusstsein aus. Ihr gewelltes Haar war hellblond, und ihre Wimpern und

Brauen waren kaum zu sehen. Das Auffälligste an ihr war jedoch der Zorn, der in ihren Augen funkelte.

»Ryan Dolan!«, sagte sie langsam, als sie vor ihnen stand.

Er reagierte kaum, obwohl sie aussah, als wäre sie kurz davor, ihn umzubringen.

»Henrietta. Wie schön, dich wiederzusehen«, erwiderte er, die Arme über die beiden benachbarten Stuhllehnen gebreitet.

Charlotte hätte schwören können, dass in seiner Stimme leiser Spott mitschwang.

»Es stimmt also, was man sich erzählt«, fuhr die Blonde fort und betrachtete Charlotte von oben bis unten. »Du hast eine Schnalle im Plaza einquartiert.«

Sie tat zwar ganz freundlich, aber ihr Lächeln wirkte starr und aufgesetzt. Irritiert von diesen zweifelhaften Anspielungen, blickte Charlotte zu Ryan, in der Hoffnung auf eine Erklärung.

»Ich bin zwar nicht auf dem Laufenden, was den neuesten Tratsch angeht«, entgegnete dieser, »aber das hier ist Charlotte. Ist deine Neugier damit befriedigt?«

Ohne ihn zu beachten, wandte Henrietta sich zu ihr und musterte sie auf eine Weise, die schon unhöflich war. Charlotte kam sich vor wie im Bann einer giftigen Kreatur, die sich gleich auf sie stürzen würde.

»Du siehst aus wie ein Vögelchen, das aus dem Nest gefallen ist, Kleine«, sagte Henrietta, als sie mit ihrer Begutachtung fertig war. »Nimm dich vor dem Kerl in Acht, er benutzt dich nur.«

Charlotte war bewusst, dass sie etwas darauf erwidern

musste, und zwar etwas, das ihrer Gegnerin die Sprache verschlagen würde. Mit einer trägen Bewegung nahm sie Ryans Glas und leerte es in einem Zug. Whiskey. Perfekt. Alkohol hatte sie schon immer lockerer gemacht.

»So, er benutzt mich? Interessante Ausdrucksweise, Henrietta. Ich gebe zu, meine Nächte mit so einem Mann zu verbringen hilft mir nicht gerade, morgens aus dem Bett zu kommen.«

Charlotte garnierte ihre Antwort mit einem genießerischen Seufzer, und am Tisch breitete sich Stille aus, während Ryan den Arm um ihre Taille legte. Dann fing Harold an zu lachen.

»O Ryan, die Kleine ist unbezahlbar!«

Henrietta bedachte sie alle mit einem finsteren Blick. »Du hättest mir sagen sollen, dass du lieber halbgare Gören auf dem Schoß hast, Dolan!«

Nun lachte auch Ryan. »Stimmt, das hätte ich tun sollen, aber ich wollte nicht, dass du dich ärgerst. Davon kriegt man nämlich Falten. Ich entschuldige mich hiermit, Henrietta.«

Sie verpasste ihm eine schallende Ohrfeige. »Deine blöden Entschuldigungen kannst du dir sonst wohin stecken!«, fauchte sie, dann machte sie auf dem Absatz kehrt und ging zu ihren Freunden zurück, die ein Stück weiter warteten.

Schockiert und fasziniert zugleich sah Charlotte ihr nach.

»Du hast sie wirklich nicht rangelassen?«, fragte Teddy Ryan. »Was ist denn dein Problem?«

In dem Moment erschien Big Frenchy an ihrem Tisch und deutete mit dem Daumen auf Henrietta.

»Was für eine Furie! Sie ist es nicht gewohnt, dass man sie abblitzen lässt.«

Ryan zuckte fatalistisch mit den Schultern. »Sie wird's überleben. Wann tritt der neue Trompeter auf?«

»In zehn Minuten«, antwortete der Co-Chef des Clubs. »Ich hoffe, du bist dir sicher, was ihn angeht. Er spielt gut, aber er hat mir Fragen gestellt, und das mag ich nicht.«

Die Röte, die Charlotte in die Wangen stieg, hatte diesmal nichts mit dem Alkohol zu tun. Ihr war Big Frenchy – der, wie sein Spitzname vermuten ließ, wirklich ein Koloss war – nicht geheuer, und sie wollte ihn nicht zum Feind haben. Genau wie Madden galt er als gnadenlos. Wenn es ein Fehler gewesen war, dass sie Ryan gebeten hatte, sich beim Cotton Club für Curtis Tiller einzusetzen, würde sie es sich ihr Leben lang nicht verzeihen. Zumal sie im Grunde kaum etwas über den Musiker wusste.

»Du machst dir zu viele Gedanken«, gab Ryan zurück. »Du vertraust mir doch, oder?«

»Wenn ich das nicht täte, hättest du längst keinen Tropfen Blut mehr in deinem Körper, Dolan.«

»Also, dann glaub mir, wenn ich dir sage, dass Curtis Tiller es weit bringen wird.«

Charlotte staunte darüber, wie überzeugend Ryan bluffen konnte, zumal er dem Musiker in Wirklichkeit ja noch nie begegnet war. Curtis betrat die Bühne, sichtlich ein wenig eingeschüchtert angesichts des Publikums, das sich vor ihm ausbreitete. Doch sobald er die Trompete an seine Lippen hob und die ersten Töne von »Basin Street Blues« spielte, einem Stück, das im vergangenen Jahr großen Erfolg gehabt hatte, verwandelte sich sein Gesicht buchstäblich, als ginge er völlig in der Musik auf.

»Stimmt, er hat wirklich Talent«, gab Big Frenchy zu.

»Alle Achtung, wo kommt der her?« Frank wippte im Takt mit dem Fuß.

»Er hat mir erzählt, dass er aus Alabama stammt«, antwortete der Riese. »Angeblich ist er mit seiner Cousine in einem Güterzug hierhergekommen.«

Charlotte hätte sie am liebsten gebeten, still zu sein, damit sie die Musik genießen konnten, aber sie traute sich nicht. Die Leute im Saal wiegten sich im Rhythmus auf ihren Stühlen, während Curtis sich mit geschlossenen Augen ganz auf sein Spiel konzentrierte. Sie hätte gern seinen Blick aufgefangen, um ihm zu sagen, dass sie hier war und dass sie seinen Auftritt großartig fand, aber natürlich konnte er sie nicht sehen. Immerhin hatte sie das Gefühl, etwas Gutes getan zu haben, indem sie ihm geholfen hatte, einen Ort zu finden, wo er sein Talent ausüben konnte, und sie feierte den Übergang in ein neues Jahrzehnt mit einem Wohlgefühl, das angesichts ihrer derzeitigen Lebenssituation fast schon unanständig war.

»Ich hätte trotzdem gern mit ihm gesprochen«, sagte Charlotte, als sie die Suite im Plaza betraten.

Nachdem Curtis seine Darbietung unter tosendem Beifall beendet hatte, war er von der Bühne gegangen und von einer Gruppe Tänzerinnen abgelöst worden. Während des restlichen Abends hatte Charlotte ihn nicht mehr gesehen, da die Künstler sich nicht unter die Gäste mischen durften.

»Dazu findet sich bestimmt bald eine Gelegenheit«, versicherte ihr Ryan, während er Hut und Mantel ablegte.

Sie löste ihr Haarband, das ihr an der Stirn drückte. »Wie

auch immer, bitte verlang nicht von mir, dass ich dieses Kleid noch einmal anziehe. Das ist nichts für mich. Was übrigens auch Henrietta nicht entgangen ist«, sagte sie, schärfer als beabsichtigt.

»Henrietta ist neidisch, weil die Zeit ihres Erfolgs vorbei ist.«

»Ist sie Schauspielerin?«, fragte Charlotte überrascht.

»Tänzerin. Sie war lange bei Ziegfelds Truppe, dann hat sie ein paar kleine Rollen am Theater gehabt. Aber sie spielt nicht gut, und sie weiß, dass sie nur auf ihr Aussehen zählen kann.«

»O ja, sie weiß, dass sie gut aussieht, das habe ich gemerkt! Übrigens würde es mich auch interessieren, warum du sie hast abblitzen lassen.«

Den ganzen Abend über war Charlotte aufgefallen, dass die meisten der anwesenden Männer sich gern mit schönen Frauen schmückten. Das schien sogar eines der hervorstechendsten Merkmale der Einflussreichen zu sein, ob sie nun Schauspieler, Politiker oder Gangster waren. Und Henrietta hätte sich an Ryans Arm durchaus gut gemacht.

»Ich werde dir ein Geheimnis verraten«, erwiderte er und trat auf sie zu. »Ich verabscheue frivole Frauen.«

»Da dürftest du der Einzige in dieser Stadt sein«, bemerkte sie ohne jede Ironie.

Ryan stellte sich vor sie, ein leises Lächeln in den Mundwinkeln. »Wenn du fertig bist mit Schmollen«, neckte er sie, »kann ich dir vielleicht von meinem äußerst interessanten Gespräch mit Harold erzählen.«

Charlotte zog die Augenbraue hoch. »Der, der seine Frau

betrügt und dann jammert, weil sie ihn verlässt?«, entgegnete sie scharf, konnte es sich aber nicht verkneifen, ein wenig näher an ihn heranzurücken.

Sein Atem, der Geruch seiner Haut, die Art, wie er sie ansah – all das machte sie verrückt. Ihr Körper verlangte mit einer gefährlichen Beharrlichkeit nach seiner Berührung.

Ryan hob die Hand und spielte mit einer Haarsträhne, die sich aus ihrem Knoten gelöst hatte.

»Weißt du, wer dieser Mann ist?«

»Nein, und im Moment ist es mir auch egal«, erklärte sie und ließ ihr Kleid zu Boden gleiten.

Sie konnte sich nicht mehr beherrschen, sie wollte ihn, hier und jetzt. Nur noch mit einem Hauch von Seide bekleidet, presste sie sich an Ryan. Ein letztes Mal würde sie dem Drängen ihres Körpers nachgeben, und danach würde sie versuchen, ihrem Weg zu folgen.

»Charlotte!«, protestierte Ryan mit rauer Stimme. »Ist das vernünftig? Du hast getrunken.«

Sein Atem ging schneller, und seine Haut brannte förmlich.

»Ach, sei still und küss mich.«

Als seine Lippen ihre berührten, begann ihr Herz, schneller zu schlagen. Sie schloss die Augen und erwiderte den Kuss, gab sich all den Empfindungen hin, die die Berührung ihrer Zungen auslöste, während seine Hände die schmalen Träger ihrer Wäsche zur Seite schoben. All der Schmerz der vergangenen Tage löste sich in Luft auf, und es gab nichts mehr außer Ryan. Ihr Widerstand war nur noch eine ferne Erinnerung.

Ein wenig später lag sie, gesättigt von zahllosen Schauern der Lust, an seiner Seite. Bevor sie einschlief, dachte sie, dass sie sich in dieser Nacht nicht beeilen mussten. Niemand wartete in einem anderen Zimmer, und niemand würde sich wutentbrannt auf sie stürzen.

»Harold Ward ist der Direktor von Macy's, einem großen Kaufhaus«, erklärte ihr Ryan am nächsten Morgen, als man ihnen das Frühstück in die Suite brachte.

Charlotte betrachtete ihr verzerrtes Spiegelbild in der Metallhaube, die die Eier warm hielt. Vorhin beim Aufwachen hatte sie nicht mehr so recht gewusst, was sie in Ryans Arme getrieben hatte. In ihrem Herzen verspürte sie eine Mischung aus Furcht und Dankbarkeit, ihr Kopf ermahnte sie zu größter Vorsicht, und ihr Körper erinnerte sich nur noch an die flüchtige Euphorie, die ihr Liebhaber ihr zu verschaffen wusste.

»Warum erzählst du mir von diesem Mann?«, fragte sie vorsichtig.

»Weil er möchte, dass du morgen früh zu ihm kommst ... Ich habe ihm gesagt, dass du Arbeit suchst.«

Das Messer, mit dem Charlotte ihr Brot buttern wollte, erstarrte in der Luft. »Er will mich einstellen? Mich?«

Ryan lächelte nur.

»Aber ich ... ich kenne die Stadt doch kaum«, rief sie nervös. »Ich habe noch nie einen Fuß in dieses Kaufhaus gesetzt, und ich bin nun wirklich die Letzte, die den Kundinnen sagen kann, was gerade in Mode ist.«

»Keine Sorge, Charlotte, es wird schon gut gehen«, sagte Ryan und strich ihr sanft über das Handgelenk.

Wenn sie davon doch nur genauso überzeugt wäre wie er! War sie bei Macy's wirklich am richtigen Platz? Würden sie nicht merken, dass sie keine Ahnung hatte? Charlotte versuchte, ihre Angst zu bändigen. Dann dachte sie an die arme, alte Frau im Central Park, an Curtis, der Mühe gehabt hatte, einen Vertrag zu bekommen, und an all die anderen Leute, die die Arbeitslosigkeit in großes Elend gestürzt hatte. Mit einem Mal fand sie ihre Befürchtungen albern. Natürlich würde sie zu dem Termin bei Harold Ward gehen! Wenn einem im Amerika von 1930 eine Stelle angeboten wurde, konnte man sie nicht ablehnen.

16

Jo, 2018

Doris schrak zusammen, als der kleine Jack hereingestürmt kam und verkündete, seine Fernsehsendung sei zu Ende.

»Hab ich dir einen Schreck eingejagt, Grammy?«, fragte er voller Staunen über diese neue Fähigkeit.

»Du kleiner Kobold«, schalt sein Vater ihn sanft. »Grammy hat dich nicht kommen hören, weil sie Jo und Adline eine Geschichte erzählt hat.«

»Ich heiße Adeline«, korrigierte meine Freundin ihn, pikiert wie eine Gräfin. »Und jetzt bin ich frustriert, weil Doris uns mit diesem Cliffhanger hier sitzen lässt.«

Die alte Dame lächelte leise und wandte sich an ihren Urenkel. »Jack, du musst doch noch deine Hausaufgaben machen. Nimm dir einen Keks und geh auf dein Zimmer.«

»Sehr gute Idee«, bemerkte Adeline. »Ich will wissen, wie es weiterging, nachdem Charlotte die Nacht in den Armen dieses sexy Gangsters verbracht hat.«

Sexy Gangster – das war typisch Adeline. Was mich betraf, war Ryan nicht die Sorte Mann, die mich ins Träumen gebracht hätte. Ich musste zugeben, dass ich ihn fast sympathisch fand. Aber er hatte ganz sicher Blut an den Händen, und schon allein deshalb konnte ich mich dieser nostalgischen Sicht der Ganoven und ihres Ehrenkodex nicht anschließen. Auch wenn sie Klasse hatten.

»Ich kann mir gut vorstellen, was für innere Kämpfe Charlotte ausgefochten haben muss«, sagte ich.

Gavin und Doris wechselten einen Blick. »Die Überraschungen sind noch nicht zu Ende«, erwiderte sie. »Das Leben meiner Mutter war sehr bewegt.«

»Ach, übrigens – Sie werden meine Frage vielleicht seltsam finden, aber besaß Charlotte einen veilchenblauen Mantel? Ich meine, Sie haben in Ihrer Geschichte etwas in der Art erwähnt.«

Doris nickte sofort. »Ja, es war ein sehr schöner Mantel aus Kaschmir. So etwas wird heute gar nicht mehr hergestellt. Warum fragen Sie?«

Damit hatte ich meine Antwort: Charlotte war also tatsächlich 1947 bei Émile gewesen. Aber ich verstand nicht, warum sie so lange gewartet hatte, um sich nach dem Schicksal von Gabriel zu erkundigen.

»Nun«, sagte ich vorsichtig, »laut meinem Großvater war Charlotte nach dem Krieg in Frankreich. Zumindest nehmen wir an, dass sie es war. Die Beschreibung des Mantels passt jedenfalls.«

»Meine Mutter hütete diesen Mantel wie ihren Augapfel. Und sie war in der Tat mehrmals in Frankreich.«

»Hat sie Ihnen gesagt, warum?«

»So weit sind wir noch nicht«, erwiderte sie ausweichend.

Adeline erinnerte sie daran, dass wir das Hotel nur noch für wenige Nächte gebucht hatten. »Unsere Tage hier sind gezählt.«

»Dann lasst doch das mit dem Hotel«, schlug Gavin vor. »Ihr könnt eine von unseren neuen Ferienwohnungen haben, vor dem Sommer kommen ohnehin noch keine Gäste. Das heißt, falls du einverstanden bist, Grammy.«

»Aber natürlich, das ist eine ausgezeichnete Idee!«, rief sie.

Ich sah zu Adeline. Das Angebot klang verlockend, außerdem müssten wir dann nicht mehr ständig zwischen Ilfracombe und diesem kleinen Paradies hin- und herfahren.

»Das ist sehr großzügig von Ihnen!«, antwortete meine Freundin.

»Gut, dann machen wir es so«, verkündete Gavin. »Grammy besucht morgen eine Freundin, und ich habe den ganzen Tag zu tun, aber ihr könntet am Spätnachmittag wiederkommen. Was haltet ihr davon?«

Adeline und ich willigten erfreut ein, betonten allerdings, dass wir uns auf keinen Fall aufdrängen wollten.

»Ach was«, entgegnete Doris. »Ich habe gern Menschen um mich, und ihr könnt dann auch gleich testen, ob in der Ferienwohnung alles in Ordnung ist.«

Die beiden wollten nichts von Bezahlung hören, und so bedankten wir uns herzlich für diesen Tag und machten uns auf den Rückweg.

»Falsche Identität, Verbindungen zur Mafia ...«, zählte Adeline auf, als wir im Auto saßen. »Charlotte hat sich da auf ganz schön dünnes Eis begeben.«

»Ich verstehe nicht, dass sie nicht versucht hat zu fliehen. Ich weiß, damals waren andere Zeiten, aber wenn sie es geschafft hätte, irgendwie auf ein Schiff zu kommen –«

»Selbst wenn es ihr gelungen wäre, die Passkontrolle zu umgehen«, unterbrach mich Adeline, »hätte sie in Frankreich große Probleme bekommen. Sie hätte alles verloren.«

»Genau das ist ja in gewisser Weise ohnehin passiert«, wandte ich ein. »Mir ist nicht klar, ob Ryan ihr etwas vorgemacht hat oder ob er wirklich die Absicht hatte, Gabriel zu holen. Ich kann ihn nicht einschätzen.«

»Vielleicht erzählt Doris uns das morgen.« Sie unterdrückte ein Gähnen.

Mein Handy pingte. Da Adeline am Steuer saß, holte ich es heraus, um die Nachricht zu lesen.

Jo, ich muss mit dir sprechen. Können wir skypen?
Es ist wichtig.

Adrien will mit mir skypen? Wieso das denn? Vor lauter Panik rutschte mir das Smartphone aus der Hand; ich konnte es gerade noch auffangen.

»Schlechte Nachrichten?«, fragte Adeline.

»Ja«, antwortete ich zu schnell. »Oder nein. Adrien will mit mir skypen.«

Sie zog die Augenbraue hoch. »Vielleicht will er dir Sachen vorschlagen, die nichts für Minderjährige sind«, sagte sie mit anzüglichem Funkeln im Blick.

Allein bei der Vorstellung schwirrte mir der Kopf. »Hör auf, Adeline! Merkst du nicht, dass mich das stresst? Was ist, wenn Pépé ihm alles erzählt hat?«

Nein, sowas würde er niemals tun!

»Wäre das denn so schlimm?«

Ich antwortete nicht darauf. Natürlich wäre es schlimm!

»Ich verstehe das nicht«, sagte ich, ohne nachzudenken. »Gestern Abend klang Adrien noch ganz normal …«

Adeline hielt auf dem Parkplatz des Hotels. Als wir ausstiegen, fragte sie empört: »Du hast gestern Abend mit Adrien gesprochen und mir nichts davon gesagt?«

»Nicht gesprochen, gechattet. Aber es war nichts Wichtiges …«

»Ach ja? Willst du mir etwa erzählen, ihr habt euch über die Entwicklung des Ölpreises unterhalten?«

Na klar, was sonst?

Okay, Adeline kannte mich gut genug, um meine Lügen zu durchschauen. Während wir nach oben gingen, gab ich ihr eine kurze Zusammenfassung des Austauschs mit Adrien.

»Bestimmt ist er nur neugierig zu erfahren, wie es weiterging«, vermutete Adeline.

»Nein, es muss etwas anderes sein, er schreibt ja, es wäre wichtig.«

Entweder war sein Hamster gestorben und ich sollte ihn trösten, oder Pépé hatte ihm alles erzählt. Oder …

»Und wenn er mir sagen will, dass er wieder mit seiner Ex zusammen ist?«, rief ich entsetzt.

»Dann wäre er schön blöd. Andererseits – wenn du dich nicht so zickig aufgeführt hättest …«

Adeline wusste schon immer, wie sie mich aufbauen konnte.

»Du sollst mir sagen, dass ich mich bestimmt irre. Oder dass du ihn umbringst, wenn es stimmt.«

Statt einer Antwort packte sie mich am Arm und zog mich in ihr Zimmer.

»He, was soll das?«, protestierte ich. »Willst du nicht, dass ich mit Adrien spreche?«

»Doch, aber vorher hübschen wir dich noch ein bisschen auf.«

»Das ist ein Skype-Gespräch, kein Candle-Light-Dinner!«

Adeline schüttelte vorwurfsvoll den Kopf und schnappte sich eine Flasche mit Reinigungsmilch. »Deine Wimperntusche ist total verschmiert, Jo, das geht so nicht. Und deine Haare sehen aus, als hätten sie den Aufstand geprobt.«

Eine Viertelstunde und diverse Pinselstriche später sah ich in der Tat ein bisschen frischer aus. Meine Haare hatten sich allerdings nur zähmen lassen, indem wir sie nass machten.

»Ach, nicht so wild«, meinte Adeline. »Adrien wird denken, dass du gerade unter der Dusche warst. Und dann stellt er sich dich nackt vor, von oben bis unten eingeseift, und –«

Ich hielt mir die Ohren zu und floh in mein Zimmer. »Hör auf! Und ich verbiete dir, uns durch die Wand zu belauschen.«

»Ich hatte nicht vor, euch durch die Wand –«

»Ich schwöre dir, das merke ich!«

Obwohl ich munter tat, fühlte ich mich ziemlich wackelig. Mittlerweile war ich mir fast sicher, dass Adrien von meinem Aneurysma wusste. Also würde ich ihm zuvorkommen und es von mir aus ansprechen. Mein Entschluss war gefasst. Als ich die Messenger-App öffnete, ging mir ganz schön die Düse. Würde er wütend sein? Grund genug hätte er ja. Unwillkürlich sah ich ein Bild von Charlotte vor mir, wie sie ganz allein in New York hockte und versuchte, das Richtige zu tun. Wie sie sich bemühte, Ryan trotz der offensichtlichen gegenseitigen Anziehung auf Distanz zu halten. Auch wenn die Zeiten unterschiedlich waren, trieben uns letzten Endes doch immer dieselben Gefühle um. Hass. Zweifel. Liebe. Angst.

»Hey! Hallo, Jo!«, begrüßte mich Adrien, als sein Gesicht auf dem Bildschirm erschien.

Auf den ersten Blick wirkte er nicht wütend. Das war schon mal ein gutes Zeichen. Er trug ein grünes T-Shirt, und seine dunklen Haare waren völlig verwuschelt (nicht zu fassen, dass Adeline bei meinen von Aufstand gesprochen hatte!). Und ...

O nein, jetzt kommt wieder dieses unwiderstehliche Lächeln!

Mein Herz schlug so wild, als würde es jeden Moment herausspringen.

Antworte ihm, anstatt ihn sabbernd anzustarren.

»Hallo, Adrien. Alles klar?«

»Ja. Das heißt ... Ach, verdammt, ich komme mir so dumm vor, Jo.«

Also hat Pépé doch gequatscht.

»Dumm? Wieso?«

Er sah mir in die Augen, und ich hätte ihn am liebsten in die Arme genommen.

»Na ja, wegen ... wegen dem, was ich dir sagen will«, stammelte er. »Es ist albern, ich hätte auch warten können, bis du zurückkommst, aber das schaffe ich nicht.«

»Dumm und albern? Na, wenn's weiter nichts ist!«, sagte ich mit einem Lachen.

Er versuchte, ebenfalls zu lachen, aber ich merkte, wie angespannt er war.

Jetzt oder nie, Jo.

Ich wurde wieder ernst. »Ich muss dir auch etwas sagen, Adrien.« Wo kam denn diese Joe-Cocker-Stimme her? Das konnte doch unmöglich meine sein!

Adrien schüttelte den Kopf. »Erst ich, sonst verlässt mich der Mut.«

Gut möglich, dass mir in dem Moment ein Quieken herausrutschte. Nach dem Motto: Er weiß alles, und weil er so ein Netter ist, versucht er, mich zu schonen, obwohl er mir eigentlich am liebsten den Hals umdrehen würde. Nein, Moment … Das passte irgendwie gar nicht zu seinem Blick. Adrien holte tief Luft, und meine Knie begannen zu zittern.

»Jo«, sagte er ausatmend, »erinnerst du dich an den Abend, als wir nach Saint-Jean-de-Monts gefahren sind, nur, um das Meer zu sehen?«

»Natürlich. Das war im September, glaube ich.«

Am 3. September gegen neunzehn Uhr, um genau zu sein. An dem Abend hockten wir beide zu Hause und wussten nichts mit uns anzufangen, und anstatt uns zum x-ten Mal bei McDonald's zu treffen, fuhren wir an den Strand. Adrien hatte Eclairs und Rotwein dabei, und wir setzten uns in den Sand und schauten auf die Wellen. Im Nachhinein betrachtet, war es ein ziemlich romantischer Abend, dafür, dass wir nur Freunde waren.

Er nickte mit einem sanften Lächeln. »Ich erinnere mich, wie der Wind mit deinem Kleid gespielt hat. An den Duft des Meeres, der sich mit deinem vermischt hat. An dein Lachen, als du in den Wellen herumgehüpft bist.«

Das Blut rauschte mir in den Adern. Ich schluckte. »Warum sagst du mir das?«

»Weil ich an dem Abend etwas gemerkt habe, und ich habe mich nie getraut, es dir zu sagen. Und ich habe schreckliche Angst, dass du nie wieder mit mir redest, wenn ich es tue.«

Wie hypnotisiert sah ich sein Gesicht auf dem Bildschirm an, ohne mich zu rühren, weil ich ahnte, was kommen würde. »Adrien, ich –«

»Nicht, Jo. Bitte.«

Seine Stimme zitterte, und ich meinte fast zu hören, wie er mir leise meinen Namen ins Ohr murmelte.

»Was ich dir zu sagen versuche, ist, dass du der wunderbarste Mensch bist, der mir je begegnet ist.«

Nein. Sei still. Bitte sei still. Aber sprich noch ein bisschen weiter. Nur ein bisschen.

Ich brachte kein Wort mehr heraus. Mein Gehirn war wie erstarrt. Wenn Adrien so weitermachte, würde ich die nächsten zwei Minuten nicht überleben.

»Ich hatte nicht vor, mich in dich zu verlieben, Jo«, fuhr er fort. »Aber es ist passiert.«

Ich bin tot, stimmt's?

»Sag doch was«, fleht er unruhig.

Offenbar lebte ich doch noch, denn ich hatte Tränen in den Augen und zitterte am ganzen Körper. Und ich musste so schnell wie möglich die Sprache wiederfinden.

»Mir fehlen die Worte.«

Das ist doch immerhin ein Anfang, oder?

Er streckte den Zeigefinger aus und strich über den Bildschirm, dort, wo meine Wange sein musste.

»Und mir fehlst du. Manchmal, wenn ich nachts wachliege, stelle ich mir vor, was ich zu dir sagen würde, wenn du neben mir lägest. Ich stelle mir vor, wie es wäre, dich an mich zu drücken.«

Seine Worte trafen mich mitten ins Herz. Ich hätte mich

darüber freuen sollen, stattdessen war ich bestürzt. Ich hockte da, wie gelähmt von der Wucht meiner Gefühle, und verfluchte das Schicksal. In diesem Moment tat es unendlich gut zu wissen, dass ich geliebt wurde. Doch ich würde ihm wehtun müssen. Ich konnte es nicht länger hinausschieben; ich musste ihm die Wahrheit sagen.

»Darauf war ich nicht vorbereitet.«

Adrien hatte mir gerade eine wunderbare Liebeserklärung gemacht, und ich würde alles zerstören, indem ich ihm sagte, dass ich in ein paar Tagen tot oder gelähmt sein könnte. In seinen schönen dunklen Augen lag jetzt eine unendliche Traurigkeit.

»Es tut mir leid, wenn du sauer bist, Jo, aber ich musste es dir sagen.«

Wie komme ich jetzt aus diesem verdammten Mist wieder raus?

Indem ich mich wie eine Erwachsene verhielt. Wenn Adrien es geschafft hatte, war ich ihm das schuldig. Mit einem dicken Kloß im Hals begann ich: »Ich bin nicht sauer. Ich … Weißt du noch, wie wir neulich von Adeline zurückgefahren sind?«

Er nickte schweigend.

»Als wir da auf dem Deich standen, habe ich begriffen, dass das, was ich für dich empfinde, viel mehr ist als Freundschaft. Du warst mir so nah, dass ich deinen Atem spüren konnte, und ich brannte vor Sehnsucht danach, dich zu küssen. Aber ich habe mich nicht getraut, weil ich Angst hatte, alles zwischen uns kaputtzumachen. Und jetzt ist es zu spät.«

»Unsinn! Wir haben doch noch das ganze Leben vor uns, Jo!«, erwiderte er mit geradezu euphorischer Freude.

Mein Herz zog sich vor Schmerz zusammen. Nein, ich durfte ihn nicht in dem Glauben lassen, dass eine Beziehung zwischen uns möglich war. Ohne weiter nachzudenken, befreite ich mich von der Last, die ich die ganze Zeit mit mir herumgetragen hatte.

»Es gibt etwas, das du wissen musst, Adrien. Ich war dir gegenüber nicht ganz ehrlich.«

Ich schilderte ihm das Gespräch mit dem Neurologen und entschuldigte mich, weil ich ihm nichts davon gesagt hatte. Je länger ich sprach, desto mehr sanken seine Gesichtszüge nach unten, wie bei einer Marionette, der man die Fäden durchgeschnitten hatte. Es war schrecklich zuzusehen, wie Adrien durch meine Schuld in sich zusammenfiel, und ich brachte es nicht mehr über mich, ihn anzusehen.

»Scheiße, das kann doch nicht sein!«, sagte er tonlos, als ich fertig war. »Bist du dir sicher, dass …?«

Er beendete seine Frage nicht. Ungläubig starrte er mich an, vielleicht in der Hoffnung, dass sich das alles noch als dummer Scherz herausstellen würde. Wogegen ich auch nichts gehabt hätte.

»Es tut mir wirklich leid, dir das unter diesen Umständen sagen zu müssen. Mir wäre es auch lieber gewesen, nichts davon zu wissen. Stattdessen habe ich euch angelogen, dich und meine Eltern.«

Adrien legte die Hände vor dem Gesicht zusammen, als müsste er erst mal über all das nachdenken. Sein Schweigen war ohrenbetäubend, und aus seinen Zügen war alle Freude gewichen. Plötzlich schlug er mit der Faust auf seinen Sessel.

»Aber warum hast du mir nichts davon gesagt, Jo? Ich dachte, du vertraust mir!«

Der Schmerz, der in seiner Stimme lag, machte mich wütend auf mich selbst. In mir brodelten die Schuldgefühle, und ich wusste, dass nichts mein Verhalten entschuldigen konnte. Trotzdem versuchte ich es.

»Gerade weil ich dir vertraue, habe ich nichts gesagt. Weil ich weiß, wie aufmerksam und rücksichtsvoll du sein kannst. Ich wollte nicht, dass du meinetwegen dein Leben auf Warteschleife stellst. Dass du leidest, falls ich ...«

Ich konnte den Satz nicht beenden. Adrien sah mich an, als hätte er gerade eine neue Seite an mir entdeckt. Und nicht gerade eine positive. In diesem Moment hätte ich alles darum gegeben, die Zeit und unsere Geschichte zurückspulen zu können. Nicht durch zwei Smartphones und ein Meer voneinander getrennt zu sein. All das zu vergessen und mich in seine Arme zu schmiegen.

»Bist du wütend auf mich?«, fragte ich hilflos. Ich hatte nicht den Mut, mit ihm zu streiten.

»Nein. Oder doch, ja. Verdammt, Jo, ich verstehe nicht, warum du eine Barriere zwischen uns errichtet hast. Das tut wirklich scheiße weh.«

Adrien schwieg einen Moment, dann versetzte er mir den Gnadenstoß. »Tut mir leid, aber ich brauche erst mal ein bisschen Zeit, um das zu verdauen. Wir hören voneinander.«

Sein Bild verschwand, und ich hockte vor einem Scherbenhaufen, an dem ganz allein ich selbst schuld war. Ein schreckliches Gefühl von Einsamkeit breitete sich in mir aus.

17

Mit Knoten im Magen blieb ich eine Weile sitzen und starrte dumpf den schwarzen Bildschirm an. Ein Schluchzen stieg mir in die Kehle, und ich gab den Tränen nach. Ich fühlte mich so elend! Schließlich zwang ich mich aufzustehen und ging zurück zu Adeline. Mein verheultes Gesicht verriet ihr natürlich sofort, dass etwas nicht stimmte.

»Was ist?«, fragte sie beunruhigt. »Ist er wirklich wieder mit seiner Ex zusammen?«

Ich schüttelte den Kopf. »Ich habe ihm alles gesagt. Das mit dem Aneurysma. Und er hat es nicht gut aufgenommen.«

»O Jo!«, rief sie und nahm mich in die Arme.

Hemmungslos gab ich mich meinem Kummer hin. Adeline ließ mich einfach weinen, ohne etwas zu sagen. Als ich mich schließlich beruhigte, bat sie mich, einen Moment in ihrem Zimmer zu bleiben.

»Ich bin gleich wieder da.«

Ein paar Minuten später kam sie mit einem Prospekt zurück. »Ich habe uns eine Pizza bestellt«, verkündete sie. »Wir müssen ja nicht jedes Mal ausgehen.«

Ich lächelte ihr dankbar zu. »Ich will dir aber mit meinem Gefühlschaos nicht den Abend verderben.«

»Jo«, sagte sie und setzte sich mir gegenüber. »Wir kennen uns jetzt zwanzig Jahre. Wenn es eine Frau gibt, der du den

Abend verderben kannst, ohne dass sie es dir übelnimmt, dann bin ich es. Also los, erzähl.«

»Adrien war nicht gerade erbaut, dass ich ihm die Wahrheit verschwiegen habe«, seufzte ich.

»Na ja, das war auch nicht besonders nett.«

Das stimmte, und ich hätte mir denken können, dass er so reagieren würde, aber ein Teil von mir (der, der noch an den Weihnachtsmann glaubte) hatte gehofft, er würde es mir durchgehen lassen.

»Wir haben uns bisher noch nie gestritten, Adeline. Nicht mal an dem Tag, als ich mit Schokoladeneclairs bei ihm aufgekreuzt bin, die noch gefroren waren. Die hat er gegessen, ohne eine Miene zu verziehen, weil er mich nicht verletzen wollte.«

Adeline schmunzelte. »Tja, wenn du willst, dass er dir verzeiht, solltest du ihm die besten Eclairs der Region liefern lassen.«

Trotz meines Kummers musste ich lachen, und kurz darauf saßen wir im Schneidersitz auf ihrem Bett und probierten unsere Pizza mit Cheddar. Sie war nicht übel, aber die Tatsache, dass Adrien wütend auf mich war, mich vielleicht sogar hasste, verdarb mir den Appetit, der ohnehin nicht sehr groß war.

»Meinst du, ich sollte ihm eine Nachricht schicken und ihn anflehen, mir zu verzeihen?«, fragte ich Adeline.

Sie überlegte einen Moment. »Vielleicht nicht gerade anflehen ... Aber es kann sicher nicht schaden, dich bei ihm zu entschuldigen. Was hatte er dir denn eigentlich so Dringendes zu sagen?«

Als ich an seinen Blick und seine Worte dachte, musste ich schon wieder schniefen.

Manchmal, wenn ich nachts wachliege, stelle ich mir vor, was ich zu dir sagen würde, wenn du neben mir lägest. Ich stelle mir vor, wie es wäre, dich an mich zu drücken.

»Er hat mir seine Gefühle gestanden.«

Adeline verkniff sich nur mit Mühe einen Jubelschrei. »Wusste ich's doch!«, rief sie und vergaß offenbar vorübergehend, was danach passiert war. »Das ist doch großartig!«

»Das hätte es sein können, ja. Unter anderen Umständen. Er ist nicht lange auf seiner kleinen Wolke geblieben.«

Sie runzelte die Stirn. »Warte mal – du hast auf seine Erklärung doch nicht etwa so was geantwortet wie: Das freut mich wirklich sehr, aber es passt grad nicht so gut, weil ich vielleicht bald sterbe?« Sie starrte mich schockiert an.

»Das trifft es ziemlich genau«, bestätigte ich.

Auch wenn ich das Ganze etwas taktvoller formuliert hatte, musste es bei Adrien ungefähr so angekommen sein.

»Ach du Scheiße.«

»Ich habe ihn hintergangen, indem ich ihm etwas sehr Wichtiges verschwiegen habe. Das ist alles, was bei ihm angekommen ist.«

»Das hat er im ersten Zorn gesagt«, versuchte Adeline, mich zu trösten. »Er ist ein Mann, Jo. Sein Ego krümmt sich gerade im Rinnstein, aber er fängt sich schon wieder.«

Ich hoffte aus tiefstem Herzen, dass sie recht hatte. Wir unterhielten uns noch ein paar Minuten, und Adeline bestätigte mir noch einmal, dass sie in vier Tagen nach Nantes zurückkehren würde, wie wir es vereinbart hatten.

»Tut mir leid, aber ich kann mein Geschäft nicht länger allein lassen«, sagte sie zerknirscht.

»Ist doch kein Problem. Mit etwas Glück ist Doris bis dahin mit ihrer Geschichte fertig, und ich kann mit dir zurückfahren.«

Ein Anruf von Bruno beendete unseren Abend, und ich zog mich diskret zurück, um Adeline dem Gespräch mit ihrem Freund zu überlassen.

»Wie wär's mit einem Spaziergang?«

Ich hatte die ganze Nacht kein Auge zugetan (ich hatte es für sinnvoller gehalten, mit dem Messer in der Wunde herumzustochern, indem ich mir nonstop die Instagram-Fotos von Adrien und mir ansah), und nein, mir war nicht danach, um neun Uhr morgens eine Sightseeing-Runde durch die Stadt zu machen, noch dazu bei maximal zehn Grad. Ich hatte deutlich mehr Lust, die Gefilde meiner Bettdecke zu erkunden. Aber ich wollte keine Spielverderberin sein, nachdem Adeline sich gestern Abend geduldig mein Gejammer angehört hatte.

Der Morgen war windig, aber sonnig. Nachdem wir uns entsprechend warm eingepackt hatten, gingen wir zum Hafen, der um diese Zeit fast verlassen dalag. Die Fischer waren ausgelaufen, nur ein paar vereinzelte Boote tanzten auf den Wellen. Alle möglichen Vögel schwebten in der Luft, und ihre Schreie hallten über die Kais. Unsere Schritte führten uns rasch zu den *Tunnels Beaches.* Adeline, die sich vorher schlaugemacht hatte, erzählte mir, dass in den Felsvorsprung, der die Straße vom Meer trennte, Anfang des 19. Jahrhunderts Tunnel getrieben worden waren, sodass man Zugang zu der flachen Bucht hatte, die jetzt vor uns lag. Dann hatte man einen Deich aufgeschüttet, um zu verhindern, dass sich das Wasser bei Ebbe zurückzog.

»So muss man sich nicht um die Gezeiten kümmern, wenn man baden will.«

Allein bei der Vorstellung, auch nur einen Zeh in dieses eisige Wasser zu tauchen, fing ich an zu zittern. Doch die Bucht war wunderschön. Die Sonne funkelte auf dem Wasser wie Tausende von Pailletten. Weiter hinten schlugen die Wellen gegen die Felsen, dass der Schaum in die Luft flog.

»Ist das nicht herrlich?«, fragte Adeline.

»Umwerfend!«, antwortete ich.

Der belebende, salzige Wind rauschte uns in den Ohren, und die Gischt prickelte uns im Gesicht, was nicht unangenehm war. So wie Adeline den Horizont fixierte und alles tat, um meinem Blick auszuweichen, ahnte ich, dass sie etwas beschäftigte.

»Spuck's schon aus«, sagte ich.

»Adrien hat mir gestern Abend eine Nachricht geschickt.«

Mein Herz machte einen Satz, und ich war versucht, mir die Ohren zuzuhalten, um den Rest nicht hören zu müssen. Hatte er ihr auch Vorwürfe gemacht, weil sie geschwiegen hatte? Nein, ich wollte es nicht wissen.

»Und was stand darin?«

So viel zum Thema Konsequenz.

»Er hat mich vor allem mit Fragen über deine Gesundheit bombardiert.«

Ich lachte trocken. »Und damit wendet er sich an dich.«

»Er klang beunruhigt«, verteidigte sie ihn. »Gut, sein Ego

hat ganz schön was auf die Mütze gekriegt, aber davon abgesehen hat er Angst um dich. Das ist doch ein gutes Zeichen, oder?«

Ich atmete den Geruch des Meeres ein, um einen klaren Kopf zu bekommen. In meinen Gefühlen herrschte ein ziemliches Durcheinander, und ich wusste nicht mehr so recht, wo ich stand.

»Er hängt an dir«, sagte Adeline leise.

»So einfach ist es nicht, das weißt du. Selbst wenn er mir verzeiht, ändert das nichts zwischen uns. Man fängt doch keine Beziehung an, wenn man weiß, dass man vielleicht stirbt. Das will ich ihm einfach nicht zumuten.«

Damit war die Diskussion für mich beendet. Für Adeline jedoch offensichtlich nicht, denn sie pflanzte sich vor mir auf, die Hände in die Hüften gestemmt.

»Soll ich dir ein Geheimnis verraten, Jo? Jeder von uns stirbt eines Tages. Und ja, dann leiden die, die zurückbleiben. Niemand ist unsterblich, meine Liebe, so ist das nun mal. Also hör auf, dein Leben der Angst unterzuordnen, dass es enden könnte.«

Ein unglaublicher Zorn brandete in mir hoch, und ich trat mit aller Kraft gegen den nassen Sand. Ich war wütend auf Adeline, weil sie mich so vor den Kopf stieß, und ich hatte nicht übel Lust, sie einfach stehen zu lassen. Ich war wütend auf die ganze Welt, ich hatte die Schnauze gestrichen voll! Ich blickte hoch zur St. Nicholas Chapel mit ihrem Leuchtfeuer, die auf dem Lantern Hill thronte. Die Aussicht von dort oben musste fantastisch sein, aber es war ein steiler Anstieg, da die Kapelle fast hundert Meter oberhalb des Hafens lag. Keine größeren Anstrengungen, hatte der Neurologe gesagt.

Das wollen wir doch mal sehen, Dr. Schlechte Nachricht!

Ohne ein Wort wandte ich mich ab und lief auf den steilen Pfad zu. Ich erklomm ihn mit flottem Schritt und versuchte, das Brennen in meinen Beinen und meiner Lunge zu ignorieren. Der Boden war glitschig, aufgeweicht vom gestrigen Regen. Ich verließ den Pfad und steuerte direkt auf die Steilkante zu. Aber ich geriet ins Rutschen, und wenn ich nicht aufpasste, würde ich mir unten auf den Felsen den Schädel aufschlagen, und das wäre es dann.

»Jo!«

Adeline rannte schnaufend hinter mir her. Mit zitterndem Kinn drehte ich mich zu ihr um und nahm nun doch wieder den Weg, der an einer Steintreppe endete. Nach Luft ringend kam ich oben an, die Wangen tränenüberströmt.

»Verdammt, Jo!«, keuchte Adeline, als sie mich eingeholt hatte, und beugte sich vornüber. »Ich dachte, du würdest ...« Sie sprach den Satz nicht zu Ende.

»Springen?« Ich schüttelte den Kopf, auf die niedrige Mauer gestützt, die sich um den Hügel wand. Nein, ich hatte keine Lust zu sterben, im Gegenteil, ich wollte spüren, wie das Leben in meinen Adern pulsierte.

»Okay«, schnaufte sie, »wo wir nun schon mal hier sind, können wir ja auch ein wenig durchatmen. Das lockert die Knoten im Bauch.«

»Oder den Ausblick genießen«, erwiderte ich, beeindruckt von der Landschaft, die sich unter uns ausbreitete.

Der geschützte Hafen, die schmalen Felsbuchten, der kleine Anleger mit den Fischerhäuschen dahinter, die verschachtelten Gassen ... Wirklich sehr pittoresk. Ich tat es Adeline gleich und setzte mich auf eine Bank vor einer Mauer, wo es windgeschützt war.

»Danke«, sagte ich ein wenig beschämt.

Meine Wut hatte sich in Luft aufgelöst, abgelöst von einem gewissen Stolz, weil ich zumindest für einen Moment meine Angst überwunden hatte. Mir ging der Song »Birds« von Imagine Dragons durch den Kopf, der meine Verfassung perfekt beschrieb:

»*Seasons, they will change / Life will make you grow /*
Death can make you hard, hard, hard /
Everything is temporary / Everything will slide /
Love will never die, die, die.«

Ich wusste zwar nicht, was die Zukunft mir bringen würde, aber ich war noch auf den Beinen, und ich fühlte mich lebendig. Mehr denn je.

Adeline zuckte die Achseln. »Mir brauchst du nicht zu danken. Ist alles in Ordnung?«

»Wenn du mein Gehirn meinst, ja, alles okay.«

»Ich habe keinerlei Zweifel daran, dass du das überstehst, Jo. Ich meinte die Sache mit Adrien.«

In dem Moment vibrierte mein Handy, und ich zog es heraus.

Adeline richtete sich ruckartig auf. »Ist er das?«

»Nein«, sagte ich enttäuscht und hob das Handy ans Ohr. »Eine Sprachnachricht.«

Ironischerweise kam sie vom Neurologen: »Ich wüsste gern, ob Sie schon zu einem Entschluss gekommen sind.«

Gereizt löschte ich die Nachricht und blickte hinaus auf die Wellen, die im Sonnenschein glitzerten. Wieso setzte dieser Arzt mich unter Druck?

Ich hatte keine Lust, hier, am Fuß des Leuchtfeuers von Ilfracombe, mit ihm zu sprechen. Ich wollte noch ein Weilchen dieses Damoklesschwert vergessen, das über meinem Kopf schwebte, mir von Doris Charlottes Geschichte erzählen lassen, das Geheimnis des Medaillons lüften und das Leben genießen, solange mein Herz schlug und mein Gehirn funktionierte. Ich war noch nicht bereit, nach Frankreich zurückzukehren und die Münze zu werfen, die über meine Existenz entscheiden würde.

Ein Glöckchen klingelte, als wir die Tür von Jennas Laden aufstießen. Nachdem wir in einem Café Sandwiches und die besten Scones unseres Lebens verschlungen hatten, war Adeline auf die Idee gekommen, Gavins Freundin zu besuchen, wie wir es versprochen hatten. Jenna begrüßte uns mit ihrem typischen Überschwang, der mir sofort das Gefühl gab, zu ihrem engsten Freundeskreis zu gehören. Das Geschäft passte genau zu ihr: Hinter der hölzernen Schaufensterfront, die aussah, als gehöre sie zu einem Puppenhaus, verbarg sich ein Raum voller Farben. Der Duft von Rohrzucker hing in der Luft, und die Regale bogen sich unter all den lokalen Produkten: Dosen mit Tee, Flaschen mit Pimm's, dem berühmten englischen Kräuterlikör, frische Eier vom Bauernhof, an denen noch Federn hingen.

»Ihr habt Doris knapp verpasst!« Sie deutete auf einen Korb mit Honey Buns. »Die hat sie mir gerade gebracht. Wollt ihr mal probieren?«

Natürlich ließen wir uns nicht lange bitten. Die Teilchen waren wunderbar saftig.

»Ihr betreibt also genealogische Forschungen?«, wollte Jenna wissen.

»Nicht ganz«, antwortete ich mit vollem Mund.

Ich schilderte ihr die Ereignisse, die mich und Adeline hierhergeführt hatten, und fragte sie, ob sie sich an Charlotte erinnerte.

»Dunkel«, sagte Jenna. »Sie war eine sehr alte Dame, immer sehr ... stolz. Ja, das ist das Wort, das mir dazu einfällt. Sie beeindruckte mich. Und sie liebte es, sich um ihren Garten zu kümmern.«

Ich holte das Medaillon aus meiner Handtasche und zeigte es ihr. »Das ist das Schmuckstück, das mein Großvater zugeschickt bekommen hat. Ich verstehe immer noch nicht, warum.«

Jenna warf einen kurzen Blick darauf. »Vielleicht hat Charlotte es getragen, das könnte sein. Meine Erinnerungen an sie sind ziemlich verschwommen«, fügte sie zerknirscht hinzu. »Ich war zu sehr damit beschäftigt, mich um meinen Bruder zu kümmern, um mich für eine alte Dame zu interessieren.«

Sie schwieg einen Moment, abgelenkt von zwei Studenten, die vor dem Schaufenster stehen geblieben waren.

»Ich verstehe«, sagte ich nur. »Wie geht es Daniel?«

Jenna lächelte traurig. »Er macht mir ganz schön Sorgen. Er hat nach der Zehnten die Schule abgebrochen, und seitdem hängt er nur rum. Dabei hätte er locker den Abschluss schaffen und studieren können.« Sie stieß einen tiefen Seufzer aus.

»Trotzdem finde ich dich bewundernswert«, bemerkte Adeline. »Schließlich kann sich nicht jeder rühmen, seine Geschwister großgezogen zu haben.«

Jenna zuckte die Achseln. »Mir blieb nichts anderes übrig. Meine Mutter konnte sich nicht um ihn kümmern. Ihr war der Alkohol wichtiger als ihre Kinder ... Und ich habe nie erfahren, wer Daniels Vater ist.«

Arme Jenna! Sie hatte bestimmt keine einfache Kindheit gehabt. Die beiden Studenten kamen nun tatsächlich herein und kauften eine große Schachtel Pralinen.

»Dafür hast du es aber weit gebracht«, sagte ich, als sie mit ihren Kunden fertig war.

Jenna lachte laut auf. »Das verdanke ich zum Teil ihr.« Sie griff nach einem gerahmten Foto, das neben der Kasse stand. Das Porträt zeigte eine Frau mittleren Alters mit verhärmtem Gesicht und fest zusammengepressten Lippen. Das genaue Gegenteil von Jenna.

»Ist das deine Großmutter?«, fragte Adeline.

»Himmel, nein! Wenn ich so eine Großmutter gehabt hätte, wäre ich bestimmt depressiv geworden! Das ist meine ehemalige Stufenleiterin vom Gymnasium, Mrs Nicholls«, erklärte sie uns. »Die alte Schachtel konnte mich nicht leiden. Weil ich mich abends um Daniel kümmerte, war ich zu müde zum Lernen, und das schlug sich natürlich in meinen Noten nieder. In meinem letzten Schuljahr hat Mrs Nicholls mir triumphierend vorhergesagt, dass ich nie etwas aus meinem Leben machen würde.«

»Da war ihre Kristallkugel wohl nicht ganz auf der Höhe«, sagte ich lachend.

»Genau! Jeden Morgen, wenn ich hier reinkomme, begrüße ich sie und danke ihr für ihre Ermunterung und Unterstützung.« Jenna grinste. »Wer weiß, wenn sie nicht so boshaft gewesen wäre, hätte ich vielleicht nicht den Ansporn gehabt, mich zu beweisen.«

Hinter dem etwas saloppen Gebahren verbarg sich wirklich eine Frau voller Überraschungen. Adeline schnappte sich eine Flasche Pimm's und hob sie grüßend zum Porträt. »Auf Ihr Wohl, grässliche Mrs Nicholls!«

Dann wurde sie wieder ernst und fragte Jenna nach ihrem Liebesleben. »Findest du neben dem Laden und deinem Bruder denn noch Zeit, dich mit Männern zu treffen?«

Adeline und ihr legendäres Taktgefühl ...

Jenna rückte ein paar Gläser mit Konfitüre zurecht. »Abgesehen von meinen Freunden gibt es niemanden, aber das ist völlig in Ordnung so«, erwiderte sie nur.

»Ach«, sagte ich, »ich dachte, dass Gavin und du –«

Sie sah mich mit großen Augen an. »Gavin? Im Ernst? Wie kommst du denn darauf?«

Sie spielte zwar die Überraschte, aber ich sah, wie ihr die Röte den Hals hinaufkroch.

»Ihr scheint euch gut zu verstehen«, bemerkte Adeline.

Jenna schüttelte den Kopf. »Mein Vater hat seinen getötet. Wie könnte Gavin sich da in mich verlieben? Ich bin schon froh, dass er mir seine Freundschaft schenkt.«

Bevor wir uns auf den Weg zu Doris machten, erzählte Jenna uns die tragische Geschichte: Die beiden Männer waren mit dem Boot rausgefahren und vom Sturm überrascht worden. Ihr Vater und der von Gavin, seit ihrer Kindheit eng befreundet, hatten sich am Wochenende oft zum Angeln oder Grillen getroffen. Gavin und Jenna waren damals noch keine zehn Jahre alt gewesen. Niemand wusste, was genau geschehen war, aber als die beiden Männer abends nicht zurückgekommen waren, hatten alle mit dem Schlimmsten gerechnet. Nach zwei Tagen der Suche hatte das Meer ihre Körper schließlich freigegeben und die Befürchtungen bestätigt.

»Das Schlimmste dabei war«, sagte Jenna, »dass Michael, Gavins Vater, an dem Tag eigentlich lieber auf dem Hof bleiben wollte. Aber Papa hat nicht lockergelassen, weil er überzeugt war, dass die Fische gut beißen würden.«

Nach dem Drama waren die beiden Kinder befreundet geblieben, während ihre Mütter die Verbindung abgebrochen hatten. Gavins Mutter hatte sich Arbeit in einer Großstadt gesucht und ihren Sohn bei Doris gelassen, während Jennas Mutter sich dem Alkohol hingegeben hatte.

»Welch ein trauriges Schicksal!«, seufzte ich, als Adeline und ich bei dem Bauernhof ankamen.

Das Schwierigste war jetzt, so zu tun, als wüssten wir von nichts. Das, was Jenna uns erzählt hatte, ging über Charlottes Geschichte hinaus und betraf uns nicht. Trotzdem juckte es mich, Gavin zu fragen, ob er dem Vater seiner Freundin die Schuld an dem Unfall gab. Dafür erschien er mir zu klug, aber was wusste ich schon? Adeline wiederum war wild entschlossen, die beiden zu verkuppeln.

»Ich wette, die beiden lieben sich schon seit Jahren, diese Dussel.« Sie warf mir einen scheelen Blick zu, als wäre ich an allem schuld.

»Ich sehe schon, worauf das hinausläuft«, stöhnte ich. »Spar dir deinen Atem und fang jetzt nicht von Adrien und mir an.«

»Warum muss alles immer so kompliziert sein, wenn es um die Liebe geht?«

»Weil die Liebe nichts anderes ist als eine Naturgewalt«, erwiderte ich ruhig. »Sie fällt einfach ungefragt über uns her und lässt sich nicht beherrschen.«

»Eine Naturgewalt? Hm, wenn du meinst … Aber sie nimmt uns mit auf eine wunderbare Reise.«

Doris empfing uns voller Freude und führte uns einmal über den ganzen Hof, bevor wir unser Gepäck in die Ferienwohnung brachten. Als wir durch einen bezaubernden Garten voll blühender Vergissmeinnicht gingen, richtete sie eine Blume auf, die schief gewachsen war, und ich sagte ihr, dass Pépé ihre Leidenschaft teilte.

»Das zeigt, dass er Magie im Herzen hat«, erwiderte sie. »Die braucht man, um Pflanzen und Menschen gedeihen zu lassen. Das habe ich alles von meiner Mutter gelernt.«

Die Ferienwohnungen waren funktional eingerichtet und in Grün- und Beigetönen gehalten. Eine Tapete mit Vogelmotiv, die die eine Wand bedeckte, gab dem Ganzen einen poetischen Touch. Erschöpft von der schlaflosen Nacht und den Gefühlsaufwallungen des Tages, hätte ich mich am liebsten auf dem weichen Bett ausgestreckt. Doch Doris hatte andere

Pläne: Sie hatte Fotos wiedergefunden, die Charlotte gehört hatten.

»Ich kann sie euch zeigen, während ich euch erzähle, wie es weiterging, als meine Mutter bei Macy's angefangen hat.«

Meine Neugier war geweckt, und ich folgte ihr zurück zum Haus.

18

Charlotte, 1930

»Vergiss nicht zu lächeln, das ist wichtig!«

Charlotte nickte nervös, während Maggie, die Abteilungsleiterin, ihr einen letzten Tupfer granatroten Lippenstift auftrug.

»Du hast ein hübsches herzförmiges Gesicht«, fuhr sie fort. »Das müssen wir mit den Produkten, die wir verkaufen, zur Geltung bringen.«

Anschließend führte Maggie sie zu ihrem Posten. »So, jetzt bist du an der Reihe!«

»Und wenn ich etwas nicht weiß, das mich eine Kundin fragt?«, fragte Charlotte beunruhigt.

»Dann fragst du mich, dafür bin ich ja da.«

Zwei Tage zuvor hatte der Direktor von Macy's Charlotte als Verkäuferin für die Kosmetikabteilung eingestellt, als Ersatz für eine junge Frau, die geheiratet hatte. Anfangs hatte sie gedacht, er wollte sie auf den Arm nehmen. Als sie dann gemerkt hatte, dass er es ernst meinte, war sie überzeugt gewesen, dass man sie nach ein paar Stunden wieder fortschicken würde – sie hatte doch keine Ahnung von Puder, Nagellack und Lippenstift!

Doch sie lernte schnell, und sie tat, was man von ihr erwartete: Sie lächelte. Auch wenn sie die Euphorie nicht nachvollziehen konnte, die die Kundinnen beim Kauf eines neuen Lippenstifts erfasste, spielte sie mit und tat so, als teile sie ihre Begeisterung. Manchmal kamen sogenannte *flappers* zu ihr, oft zu zweit oder zu dritt. Sie trugen Hosen und kurze Haare mit Ponyfransen, wirkten äußerst selbstsicher und verlangten stets die auffälligsten Farben. Charlotte staunte über ihre Freiheit, aber in all der zur Schau getragenen Unbekümmertheit lag auch etwas, das sie berührte. Nach zwei Wochen hatte sie ihr Lächeln so perfektioniert, dass es überzeugend wirkte. Sie hatte gelernt, ihre Gedanken zu disziplinieren, um nicht unentwegt an Gabriel zu denken, und während der Arbeit gelang es ihr auch, denn sie hatte die Stelle um seinetwillen angenommen. Beschäftigung war das beste Heilmittel für ein gebrochenes Herz.

Eines eisigen Nachmittags, drei Wochen nach ihrem Beginn bei Macy's, holte Ryan sie ab. Der Motor des beigefarbenen Packard-Coupés schnurrte wie eine zufriedene Katze, während sie durch die Straßen rollten.

»Wohin fahren wir?«, fragte Charlotte, als sie merkte, dass es nicht zum Plaza ging.

»Zur 86. Straße«, antwortete er mit undurchschaubarem Lächeln. »Schau, da sind wir schon.«

Sie stiegen aus dem Wagen. Ryan nahm ihre Hand und führte sie zu einem Gebäude, das von Ahorn und Ulmen gesäumt war. Als er ihr sanft eine Haarsträhne hinters Ohr strich – sie trug ihr Haar jetzt schulterlang –, überkam Charlotte erneut eine Welle des Verlangens. Mit seinem blauen Anzug und dem Filzhut war Ryan äußerst attraktiv, und sie dachte nicht ohne Bitterkeit, dass die Frau, die er heiraten würde, großes Glück hatte. Sie rang noch immer mit ihren zwiespältigen Gefühlen, obwohl sie ihm nichts vorzuwerfen hatte: Ryan kümmerte sich um sie, brachte sie zum Lachen und sorgte für Ablenkung. Während der Woche verbrachten sie manchmal ein, zwei Nächte zusammen, und sie verstand die Macht dieses fleischlichen Begehrens nicht, das sie gegen jede Vernunft immer wieder davontrug.

Dennoch lag ein Schatten zwischen ihnen, ein Unbehagen, das sie nicht loswurde. Ihr war bewusst, dass sie kein klassisches Paar waren, und sie konnte keinen Mann bewundern, dessen berufliche Tätigkeit Menschenleben kosten konnte. Jede neue Zeitungsmeldung, die mit dem organisierten Verbrechen zusammenhing, verstärkte ihren Abscheu gegenüber diesen Gangstern, die über die sechs Millionen New Yorker herrschten. Aber warum gelang es ihr dann nicht, Ryan zu hassen? Ihr Geliebter blieb stets ausweichend, was seinen Tagesablauf betraf, verriet ihr nie, wo er wohnte, und schmiedete keinerlei Zukunftspläne mit ihr. Charlotte wagte es nicht einmal, ihn nach seinen Gefühlen zu fragen. Die einzige Gewissheit war, dass sie der Anziehungskraft nicht widerstehen konnten, die sie zueinandertrieb.

»Bist du bereit?«, fragte Ryan und hielt ihr die Tür auf.

Bis vor kurzem hatte es in Strömen gegossen, und das Wasser rauschte durch den Rinnstein. Es war wirklich kein Wetter, um sich draußen aufzuhalten. Charlotte folgte ihm in das Gebäude, und sie stiegen hinauf in die zweite Etage.

»Hier, bitte sehr!«, sagte er fröhlich und zog einen Schlüssel aus der Tasche.

»Wo sind wir denn?«, fragte sie neugierig.

»Wirst du gleich sehen.«

Das klang sehr geheimnisvoll. Charlotte öffnete die Tür und trat in einen Wohnraum. Ein runder Tisch, vier Stühle und ein niedriges Sideboard nahmen einen großen Teil des grün gestrichenen Zimmers ein. Rechts entdeckte sie eine schmale Küche und weiter hinten ein Schlafzimmer mit Bett und ein kleines Bad mit Fenster. Die Kopfkissen waren aufgeschüttelt und das Parkett wirkte sauber, aber der Wohnung fehlte die Seele. Während sie zögernd auf der Schwelle stand, konnte Ryan seine Freude kaum noch zurückhalten. War das seine Wohnung? Doch dieser Minimalismus passte nicht zu seinem Wesen.

»Wohnt hier jemand?«, fragte Charlotte.

Ryan trat einen Schritt auf sie zu und nahm ihre Hand. »Ja, du. Seit fünf Minuten.«

Sie stieß einen Schrei aus. »Wirklich?« Ihre Augen funkelten.

Auch wenn sie die Wohnung zunächst enttäuschend gefunden hatte, wusste sie sich jetzt vor Freude kaum zu halten. Sie und Ryan hatten sich in der vergangenen Woche gestritten, weil sie nicht länger auf seine Kosten im Plaza wohnen wollte.

»Ich will keins von diesen ausgehaltenen Flittchen sein!«, hatte sie wütend gesagt.

Dort draußen gab es so viele Arme, dass sie es nicht mehr ertrug, im Luxus zu leben. An einem Tag war man ganz oben und am nächsten ein Nichts. Die Anzahl der Apfelverkäufer in den Straßen von Manhattan hatte sich verdoppelt – Leute, denen nichts anderes mehr blieb, um ein wenig Geld zu verdienen. Die Warteschlangen vor der Armenküche am Columbus Circle waren endlos. Nur drei Blocks vom Times Square entfernt standen manche schon frühmorgens für einen Kaffee und einen Krapfen an, manchmal die einzige Mahlzeit des Tages. Charlotte kannte mittlerweile den trüben, leeren Blick, der so typisch für das Elend der Menschen war. Mehr denn je war sie entschlossen, ihren Wert zu beweisen und auf eigenen Beinen zu stehen. Was sollte aus ihr werden, falls Ryan verhaftet wurde? Nein, sie wollte nicht auf der Straße enden.

»Ryan!«, rief sie und drehte sich um sich selbst. »Das ist ja wunderbar!«

»Gefällt es dir hier?«, fragte er ein wenig nervös. »Ich musste mich ja nach deinem Gehalt richten, und etwas Besseres habe ich nicht gefunden. Macy's ist übrigens nur ein paar U-Bahn-Haltestellen entfernt.«

»Ich werde es in den schönsten Palast verwandeln«, versicherte sie ihm, während ihre Hand sich bereits einen Weg unter das Hemd ihres Geliebten bahnte.

In den folgenden Tagen machte Charlotte sich daran, die Wohnung einladender zu gestalten. Da sie nicht genug Geld hatte, um sich neue Möbel zu kaufen, besorgte sie sich welche in Secondhandläden. Maggie schenkte ihr eine Teekanne, und Charlotte fand auf der Straße einen sehr bequemen Sessel, den sie ans Fenster des kleinen Wohnzimmers stellte, vor dem ein Pflaumenbaum stand. Wie wohltuend der Blick auf den Garten im Frühjahr sein würde! Trotz ihres Widerstands kaufte Ryan ihr ein Radio, damit sie sich an den Abenden, an denen er keine Zeit hatte, Sendungen anhören konnte. Er wusste, dass sie ohne Ablenkung ins Grübeln verfiel und sich immer wieder ihre Fehler vor Augen führte.

Sobald sie allein war, betrachtete sie stundenlang das Foto von ihrem kleinen Jungen, das sie stets in ihrem Medaillon bei sich trug. Sie sprach auch mit ihm, erzählte ihm von ihrem Leben hier in New York und beschrieb ihm das Getümmel auf den großen Straßen und den Blick auf die *skyline* mit all den Wolkenkratzern, die sich gen Himmel reckten. Sie sprach davon, was sie alles mit ihm unternehmen wollte, sagte ihm, dass sie zusammen im Central Park spazieren gehen und Brezeln essen würden, die es an den Straßenecken zu kaufen gab, und dass sie auf das höchste Gebäude der Welt steigen würden, dessen Bauarbeiten im vergangenen Monat begonnen hatten. Und natürlich würden sie auch ins Kino gehen und sich die Zeichentrickfilme von Walt Disney anschauen. Sie sprach in der Hoffnung mit ihm, dass ihre Worte sich einen Weg in sein Herz bahnen und die Verbindung zwischen ihnen lebendig halten würden. Obwohl ihr Schlafzimmer nicht sehr groß war, konnte sie es kaum erwarten, ein Kinderbett für ihren Sohn zu kaufen. Gabriel war immer in ihren Gedanken, aber Charlotte ließ sich nicht unterkriegen.

Eines Sonntagmorgens Ende Februar holte Ryan Charlotte ab und fuhr mit ihr in den Cotton Club, wo er verabredet war. Normalerweise hielt er sie aus seinen Geschäften heraus, aber sie wollten nach der Besprechung ins Kino gehen, und so sparte er sich einen Umweg.

»Owney erwartet dich oben zu einer Partie Billard«, sagte Big Frenchy zu Ryan, als sie den Club betraten. »Aber die Puppe bleibt unten.«

Charlotte verkniff sich nur mühsam eine scharfe Entgegnung und setzte sich ins Restaurant, wo man ihr einen Kaffee brachte. Seit dem Silvesterabend und der Szene mit Henrietta war sie nicht mehr hier gewesen. Diese Welt der Nachteulen war nicht ihr Ding. Tänzer, die ihre Auftritte probten, wärmten sich mit Dehnübungen auf, und sie fühlte sich privilegiert, ihnen dabei zusehen zu können. In dieser morgendlichen Ruhe herrschte hier eine ganz andere Atmosphäre. Ein Mann fegte ohne Eile den Boden und wirbelte ein paar Staubflocken auf, die in einem schmalen Lichtstrahl tanzten. Es kam Charlotte so vor, als wäre sie Zeugin, wie der Cotton Club nach dem nächtlichen Treiben allmählich erwachte. Sie spitzte die Ohren, als sie Stimmen von oben hörte. Eine Partie Billard, um diese Zeit, nun ja ... Da sie jedoch kein Wort verstand, blätterte sie in der neuesten Ausgabe von *Harper's Bazaar*, die Maggie ihr geliehen hatte. Plötzlich nahm sie auf der Bühne eine Bewegung wahr. Sie spähte über den Rand der Zeitschrift und sah einen Musiker, der sich dort für eine Probe bereit machte. Und es war nicht irgendein Musiker! Charlotte sprang auf und lief zu dem Trompeter.

»Curtis Tiller!«, rief sie voller Freude.

Der Angesprochene zuckte zusammen und wusste offensichtlich nicht, wo er die junge Frau einsortieren sollte.

»Kennen wir uns?«, fragte er misstrauisch.

»Ja«, sagte sie amüsiert. »Wir sind uns am ersten Weihnachtstag begegnet. Ich hatte mich verlaufen, und Sie haben mir geholfen zurückzufinden.«

Charlotte hatte das Gefühl, dass ihre erste Begegnung schon eine Ewigkeit her war. Die Zeit, in der sie so naiv gewesen war zu glauben, dass sie ohne Pass auf ein Schiff gelangen könnte, war definitiv vorbei!

In den dunklen Augen des jungen Mannes leuchtete Überraschung auf. »Oh, Madam! Tut mir leid, dass ich Sie nicht erkannt habe!« Er wirkte ehrlich zerknirscht.

»Das liegt an meinen Haaren, die sind jetzt kürzer«, erwiderte sie. »Außerdem konnten Sie ja nicht damit rechnen, dass wir uns hier wieder über den Weg laufen. Ich begleite meinen ... einen Freund. Er spielt oben Billard. Ich freue mich sehr, dass man Sie engagiert hat.«

»Und ich freue mich, dass ich so Gelegenheit bekomme, mich bei Ihnen zu bedanken«, erklärte er voller Wärme. »Ich hoffe, Sie verlaufen sich jetzt nicht mehr.«

Charlotte erzählte ihm, dass sie umgezogen war und dank der U-Bahn nun leichter von A nach B kam.

»Gefällt es Ihnen im Cotton Club?«, fragte sie ihn.

»Mir gefällt es überall, wo ich spielen kann«, antwortete er bescheiden.

»Und wie geht es Ihrer Cousine?«

Doch die Antwort verstand Charlotte nicht, da in dem Moment die Diskussion in der oberen Etage heftiger wurde. Man hörte ein lautes Krachen, gefolgt von Maddens dröhnender Stimme, die die scheinbare Ruhe durchbrach.

»Bist du verrückt, Dolan? Eine Frau macht schwach, und die Geschäfte gehen immer vor!«

Charlotte spürte, wie ihr das Blut aus dem Gesicht wich. »Ich glaube, ich sollte jetzt besser gehen«, murmelte sie.

Curtis nickte. »Ich weiß nicht, was Ihr Freund angestellt hat, aber es ist nicht gut, die da oben gegen sich aufzubringen.« Er deutete mit dem Zeigefinger an die Decke. »Und wenn Big Frenchy uns beide zusammen sieht, kann es sein, dass er mich rauswirft.«

»Natürlich, Curtis. Ich will nicht, dass Sie Ärger bekommen. Vielleicht sehen wir uns ja mal wieder.«

Charlotte verspürte eine spontane Zuneigung zu dem Musiker und hätte ihn gern gefragt, wie sie Kontakt zu ihm aufnehmen konnte, doch oben knallte eine Tür zu, und jemand kam eilig die Treppe herunter. Ihr blieb kaum Zeit, sich wieder auf ihren Platz zu setzen, da tauchte Ryan schon mit finsterer Miene auf.

»Wir gehen«, sagte er und nahm sie beim Arm, ohne ihren fragenden Blick zu beachten.

Sie sahen sich *Anna Christie* an, den ersten Tonfilm mit Greta Garbo, in der sie eine Prostituierte spielte, die sich in einen Matrosen verliebte. Den ganzen Film über saß Ryan mit verschlossener Miene da, tief in Gedanken versunken. Auch anschließend besserte sich seine Laune kaum. Er schwieg beharrlich, während Charlotte über den Film sprach, und auch als sie ihre Freude über das Wiedersehen mit Curtis schilderte, reagierte er nicht. Unten vor ihrem Hauseingang fragte sie ihn, was Madden im Cotton Club so in Rage versetzt hatte.

Ryan seufzte und wandte den Blick ab. »Er hasst es, beim Billard zu verlieren.«

»Du bist ein schlechter Lügner.«

Seine Lippen bewegten sich, als wollte er etwas sagen, doch er zögerte.

»Erzähl's mir«, beharrte Charlotte. »Ich will es wissen.«

»Dein Mann hat den vereinbarten Champagner nicht geschickt«, antwortete er schließlich.

»Willst du damit sagen, er hat euch betrogen?« Ihre Stimme zitterte.

Diese Vorstellung erschütterte sie zutiefst. Émile war vielleicht jähzornig und gewalttätig, aber soweit sie wusste, hatte er noch nie jemanden bestohlen.

Ryan schüttelte den Kopf. »Nein, er hat Madden die Anzahlung zurückgeschickt.«

Charlotte runzelte die Stirn. »Dann verstehe ich nicht, was das Problem ist.«

»Die Jungs haben fest mit der Lieferung gerechnet. Das ist ein Riesengeschäft, das ihnen da durch die Lappen geht. Wir sprechen hier über rund zehntausend Dollar.«

Schlagartig begriff sie. »Du lieber Gott ...«, flüsterte sie entsetzt. »Deshalb hat Madden dir diesen Vortrag über die Frauen und das Geschäft gehalten! Er denkt, ich bin schuld.«

Unvermittelt blitzte Wut in Ryans Augen auf. »Ich, ich, ich! Kannst du immer nur an dich denken?«, rief er gereizt.

Verletzt gab sie zurück: »Wenn es dir lieber ist, dass wir uns nicht mehr sehen ...«

»Das habe ich nicht gesagt«, entgegnete er und ließ sie unter dem Vorwand einer weiteren Verabredung einfach stehen.

Am nächsten Tag tauchte Ryan mit einem Blumenstrauß bei ihr auf. Weiße Rosen, Charlottes Lieblingsblumen.

»Es tut mir leid, wie ich mich gestern benommen habe«, entschuldigte er sich. »Ich war panisch, weil ich nicht damit gerechnet hatte, dass du Maddens Ausbruch mitbekommen hast.«

Nach einem ausgedehnten Kuss nahm sie seine Entschuldigung an. »Und wie geht es jetzt weiter?«

»Ich werde zusammen mit Frank und Teddy versuchen, deinen Mann umzustimmen.«

»Darauf wird er sich niemals einlassen«, erwiderte sie entschieden. »Wenn Émile einmal einen Entschluss gefasst hat, ist er nicht mehr davon abzubringen.«

Sie fragte sich, wie weit Ryan gehen würde, um Madden seine Ware zu liefern. Was, wenn Émile im Gegenzug forderte, dass Ryan sie nach Épernay zurückschickte? Das ergäbe zwar keinen Sinn, nachdem er sie so feige im Stich gelassen hatte, aber sie musste diese Möglichkeit trotzdem in Erwägung ziehen.

»Hast du vor, nach Frankreich zu fahren?«, fragte sie.

»Ich weiß es noch nicht, Charlotte. Die Jungs und ich überlegen uns morgen etwas.«

»Wenn ihr dahin fahrt, will ich, dass ihr mir mein Kind mitbringt.«

Charlotte hatte ein schlechtes Gewissen, weil sie Ryan zusätzlichen Druck machte, aber wenn es eine Chance gab, Gabriel zurückzubekommen, musste sie sie nutzen. Ganz egal, wie.

19

Juni 1930

Mit dem Daumen strich Charlotte ein letztes Mal den Umschlag glatt, dann warf sie ihn ein. Sie kannte den Brief, den sie geschrieben hatte, Wort für Wort auswendig, und sie hoffte inständig, dass er Émile umstimmen würde. Es war die einzige Möglichkeit, die ihr noch blieb.

Émile,

da mein Schreiben vom Januar ohne Antwort geblieben ist, erlaube ich mir, mich erneut an Dich zu wenden. Ich arbeite seit fünf Monaten in einem großen Kaufhaus und habe eine Wohnung gemietet. Da ich nunmehr für meinen Lebensunterhalt aufkommen kann, bitte ich Dich noch einmal, alles Nötige für eine Scheidung in die Wege zu leiten und mir Gabriel zurückzugeben. Ich bin überzeugt, dass ein Kind ohne seine Mutter nicht glücklich sein kann, und auch wenn ich verstehe, dass Du mich für den Schmerz, den Du durch mich erlitten hast, bestrafen wolltest, kann ich nicht glauben, dass Du Deinem eigenen Sohn dasselbe Leid zufügen willst. Falls ich nichts von Dir höre, werde ich einen Anwalt einschalten. Glaub mir, ich bedauere es zutiefst, dass es zwischen uns so weit gekommen ist. Um der Liebe Gottes willen flehe ich Dich an, zerstöre nicht Gabriels Leben.

Charlotte

Mittlerweile saß Charlotte seit sechs Monaten in New York fest. Der raue Winter hatte dem Frühling Platz gemacht, das Eis auf den Seen des Central Parks war nach und nach geschmolzen, und auf dem Wasser schwammen nun Enten. Es lag eine Leichtigkeit in der Luft, ausgelöst von den Spaziergängern, die beschlossen hatten, das schöne Wetter auszunutzen. Charlotte genoss die Atmosphäre und bummelte am frühen Abend, wenn die Sonnenstrahlen unter die Baldachine fielen, oft mit Maggie durch die Straßen.

Trotz der explodierenden Arbeitslosigkeit erwachte Manhattan wieder zum Leben, und Charlotte begann, sich in der Stadt ein wenig heimisch zu fühlen. Überall roch es nach Essen – New York war die kosmopolitischste Stadt der Welt, und all die verschiedenen Küchen lagen dicht beieinander. Der Duft der syrischen Baklavas vermischte sich mit dem der gegrillten Steaks, und ständig öffneten neue libanesische, italienische, russische oder orientalische Restaurants. Man konnte in ein anderes Land reisen, indem man einfach nur einen Teller Pasta aß.

Eines Tages nahm Ryan sie mit in ein Café, in dem es kleine französische Törtchen gab, mit Schokoladenguss und einem Hauch Blattgold obendrauf. Es rührte sie sehr, und zugleich hatte sie das Gefühl, ihrer Heimat für immer Lebewohl zu sagen. Frankreich fehlte ihr natürlich, aber Charlotte war überzeugt, dass sie, wenn Gabriel wieder bei ihr war, ohne Bedauern auch hier leben könnte. Dazu musste allerdings erst einmal der Brief, den sie Émile geschickt hatte, die erhoffte Wirkung zeigen.

Ryan und seine Männer hatten schließlich akzeptieren müssen, dass der Champagner ihnen durch die Lappen gegangen war. Charlottes Mann ging nicht auf die wiederholten Forderungen der Bootlegger ein, und eine Reise nach Frankreich wäre zu aufwendig gewesen, zumal nicht sicher war, dass sie damit Erfolg hatten. Jeder Besuch im Cotton Club war von nun an von Spannungen erfüllt, weil Owney Madden es hasste, wenn er Geld verlor, noch dazu solche Summen. Ryan kam jedes Mal niedergedrückter zurück, als trüge er die Last der ganzen Welt auf seinen Schultern. Dennoch arbeitete er hart, um den anderen seinen Wert zu beweisen, und knüpfte immer neue Kontakte im Milieu.

»Meinst du nicht, du solltest die Gelegenheit nutzen, etwas anderes mit deinem Leben anzufangen?«, fragte sie ihn eines Abends.

Im Stillen hoffte sie, Ryan würde erkennen, dass er eine schlechte Wahl getroffen hatte, und dieses Gangstermilieu verlassen. Dann könnten sie heiraten und sich mit Gabriel in einem der ruhigeren Vororte niederlassen. Ja, wenn er ein ehrenhafter Mann würde, könnte sie sich vielleicht gestatten, ihre Beziehung als Liebe anzusehen ...

Doch Ryan widersprach. »Ich muss Madden überzeugen. Ich kann dir nicht erklären, warum das so wichtig ist, aber du musst mir vertrauen.«

Dieser Satz kam mit enervierender Regelmäßigkeit. Ob es um seine Geschäfte ging oder um Gabriel, sie bekam auf ihre Nachfragen immer nur zu hören: *Vertrau mir.* Immerhin brachte er nicht nur die Sorgen wegen der Schmuggelware mit, sondern auch gute Nachrichten von Curtis. Der junge Musiker machte seinen Weg im berühmten Cotton Club. Ein Agent hatte ihn angesprochen und wollte ihn in einem der erfolgreichsten Orchester unterbringen.

Charlotte freute sich, dass es in all dem Chaos ein Leben gab, das einfach und ehrlich war. Sie fühlte sich dem Trompeter verbunden und hatte das eigenartige Gefühl, in Curtis einen Freund gefunden zu haben, der sie verstand, obwohl sie sich nur zweimal begegnet waren und sie ihm ihre Geschichte gar nicht erzählt hatte. Auch Curtis war entwurzelt und lernte, in dieser neuen Welt zu überleben, die voller Hoffnung und schöner Versprechungen war, einen aber jederzeit vernichten konnte.

Genau das erlebte Charlotte eines Abends Ende Juni. Nach der Arbeit summte sie auf dem Heimweg »Pony Blues«, ein Stück, das sie im Radio gehört hatte. Sie lächelte vor sich hin, weil man ihr angeboten hatte, sie in der Filiale in Atlanta im Bundesstaat Georgia einzusetzen, wo eine Verkäuferin in der Abteilung für Damenoberbekleidung gebraucht wurde. Geschmeichelt hatte sie versprochen, darüber nachzudenken. Sie hatte nichts gegen einen Ortswechsel, aber sie strebte nach einer Beförderung, sodass sie mehr verdienen würde und ein paar Dollar zur Seite legen konnte. Außerdem machte es ihr Spaß, Kosmetik zu verkaufen. Mit der Ankunft des Tonfilms war Louise Brooks aus der Mode gekommen, und die jungen Frauen wollten jetzt aussehen wie Greta Garbo oder Joan Crawford. Sie kauften Vergrößerungsspiegel, um besser ihre Augenbrauen nachstricheln, Wimperntusche auftragen und Lidschatten auftragen zu können. Was die Kleidung anging, so reichten die Rocksäume jetzt bis zur Mitte der Wade, die

Schultern waren gepolstert, um die Silhouette zu verbreitern, und man betonte die schmale Taille. Alles veränderte sich so schnell!

Hungrig stieg Charlotte hinauf in den zweiten Stock. Wenn sie die Stelle in Atlanta annahm, überlegte sie, könnte das ein Neuanfang sein, nicht nur für sie, sondern auch für Ryan. Sie würde mit ihm darüber sprechen, bevor sie eine Entscheidung traf. Als sie die Wohnung betrat, hob sie wie immer die Post auf, die unter dem Türschlitz hindurchgeschoben worden war, stieß jedoch einen überraschten Schrei aus, als sie einen etwas größeren Umschlag bemerkte, der aus Frankreich kam. Ohne auch nur den Hut abzunehmen und die Schuhe auszuziehen, riss sie ihn mit zitternden Händen auf. Nannte Émile ihr endlich ein Datum für die Scheidung? Würde sie Gabriel wiedersehen? In dem Umschlag lagen zwei Bögen. Sie wären ihr beinahe entglitten, als sie den Brief überflog. Ihr Herz setzte aus, und sie musste sich an einem Stuhl festhalten. In der schwachen Hoffnung, dass sie sich verlesen hatte, begann sie noch einmal von vorn. Doch das Blut, das in ihren Schläfen pochte, bestätigte ihr, was ihr Gehirn nicht wahrhaben wollte.

Nein, nein, nein! Das kann nicht sein!

Charlotte presste die Hand an die Brust. Es war, als hätte ihr jemand ein glühendes Eisen ins Herz gestoßen. Sie hatte nicht einmal die Kraft zu schreien. Sie versuchte, sich bis zum Sessel zu schleppen, aber ihre Beine versagten, und sie brach auf dem Fußboden zusammen.

Eine Stunde später fand Ryan sie dort, den Rücken an den Sessel gelehnt, den tränennassen Brief in den Händen. Sie weinte so sehr, dass sie kaum Luft bekam, und als sie ihn auf sich zukommen sah, schluchzte sie noch heftiger.

»Charlotte, was ist denn passiert?«, fragte er erschrocken.

Sie blickte mit gerötetem, schmerzverzerrtem Gesicht zu ihm auf und stammelte auf Französisch: »Er ist tot ... unter der Erde ... Er ... hat bestimmt ... Angst.«

Ryan verstand gar nichts. Sanft nahm er ihr den Brief aus den Händen und versuchte, die Sätze in der fremden Sprache zu dechiffrieren.

»Charlotte, beruhige dich. Der Brief ist von Émile, richtig?«

Sie sah ihn mit so flehendem Blick an, als hätte allein er die Macht, ihr Leiden zu beenden. Da hob Ryan sie vorsichtig hoch und trug sie zu ihrem Bett. Trotz der Decke, die er über sie breitete, zitterte sie am ganzen Körper. Er hielt sie lange in den Armen, strich ihr übers Haar und wartete, bis sie imstande war, ihm zu erklären, was sie in solche Verzweiflung gestürzt hatte. Nach einer schier endlosen Weile schien Charlotte sich ein wenig zu beruhigen.

»Gabriel ist tot«, brachte sie mühsam heraus. »Mein kleiner Junge ist ...« Sie brach ab und begann erneut zu weinen.

»Großer Gott, Charlotte!«, murmelte Ryan betroffen und schloss sie wieder in die Arme. »Ich weiß nicht, was ich sagen soll.«

»Sag nichts. Lass mich sterben.«

Sie verging vor Schmerz. Etwas Schlimmeres hätte ihr nicht zustoßen können. Ryan wiegte sie sanft hin und her.

»Schhhh ... Ich werde einen Arzt holen, damit du dich ausruhen kannst.«

»Ich will keinen Arzt. Das ist alles meine Schuld, Ryan. Ich konnte ihn nicht mal mehr ein letztes Mal an mein Herz drücken, und jetzt ist es zu spät, denn er ist ...«

Charlotte schaffte es nicht, den Satz zu beenden. Das Wort war zu grausam, um es zu wiederholen; wie Glasscherben zerschnitt es ihr die Kehle.

»Ich habe mein Kind im Stich gelassen!«, schluchzte sie und zeigte auf den Totenschein, der Émiles Brief beigefügt war. »Er ist nicht mehr da, Ryan, nicht mehr da! Ich verdiene es nicht zu leben.«

Er fühlte sich hilflos angesichts ihres Schmerzes und ihrer Schreie. »Es tut mir so leid«, sagte er und zog sie an sich. »So unendlich leid.«

So blieben sie im nächtlichen Zwielicht aneinandergeklammert liegen.

Die folgenden Tage war Charlotte wie betäubt, gleichgültig gegenüber allem. Sie reagierte nicht, als Ryan ihr mitteilte, er habe dem Direktor von Macy's Bescheid gesagt, dass sie einige Tage nicht kommen könne. Am dritten Tag wurde der Schmerz unerträglich. Zwei Wochen lang litt sie dumpf vor sich hin, unfähig, zur Arbeit zu gehen oder einzukaufen. Abends ertrug sie die Leute nicht, die lärmend und lachend unter ihrem Fenster vorbeigingen. Wie konnten sie so unbekümmert sein, während sie die schlimmste aller Qualen durchlitt? Ihres Sauerstoffs und Lebenssinns beraubt, bestand sie nur noch aus Trauer und Verbitterung. Sie hatte an ihre gemeinsame Zukunft hier geglaubt, und sie war bereit gewesen, Berge zu versetzen, um sie Wirklichkeit werden zu lassen. Doch stattdessen war der Berg unter ihr zusammengestürzt. Charlotte saß ganze Nachmittage da, betrachtete das Foto von Gabriel in ihrem Medaillon und bat ihn tausendmal um Verzeihung.

Nachts weckte sie Ryan mit ihrem Weinen. Er versuchte, sie zu trösten, aber was er auch tat, er konnte ihr den Kummer nicht nehmen. Immer wieder sagte sie ihm, dass sie ohne ihr Kind nicht weiterleben konnte. Ihr ganzes Wesen war in tausend Stücke zersprungen. Das Unglück war nicht wiedergutzumachen, und sie dachte sogar daran, sich das Leben zu nehmen, um ihrem Schmerz ein Ende zu setzen. Wozu sollte sie hierbleiben, wenn nichts sie hielt? Wäre sie in Épernay gewesen, hätte der Pfarrer ihrer Gemeinde ihr sicher gesagt, dass sie weiterleben musste, um zu leiden und für ihre Sünden zu büßen, ohne die das alles nicht passiert wäre. Ohne die Gabriel noch am Leben wäre. Manchmal hoffte sie, dass es nur ein Albtraum war, ein langer Albtraum in einer endlosen Nacht. Um sich zu vergewissern, las sie erneut den Brief, und jedes Mal traf sie der Schmerz mit neuer Wucht. Es war, als würde man ihr mit bloßen Händen das Herz herausreißen. Bis an ihr Lebensende würde sie diesen hässlichen Fleck auf ihrer Seele haben.

Épernay, Juni 1930

Charlotte,

Deinen Namen zu schreiben ist für mich eine Prüfung. Eine schwere Prüfung, denn mein Herz hat eine Verletzung davongetragen, die niemals heilen wird. Ich hätte es Dir verschweigen können, aber Du verdienst es, Bescheid zu wissen. Du verdienst es zu leiden, wie ich gelitten habe, denn letzten Endes trägst Du ein Gutteil der Verantwor-

tung für das, was geschehen ist. Es zerreißt mich fast, dies niederzuschreiben: Gabriel lebt nicht mehr. Meine Eltern haben sich sehr gut um ihn gekümmert, und er schien die Veränderungen in seinem Leben kaum wahrgenommen zu haben. Vielleicht hat er gespürt, dass eine wahre Mutter ihrer Familie den Vorzug gegeben hätte, anstatt sich vom erstbesten Kerl den Kopf verdrehen zu lassen. Anfang Mai hat unser armer Kleiner sich mit den Röteln angesteckt, und die Maßnahmen, die wir ergriffen haben, konnten ihm nicht helfen. Das Fieber war stärker als er, und er hat seinen letzten Atemzug in den Armen seiner Großmutter getan.

Mein Schmerz ist unermesslich, und mehr denn je frage ich mich, wie Du uns das antun konntest. Du bist nicht mehr Teil unseres Lebens, Charlotte. Du hast nie existiert. Die Scheidungspapiere werden in den kommenden Wochen bei Dir eintreffen. Die Vertreter der Justiz haben sich mir gegenüber sehr verständnisvoll gezeigt, als ich ihnen erklärt habe, dass Du es vorgezogen hast, Deine Familie im Stich zu lassen und in New York zu bleiben.

Dich zu heiraten war mein größter Fehler.

Émile

Die letzten Sätze waren unmissverständlich: Der Versuch, die Dinge richtigzustellen, wäre müßig, denn sie war die Schuldige in dieser Geschichte, diejenige, die ihren Mann betrogen und ihr Kind hatte sterben lassen. Niemals würde sie sich das verzeihen.

Auch Ryan fühlte sich hilflos. Nichts schien Charlotte trösten zu können, und sie schwand von Tag zu Tag mehr dahin. Das Licht, das früher in ihren Augen geleuchtet hatte, war erloschen. Aus schierer Verzweiflung nahm er schließlich die Dinge in die Hand. Eines Nachmittags im Juli, als Manhattan unter einer Gluthitze ächzte, tauchte er mit einer jungen Schwarzen bei ihr auf, die er eingestellt hatte, damit sie sich um den Haushalt kümmerte. Als Erstes riss die junge Frau alle Vorhänge auf. Nachdem Charlotte tagelang im Dämmerlicht zugebracht hatte, blendete sie die Sommersonne so sehr, dass sie fürchtete zu erblinden.

»Zieh dich an«, forderte Ryan sie auf, als die Haushaltshilfe gegangen war. »Du kriegst gleich Besuch.«

»Ich will niemanden sehen«, protestierte sie müde.

»Ich habe gesagt, du sollst dich anziehen, Charlotte«, wiederholte er energisch, und im selben Moment klopfte es.

Störrisch blieb Charlotte auf ihrem Sessel sitzen und tat so, als betrachte sie den Pflaumenbaum, während Ryan zur Tür ging. Zunächst gänzlich desinteressiert an dem Besucher, erbebte sie, als sie die Stimme von Curtis Tiller erkannte.

»Sieh mal, wer da ist!«, rief Ryan enthusiastisch.

»Guten Tag, Charlotte«, sagte der Trompeter und trat auf sie zu. »Ich habe Ihnen ein Stück von Normas Süßkartoffelkuchen mitgebracht. Der ist wirklich lecker.«

Charlotte wandte endlich den Kopf, und als ihr Blick den von Curtis traf, brach der Kummer erneut aus ihr hervor, und sie weinte, als wäre sie allein im Zimmer.

Ryan sah Curtis an. »Ich hätte sie warnen sollen. Sie ist immer noch sehr labil.«

Doch die Tränen schienen den Musiker nicht abzuschrecken. »Lassen Sie mich eine Weile mit ihr allein, ich werde mit ihr sprechen.«

Ryan musterte Curtis prüfend, als überlege er, ob es wirklich eine gute Idee war, Charlotte mit einem Fremden allein zu lassen, doch schließlich sagte er: »Gut. Ich drehe eine Runde und bin in einer halben Stunde zurück.«

Als er die Tür hinter sich geschlossen hatte, wischte Charlotte sich ungeschickt über die Wangen.

»Bitte verzeihen Sie, Curtis. Ich biete bestimmt einen sehr armseligen Anblick.«

Er kniete sich vor ihr hin und nahm ihre Hände. »Reden Sie keinen Unsinn. Ihr Schmerz ist vollkommen legitim.«

»Sie wissen also Bescheid.«

Curtis nickte. »Ihr Freund ist heute Morgen nach der Probe zu mir gekommen. Er war sehr beunruhigt und hat mir erzählt, was passiert ist.«

Charlotte überkam eine Woge der Scham. »Ich nehme an, Sie bemitleiden mich. Oder Sie denken, dass ich es verdient habe. Nun, Sie haben recht.«

»Nein, absolut nicht. Ihr Privatleben geht mich nichts an, und nur Gott kann über Ihre Taten richten.«

Bei der Erwähnung des Allmächtigen schnaubte sie nur verächtlich und verkniff sich zu äußern, was sie von diesem Gott hielt, der Kinder sterben ließ. Curtis erhob sich und fragte, ob sie etwas dahätte, um Kaffee zu kochen.

»Ich weiß, es ist heiß«, sagte er, als er ihren verwunderten Blick sah. »Aber ich esse Süßkartoffelkuchen nie, ohne etwas zu trinken.«

Sie deutete auf die Küche und stand ebenfalls auf, um ihn

zu begleiten. Mit einem leisen Lächeln ließ er sie gewähren. Ryan würde sich freuen zu hören, dass sie ihren Sessel verlassen hatte, auch wenn es vielleicht nur für ein paar Minuten war.

»Wissen Sie, Charlotte«, sagte er, während er nach der Kaffeekanne griff, »ich bewundere Sie.«

»Sind Sie auf den Kopf gefallen?«, fragte sie ohne jede Ironie. »An mir ist doch nichts Bewundernswertes.«

»Sie haben mir geholfen, Arbeit zu finden, obwohl ich schwarz bin.« Curtis legte die Kuchenstücke auf den Teller, den sie ihm hinhielt. »Für mich sagt das viel über ihre Seele aus.«

»Das war doch nur eine angemessene Gegenleistung«, sagte sie und setzte sich. »Ohne Sie wäre ich bestimmt mit einem Messer im Bauch auf den Docks geendet.«

Mit einer Handbewegung lehnte sie den Kuchen ab, den er ihr anbot.

»Sie werden ein Stück essen müssen, Charlotte«, beharrte Curtis. »Sonst ist Norma beleidigt. Und glauben Sie mir, es ist besser, nicht ihren Zorn auf sich zu ziehen.«

Um seinetwillen zwang sie sich dazu. Obwohl der mit Zimt gewürzte Kuchen saftig war, hatte sie Mühe zu schlucken, weil ihre Kehle seit zwei Wochen wie zugeschnürt war.

»Ich hätte jeder beliebigen Dame in so einer Situation geholfen«, fuhr Curtis fort. »Aber längst nicht alle hätten mir ihrerseits die Hand gereicht, so, wie Sie es getan haben.«

»Weil Sie schwarz sind?« Sie runzelte die Stirn.

»Genau. Die Leute mögen uns nicht, außer wenn wir sie unterhalten. So ist es nun mal.«

Charlotte sah ihn unverwandt an. »Sie sagen das mit einer erstaunlichen Gelassenheit.«

»Was bleibt mir anderes übrig? Wenn ich meinen Lebensunterhalt verdienen will, muss ich die Dinge nehmen, wie sie sind, und den Mund halten.«

Mit einem Mal verschleierte sich Charlottes Blick. Curtis musterte sie besorgt.

»Habe ich etwas gesagt, das Sie verletzt hat, Charlotte? Wenn ja, wird mich Ihr Freund umbringen.«

»Nein.« Sie schüttelte traurig den Kopf. »Ich … Ich habe mich nur gefragt, wie viel Leid ein Mensch ertragen kann. Das Leben ist so grausam! Ohne mein Kind hat es keinen Sinn mehr.«

Der junge Mann beugte sich über den Tisch und sah sie eindringlich an. »Glauben Sie mir: Der Mensch hält viel mehr aus, als Sie denken.«

Er schilderte ihr, dass in Alabama, wo er herkam, Leute wie er kaum das Recht hatten zu existieren.

»Dort hängt man immer noch Schwarze, die das Pech hatten, den Blick einer weißen Frau zu kreuzen. Oder auch einfach so, um ein Exempel zu statuieren. Das haben sie mit meinem Vater gemacht.«

Charlotte betrachtete ihn voll Mitgefühl. »Wie schrecklich! Das tut mir sehr leid. Warum haben sie ihm das denn angetan?«

»Brauchten sie einen Grund? Mein Vater war zur falschen Zeit am falschen Ort. Die Kerle vom Klan hatten Lust, ›Nigger zu vermöbeln‹, wie sie das nennen, und da ist er ihnen über den Weg gelaufen.«

»Was für ein Klan?«

»Der Ku-Klux-Klan. Weiße Rassisten, die uns hassen und gern Angst und Schrecken verbreiten. An dem Abend kam Papa mit zwei Freunden aus einer Bar. Sie haben sie sich geschnappt, und am nächsten Tag hat man sie im Wald gefunden.«

Sein dunkler Blick verdüsterte sich noch mehr.

»Ich hatte vorher noch nie einen Toten gesehen. Und der Anblick des eigenen Vaters, der an einem Ast baumelt, hinterlässt bei einem Elfjährigen unauslöschliche Spuren in der Seele.«

»Ich verstehe nicht, warum sie Ihnen das angetan haben, Curtis.«

In Frankreich begegnete man Schwarzen zwar auch mit Misstrauen, aber man knüpfte sie nicht grundlos am nächsten Baum auf.

»Das weiß ich genauso wenig wie Sie. Damals sind sie nach Afrika gefahren, um unsere Vorfahren zu Sklaven zu machen, und nun, da wir frei sind, wollen sie uns nicht mehr. Ich habe meine Hautfarbe lange als Bürde angesehen, aber mittlerweile bin ich stolz darauf, denn wenn sie weiß gewesen wäre, hätte ich vielleicht nie gelernt, was Entschlossenheit ist.«

Charlotte hatte von den berüchtigten Sklavenschiffen und vom Sezessionskrieg gehört, aber das Ausmaß des Ganzen hatte sie nie begriffen. Für sie waren es nur exotische Geschichten gewesen, die sich in weiter Ferne abspielten, in Gegenden, die den französischen Kolonien glichen. Wie sehr schämte sie sich nun ihrer Ahnungslosigkeit!

»Ich verstehe, warum Sie nach Manhattan gekommen sind, um Ihr Glück zu versuchen. Hier scheinen die Menschen weltoffener zu sein.«

Curtis nickte. »Wenn ich nicht hergekommen wäre, hätte ich mein Leben lang auf den Obstplantagen geschuftet. Das habe ich nämlich vorher gemacht, zusammen mit Norma. Wir bekamen fünfunddreißig Cent am Tag dafür, dass wir mit krummem Rücken gottverdammte Grapefruits pflückten.« Er verzog angewidert das Gesicht.

Er erzählte ihr, wie sie auf die Bäume geklettert waren und erst einen Ring um jede Frucht legen mussten.

»Wenn die Grapefruit hindurchpasste, durften wir sie nicht pflücken. Und schummeln kam nicht in Frage, denn wenn wir die Körbe abgaben, wurde jede einzelne Frucht noch einmal geprüft.«

Er beschrieb ihr die verlassenen Fabriken, die Schornsteine, die keinen Rauch mehr ausspien, die kaputten alten Karren und die streunenden Hunde.

»Das war unser Alltag. Dort hat die Krise schon lange vor dem Börsenkrach begonnen. Mein einziger Trost war abends die Trompete, die mein Vater mir hinterlassen hatte. Er hat immer an mein Talent geglaubt. Wenn ich mich nicht daran geklammert hätte ... tja, dann würde ich jetzt sicher nicht hier mit Ihnen plaudern«, schloss er mit einem Lächeln.

Als Ryan zurückkam, war er angenehm überrascht, die beiden ins Gespräch vertieft vorzufinden. Charlotte saß immer noch zusammengesunken da, aber ihre Gesichtszüge wirkten ein wenig munterer.

In gegenseitigem Einverständnis kam Curtis von da an immer vorbei, wenn er ein wenig Zeit hatte. Und obwohl seine freundschaftlichen Besuche die klaffende Wunde in ihrem Herzen nicht zu schließen vermochten, lauschte Charlotte aufmerksam, wenn er ihr von Alabama erzählte. Er schilderte alles so lebendig, dass sie die staubigen Veranden und die vor Hitze flirrende Luft förmlich vor sich sah. Für ihn schimmerte die Hitze golden. Charlotte bebte vor Empörung, als er eines Nachmittags von einer schwarzen Frau erzählte, die von einem Weißen umgebracht worden war, weil sie ihm sieben Dollar gestohlen hatte. Der Mann war dafür nicht bestraft worden.

»Die Hautfarbe macht keinen Unterschied, wenn man Hunger hat, aber vor Gericht ist sie entscheidend. Mein Bruder und ich haben schon mal Milch von Haustüren geklaut. Oder Brötchen und Kekse in einem Lebensmittelladen. Eines Tages hat ein Kerl sein Gewehr auf uns gerichtet, und wir sind abgehauen, weil wir wussten, entweder tötet er uns, oder wir landen im Gefängnis.«

»Aber ihr wart doch keine Verbrecher«, wandte Charlotte ein, die an die Menschen dachte, die während des Großen Krieges von der Hand in den Mund gelebt hatten.

»Nein, das waren wir nicht. Wir waren Raubtiere auf der Suche nach Nahrung. Wie die Kojoten, die hier und da etwas stibitzen mussten, um zu überleben. Nur dass man es uns nicht verzieh.«

Charlotte empfand große Bewunderung für ihren Freund. Curtis hatte schon in jungen Jahren Schweres durchgemacht, sich davon aber nicht unterkriegen lassen. Er hatte zwar kein Kind verloren, aber das Leben war auf seine Weise grausam zu ihm gewesen. Und doch besaß er jetzt, mit nur dreiundzwanzig Jahren, eine außergewöhnliche Weisheit. Seine Freundschaft erfüllte sie mit Licht, er war für sie wie eine brennende Lampe in der Dunkelheit.

»Du bist wirklich unglaublich, Curtis!«, sagte sie. »Jeder andere hätte das Leben gehasst, nachdem er all das durchgemacht hat.«

»Das Schicksal zu verfluchen führt nirgendwohin … Worte können Schmerz nicht lindern, aber wenn man sich bemüht, geht es immer irgendwie vorwärts, Lottie.«

20

Charlotte zog den Reißverschluss ihres cremeweißen Kleids zu und band sich einen Seidenschal als Gürtel um die Taille. Dann puderte sie sich vor ihrem Schminkspiegel die Nase, legte Lippenstift auf und drückte leicht mit einem Papiertaschentuch darauf, wie Maggie es ihr gezeigt hatte. Schließlich schlüpfte sie in ihre Riemchenpumps aus rotem Leder mit kleinem Absatz. Der Spiegel zeigte ihr das Bild einer hübschen jungen Frau, die mit der Zeit ging und sich um sich und ihr Leben kümmerte. Und genau das, so hatte sie an diesem Morgen beim Aufwachen beschlossen, würde sie tun.

Bevor sie ging, schrieb sie noch eine kurze Notiz für Ryan, für den Fall, dass er vor ihr zurückkam. Draußen empfing sie eine Gluthitze; es war, als würde der Asphalt jeden Moment schmelzen. Ohne zu zögern, steuerte sie auf die U-Bahn zu. Doch im Waggon hatte sie plötzlich das Gefühl, keine Luft mehr zu bekommen, ihre Haut klebte, und ihr wurde ganz schwummrig. Schließlich stieg sie zwei Haltestellen früher aus und tupfte sich mit dem Taschentuch den Schweiß von der Stirn. Als sie wieder oben auf der Straße war, blickte sie mit zusammengekniffenen Augen auf die massigen Umrisse der Gebäude, die sie umgaben. Woher kam diese Angst, die ihr die Brust zusammendrückte? Für einen kurzen Moment wurde Charlotte wieder die Fremde, die das quirlige Treiben der Stadt überwältigte. Da entdeckte sie ganz in der Nähe einen Drugstore und flüchtete hinein. Drinnen irrte sie zunächst zwischen den Regalen umher. Der Duft nach Zaubernuss, der in der Luft hing, beruhigte ihren Herzschlag. Die Stille wurde nur vom Summen einer Fliege unterbrochen, und der einzige Verkäufer war über ein Rechnungsbuch gebeugt.

Sie nutzte die Ruhe, um Ordnung in ihre Gedanken zu bringen. Sie hatte Angst, weil sie nicht wusste, wie man sie bei Macy's empfangen würde. Ob sie zurück an ihre Stelle konnte? Oder würde man sie nach Hause schicken oder zum Putzen verdonnern? Die Uhr tickte, und sie wusste, wenn sie jetzt nicht ging, würde sie sich nie dazu durchringen können. Um das Geschäft nicht mit leeren Händen zu verlassen, kaufte sie eine Tube Zahnpasta und bemühte sich, ihre Fassung wiederzugewinnen. Was hatte sie denn nur? Einen Sonnenstich? Eine Panikattacke? Als sie spürte, dass ihr Herz wieder normal schlug, machte sie sich auf den Weg. Auch wenn ihre Nerven verrücktspielten, sie würden sie nicht davon abhalten zu arbeiten.

Charlotte betrat Macy's und begab sich sofort zu ihrer Abteilung. Maggie diskutierte gerade mit einer Verkäuferin, die sie noch nie gesehen hatte – wahrscheinlich ihre Vertretung. Die beiden jungen Frauen amüsierten sich offensichtlich über einen Artikel im *Ladies' Home Journal*, die Gesichter hinter dem großen schwarzen Titelblatt verborgen, auf dem ein Mann und zwei Frauen ein Feuerwerk bewunderten. Charlotte ging auf sie zu.

»Soso, ihr gackert also wie die Hühner, anstatt euch um

die Kundschaft zu kümmern?«, scherzte sie, als hätten sie sich erst gestern zuletzt gesehen.

Das Gekicher erstarb, und ihre Chefin sah sie an, als hätte sie einen Geist vor sich.

»Charlotte – na, so was!«

»Überraschung! Die Arbeit begann mir zu fehlen.«

»Wie schön, dass du wieder da bist! Ich habe schon gar nicht mehr daran geglaubt! Hast du Mr Ward Bescheid gesagt?«, fragte sie.

»Nein, ich bin gerade gekommen.«

Maggie bat Vivian, ihre Kollegin, sich um die Abteilung zu kümmern.

»Komm mit«, sagte sie zu Charlotte und nahm sie am Arm. »Wir müssen zumindest den Personalchef informieren.«

Die beiden begaben sich in den rückwärtigen Bereich des Kaufhauses und stiegen eine Treppe hinauf, die hinter Regalen verborgen war.

»Ich habe gehört, was passiert ist«, sagte Maggie leise. »Du bist wirklich mutig.«

Charlottes Enthusiasmus schmolz zusammen wie Butter in der Sonne. Woher konnte Maggie davon wissen? Sie war zwar eine nette und fröhliche Kollegin, aber auch eine ziemliche Klatschbase. Wie viele von den Angestellten bei Macy's kannten jetzt ihre Geschichte?

»Ich hoffe, das gibt keinen Ärger«, murmelte sie voller Angst, dass die Direktion schockiert über ihr Verhalten sein könnte.

Maggie sah sie mit großen Augen an. »Soll das ein Witz sein? Du bist ein Vorbild für uns alle! Stimmt es, dass dein Vater dich geschlagen hat, wenn er betrunken war? Da ist es dir hoch anzurechnen, dass du dich um ihn gekümmert hast. Ich an deiner Stelle hätte ihn verrecken lassen.«

Verdattert blieb Charlotte stehen. Was erzählte Maggie denn da? Doch plötzlich erinnerte sie sich an die Geschichte, die Ryan sich zu ihrer Herkunft ausgedacht hatte. *O Ryan!*, dachte sie liebevoll. Zum ersten Mal seit Wochen lächelte sie von Herzen. Ryan hatte wieder mal an alles gedacht.

»Natürlich«, erwiderte sie eilig. »Ich war in Indiana. Aber ... Findest du nicht, dass ich zu lange weg war?«

Ihre Chefin zuckte die Achseln. »Hat es sich wenigstens gelohnt? Hast du was geerbt?«

Charlotte seufzte. »Nein. Nichts.«

Der Personalchef freute sich sichtlich, sie wiederzusehen. »Selbstverständlich können Sie Ihre Stelle wieder antreten«, versicherte er. »Allerdings müssen wir Sie ein bisschen aufpäppeln, Sie sind ja mager wie eine Bohnenstange. Ach, diese Mädchen von heute!«

So kehrte Charlotte also in die Kosmetikabteilung von Macy's zurück. Die ersten Tage waren nicht einfach. Gegenüber den Kolleginnen und Kundinnen gab sie sich munter und freundlich, aber sie schrak immer noch manchmal morgens hoch, und ihr wurde ganz kalt, wenn sie sich daran erinnerte, dass Gabriel nie wieder ein Teil ihrer Zukunft sein würde. Doch seit sie ihre Tage nicht mehr im Sessel verbrachte, war die Leere nach und nach einer Grundtraurigkeit gewichen. Es fühlte sich nicht mehr an wie ein Messerstich, wenn sie an ihren Kleinen dachte, sondern wie ein diffuser Schmerz. Curtis riet ihr, sich in ihrer freien Zeit mit etwas zu beschäftigen, das sie so begeisterte, dass sie alles andere vergaß. Leider fand sich nichts, was dafür in Frage kam. Selbst die Geschäftsbummel, zu denen Maggie sie an ihrem freien Tag bisweilen mitschleppte, machten ihr keinen Spaß. Und auch das Kino schaffte es nicht, sie abzulenken. Charlie Chaplin brachte sie nicht mehr zum Lachen; zu oft ging es in seinen Filmen um Familie, Kinder und Liebesgeschichten mit Happy-End. Und Charlotte wusste mittlerweile aus eigener Erfahrung, dass das Leben nicht so schön war, wie es einem auf der Leinwand vorgegaukelt wurde. Mehr denn je verspürte sie das Bedürfnis, sich der harten Wirklichkeit zu stellen.

Sie gewöhnte sich an, nach der Arbeit einen Teil des Weges zu Fuß zurückzulegen. Seit ihrem Zusammenbruch fühlte sie sich in der U-Bahn gefangen und hatte das Gefühl zu ersticken. Und so stieg sie an der Fifth Avenue aus und ging durch den Central Park. Manchmal schlenderte sie durch die Alleen und blieb stehen, um die Seen zu betrachten, über die ein leichter Wind strich. Eines Nachmittags im Herbst bemerkte Charlotte, dass einige von den Armen im großen See des Parks, der wegen Bauarbeiten trockengelegt war, ein improvisiertes Lager aufgeschlagen hatten. Im Schatten der eleganten Hochhäuser drängten sich Hütten aus Brettern und Wellblech aneinander, und die Bewohner waren gezwungen, in alten Tonnen Feuer zu machen, um sich zu wärmen. Natürlich versuchten die Ordnungskräfte, sie zu vertreiben, aber sie kamen nur umso zahlreicher zurück. Die Krise hatte nicht nur die Börsenmakler erwischt; Millionen von Haushalten hatten alles verloren, und die Kindersterblichkeit erreichte einen neuen Höchststand. Es schien, als wäre das Elend grenzenlos. Kein Wunder, dass diese Stadt Bestien hervorbrachte.

Wenn sich doch nur jemand um sie kümmerte! Doch die Regierung unternahm nichts und überließ die Armen ihrem Schicksal.

Und so begann Charlotte, sich für Fotoreportagen zu interessieren und Zeitschriften zu lesen, durch die sie erfuhr, was in der Welt geschah. Sie hegte große Bewunderung für die Fotografen, die nicht zögerten, sich in die Armenviertel zu begeben, um das menschliche Elend zu dokumentieren, und war sehr überrascht, als sie las, dass Al Capone in Chicago eine Armenküche eingerichtet hatte. Die Hungrigen standen dort Schlange, und der Gangster war dadurch beliebt beim Volk und wurde sogar mit Beifall begrüßt, wenn er ins Baseballstadion ging. Konnte es sein, dass der schlimmste aller Verbrecher doch ein Herz besaß? Oder verbargen sich hinter seiner Großzügigkeit andere Absichten? Es hieß, er liebe seine irische Frau über alles, und angeblich befahl er seinen Männern, niemals Kinder zu töten. Diese paradoxe Einstellung führte Charlotte zurück zu ihren eigenen Widersprüchen: Einerseits wünschte sie, sie könnte Ryan hassen. Eigentlich müsste sie ihn sogar hassen, denn seit dem Moment, als sie ihm zum ersten Mal begegnet war, bestand ihr Leben nur noch aus Fragezeichen und Dramen, und das lastete auf ihrer Liebe und machte sie kompliziert. Andererseits wusste sie in ihrem Innern, dass es längst zu spät war. Ryan hielt ihr Herz in seinen Händen, und sie musste mit all den widerstreitenden Gefühlen leben.

Am 17. September feierte Charlotte ihren einundzwanzigsten Geburtstag. Dieser Tag war etwas Besonderes, denn es war ihr erster Geburtstag seit Gabriels Tod. Ryan hatte Curtis eingeladen, und zu dritt genossen sie Roastbeef-Sandwiches, geröstete Maiskolben und einen Rahmkuchen.

»Herzlichen Glückwunsch zum Geburtstag, meine Liebste!«, sagte Ryan, als sie mit dem Dessert fertig waren. Er gab ihr ein Paket und lächelte auf eine Weise, bei der Charlotte sich wie eine Königin fühlte. Vorsichtig blickte sie zwischen ihrem Geliebten und dem Geschenk hin und her.

»Was ist das?«

»Mach's auf!«

Als sie das Papier aufriss, entdeckte sie darunter einen Fotoapparat – eine Leica I Model C mit drei auswechselbaren Objektiven.

»Meine Güte, Ryan!«, rief sie aus und starrte ungläubig auf die Kamera. »Du bist verrückt!«

»Ich wäre verrückt, dir so ein Geschenk zu machen, wenn du nichts für Fotografie übrighättest«, erwiderte er nicht ohne Stolz und küsste sie auf den Kopf. »Aber mir ist dein wachsendes Interesse nicht entgangen.«

Charlotte drückte Ryan innig an sich. Die Leica war viel kostbarer als alle Schmuckstücke, die er ihr hätte schenken können.

»Sie ist wunderbar«, sagte sie, zu Tränen gerührt. »Aber ich habe Angst, dass ich sie gar nicht bedienen kann.«

»Es ist ganz einfach, du wirst schon sehen. Der Verkäufer hat mir erklärt, dass man nur die Belichtungszeit einstellen muss. Je dunkler es ist, desto länger muss der Verschluss geöffnet bleiben. Danach musst du einfach nur noch auf den Auslöser drücken.«

Charlotte probierte die Kamera zunächst an Ryan und Curtis aus, bis sie die Technik verstanden hatte. Dann nahm sie sie mit nach draußen und fotografierte ihre Straße, die Geschäfte, das Diner an der Ecke und den dicken Laubteppich am Rand des Gehwegs. Ihre Aufnahmen waren nicht perfekt, und sie traute sich noch nicht an die Motive heran, die sie wirklich interessierten, aber es gab ihr das Gefühl, Teil eines riesigen Universums zu sein, das sich fortwährend veränderte.

Bald zeigte sich, dass Ryan im Cotton Club nicht mehr wohlgelitten war. Alle Versuche, sein Ansehen wiederherzustellen, waren kläglich gescheitert, und er konnte seine Nervosität kaum noch verbergen. Doch anstatt sich aus seinen Aktivitäten zurückzuziehen, besuchte er nun häufig ein Speakeasy, das eine ehemalige Schauspielerin eröffnet hatte. Charlotte verzweifelte schier, weil er keinerlei Anstalten machte, ein anständiges Leben zu führen. Manchmal trafen sie sich abends in der Wohnung und tanzten zu Jazzmusik aus dem Radio. Dann dauerte es nicht lange, bis ihre Kleider zu Boden fielen und aus dem Tanz eine wahre Ode an die Sinnlichkeit wurde. Doch Charlotte genügte das nicht mehr.

»Findest du nicht, dass wir heiraten sollten?«, fragte sie eines Abends, als sie ermattet auf dem Bett lagen.

Ryan musterte sie mit einer Mischung aus Überraschung und Erheiterung. »Ich hätte nicht gedacht, dass mich eine Frau eines Tages um meine Hand bittet.«

Gekränkt stützte sie sich auf einen Ellbogen. »Ich möchte einfach nur, dass du aus mir eine anständige Frau machst, Ryan.«

Er wirkte betroffen, schüttelte aber den Kopf. »Mein Herz, du bist eine anständige Frau. Und glaub mir, du willst nicht mit einem Kerl wie mir verheiratet sein.«

Damit war das Gespräch beendet. Einige Tage später betrachteten sie und Curtis die Aufnahmen, die sie hatte abziehen lassen. Sie waren auf der Baustelle des Empire State Buildings entstanden, und auf einer sah man Ryans Silhouette, den Hut tief in die Stirn gezogen. In einem traurigen Moment der Hellsicht sagte sie: »Er und ich, wir haben keine Zukunft, nicht wahr?«

Curtis seufzte. Diese Art von Gespräch mochte er nicht, denn ihm war klar, ganz gleich, was er antwortete, es würde ihr nicht gefallen.

»So übel ist er gar nicht«, erwiderte er lakonisch. »In Manhattan gehen Gut und Böse immer Hand in Hand. Ryan ist das perfekte Beispiel dafür.«

»Ich begreife nicht, warum er so stur darauf besteht, den falschen Weg zu gehen.« Sie zerriss ein misslungenes Foto.

»Weißt du«, sagte Curtis nachdenklich, »seit ich im Cotton Club arbeite, ist mir aufgefallen, dass all die Männer, die mit dem Feuer spielen, eines gemeinsam haben: Sie träumen davon, der Welt ihren Stempel aufzudrücken, aber sie wissen, dass es nicht von Dauer ist.«

Charlotte nickte. Zwei Tage zuvor hatte es in Brooklyn wieder einen Racheakt gegeben, mitten auf der Straße. So etwas kam häufig vor, und die Gangster wussten, dass sie ständig ihren Kopf riskierten. Wie viele Witwen und Waisen, wie viele Zufallsopfer mochte es im Lauf der Jahre dabei gegeben haben? Und vor allem: wozu?

»Ryan hat eine schwierige Kindheit gehabt, und es ist sicher nicht einfach, aus diesem Umfeld herauszukommen«, sagte sie nachdenklich. »Aber er hätte so viele andere, bessere Dinge tun können.«

Curtis nahm ihr sanft das Foto weg, das sie in den Händen hielt, und sah sie ernst an. »Du versuchst, ihn aus dem Sumpf zu ziehen, Lottie, und das ist sehr löblich. Aber pass auf, dass du dabei nicht dein Strahlen verlierst.«

Seine Worte hinterließen in ihr das Gefühl eines drohenden Unglücks. Sie rang damit, den schlimmsten Schmerz zu überstehen, und zugleich hatte sie den Eindruck, auf etwas zu warten, das vermutlich niemals eintreten würde. Es war lächerlich. Was sollte aus ihr werden, falls Ryan von Kugeln durchlöchert wurde oder hinter Schloss und Riegel landete? Charlotte schüttelte den Kopf, um diesen Gedanken zu verjagen. Wenn sie jetzt ihren Mut verlor, würde sie nahezu alles verlieren, was sie noch besaß, alles, was sie zum Leben brauchte. Und sie war mehr denn je entschlossen, Ryan vor sich selbst zu retten.

21

Der September näherte sich seinem Ende. Nach dem Gespräch mit Curtis hatte Charlotte darüber nachgedacht, in welche Richtung sich ihre Beziehung zu Ryan entwickelte, und war zu dem Schluss gekommen, dass sie sich nicht von ihm trennen konnte. Sie brauchte ihn, in ihrem Herzen und in ihrem Leben. Obwohl seine Aktivitäten ihr Angst machten, beschloss sie, wieder mit ihm auszugehen. Sie bat Maggie um Rat, weil sie sich ein neues Abendkleid kaufen wollte.

»Ich wette, du willst einen Mann verführen!«, erwiderte diese prompt.

Charlotte, die die Art ihrer Verbindung zu Ryan lieber für sich behalten wollte, nickte nur. Einige Abende später empfing sie Ryan in einem langen, rückenfreien Kleid aus gerafftem rotem Stoff, mit eckigem Ausschnitt und leicht ausgestelltem Rock. Bei ihrem Anblick stieß er einen bewundernden Pfiff aus.

»Was haben Sie mit Charlotte gemacht, Madam?« Seine Stimme verriet sein Verlangen, und er blieb im Eingang zum Wohnzimmer stehen und verschlang sie mit den Augen.

»Gefällt dir mein Kleid?«, fragte sie kokett.

»Und wie!«, rief er aus und zog sie an sich. »Du siehst aus wie eine Göttin.«

»Dann geh mit mir tanzen.«

Voll Bedauern schüttelte Ryan den Kopf. »Ich kann nicht, Charlotte. Ich bin mit Teddy und Frank verabredet.«

»Ich will, dass du mich in diese neue Bar mitnimmst, in die du immer gehst«, forderte sie. »Ich bin traurig, mir ist das Herz schwer.«

Heute wäre Gabriel ein Jahr alt geworden. Sie hatte einen Knoten im Bauch, und ihre Augen brannten. Es war einer dieser Abende, an denen die Leere zu sehr auf ihr lastete.

»Ich bezweifle, dass du dich an so einem Ort amüsieren würdest, Charlotte.«

»Gibt es dort Alkohol?«

Statt einer Antwort warf er ihr nur einen vielsagenden Blick zu.

»Perfekt«, sagte sie. »Mehr verlange ich gar nicht.«

In diesem Moment wollte sie nur noch eines: ihren Schmerz vergessen. Sich der Trunkenheit hingeben und für ein paar Stunden eine andere Frau sein. Doch Ryan wirkte nicht begeistert.

»Ich glaube, das ist keine gute Idee, meine Liebe.«

»Ach, komm, Ryan!«, bettelte sie und schmiegte sich in seine Arme. »Du willst doch nicht, dass ich allein ausgehe und mich dem Erstbesten ausliefere, oder?«

Ihr Geliebter hob den Blick zur Decke. Er konnte sie an diesem Abend nicht allein lassen.

»Also gut«, seufzte er. »Unter einer Bedingung: Du darfst dich auf keinen Fall von mir entfernen.«

»Wofür hältst du mich?«, entgegnete sie gereizt. »Denkst du etwa, ich habe vor, mit anderen Männern zu flirten?«

Doch seine ernste Miene ließ ihren Ärger verpuffen. Ryan schien eher beunruhigt zu sein als eifersüchtig.

»Du bleibst immer in Sichtweite«, wiederholte er.

Ein wenig später standen sie vor einer schweren Stahltür. Ryan klopfte fünf- oder sechsmal in einem bestimmten Rhythmus. Ein bulliger Mann mit finsterer Miene machte ihnen auf. Charlotte musste sofort an Big Frenchy denken.

»Worum geht's?«, fragte er misstrauisch. Im Gegensatz zum devoten Personal des Cotton Club sah er so aus, als würde er ohne viel Federlesens handgreiflich werden, falls es nötig war.

»Ich möchte mir die neue Hutlieferung von Mrs Smith ansehen«, antwortete Ryan. »Ich suche einen blauen.«

Charlotte starrte ihn an, als hätte er den Verstand verloren. Was sollte dieser Unsinn mit den Hüten?

»In Ordnung«, knurrte der Türhüter. »Ihr könnt durchgehen.« Er trat zur Seite und gab einen dunklen, mit roten Wandbehängen bedeckten Flur frei.

»Was war das denn?«, fragte Charlotte, als sie den rauchverhangenen Club betraten.

»Ein Passwort, mein Schatz. In ein Speakeasy kommt nicht jeder einfach so rein.«

Drinnen war der Abend bereits in vollem Gange. Als ihre Augen sich an das schummrige Licht gewöhnt hatten, sah Charlotte Paare, die dicht an dicht Charleston tanzten. Aufgrund der Enge des Etablissements war die Luft stickig und der Weg zur Bar mühsam. Es roch nach einer Mischung aus Schweiß und Brillantine. Als sie sich setzten, bemerkte Charlotte unter den eleganten Gästen einige Männer in halbseidener Aufmachung, die dicke Zigarren rauchten, sich gegenseitig auf den Rücken klopften und in Begleitung von zu stark geschminkten Blondinen waren. Plötzlich entdeckte sie Henrietta, die auf den Knien eines Mannes mit etwas zu braunen Haaren saß. Henrietta sah kurz zu ihr herüber, dann widmete sie sich wieder ihrer Eroberung.

»Sie turtelt mit einem von Lucianos Schergen«, sagte Ryan, dem nichts entging. »Ich glaube, sie hat es auf den Chef höchstpersönlich abgesehen.«

Charlotte schloss daraus, dass es um Lucky Luciano ging, den Chef der New Yorker Mafia, der im vergangenen Jahr knapp einem Mordversuch entgangen war und seither üble Narben im Gesicht hatte. Luciano war einer der Gründer des National Crime Syndicate, das versuchte, den Bandenkriegen ein Ende zu setzen. Es war allgemein bekannt, dass er mit seinem organisierten Alkoholschmuggel, der sich von Schottland bis Kanada erstreckte, Millionen verdiente. Charlotte seufzte, als ihr klar wurde, dass sie sich in einem weiteren Schlupfwinkel der Bootlegger befanden. Alles lief immer wieder auf diese Gangster hinaus!

»Was möchtest du trinken?«, fragte Ryan.

»Einen doppelten Eistee, pur.«

»Charlotte …«, stöhnte er, als er begriff, dass sie einen Whiskey bestellt hatte.

»Entspann dich, Ryan. Ich muss mich doch vergewissern, ob Lucianos Ware etwas taugt. Ich will ja nicht dumm sterben.«

Man servierte ihnen die Getränke in hübschen Teetassen, um den Schein zu wahren, falls es eine Polizeikontrolle gab.

All das erschien ihr so unwirklich! Weiter hinten im Raum drängten sich mehrere Männer um einen Spieltisch, darunter auch Frank und Teddy, die sich aus der Gruppe lösten und auf sie zukamen. Charlotte überließ sie und Ryan ihren Gesprächen, nippte an ihrem Whiskey und lauschte der schwarzen Sängerin, die auf ein Podest getreten war. Mit ihrer warmen, schweren Stimme sang sie einen herzzerreißenden Blues, der Charlotte eine Gänsehaut verursachte und sie ganz melancholisch stimmte. Als die Sängerin sich verneigte, fiel Charlotte auf, dass Teddy verschwunden war. Sie wusste nicht, seit wann er fort war, aber Ryan wirkte angespannt. Er wippte unter dem Tisch nervös mit den Knien.

»Ich glaube, wir sollten lieber mal nachsehen«, sagte er mit gerunzelter Stirn zu Frank. »Da stimmt was nicht.«

»Er ist bloß pinkeln gegangen«, erwiderte der. »Sollen wir ihm vielleicht auch noch den Schniedel halten, oder was? Luciano ist mitten in einer Partie Billard, da passiert nichts.«

Mit einem strengen Blick erinnerte Ryan ihn daran, dass Charlotte mit ihnen am Tisch saß, doch die hatte inzwischen ihren Whiskey ausgetrunken und wirkte nicht sonderlich schockiert. Der Alkohol, der sich in ihrem Körper ausbreitete, machte sie ein wenig schwindelig. Sie sah, dass Henrietta eine Zigarette rauchte, und beschloss, es ihr gleichzutun, um weltgewandter zu wirken. Doch als sie Ryan um eine bitten wollte, wandte der sich erneut zu Frank.

»Das gefällt mir nicht. Teddy müsste längst zurück sein.« Er stand auf. »Bleib bei Charlotte. Ich sehe mal nach.«

»Wenn du denkst, da ist was faul, lasse ich dich doch nicht allein gehen«, entgegnete Frank.

Ryans Blick wanderte zu Charlotte. Er schien in einem schrecklichen Dilemma zu stecken; die Anspannung am Tisch war deutlich zu spüren.

»Ich kann ja mit euch kommen«, schlug sie vor. »Mir wird ohnehin langweilig.«

Sie war überzeugt, dass sie Teddy in einem Gang finden würden, wo er mit einer Schauspielerin oder Tänzerin herumknutschte. Doch Ryan war offensichtlich anderer Ansicht.

»Kommt nicht in Frage, Charlotte. Ich will nicht, dass du –«

»Sie kann doch hinter uns bleiben«, unterbrach ihn Frank. Zu Charlotte gewandt brummte er: »Ryan sieht überall Gespenster.«

Sie schoben sich durch die Menge der Tanzenden, und Ryan betrat vorsichtig die Herrentoilette. Den beiden anderen befahl er zurückzubleiben.

»Teddy?«, rief er.

Keine Antwort. Daraufhin zog er seinen Revolver und öffnete jede Kabine mit einem Fußtritt. Teddy war nicht da. Charlotte begann, sich zu fragen, ob Ryans Sorge nicht doch berechtigt war. Als sie aus dem Gang mit den Toiletten traten, begegneten sie einem Mann, dessen Gesicht von Aknenarben entstellt war.

»He, Errol!«, rief Frank und legte den Arm um seine Schultern. »Hast du zufällig Teddy gesehen?«

Obwohl die Geste freundschaftlich wirkte, klang seine Stimme drohend. Dem Angesprochenen brach prompt der Schweiß aus.

»Warum fragst du?«, erwiderte er mit kieksender Stimme. »Gibt's ein Problem?«

»Hast du ihn nun gesehen oder nicht?« Frank packte ihn und drückte ihn gegen die Wand.

»Nur die Ruhe!«

»Jetzt red schon, bevor ich wirklich wütend werde.«

Zu Charlottes Entsetzen drückte Frank dem Mann seinen Revolver an den Hals, woraufhin der mit flehendem Blick auf den Notausgang deutete.

»Ich glaube, er ist mit einem Typen rausgegangen.«

Ryan und Frank wechselten einen Blick, der nichts Gutes verhieß.

»Was war das für ein Typ?«, fragte Ryan mit angespannter Stimme.

»Keine Ahnung«, stammelte Errol. »Ich hab's doch nur zufällig gesehen. Ich bin mir nicht mal sicher, dass es euer Kerl war. Kann ich jetzt pinkeln gehen?«

Ryan fixierte ihn mit zusammengekniffenen Augen. »Wenn Teddy irgendetwas zugestoßen ist, bist du ein toter Mann«, knurrte er. »Los«, sagte er zu Frank und deutete mit dem Kinn auf die Tür. »Charlotte, du bleibst hier.«

Als Ryan die Klinke hinunterdrückte, überlief sie ein Schauer der Angst. Die Hintertür der geheimen Bar ging auf eine schmale Straße voller Autos hinaus.

»Da!«, rief Ryan, der Teddy entdeckt hatte; er lag in einer Blutlache auf dem Asphalt. »Scheiße, das darf nicht wahr sein!«

Während Frank und Ryan zu ihm liefen, um nachzusehen, ob er noch lebte, bemerkte Charlotte, die wie gelähmt in der offenen Tür stand, zu ihrer Rechten eine Bewegung. Jemand war hinter einem Auto hervorgekommen.

»Vorsicht!«, schrie sie.

Frank und Ryan fuhren gleichzeitig herum, Schüsse knallten, und Charlotte warf sich hinter den Mülltonnen zu Boden, presste die Hände auf die Ohren und kniff die Augen zu, so fest sie konnte. Sie wusste nicht, wie viele Angreifer es waren, aber sie hatte das Gefühl, das Geballer nahm überhaupt kein Ende.

Endlich verstummte der Lärm, und Totenstille breitete sich aus. Sie wagte es nicht, den Kopf zu heben, fürchtete sich davor, Ryans leblosen Körper zu finden. Doch dann ertönte ein wütender Schrei, und sie richtete sich auf. Was sie sah, ließ ihr das Blut in den Adern gefrieren: Mit hassverzerrtem Gesicht trat Ryan auf den Leichnam eines Mannes ein, den er offensichtlich niedergeschossen hatte.

»Verfluchter Dreckskerl!«, brüllte er.

»Ryan, hör auf!«

Als er Charlottes Stimme vernahm, hielt er inne, als würde er aus einem bösen Traum erwachen. Sie starrte ihn mit fassungsloser Miene an.

»Charlotte«, sagte er tonlos und ging auf sie zu.

Doch sie wich zurück, bis sie an der Mauer stand. »Komm mir nicht näher«, stammelte sie.

»Ich wollte nicht, dass du das siehst.«

»Er ist tot«, murmelte sie. »Warum hast du das getan?«

Ryan war mit zwei Schritten bei ihr. »Sie hätten uns kaltgemacht, wenn ich nicht geschossen hätte. Der Zweite ist abgehauen, es ist also vorbei. Bist du verletzt?«

Charlotte war wie betäubt. Wer war dieser Mann, der auf einen Toten eingetreten hatte?

»Nein, mir ist nichts passiert.«

»Frank holt den Wagen«, sagte Ryan. »Teddy blutet wie ein Schwein, aber er wird es schaffen.«

Tatsächlich saß er an eine Mauer gelehnt auf dem Boden, das Gesicht schmerzverzerrt. Ein paar Meter weiter, hinter dem Lichtkegel einer Gaslaterne, erstreckte sich die dunkle, von bedrohlichen Schatten erfüllte Straße.

»Wer bist du, Ryan?«, murmelte Charlotte.

Mit einem erschöpften Seufzer rieb er sich übers Gesicht, und seine Finger streiften die Narbe an seiner Augenbraue.

»Nicht jetzt, mein Schatz.«

Das Auto kam. Ryan stieß Charlotte, die immer noch wie gelähmt war, auf den Rücksitz und trug Teddy mit Franks Hilfe zum Beifahrersitz.

Charlotte hatte Mühe, sich zu fassen. Teddy erklärte ihnen, dass Errol ihn unter einem Vorwand auf die Straße gelockt hatte, und dann waren plötzlich zwei Männer aufgetaucht und hatten ihn erst in die Schienbeine und dann ins Knie geschossen. Seiner Ansicht nach hatten sie ihn nur deshalb am Leben gelassen, weil sie es auf Ryan abgesehen hatten. Sie wussten, dass ihr Opfer rauskommen würde, um Teddy zu suchen, aber sie hatten nicht mit Charlottes Warnruf und der schnellen Reaktion von Ryan und Frank gerechnet.

Charlotte hatte keinen Zweifel, was das weitere Schicksal dieses Errol anging, aber sie stellte keine Fragen. Sie wusste jetzt, wozu Ryan fähig war, und es fiel ihr äußerst schwer, das zu akzeptieren. Es wäre ihr lieber gewesen, sie hätte ihn nie in Aktion erlebt. Er sagte ihr immer wieder, wie leid es ihm tat, dass sie das hatte miterleben müssen. Allerdings glaubte er nicht, dass Madden sich nur wegen einer stornierten Champagnerbestellung an ihm rächen wollte.

»Ich will nicht mehr, dass du mit mir kommst«, sagte er. »Du darfst nicht in meiner Gesellschaft gesehen werden, das ist zu gefährlich. Von jetzt an treffen wir uns nur noch bei dir.«

»All das wird böse enden, Ryan, glaub mir.«

Er wusste nicht, was er darauf erwidern sollte, und sah sie nur traurig an.

In den folgenden Wochen verschwand Ryan für immer längere Zeiträume. Angeblich musste er nach Chicago oder zur kanadischen Grenze. Obwohl Curtis sie oft besuchte, fühlte Charlotte sich einsam. Immer wieder sah sie im Geist die Schießerei vor sich, doch trotz der dunklen Seite, die Ryan ihr gezeigt hatte, fehlte er ihr. Wenn er dann wieder auftauchte, stritten sie sich, weil Charlotte wissen wollte, was ihn so in Beschlag nahm, dann versöhnten sie sich wieder im Bett.

»Seit dem, was da auf der Straße passiert ist, sehen wir uns so gut wie gar nicht mehr!«, warf sie ihm frustriert vor.

Ohne Gabriel leben zu müssen war schon grausam genug, und nun ließ Ryan sie auch noch im Stich.

Eines Nachmittags sah Charlotte zu ihrer Überraschung Henrietta auf die Kosmetikabteilung bei Macy's zusteuern. Mit einem Raubtierlächeln verlangte sie den Lippenstift von Elizabeth Arden, den Marlene Dietrich so liebte. Charlotte musste sich zusammenreißen, um sie zu bedienen, ohne ihr die Ware an den Kopf zu werfen. Während sie den Lippenstift und einen Gesichtspuder einpackte, sagte Henrietta beiläufig: »Wie's scheint, ist dein Freund nicht mehr unter den Siegern. Mach's lieber so wie ich und setz auf ein besseres Pferd.«

Charlotte bemühte sich, keine Miene zu verziehen. »Ich weiß nicht, wovon Sie sprechen, Madam«, erwiderte sie in der Hoffnung, dass Henrietta es dabei belassen würde.

Doch die lachte nur. »Netter Versuch, Schätzchen. Aber ich verstehe nicht, dass Ryan dich arbeiten lässt, obwohl er Geld genug hat.«

Charlotte holte tief Luft und entgegnete, dass ihr die Arbeit Spaß mache. »Ich mag meine Unabhängigkeit. Wäre das dann alles, Madam?«

Doch Henrietta ließ nicht locker. »Schön dumm«, sagte sie boshaft. »Ich wette, seine Frau hat weniger Skrupel, sich aushalten zu lassen.«

Charlottes Gesicht lief rot an. »Verschwinde!«, schrie sie, kurz davor, die Blondine zu ohrfeigen. »Wie tief muss man sinken, um solche Gerüchte zu verbreiten?«

»Ha!«, spottete Henrietta. »Von wegen Gerüchte.« Sie beugte sich vor. »Was glaubst du wohl, warum er nicht mit mir geschlafen hat, hm? In der Nacht, als ich ihn zu mir gelockt hatte, konnte er nicht. Ich dachte, er ist impotent, aber dieser Idiot hat mir gesagt, er kann seiner Frau das nicht antun. Ich frage mich, wie du ihn dazu gekriegt hast, seine Meinung zu ändern.«

Nein, das konnte nicht wahr sein! Mit Tränen der Wut in den Augen stürzte sie sich unter den entsetzten Blicken der anderen Kundinnen auf ihr Gegenüber. Maggie schrie, sie solle sofort aufhören, und rief zwei Kollegen zu Hilfe. Um sie herum hatte sich ein Halbkreis aus neugierigen Zuschauern gebildet.

»Bist du verrückt, Charlotte? Was ist denn los mit dir? Reiß dich zusammen!« Maggie packte sie und zerrte sie zurück.

Henrietta nutzte die Gelegenheit, um zu verschwinden. Ein paar Minuten später erschien der Personalchef und befahl Charlotte, das Kaufhaus zu verlassen.

»Mr Ward duldet keinen Skandal vor der Kundschaft!«

Sosehr Charlotte sich auch zu verteidigen versuchte, der Direktor höchstpersönlich kam herunter und las ihr die Leviten: Ihr Verhalten sei vollkommen inakzeptabel, so etwas könne man in einem so renommierten Haus wie seinem nicht durchgehen lassen.

»Wenn Sie Referenzen für eine andere Stellung brauchen, lassen Sie es mich wissen«, schloss er.

Vollkommen am Boden zerstört ging Charlotte nach Hause. Wie sollte sie hier in Manhattan ohne Arbeit überleben? Alles, was sie anfasste, zerbröselte und zerfiel zu Staub. Sie hatte kaum Zeit gehabt, ihr Kind kennenzulernen, und nun stellte sich heraus, dass sie sich, was Ryan anging, auf ganzer Linie getäuscht hatte. Auch wenn es schwer zu akzeptieren war, Henriettas Behauptungen schienen nicht völlig aus der Luft gegriffen zu sein. Zumindest würde es erklären, warum ihr Geliebter so wenig über sein Privatleben preisgab und nie den Wunsch nach einer festeren Bindung äußerte. Und seine Reaktion, als sie von Heirat gesprochen hatte … Wie hatte sie nur so naiv sein können! Charlotte war nach Weinen zumute; sie wollte sich in ihrer Wohnung einschließen und nie wieder hinausgehen. Aber vorher musste sie Ryan zur Rede stellen. Sie hatte das Bedürfnis, ihrem Zorn Luft zu machen. Zugleich klammerte sie sich an einen winzigen Hoffnungszipfel. Denn es bestand ja zumindest der Hauch einer Möglichkeit, dass Henrietta gelogen hatte – oder?

Beim Anblick der Grand Central Station spürte Charlotte, wie sie der Mut verließ. Als Ryan zwei Stunden zuvor zu ihr in die Wohnung gekommen war, hatte sie sich bemüht, sich nichts anmerken zu lassen. Sie hatten sich geliebt, beide überrascht von der Leidenschaft, mit der Charlotte sich ihm hingegeben hatte, und sie hatte das Thema nicht angesprochen. Zerknirscht hatte Ryan ihr anschließend gesagt, dass er nicht mit ihr zu Abend essen könne – worauf sie erwidert hatte, sie sei ohnehin zu müde und werde sich mit einem Roman von Faulkner ins Bett legen. Sie hatte ihn gehen lassen, und dann war sie ihm gefolgt.

Ein Reisender, der es offenbar eilig hatte, rempelte sie an, und Charlotte riss sich zusammen. Hier auf dem Gehweg war nicht der richtige Ort zum Nachdenken. Als sie den Bahnhof betrat, war sie überwältigt von der Größe der Halle, die sich vor ihr auftat. Zu beiden Seiten erhoben sich mächtige quadratische Säulen, und die blau gestrichene, gewölbte Decke war von zahlreichen halbrunden Fenstern gesäumt, durch die lange Lichtstreifen auf den Marmorboden fielen. Es wimmelte von Menschen, und sie hatte Mühe, Ryan in der Menge zu finden. Sie überholte eine Familie, die mit schwerem Gepäck auf die große Uhr in der Mitte zusteuerte, und entdeckte ihn nicht weit von einer Frau entfernt, deren kleiner Junge sich staunend an ihren Mantel drückte. Ryan begab sich zu einem Bahnsteig, und nachdem Charlotte das Ziel entziffert hatte, kaufte sie sich rasch eine Fahrkarte. Sie band sich ihr Halstuch um den Kopf und setzte sich, mit einem aufgeschlagenen Buch als Tarnung, ganz hinten in den Waggon, ein paar Reihen hinter ihm. Als er in Port Reading ausstieg, tat sie es ihm gleich. Die Kleinstadt war keine Stunde von Manhattan entfernt, und Charlotte rechnete sich aus, dass sie, wenn alles gutging, spätestens um elf Uhr wieder zu Hause war.

Ryan ging mit entspanntem Schritt über den von Straßenlaternen beleuchteten Gehweg, bis er zu einem Wohnviertel kam, und bog dann in die Einfahrt eines Hauses ein, das von einer sorgfältig geschnittenen Hecke umgeben war. Der Duft nach Eintopf hing in der Luft, und Charlotte verspürte leisen Hunger. Als Ryan die Haustür öffnete, duckte sie sich hinter ein Auto und beobachtete die Schatten, die sich auf den Vorhängen des beleuchteten Zimmers abzeichneten. Eine furchtbare Angst schnürte ihr die Kehle zu, und sie presste sich die Faust auf den Mund, um nicht zu schreien, als Ryan die Frau küsste, die seine Ehefrau sein musste. Wie hatte sie nur so blind sein können?

Als Ryan am nächsten Abend zu ihr kam, stürzte Charlotte sich auf ihn und verpasste ihm eine schallende Ohrfeige.

»Du Mistkerl! Du bist verheiratet!«

Sie hatte den ganzen Tag Zeit gehabt, über das nachzugrübeln, was sie in Port Reading beobachtet hatte, und war auf und ab gelaufen wie eine Löwin im Käfig. Jetzt hatte sie kein Blut mehr in den Adern, sondern Feuer.

Ryan hielt sich vollkommen verdattert die Wange. »Was ist denn los, Charlotte?«

»Ich habe dich gestern Abend mit deiner Frau gesehen!«, schrie sie.

Sein Gesicht verdüsterte sich. »Du bist mir gefolgt?«

»Willst du mir deshalb jetzt Vorwürfe machen?«, fauchte sie.

Sein Schweigen sagte mehr als jedes Geständnis.

»Ich kann es dir erklären«, versuchte er, sich schließlich zu verteidigen.

»Ach ja? Dann erklär mir doch mal, warum du mir nie etwas davon gesagt hast, während Henrietta Bescheid wusste! Du bist so ein … so ein …«

Da ihr nichts Passendes einfiel, schnappte sie sich ein Glas und schleuderte es quer durchs Zimmer.

»Charlotte!« Flehend kam er auf sie zu.

»Rühr mich nicht an! Nie wieder!«, stieß sie hervor, dann brach sie in Tränen aus.

Ryan wartete eine Weile, und als sie nicht aufhörte zu weinen, zog er sie vorsichtig an sich. »Charlotte …«

»Sei still. Ich will dich nicht mehr sehen.«

Die Schärfe ihrer Worte überraschte sie selbst, aber es konnte nicht anders sein. Sie würde es nicht ertragen, die Geliebte eines verheirateten Mannes zu sein. Und da er seine Frau ganz sicher nicht verlassen würde, kam sie ihm zuvor.

»Du hast eine Frau und vielleicht auch Kinder. Dein Platz ist bei ihnen.«

»Ich habe keine Kinder«, erwiderte Ryan mit erstickter Stimme. »Ich schwöre es, Charlotte.«

»Das ändert für mich nichts.« Sie wischte sich mit dem Handrücken über die tränennassen Wangen. »Du musst gehen, Ryan. Verschwinde.«

»Charlotte, bitte. Diese Monate mit dir waren die glücklichsten meines Lebens.«

Er schien es ernst zu meinen, aber sie blieb hart. »Diese Geschichte konnte ohnehin kein glückliches Ende haben«, sagte sie voll Bitterkeit.

Ryan nahm sanft ihr Gesicht zwischen seine Hände. »Ich wünschte, wir wären uns eher begegnet.«

»Küss mich, und dann verschwinde.«

Es war ein langer Kuss, ihr letzter. Dann wandte Ryan sich mit feuchten Augen ab und ging.

22

Jo, 2018

Beim Aufwachen wusste ich nicht, wo ich war, und tastete nach einem Lichtschalter. Erst nach einer ganzen Weile fiel es mir wieder ein, dabei war es schon die zweite Nacht, die Adeline und ich in der Ferienwohnung verbrachten.

Doris hatte uns zwei Abende hintereinander aus Charlottes Leben erzählt. Ich brannte darauf, ihr Fragen zu stellen, und hätte sie am liebsten gedrängt, direkt zum Ende zu kommen, aber ich hatte begriffen, dass sie die Karten in ihrem eigenen Rhythmus auf den Tisch legte. Vielleicht hatte jedes Detail seine Bedeutung, wie die Figuren auf einem Schachbrett. Und ich musste zugeben, je weiter Doris in der Geschichte voranschritt, desto begieriger war ich zu hören, wie es weiterging.

Ich hätte Charlotte gern gekannt, aber sie war für mich eine verschwommene Gestalt, von der nur ein Lächeln auf Hochglanzpapier übriggeblieben war. Doris hatte uns einige Aufnahmen gezeigt, die Charlotte mit ihrer Leica gemacht hatte. Staunend hatten Adeline und ich den Rohbau des späteren Empire State Building betrachtet, elegante Stadtviertel, in denen die Hauseingänge mit Säulen verziert waren, und Szenen aus dem Bryant Park bei der New York Public Library, einer der größten Bibliotheken der Vereinigten Staaten. Ihre Arbeiten unterstrichen die Ambivalenz dessen, was die

Stadt vollkommen willkürlich geben und auch wieder nehmen konnte.

Es gab auch Fotografien von Curtis, mit und ohne seine Trompete, mit einem Hut auf dem Kopf und einer Zigarette im Mundwinkel. Sein Lächeln war wirklich ansteckend. Allerdings zeigte Doris uns jeweils immer nur die Bilder, die mit dem Lebensabschnitt zu tun hatten, von dem sie gerade erzählte.

»Ihr müsst die Geschichte kennen, um die Bedeutung jedes Fotos zu verstehen«, erklärte sie uns.

Als eine Aufnahme von Ryan kam, war Adeline sofort hingerissen: ein gutaussehender, stattlicher Mann mit blondem Haar und breiten Schultern, markanten Gesichtszügen und einer gewissen Intelligenz im Blick. Er war nicht auf konventionelle Weise schön, aber anziehend. Doch nun, da ich wusste, was er Charlotte angetan hatte, fand ich ihn total unsympathisch. Ein Gangster und Herzensbrecher, das war alles, was ich jetzt in ihm sah. Warum hatte Doris' Mutter diese Fotos nach ihrer Trennung aufbewahrt?

Adeline stöhnte, als ich das Licht einschaltete. Da wir uns lieber ein Appartement teilen wollten, als jede für sich zu wohnen, schliefen wir im selben Zimmer.

»Lass mich schlafen«, murmelte sie. »Ich will nicht aufstehen, nie wieder.«

»Möchtest du darüber reden?«

»Nein«, knurrte sie.

»Okay. Du willst also lieber vor dich hin muffeln, ja?«

»Gibt es irgendeine Vorschrift, dass man morgens schon mit Leuten reden muss?«

Schließlich richtete sie sich auf und warf mir einen finsteren Blick zu. »Du schnarchst wie eine alte Bulldogge! *Das* hättest du Adrien gestehen sollen, wenn du mich fragst.«

Ich beschloss, den zweiten Satz zu ignorieren. »Was du brauchst, ist ein ordentlicher Kaffee.«

Ich musste sie fast mit Gewalt unter die Dusche schleifen. Wir durften Doris auf keinen Fall mit dem Frühstück warten lassen, zumal sie heute ein volles Programm hatte. Und abends waren Gavin, Adeline und ich bei Jenna zum Essen eingeladen. Und morgen würde meine Freundin dann nach Frankreich zurückkehren ...

Doris wandte sich mit schmerzverzerrter Miene um, als wir in die Küche kamen, wo es vielversprechend nach Pfannkuchen duftete.

»Ist alles in Ordnung?«, fragte ich und sprang vor, um ihr die beiden schwer beladenen Teller abzunehmen.

Sie wedelte sich mit dem Geschirrtuch Luft zu. »Keine Sorge, nur ein bisschen Stechen in den Gelenken. Das Alter meint es nicht allzu gut mit mir, aber davon lasse ich mich nicht unterkriegen.«

»Vielleicht sollten Sie sich ein bisschen ausruhen«, schlug Adeline vor. Sie hatte ihre gute Laune wiedergefunden, als mir beim Öffnen der Fensterläden fast eine Fledermaus auf den Kopf gefallen war.

Doris machte eine wegwerfende Handbewegung. »Ach was, ich nehme eine Tablette, und dann geht's wieder. Jack ist mit seinem Vater im Stall, die Kühe melken«, fügte sie hinzu, als wir nach dem kleinen Jungen fragten.

»Hat Gavin schon immer hier gearbeitet?«, fragte ich, obwohl ich mir die Antwort schon denken konnte.

Doris nickte und schilderte uns das Bootsunglück, bei dem ihr Sohn ums Leben gekommen war.

»Danach hat Cecilia, meine Schwiegertochter, eine Stelle als Dozentin für englische Literatur an der Uni angenommen. Sie musste weg vom Meer, das ihr den Mann genommen hatte ... Aber Gavin war in der Stadt unglücklich, und Cecilia hatte kaum Zeit für ihn, weil sie so viel arbeiten musste. Und so ist er wieder auf den Hof zurückgekommen.«

»Hat er nicht unter der Trennung von seiner Mutter gelitten?« Ich konnte mir so etwas nicht vorstellen. Auch wenn meine Mutter mich manchmal wahnsinnig machte, wäre ich schockiert gewesen, wenn sie auf die Idee gekommen wäre, meine Erziehung jemand anderem zu überlassen.

»Gavin war immer ein Landkind«, erwiderte Doris. »Cecilia kam jedes Wochenende und nahm ihn in den Ferien zu sich. Es war für alle eine gute Lösung. Ich glaube, ohne unseren Enkel wäre es für meinen Mann und mich schwerer gewesen, über den Verlust von Michael hinwegzukommen.«

Ich war überrascht, mit welcher Gelassenheit sie darüber sprach. In ihrer Stimme lag keinerlei Verbitterung, als hätte sie die Prüfungen, die das Leben ihr auferlegt hatte, einfach akzeptiert.

»Gavin hat eine sehr herzliche und liebevolle Beziehung zu seiner Mutter«, fuhr sie fort. »Cecilia hat verstanden, dass ihr Sohn in die freie Natur gehörte. Sie hat ihm damit ein unschätzbares Geschenk gemacht.«

Vor allem hatte sie einen enormen Verzicht geleistet, dachte ich bei mir. Wie mochte es sich anfühlen, sein Kind bei dessen Großeltern zu lassen, um arbeiten zu können?

»Unsere Gesellschaft hat nicht viel Verständnis für Frauen, die sich nicht nur auf ihre Mutterrolle beschränken wollen«, bemerkte ich mit einem Seufzen. »Damals, als Charlotte gelebt hat, scheint alles so viel strikter aufgeteilt gewesen zu sein. Jeder hatte seinen Platz. Die guten alten Zeiten, was?«

»Damals mussten die Frauen aufhören zu arbeiten, sobald sie Familie hatten, ihnen blieb gar nichts anderes übrig. Und die guten alten Zeiten gab es nicht, denn die Männer wollten arbeiten und konnten es nicht«, wandte Doris ein.

»Warum haben die Menschen während der Wirtschaftskrise denn nicht demonstriert?«, fragte Adeline.

»Damals nahm man seine Rolle einfach hin«, antwortete Doris, die gerade einen Pfannkuchen wendete. »Jeder fühlte sich für sein Schicksal verantwortlich, und wenn etwas schiefging, war man eben selbst schuld. Das ist heute ganz anders ...«

Sie hielt kurz inne und seufzte. »Die Leute sind so daran gewöhnt, mehr zu haben, als sie brauchen, und im Überfluss zu leben! Sie wären imstande, einen neuen Krieg anzuzetteln. Denn anstatt sich zu fragen, was sie tun können, um ihre Situation zu verbessern, suchen sie nur nach einem Schuldigen für das, was nicht so läuft, wie sie es wollen.«

Während ich noch über ihre Worte nachdachte, kam Gavin mit Jack herein. Die beiden hatten einen Bärenhunger, und Doris' leckere Pfannkuchen waren im Nu aufgegessen.

Da Doris für den Rest des Tages unterwegs war, konnte sie mit Charlottes Geschichte nicht fortfahren, ich musste meine Neugier also bezähmen. Jack begleitete seinen Vater auf die Felder; voller Stolz saß er neben ihm auf dem Traktor. Da Adeline und ich nichts weiter zu tun hatten, setzten wir uns auf die Hollywoodschaukel unter dem Apfelbaum. Es war warm, und die Sonne schien zwischen den Zweigen hindurch. Ein Stück entfernt hüpfte ein Vogel auf der Wäscheleine herum, an der frisch gewaschene Laken im Wind tanzten. Es war ein herrlicher Tag. Selbst Sam, Gavins Collie, hatte sich auf dem Rasen ausgestreckt und hielt Adeline seinen Bauch hin, damit sie ihn mit den Zehen kraulte. Den Kopf zur Seite geneigt, öffnete er das Maul, als würde er lächeln. Auch ich hätte das Nichtstun genießen können, aber meine Gedanken gaben keine Ruhe.

»Ich frage mich immer wieder, wie Charlotte diese ganzen Dramen überstanden hat«, sagte ich. »Es ist natürlich Unsinn, aber manchmal kommt es mir so vor, als wären wir in unserem Schmerz verbunden.«

Adeline öffnete die Augen und sah mich an, als wäre ich übergeschnappt. Was vermutlich auch stimmte.

»Glaubst du etwa, Adrien ist auch verheiratet?«

Das fehlte noch!

»Nein, natürlich nicht«, erwiderte ich mit einem Lachen. »Was ich meine, ist, jedes Mal, wenn Charlotte ganz unten war, hat sie die Kraft gefunden, wieder aufzustehen. Und ich muss versuchen, es ihr gleichzutun. Na ja, ist nicht so wichtig. Aber da sie Doris bekommen hat, muss sie, sofern keine himmlischen Mächte im Spiel waren, all das hinter sich gelassen haben.«

Adeline nickte. »Ja … Ich glaube, die Tatsache, dass Charlotte Freunde um sich hatte, hat ihr geholfen, wieder auf die Beine zu kommen. Das Wichtigste ist, nicht allein zu sein.« Ihr Blick wanderte zum Horizont, dann fügte sie leise hinzu: »Wenn du liebst, lebst du.«

Wink mit dem Zaunpfahl verstanden, besten Dank.

»Zum Lieben blieb ihr dann wohl nur noch Curtis«, bemerkte ich. »Glaubst du, er ist der Vater von Doris?«

Meine Freundin zog die Augenbraue hoch. »Auf den Gedanken bin ich noch gar nicht gekommen … Ich dachte, Charlotte hat nach der Trennung von Ryan noch jemand anderen kennengelernt. Außerdem ist Doris hellhäutig. Aber nach den Fotos hat Gavin tatsächlich Ähnlichkeit mit Curtis.«

Noch ein Geheimnis. Aber im Grunde war das überhaupt nicht wichtig. Was mich vor allem beeindruckte, war Charlottes Widerstandskraft. Obwohl das Schicksal fest entschlossen gewesen schien, sie niederzuschlagen, war sie immer wieder aufgestanden.

»Ich werde die Operation machen lassen«, sagte ich aus heiterem Himmel.

Seit gestern hatte ich aufgehört, das Für und Wider abzuwägen. Auch ich musste handeln, statt unentwegt über die möglichen Folgen nachzugrübeln.

»Das ist die beste Nachricht, die ich seit Wochen gehört habe!«, rief Adeline aus und umarmte mich. »Wirst du es Adrien sagen?«

Ich schüttelte den Kopf. »Er hat sich immer noch nicht gemeldet. Muss wohl erst sein Ego aufpäppeln.«

In dem Moment kamen Gavin und Jack von den Feldern

zurück. Die beiden sangen lauthals »Baby Shark«, und als sie vom Traktor gestiegen waren, begannen sie mit einem chaotischen Tanz, der mich zum Schmunzeln brachte. Ich fühlte mich zugleich erleichtert, dass ich endlich eine Entscheidung getroffen hatte, traurig, weil Adeline bald abreisen würde, und hilflos, weil Adrien nichts von sich hören ließ. Aber ich hatte ein Geheimnis zu lösen und eine Geschichte zu hören. Ich war am Leben, und vielleicht würde ich es noch eine Weile bleiben oder auch nicht, aber auf jeden Fall hätte ich es versucht.

Etwas in meinem Gesichtsausdruck schien Gavin zu berühren, denn er streckte die Hand aus und lud mich ein mitzumachen.

»Ach, Papa, bestimmt kennt sie ›Baby Shark‹ gar nicht«, rief Jack.

»Das wollen wir doch mal sehen!«, entgegnete ich und sprang auf.

Ausgerechnet in dem Moment kam der Collie angestürmt und warf sich so schwungvoll auf mich, dass ich das Gleichgewicht verlor und mitten in einen Kuhfladen fiel.

O nein, Scheiße!!!

Vermutlich um sich zu entschuldigen, leckte Sam mir ausgiebig das Gesicht ab und verteilte dabei mindestens einen halben Liter Speichel auf meinen ohnehin schon versifften Klamotten.

Hilfe!

Adeline, Gavin und Jack krümmten sich vor Lachen, während ich mich mühsam hochrappelte. Doch dann konnte ich nicht mehr an mich halten und lachte ebenfalls, bis mir der Bauch wehtat. In dem Moment gab es nichts Schweres mehr.

Jennas Cottage lag nur zwei Kilometer entfernt am gleichen Küstenabschnitt. Gavin, der meist mit dem Rad dorthin fuhr, hatte für Adeline und mich zwei uralte Drahtesel von Doris ausgegraben. Das Ganze drohte zu einer regelrechten Expedition auszuarten, denn ich hatte seit mindestens zehn Jahren nicht mehr auf einem Fahrrad gesessen. Ich nahm mir zwar schon seit Monaten vor, mir wieder eins zuzulegen, aber natürlich kam mir immer irgendwas dazwischen. Meine Eltern hätten mir Prokrastina als zweiten Vornamen geben sollen, das wäre origineller gewesen als Émilie und obendrein passender. Nun bekam ich die Quittung für meine jahrelange Faulheit, und als ich bei Jenna ankam, war ich so außer Atem, als wäre ich die Alpen hochgestrampelt. Erst als ich vom Rad stieg, bekam ich allmählich wieder Luft.

Atmen – eine völlig unterschätzte Tätigkeit.

Jenna wohnte in einem typischen Cottage, wie es sie nur in England gab. Oder im Märchen. Das kleine Haus schien mitten in einem üppigen Patchwork aus bunten Blumen zu stehen. Die Steinfassade schimmerte in einem warmen, hellen Ton, der von den weiß gestrichenen Fenstern noch unterstrichen wurde. Drinnen hatte Jenna eine gemütliche Atmosphäre geschaffen. Sie empfing uns sehr herzlich, und sobald wir am Tisch saßen, fehlte es uns nicht an Gesprächsthemen.

»Es gibt etwas zu feiern!«, verkündete sie mit strahlendem Lächeln. »Daniel hat endlich einen Job gefunden.«

»Moment«, sagte Adeline. »Meinst du etwa deinen Bruder? Den Typen, der mit seiner Spielekonsole verwachsen ist?«

»Ja, was lange währt ...«

Sie erzählte uns, dass sie ihm ein Ultimatum gestellt hatte, weil sie genug davon hatte, mit einem Stubenhocker zusammenzuleben, der schon Spinnweben ansetzte.

»Im Ernst, ich hatte das Gefühl, bei mir haust ein alter Opa. Neulich hat mir einer von meinen Kunden, ein Klempner, gesagt, dass er händeringend Leute sucht und sogar bereit wäre auszubilden.«

»Und Danny ist freiwillig dahin gegangen?«, fragte Gavin skeptisch.

Jenna stieg die Röte ins Gesicht. »Sagen wir, ich habe ein wenig nachgeholfen, indem ich ihm klargemacht habe, dass ich ihn vor die Tür setzen werde, wenn er diese Chance nicht ergreift.«

»Hättest du das wirklich getan?«

Jenna zögerte. »Ja ... Nein, ich weiß nicht. Schließlich ist er mein Bruder. Aber brauchte mal einen Tritt in den Hintern. Er hat natürlich rumgemault, aber ich glaube, im Grunde war er erleichtert.«

»Dann kannst du dir ja jetzt endlich einen Freund angeln«, bemerkte Adeline mit einem vielsagenden Blick zu Gavin.

Der verstand die Anspielung entweder nicht, oder er war ein sehr guter Schauspieler.

»Der Typ, der sie erträgt, muss erst noch geboren werden!«, lästerte er.

Jenna schlug mit der Serviette nach ihm.

»Soll das ein Witz sein, Gavin?«, meldete ich mich zu ihrer Verteidigung. »Ich wette, Jenna kann sich die Verehrer kaum vom Hals halten.«

»So wild ist es auch wieder nicht«, erwiderte sie. »Falls ihr es noch nicht bemerkt habt, ich habe eine Figur wie ein

Möbelpacker und traue mich nicht, mich zu schminken, weil ich Angst habe, dass ich dann aussehe wie mein Bruder als Dragqueen.«

Ich sah zu Gavin. Würde er die Vorlage nutzen, um ihr zu sagen, dass sie im Gegenteil sehr hübsch war?

Na los, Gavin! Du schaffst das!

»Jetzt hör aber auf«, wandte er ein. »Schließlich bist du ja keine hässliche alte Hexe voller Warzen.«

Ich zog unwillkürlich eine Grimasse. Na ja, mit etwas gutem Willen konnte man es als Kompliment verstehen.

Mit glühenden Wangen leerte Jenna ihr Glas. »Das ist nett von dir, aber ich schätze, ich bin ungefähr so verführerisch wie Freddy Krueger.« Dann sprang sie plötzlich auf. »Oh, verdammt! Der Braten sieht gleich aus wie Freddy Krueger, wenn ich ihn nicht sofort aus dem Ofen hole!«

»Brauchst du Hilfe?«, fragte Gavin.

»Nein, schon gut.«

Sie kam rasch wieder und stellte einen halb verkohlten Braten und ein etwas weniger verbranntes Gemüsegratin auf den Tisch. Während des Essens wandte sich das Gespräch alsbald dem Laden zu, und Jenna erzählte, dass sie sich kaum retten konnte vor Kunden, die nach Doris' Honey Buns fragten.

»Ich habe Angst, dass sie sich zu viel zumutet«, gestand Gavin.

»Wenn sie bereit wäre, mir das Rezept zu geben, könnte ich ihr dabei helfen«, seufzte Jenna. »Aber deine Großmutter ist stur wie ein Esel.«

Gavin versprach, mit ihr zu reden.

Adeline wollte wissen, ob schon mal jemand daran gedacht

hatte, mit dem Honig aus der Region Biokosmetik herzustellen. »Ich könnte die Produkte über meine Website anbieten. Meine Kundinnen sind ganz verrückt nach allem Neuen.«

Begeistert meinte Jenna, sie würde sie mit dem Imker in Verbindung setzen. Nach dem Essen schlug sie einen Abendspaziergang vor, um den Früchtekuchen zu verdauen, den es als Nachtisch gab, und wir wanderten fröhlich den Pfad hinunter, der zu einer kleinen Bucht führte.

23

»Jetzt mal im Ernst, Jenna – hast du wirklich niemanden im Sinn?«

Im Schein einer Sturmlaterne saßen wir im Sand, tranken Pflaumenschnaps und blickten aufs Wasser hinaus, das im Mondlicht glitzerte. Der samtige Himmel war von funkelnden Sternen durchsetzt, und zwischen den Felsen hatten sich Priele gebildet. Jenna, die sich in einen Umhang mit unechtem Pelzbesatz gemummelt hatte, warf Adeline einen trübsinnigen Blick zu.

»Wer sollte sich denn ausgerechnet für mich interessieren?«

Gavin zum Beispiel, der scheinbar ganz fasziniert auf den Sand starrt.

»Ich habe alles für Daniel aufgegeben«, fuhr sie fort. »Ich bereue es nicht, absolut nicht, aber jetzt bin ich aus dem Spiel.«

Da geschah plötzlich ein Wunder: Gavin hob den Kopf und sah sie unverwandt an. Und er zog dabei ein Gesicht, als hätte ihn etwas gestochen.

»Du versteckst dich hinter deinem Bruder, Jenna«, sagte er wütend. »Er ist fünfundzwanzig, er braucht dich nicht mehr. Denk doch endlich mal an dich!«

Obwohl ich wusste, dass es mich nichts anging, schlug ich

in dieselbe Kerbe. »Gavin hat recht. Hast du nie den Wunsch gehabt, eine Familie zu gründen?«

Ich hätte mir auf die Zunge beißen können. Womöglich gehörte Jenna zu den Leuten, die für die Auslöschung der menschlichen Rasse waren, um die Erde zu retten. Hastig ruderte ich zurück. »Natürlich hat das Singledasein auch seine Vorzüge, keine Frage. Man kann bestimmt ein sehr gutes Leben führen, ohne Kinder zu haben, aber –«

»Ich bin achtunddreißig«, unterbrach sie mich. »Dafür ist es wohl ein bisschen spät.«

Diese Feststellung traf mich mitten ins Herz. Mehr denn je wünschte ich mir, auch so alt zu werden wie sie. Und älter. Ich wünschte mir, eines Tages mit dem Stock herumzuhumpeln und meinen Freunden aus dem Seniorenclub etwas von meiner Arthrose vorzujammern. Ich konnte mir kaum etwas Schöneres vorstellen.

»Glaub mir, alt zu werden ist ein Privileg!«

Anscheinend hatte ich das mit etwas zu viel Nachdruck geäußert, denn nun sahen alle zu mir. Da war wohl eine Erklärung fällig.

Ach, was soll's, schließlich riskiere ich ja nichts, wenn ich es ihnen sage.

Durch ein Zwinkern von Adeline ermutigt, erzählte ich ihnen von meinem Aneurysma und dem Gefühl, dass ein Damoklesschwert über meinem Kopf hing.

»Ich habe keinerlei Gewissheit, dass ich morgen noch lebe. Dass mein Gehirn brav wartet, bis ich operiert werde. Und ich weiß auch nicht, ob ich aus der Narkose aufwache und ob Folgeschäden zurückbleiben. Deshalb finde ich die Vorstellung, alt zu werden, im Moment ziemlich klasse, und wenn ich die Chance bekomme, noch mit achtzig Träume zu verwirklichen, werde ich sie ganz bestimmt nutzen.«

Mit einem Mal war es, bis auf das Rauschen der Wellen, vollkommen still. Dann unterbrach Adeline das betroffene Schweigen in gewohnt herzhafter Weise.

»Mann, Jenna, das Zeug verbrennt einem ja die Kehle!«, rief sie aus, nachdem sie einen Schluck von dem Schnaps probiert hatte.

»Selbstgebrannt, aus den Pflaumen im Garten«, erwiderte sie, dann wandte sie sich zu mir. »Das mit deinem Aneurysma tut mir leid, Jo. Und ich hoffe sehr, dass alles gut ausgeht.«

»Ja, das wird es«, bestätigte Adeline energisch. »Und eines Tages werden ihr die Urenkel etwas vorlesen, so wie sie jetzt den alten Leutchen im Heim nebenan.«

Gavin wollte wissen, was man tun konnte, um die Risiken möglichst gering zu halten, und ich zählte ihm auf, was der Neurologe mir gesagt hatte.

»Dann solltest du dein Glas vielleicht besser wegstellen«, meinte er.

Damit hatte er zwar recht, aber ich hatte keine Lust dazu. Ich war ein bisschen betrunken, was mir das Gefühl gab, in einen weichen Kokon gehüllt zu sein. Und es war mir egal, wenn Dr. Schlechte Nachricht bei der nächsten MRT einen Anfall bekam.

»Keine Sorge«, entgegnete ich. »Ein Gläschen ab und zu wird mich schon nicht umbringen.«

»Was Jo euch nicht gesagt hat«, meldete sich Adeline wieder zu Wort, »ist, dass sie genau in dem Moment, als sie von der Zeitbombe in ihrem Gehirn erfahren hat, am Beginn einer wunderbaren Liebesgeschichte stand.«

Und die habe ich gründlich ruiniert.

»Oje, so ein Pech«, sagte Jenna mitfühlend. »Wie hat er es aufgenommen?«

»Nicht so gut. Genau genommen habe ich Adrien nichts davon gesagt, weil ich nicht wollte, dass er meinetwegen alles andere beiseiteschiebt. Er ist einer von der gründlichen Sorte, wenn er etwas macht, dann richtig …«

Einschließlich schmollen.

»Und als ich ihm erklärt habe, warum ich auf Abstand gegangen bin, hat er sich hintergangen gefühlt.«

»Wenn er dich liebt, wird er dir verzeihen«, meinte Gavin. »Das Leben ist zu kurz, um es zu vergrübeln, Mädels.«

Jenna gab ihm einen Kuss auf die unrasierte Wange. Dann stand sie auf und klopfte sich den Sand von der Hose. »Zeit, ins Bett zu gehen«, sagte sie und unterdrückte ein Gähnen. »War ein langer Tag.«

Der Rückweg zum Hof war heiter. Während wir in die Pedale traten, sangen Adeline und ich lauthals: »*Quand on partait de bon matin / Quand on partait sur les chemins / À bicyclette …*«

Ein nächtlicher Vogelchor begleitete unseren Gesang, und anscheinend war unsere gute Laune ansteckend, denn Gavin lachte wie ein beschwipster Otter.

»*Et puis Paulette …*«

»Apropos Paulette«, unterbrach sich Adeline plötzlich. »Hast du schon was von Lucette gehört?«

»Paulette, Lucette – wer ist das?«, wollte Gavin wissen.

Ich bemühte mich um eine knappe, aber präzise Erklärung: »Paulette ist die Tochter des Briefträgers in dem Lied. Und Lucette ist in Pépé verliebt und umgekehrt, aber sie merken es nicht. So ähnlich wie bei dir und Jenna.«

Ups …

»Red keinen Unsinn!«, widersprach Gavin, während ich einen Lachanfall bekam. Das mit dem Schnaps hätte ich wohl besser gelassen.

»Sei still und fahr!«, befahl Adeline, dann begann sie wieder zu singen.

Obwohl wir ziemlich hin und her eierten, strampelten wir weiter, und während wir dem schmalen Weg folgten, überkam mich ein herrliches Gefühl von Freiheit.

Kurz darauf, als Adeline gerade unter der Dusche stand, stieß ich einen spitzen Schrei aus.

»Was ist?«, fragte sie besorgt und drehte das Wasser ab. »Ist es dein Kopf? Hast du Schmerzen?«

»Nein, es ist Adrien! Er hat mir eine Nachricht geschickt!«, rief ich hysterisch.

Sie seufzte erleichtert. »Gott sei Dank! Es wäre mir ziemlich unangenehm gewesen, die Sanitäter mit nichts als Seifenschaum auf der Haut zu empfangen.«

Mit zitternden Fingern öffnete ich die Nachricht, die Adrien mir vor einer Stunde geschickt hatte.

Es ist 22.17 Uhr, und ich hätte dich jetzt gern bei mir, Jo. Ich war dumm. Ich habe zugelassen,

dass ein kindisches Gefühl alles andere überlagert.
Bitte verzeih mir.

Darunter war ein Link zu einem Song. »Listen to Your Heart« von Roxette. Meine Mutter hatte die LP, und ich war mir sicher, dass er den Titel nicht zufällig ausgewählt hatte.

»Listen to your heart when he's calling for you /
Listen to your heart there's nothing else you can do /
I don't know where you're going and I don't know why /
But listen to your heart before you tell him goodbye ...«

Genau das machte ich auch gerade durch. Wie in dem Song fragte ich mich, was der Sinn von alldem war, und ich ließ zu, dass meine Ängste die Oberhand gewannen. Wieder einmal hatte Adrien meine Gefühle exakt erraten. Vor lauter Freude hüpfte ich kreuz und quer durch die Ferienwohnung. Das war der schönste Abend meines Lebens! Im Bad wurde die Dusche abgestellt.

»Und, was schreibt er?« Adeline streckte den Kopf zur Tür herein. »Nein, sag's nicht. So, wie du strahlst, ist es irgendwas Superkitschiges, das will ich gar nicht hören.«

»Er hat mich um Verzeihung gebeten.«

»Hurra!«, rief sie, während sie sich die Haare abtrocknete. »Das Ego ist wiederauferstanden!«

Mit pochendem Herzen setzte ich mich aufs Bett, um ihm zu antworten.

Ich war auch nicht schlauer als du. Mir ist klar, dass ich viel eher mit dir darüber hätte reden müssen ... Ich komme wahrscheinlich nächstes Wochenende zurück, wenn Doris bis dahin ihre Geschichte zu Ende erzählt hat. Und ich werde mich operieren lassen.

PS: Glaubst du, wir hören irgendwann mal etwas modernere Sachen?

Ich hängte den Link zu »Le temps qui reste« von Serge Reggiani an. Noch eins von den Chansons, die ich durch Pépé entdeckt hatte, als ich klein war.

»Je l'aime tant, le temps qui reste ... / Je veux rire, courir, pleurer, parler / Et voir, et croire / Et boire, danser / Crier, manger, nager, bondir, désobéir / Voler, partir, repartir / Souffrir, aimer / Je l'aime tant, le temps qui reste.«

Ja, ich liebte sie, die Zeit, die mir noch blieb. Und ich wollte noch so viel tun.

Doch Adrien war nicht mehr online. Er würde meine Nachricht erst am nächsten Tag lesen, aber mir war ein Riesenstein vom Herzen gefallen.

»Nein, Sam, du fährst nicht. Soweit ich weiß, hast du noch keinen Führerschein.«

Adeline, die gerade ihren Koffer im Auto verstaut hatte, versuchte, den Collie vom Fahrersitz zu zerren. Anscheinend hatte er Lust auf einen Ausflug nach Frankreich.

»Er liebt dich, Adeline. Du brichst ihm das Herz, wenn du fährst.«

Sie kam auf mich zu und umarmte mich. »Es gibt da noch jemanden, der mich liebt und der ungeduldig auf meine Rückkehr wartet. Und ich meine damit nicht meinen Bankmenschen.«

Ich ließ den Blick über das Gras streifen, das im Morgenlicht fast golden schimmerte.

»Soll ich nicht lieber mitkommen? Die Nacht war ziemlich kurz.«

Abgesehen davon, dass ich nicht so gern allein in Devon zurückblieb, war ich ein wenig besorgt, weil Adeline niemanden hatte, der sich mit ihr beim Fahren abwechseln konnte.

»Ich werde regelmäßig Pausen einlegen«, versprach sie mir. »Und ich will jeden Abend einen Bericht darüber, wie die Geschichte weitergegangen ist.«

»Geht klar, Chef. Aber mit dir zusammen hat es mehr Spaß gemacht.«

»Gavin hat vorhin gesagt, heute ist im Pub Spielenachmittag. Das klingt doch lustig, oder nicht?«

»Geht so ...«

»Bestimmt, wirst schon sehen.«

Irgendwo in der Ferne muhte eine Kuh, und ein Hund bellte als Antwort. Plötzlich sah Adeline mich mit ernster Miene an.

»Bist du dir sicher, dass du durchhältst?«, fragte sie besorgt.

Ich nickte. »Keine Angst, falls ich hier sterben sollte, sage ich dir vorher Bescheid«, scherzte ich. »Ich vermache dir meine Klamotten und meine Alten aus dem Heim.«

»Wer redet denn hier vom Sterben?«, fragte Doris, die unbemerkt dazugekommen war, entrüstet.

»Das ist das Stichwort«, sagte Adeline. »Ich mache mich jetzt mal auf den Weg.«

Doris drückte sie kurz an sich. »Es hat mich sehr gefreut, dich kennenzulernen, und ich hoffe, du kommst bald mal wieder.«

So warmherzig, wie sie Adeline ansah, wusste ich, dass es nicht nur eine Höflichkeitsfloskel war.

»Ich glaube, vorher macht sie mit ihrem Bruno erst noch ein Baby«, sagte ich mit einem Zwinkern.

»Eine großartige Idee!«, rief Doris begeistert.

»Wer hat dir erlaubt, aus dem Nähkästchen zu plaudern?«, fragte Adeline in gespielter Entrüstung. »Was das Baby angeht, habe ich gesagt, ich denke darüber nach. Erst mal will ich zu meinem Kerl zurück, bei dem ich mich wohlfühle – ganz egal, was mein blöder Bruder darüber denkt.«

»Na, dann sieh zu, dass du zu deinem Prinzen kommst, bevor ich anfange zu heulen!«, befahl ich ihr.

Meine Gefühle waren wie die Gezeiten: Plötzlich rollten sie an, dann zogen sie sich wieder zurück, bevor sie erneut mit Macht über mich hereinbrachen. An die Stelle der Freude, die ich gestern Abend bei der Lektüre von Adriens Nachricht verspürt hatte, trat jetzt die Angst, Adeline nie wiederzusehen. Bei der Vorstellung hatte ich einen Kloß im Hals. Doris legte den Arm um meine Schultern, als der Mietwagen hinter der nächsten Kurve verschwand, dann zog sie mich zurück in die Küche.

»Na, meine Liebe, du bist heute ja nicht besonders munter.«

Offenbar gelang es mir nicht so gut, wie ich gedacht hatte, meine Gefühle zu verbergen. Ich schloss die Augen und schüttelte den Kopf.

»Hatten Sie schon mal den Eindruck, dass Ihr Leben am seidenen Faden hängt?«

Die alte Dame sah mich aufmerksam an und schien meine Worte sorgsam abzuwägen. »Du bist noch ziemlich jung, um dich mit solchen Dingen zu beschäftigen ... Weißt du was?« Sie schnippte mit den Fingern. »Es gibt nichts Besseres als Scones, um die Laune zu heben.« Sie deutete auf einen Teller, der auf dem Tisch stand. »Nimm dir eins und streich ordentlich Clotted Cream und Marmelade drauf. Und danach erzählst du mir, was los ist.«

Ein paar Minuten später leckte ich mir genüsslich den Zucker und das Fett von den Fingern. »Ihre Scones schmecken nach Zärtlichkeit.«

Dann vertraute ich mich ihr an, wie ich es am Abend zuvor bei Gavin und Jenna getan hatte. Je öfter ich darüber sprach, desto weniger allein fühlte ich mich in diesem Sturm.

»Eigentlich möchte ich jeden Augenblick genießen, aber ich habe das Gefühl, die ganze Zeit mit angehaltenem Atem zu leben, weil ich weiß, dass morgen alles vorbei sein kann«, schloss ich frustriert.

Erstaunlicherweise schien Doris zu verstehen. »Ach, das Leben!«, seufzte sie. »Es spielt uns immer wieder Streiche ... Das ist nicht zu ändern, aber man darf sich nicht austricksen lassen. Wenn die Erde jedes Mal, wenn einem von uns etwas Schlimmes zustößt, aufhören würde, sich zu drehen, trieben wir längst alle durchs All.«

Sie trank einen Schluck Tee, dann verriet sie mir, dass Charlotte ihr eines Tages Dinge offenbart hatte, deretwegen sie beide fast drei Jahre lang nicht mehr miteinander gesprochen hatten.

»Ich war jung, ich hielt mich für unbesiegbar. Doch an dem Tag war es, als hätte sie mein ganzes Leben ausgelöscht ... Im Lauf der Zeit habe ich dann begriffen, dass Mama mir in Wirklichkeit die Schlüssel gegeben hatte, um einiges besser zu verstehen.«

Ich sah sie überrascht an. »Was hat sie Ihnen denn offenbart?«

»Darüber sprechen wir später. Was ich dir damit sagen will, ist: Das Leben ist eine Wundertüte. Manchmal enttäuscht es uns, und manchmal gibt es uns ein schlecht verpacktes Geschenk. Man muss voll Vertrauen weitergehen und sich sagen, dass das Beste noch vor einem liegt, nicht hinter einem.«

Der Satz hätte von meinem Großvater stammen können. Wie sehr er mir mit einem Mal fehlte! Bei dem Gedanken an ihn fiel mir ein, dass ich immer noch nicht wusste, warum er dieses Medaillon bekommen hatte. Leider hatte Doris keine Zeit, mir davon zu erzählen, weil wir uns für den Spielenachmittag im Pub vorbereiten mussten.

Bevor wir aufbrachen, schaute ich ungefähr zum hundertsten Mal an diesem Tag auf mein Handy. Mein Herz schlug einen Salto, als ich sah, dass Adrien mir geantwortet hatte.

Noch nie habe ich mich so gefreut, das Ping von meinem Handy zu hören! Die Entscheidung

liegt ganz bei dir, und ich bin für dich da, wenn du willst.
Bis dahin erzähl mir doch, wie es Charlotte weiter ergangen ist. Du hast mich neulich mitten im spannendsten Moment hängen lassen, schlimmer als bei Game of Thrones!
Und nein, ich glaube nicht, dass man mit modernen Songs so viele Gefühle rüberbringen kann. Die gehen alle nicht so in die Tiefe.
♫ God only knows what I'd be without you …

Mit großer Freude schilderte ich ihm in Kurzfassung, was ich über Charlotte erfahren hatte. Ich erzählte von der Unabhängigkeit, die sie sich erkämpfen wollte, und von dem Brief, durch den sie von Gabriels Tod erfahren hatte, außerdem von ihrer geradezu therapeutischen Leidenschaft für die Fotografie, ihrer Freundschaft zu Curtis und natürlich von dem Bruch mit Ryan. Wie viel sie schon durchgemacht hatte, dabei war sie gerade erst Anfang zwanzig gewesen!

Mit Ryans Verrat hatte ich nicht gerechnet. Er war zwar ein Gangster, aber er schien Charlotte wirklich geliebt zu haben. Wer weiß, vielleicht hat sie sich von Curtis trösten lassen, und aus der Verbindung ist Doris hervorgegangen. Aber das Geheimnis um das Medaillon ist immer noch ungelöst. Ich verstehe nicht, wieso es »von Rechts wegen« Pépé gehört. Ich hoffe, dass Doris mir morgen mehr dazu sagt.

Ich holte tief Luft, bevor ich den letzten Satz schrieb.

Du fehlst mir.

In der Nacht wachte ich vom Regen auf, der auf das Dach der Ferienwohnung trommelte.

Halb sechs!

In einer halben Stunde würde Gavin aufstehen und in den Stall gehen, um die Kühe zu melken. Welch eine anstrengende Arbeit! Gestern hatten wir uns trotz seiner Müdigkeit alle in seinen Land Rover gequetscht, um zum Pub zu fahren, und er hatte viel Spaß beim Quiz und beim Domino gehabt. Er liebte sein Leben an der frischen Luft, daran bestand kein Zweifel. Jenna war auch da gewesen, und mir war aufgefallen, dass sie ein wenig Lippenstift aufgetragen hatte. Ihre Verbundenheit mit Gavin war offensichtlich, und einen Moment lang hatte ich das Gefühl gehabt, mich und Adrien zu sehen, zu der Zeit, als ich noch überzeugt gewesen war, dass uns lediglich Freundschaft verband. Wie hatte ich nur so blind sein können? Unbewusst suchten Jenna und Gavin stets die Gegenwart des anderen, sie tanzten förmlich umeinander herum. Genau wie Adrien und ich das ganze letzte Jahr.

Entgegen meinen Befürchtungen hatte ich mich an dem Nachmittag keine Sekunde gelangweilt. Der kleine Jack brachte mich immer wieder zum Lachen; zuerst schenkte er mir ein Bild, das mich darstellen sollte (und das er im Dunkeln gemalt haben musste), und dann fragte er mich mit der Miene eines Diplomaten, der den Ausbruch eines Krieges befürchtete: »Stimmt es, dass ihr Frösche esst?«

»Was? Nein!«, erwiderte ich lachend. »Ich jedenfalls nicht. Ich bin im Biounterricht sogar umgekippt, als wir einen sezieren sollten.«

Komisch eigentlich, wenn man bedenkt, dass ich jetzt berufsmäßig den Leuten das Blut abpumpe …

Das behielt ich natürlich für mich, und als das Quiz begann, tat ich mich mit Jenna, Gavin und Doris zu einem Team zusammen. Ich hatte sogar meinen Augenblick des Ruhms, als ich eine Frage zu *Downton Abbey* richtig beantworten konnte. Die Stimmung war gut, da die Einwohner von Ilfracombe eindeutig gekommen waren, um sich zu amüsieren, wie sie es seit mehreren Generationen einen Sonntag im Monat taten.

Gegen neun Uhr abends hatte Adeline mir eine Nachricht geschickt, dass sie gut zu Hause angekommen, aber ziemlich erschöpft war. Auch Adrien hatte sich gemeldet, und wir hatten einen Gutteil des Abends damit zugebracht, via Messenger darüber zu diskutieren, ob Ryan nun ein Mistkerl war oder nicht. Ich war noch immer zu keinem Ergebnis gekommen …

In meine Gedanken versunken, schlief ich nicht wieder ein, und da ich annahm, dass Doris ebenfalls bereits wach war, beschloss ich nach einer Weile, zu duschen und zum Frühstück hinüberzugehen.

Draußen schüttete es immer noch aus Eimern, und obwohl die Ferienwohnung nur wenige Meter vom Haupthaus entfernt lag, war ich vollkommen durchnässt, als ich in der Küche ankam. Die alte Dame war nicht da, aber auf dem Tisch lag ein Laib Brot.

»Doris?«, rief ich.

Mein Magen knurrte, animiert vom Duft des frischen Brotes, aber ich ignorierte es. Was sollte ich tun? Ich mochte nicht noch mal hinaus in den Regen. Da bemerkte ich einen Lichtschein vom Wohnzimmer. Ich zog meine schmutzigen Schuhe aus und ging hinüber. Doris saß in einem Lehnsessel, trank in der morgendlichen Stille ihren Kaffee und schaute ins Feuer, dessen Flammen tanzende Schatten an die Wände warfen.

»Doris?«, wiederholte ich leise.

Sie schrak zusammen. »Oh, Johanna! Ich habe dich gar nicht reinkommen gehört. Du bist ja ganz nass! Komm ans Feuer.«

Schon stand sie auf und holte ein Handtuch, um mich abzutrocknen.

»Wieso bist du schon so früh auf?«, fragte sie ein paar Minuten später, als sie mir eine dampfende Tasse und zwei Scheiben Brot brachte.

»Das liegt wohl an der guten Landluft.«

Mein Blick fiel auf einen geöffneten Sekretär, auf dem etliche Briefumschläge durcheinanderlagen. Doris bemerkte es und schloss ihn hastig.

»Ich war ganz in Gedanken«, entschuldigte sie sich.

»Ich hoffe, es waren angenehme Gedanken.«

»Die Vergangenheit …«, sagte sie nur. »Es ist so seltsam, dir von einer Epoche zu erzählen, die längst vorbei ist.«

Ich zögerte. »Wenn es für Sie zu schmerzlich ist …«

Darüber hatte ich gar nicht nachgedacht, als ich unangemeldet hier aufgekreuzt war. Ich war nur einer fixen Idee gefolgt, ausgelöst durch meinen Großvater, den ich nicht enttäuschen wollte.

»Nein, gar nicht«, erwiderte Doris. »Im Gegenteil, ich glaube, es ist höchste Zeit, dir zu erzählen, wie die Geschichte weitergeht.«

Ich trank einen Schluck Kaffee, dann stellte ich ihr die Frage, die mich schon seit Tagen beschäftigte: »Warum sagen Sie mir nicht einfach direkt, warum Sie meinem Großvater das Medaillon geschickt haben?«

»Weil es mir wichtig ist, dass du den genauen Sachverhalt kennst. Das Schicksal schlägt manchmal überraschende Haken, und ich habe selbst lange gebraucht, um die vielschichtigen Persönlichkeiten meiner Eltern zu verstehen.«

Ich runzelte die Stirn. »Curtis war Ihr Vater, nicht wahr?«

Doris sah mich überrascht an. »Nein, wie kommst du denn darauf?«

»Gavin sieht ihm ein wenig ähnlich.«

Sie schmunzelte. »Du bist eine gute Beobachterin. Dass Gavin ihm ähnelt, kommt daher, dass seine Mutter die Enkelin von Curtis ist.«

»Ihr Sohn hat Curtis' Enkelin geheiratet?« Ich stieß einen Pfiff aus. Das bedeutete, dass Charlotte und ihr Musikerfreund wahrscheinlich ihr Leben lang in Kontakt geblieben waren. »Damit habe ich nicht gerechnet!«

»Und das sind noch längst nicht alle Überraschungen! Anfang der Fünfzigerjahre haben meine Eltern Curtis' Sohn Marvin bei sich aufgenommen, der damals in der Bürgerrechtsbewegung aktiv war. Das war zwar eine noble Sache, aber Marvin ließ sich leicht beeinflussen, und Curtis hatte Angst, dass das Ganze aus dem Ruder lief, mit all den Drogen, die im Umlauf waren. Marvin ist in England geblieben, und so waren unsere Familien weiterhin eng verbunden.«

Ich nickte langsam. »Gut, aber wer war dann Ihr Vater?«

»Kannst du dir das wirklich nicht denken?«, fragte sie mit einem schalkhaften Funkeln in den Augen.

24

Charlotte, 1930-1934

Zwei Tage nach der Trennung von Ryan befand sich Charlotte in einem vollkommen lethargischen Zustand. Jede Bewegung fiel ihr schwer, ihr Haar war zerzaust, und sie hatte dunkle Schatten unter den Augen. Sie konnte weder schlafen noch essen, ihr war nichts mehr geblieben, woran sie sich festhalten konnte. Und Curtis ächzte unter so vielen Proben, dass er noch nicht die Zeit gefunden hatte, sie zu besuchen.

Als es an der Tür klopfte und sie Maggie vor sich stehen sah, dachte sie im ersten Moment, dass schon wieder etwas Schlimmes passiert war.

»Was ist denn mit dir los?«, rief Maggie aus. »Bist du krank?«

Charlotte zuckte die Achseln. »Tut mir leid, ich hatte nicht mit Besuch gerechnet.«

Maggie musterte sie prüfend. »Du leidest wegen eines Mannes«, schloss sie.

Charlotte nickte und ließ sie eintreten. Sie kochte Kaffee, kramte ein paar Rosinenkekse aus dem Küchenschrank und trug alles zum Tisch.

»Ich bringe dir eine gute Nachricht«, sagte Maggie, nachdem sie einen Schluck Kaffee getrunken hatte. »Aber erst musst du mir erzählen, was er dir angetan hat, dass es dir so elend geht. Ich nehme an, er hat ein Verhältnis mit der Blonden, der du neulich fast an die Gurgel gegangen bist?«

Angesichts der entwaffnenden Art ihrer Kollegin gab Charlotte nach und schilderte ihr die Situation mit Ryan. Frankreich, Émile und Gabriel sowie ihre falschen Papiere ließ sie dabei allerdings weg, aus Angst, dass Maggie schockiert sein und sie verraten könnte. Zwischen ihnen hatte sich zwar eine Art Freundschaft entwickelt, aber sie lebte schließlich illegal und mit gefälschten Papieren hier. Maggie lauschte mit großen Augen. Charlotte war es nicht gewohnt, sich anderen Menschen anzuvertrauen, aber es tat gut, jemanden gefunden zu haben, der ihr zuhörte. Sich diese Dinge von der Seele zu reden machte sie leichter, weniger schrecklich.

Als sie fertig war, bemerkte Maggie trocken: »Nimm's mir nicht übel, meine Liebe, aber du bist nicht die Erste und auch nicht die Letzte, der so etwas passiert.«

»Das denke ich mir«, erwiderte Charlotte. »Aber im tiefsten Innern hatte ich gehofft, dass Ryan anders ist als die anderen.«

Maggie verdrehte die Augen. »Glaubst du etwa noch an Märchen? Wieso müssen sich alle immer in diese Windhunde verlieben?«

Charlotte seufzte. Ihr war klar, dass sie von Anfang an auf der Hut hätte sein müssen. Seit ihrer Auseinandersetzung hatte sich Ryan nicht mehr blicken lassen, und sie versuchte, sich einzureden, dass es auch besser so war. Denn nun, da sich ihr Zorn gelegt hatte, hätte sie ihm vermutlich ohne allzu großen Widerstand verziehen. Obendrein hatte sie noch ein schlechtes Gewissen, seit sie wusste, dass seine Frau fast jeden Abend auf ihn wartete.

Während sie noch ihren Gedanken nachhing, fuhr Maggie in ihrer Gardinenpredigt fort. »Was du brauchst, ist ein aufrechter, ehrenhafter Mann. Und wenn ich es geschafft habe, so einen zu heiraten, wirst du mit Sicherheit auch irgendwo einen finden. Schließlich gibt es in Manhattan ja nicht nur Gesindel.«

»Aber es schien ihm wehzutun, als ich ihm gesagt habe, dass ich ihn nicht mehr sehen wolle«, sagte Charlotte leise.

»Möge der Himmel sich deiner erbarmen!«, rief Maggie theatralisch. »Ich wiederhole es noch einmal: Von dieser Sorte Männer ist nichts zu erwarten. Genau genommen hat diese Henrietta dir sogar einen Gefallen getan.«

Charlotte verzog das Gesicht. Maggie hatte zwar recht, aber wie so oft war die Wahrheit schmerzhaft wie ein Dolchstoß.

»Tja, da du offensichtlich nicht sehr erpicht auf meinen Rat bist«, fuhr Maggie fort, »komme ich direkt zu der guten Nachricht. Das ist wesentlich erbaulicher.«

»Ich höre«, sagte Charlotte, obwohl sie sich nicht vorstellen konnte, dass es etwas gab, das sie aufmuntern würde.

Maggie schob sich eine rote Haarsträhne hinters Ohr und lächelte breit. »Du wirst mir den Gefallen tun, dir die Haare zu waschen und dir etwas Passenderes anzuziehen, denn ab morgen früh gehörst du wieder zum Kaufhauspersonal.«

Charlotte glaubte, sich verhört zu haben. »Was? Aber wie kann das sein? Mr Ward hat mich doch rausgeworfen.«

Hocherfreut über die Wirkung ihrer Eröffnung nickte Maggie. »Schon, aber ich habe mit ihm gesprochen. Er hat eingesehen, dass du nur so impulsiv reagiert hast, weil man dich beleidigt hatte. Ich habe ihm geschworen, dass das nie wieder vorkommt, also lass mich nicht als Lügnerin dastehen.«

Charlotte starrte sie mit offenem Mund an.

»Und um ehrlich zu sein«, fuhr Maggie fort, »kann Vivian dir nicht das Wasser reichen. Die Zahlen sprechen für dich, und in diesen Zeiten ist das ein schlagendes Argument.«

»O Maggie, du bist wunderbar!« Charlotte umarmte sie und dankte ihr überschwänglich. Mehr als alles andere fürchtete sie, auf der Straße zu enden, bei den Obdachlosen. Die Zahl der Arbeitslosen belief sich mittlerweile auf schwindelerregende dreieinhalb Millionen, und die YMCA an der Bowery verteilte täglich an zwölftausend Menschen Essen. Auch die Church of the Transfiguration gab täglich tausend Mahlzeiten aus, aber all das reichte nicht. Gleichzeitig waren die Stühle draußen vor den zahllosen Cafés immer besetzt, und in Manhattan brodelte das Leben. Die Geschäfte, die schlossen, wurden abgelöst von Imbissbuden, in denen man für wenig Geld etwas zu essen bekam. An jeder Straßenecke begegneten sich Hoffnung und Verzweiflung.

Charlotte widmete sich mit Körper und Seele der Arbeit, weil die sie auf andere Gedanken brachte. Sie legte ihren Kundinnen gegenüber dieselbe Sorgfalt an den Tag, als ginge es darum, ein Produkt für sie selbst oder für eine Freundin auszuwählen. Rasch wurde sie eine der Lieblingsverkäuferinnen jener privilegierten Kundschaft, die, ohne mit der Wimper zu zucken, an einem Nachmittag ein Vermögen für Kosmetik, Seidenstrümpfe, elektrische Geräte oder haufenweise Spielzeug für ihren Nachwuchs ausgaben. Elsie Adams, eine alte Dame, deren einzige Lebensaufgabe darin bestand, die reiche

Witwe eines Geschäftsmanns zu sein, kam jeden Morgen auf einen Schwatz mit Charlotte vorbei. Sie plauderten über den Fortschritt auf den großen Baustellen in Manhattan, vor allem auf denen des Chrysler Building und des Empire State Building, die kurz vor der Fertigstellung standen. Letzteres ragte nicht weit von Macy's in den Himmel und zog alle Blicke nach oben.

Die Arbeiter, größtenteils Immigranten aus Europa, schufteten dort ohne Pause. Die *sky boys*, wie sie genannt wurden, setzten die verschiedenen Teile des Stahlgerüsts zusammen und arbeiteten ohne jeden Schutz in schwindelerregender Höhe. In der Presse waren Fotos erschienen, auf denen sie mit sorgloser Miene hoch oben auf den Trägern ihre Frühstückspause machten. Es nahm einem den Atem, und Charlotte fürchtete jeden Tag, dass jemand dabei verunglückte. Doch wie durch ein Wunder verlor keiner der *sky boys* sein Leben.

In ihrer Freizeit nahm sie regelmäßig ihre Leica und wanderte zusammen mit Curtis durch die Stadt, um die Lager der Armen festzuhalten, die sogenannten Hoovervilles. Mittlerweile entstanden sie sogar schon in kleineren Seitenstraßen, und ganze Familien hausten in den selbstgebauten Baracken, die einen elenden Gestank nach Müll und Exkrementen verbreiteten. Eines Abends sahen sie in der Nähe der Penn Station, wie Männer der Stadtreinigung den Leichnam eines Mannes wegtrugen, der vermutlich erfroren war.

»Was habe ich für ein Glück gehabt«, sagte Curtis mit einem Schaudern. »Wenn wir uns nicht begegnet wären, hätte ich vielleicht niemals Arbeit gefunden. Wer weiß, was dann aus mir geworden wäre?«

»Denk nicht dran«, erwiderte Charlotte und drückte seinen Arm. »Sieh dich an – du spielst jetzt für Duke Ellington! Hättest du dir das jemals vorstellen können?«

»Das ist die Magie von New York. Diese Stadt hat mich gepackt. Sie hat mich verzaubert, und ich kriege nicht genug von ihr.«

Diese Begeisterung teilte Charlotte nicht, aber er wirkte so glücklich, dass sie ihm zulächelte. »Ich freue mich für dich, Curtis. Von ganzem Herzen.«

Er schwieg einen Moment. »Neulich Abend habe ich Ryan im Big Apple gesehen«, sagte er schließlich. »Ohne eine Frau an seiner Seite.«

Charlotte hätte ihn am liebsten gefragt, wie es Ryan ging, verkniff es sich aber. »Ich möchte nicht über ihn sprechen.«

Curtis ließ es dabei bewenden. Er war der Erste gewesen, der sie vor dem falschen Umgang gewarnt hatte, und das ärgerte ihn, denn abgesehen von seinen Geschäften wirkte Ryan sehr sympathisch. Aber natürlich blieb er ein Verbrecher, und Curtis wollte sich aus solchen Dingen heraushalten.

Nach der Arbeit ging Charlotte manchmal mit Maggie und deren Mann James aus – aber nicht in irgendwelche Speakeasys in dunklen Seitenstraßen. Meistens aßen sie im Royal Chinese Grill an der 71. Straße, wo eine Jazzband die aktuellen Stücke spielte. Diese Umgebung war eine wohltuende Abwechslung zu den zweifelhaften Bars, in die Ryan sie mitgenommen hatte. Sie genoss es, in Gesellschaft normaler Leute zu sein, die sie nicht in Gefahr brachten und nicht jederzeit verhaftet werden konnten. Bisweilen stellten Maggie und James ihr bei diesen Essen unverheiratete Männer aus ihrem

Bekanntenkreis vor, doch es war keiner darunter, der Charlotte Lust machte, eine neue Beziehung einzugehen. Niemand weckte in ihr eine solche Leidenschaft, wie es Ryan vermocht hatte. Sie hatte das traurige Gefühl, den Mann ihres Lebens verloren zu haben, und gleichzeitig fand sie diese Vorstellung vollkommen absurd, denn wie Maggie schon festgestellt hatte, war von einem Gangster nichts zu erwarten außer einem Leben in Angst und Illegalität. Dennoch fühlte sie sich nicht bereit, sich auf jemand Neues einzulassen, der nichts von ihr wusste und den sie anlügen müsste. Es war noch viel zu früh, um diesen Sprung zu wagen.

An einem kalten Tag im November gingen Charlotte und Maggie in ihrer Mittagspause zu einem Imbiss in der Sixth Avenue, um sich ein paar Sandwiches zu holen. Nicht weit davon entfernt fuhr mit einem schrillen Kreischen die U-Bahn auf einem oberirdischen Gleis vorbei.

»Furchtbar, ich hasse die U-Bahn«, stieß Charlotte aus.

»Aber praktisch ist sie schon«, erwiderte ihre Freundin. »Ich frage mich, wie die Leute früher ohne sie zurechtgekommen sind. Zum Glück habe ich das nicht mehr erlebt. Stell dir mal vor, wir müssten bei dieser Kälte kilometerweit zu Fuß gehen!«

Es war in der Tat sehr kalt, und es drohte ein langer, eisiger Winter. In dem kleinen Imbiss wärmten sich die meisten Gäste mit einem Kaffee auf. Die beiden jungen Frauen bestellten sich ebenfalls einen zu ihren Sandwiches und setzten sich an den Tresen.

»Wenn das so weitergeht, gibt es bald Frost«, bemerkte Maggie. »Ich musste mir zum Schlafen schon eine zweite Decke rausholen, und ich mag nachts gar nicht mehr zur Toilette gehen.«

»All die armen Menschen auf den Straßen …« Charlotte erschauerte.

»Ja, und Präsident Hoover unternimmt gar nichts. Im Gegenteil, anscheinend will er sogar die Steuern erhöhen, um irgendwelche Regierungsprojekte zu finanzieren. Das hat James mir erzählt.«

»Der Kerl hat wirklich nichts begriffen«, sagte Charlotte und fragte sich unwillkürlich, ob die Situation in Frankreich womöglich ganz ähnlich war.

Der Imbissverkäufer servierte einem Mann seinen Hamburger, und die beiden begannen, über eine neuerliche Schießerei zu sprechen, die bei einem Alkohollager in der Nähe der Docks stattgefunden hatte. Dabei war ein Polizist ums Leben gekommen.

»Da muss es ganz schön geknallt haben«, sagte der Gast, während er sich eine Zigarette anzündete. »Es heißt, sie hätten den Bullen in einen Hinterhalt gelockt.«

»Ja, hab ich heute Morgen gesehen«, erwiderte der Mann vom Imbiss und hielt eine Zeitung hoch. »Das wird eines Tages noch übel enden.«

Charlotte versuchte, nicht hinzuhören, aber das war nicht leicht, da die beiden nur etwa einen Meter entfernt waren.

»Hab ich dir nicht gesagt, was du riskierst, wenn du mit diesem Windhund zusammenbleibst?«, flüsterte Maggie, die das Gespräch ebenfalls mit angehört hatte. »Du brauchst einen anständigen, ehrlichen Mann, meine Liebe. Was ist mit

Stuart? Du weißt schon, der, den wir dir letzte Woche vorgestellt haben.«

»Ich weiß es nicht, Maggie. Ich glaube, ich kann mich nicht mal mehr an sein Gesicht erinnern«, gestand Charlotte mit einem unterdrückten Lachen.

»Herrje! Du bist wirklich unverbesserlich!«

Der Imbissverkäufer legte die Zeitung auf den Tresen, und Charlottes Blick fiel auf die fett gedruckte Schlagzeile.

BLUTIGE SCHIESSEREI AN DER SOUTH STREET – UNDERCOVER-AGENT GETÖTET

Sie erstarrte, als sie das Foto sah, das darunter abgedruckt war. Das konnte doch nicht sein! Der Mann auf dem Foto war Ryan! Mit zitternder Hand schob sie ihr Roastbeef-Sandwich beiseite und schlug die Zeitung auf, um den Artikel zu lesen.

Gestern hat die Bundespolizei einen ihrer verdientesten Beamten verloren: Der Agent Jack O'Dell starb bei einem Undercover-Einsatz. Entschlossen, den illegalen Alkoholhandel zu bekämpfen, hatte er sich freiwillig unter dem Namen Ryan Dolan in das Milieu eingeschleust, um das Zentrum eines riesigen Netzes zu zerschlagen, das sich von Kanada bis nach Schottland und Frankreich erstreckt. Als seine Kollegen auf einen Hinweis von ihm das Lager an der South Street stürmten, wurde Jack O'Dell tot in einem Büroraum desselben Gebäudes gefunden, vermutlich erschlagen. Seine Mörder konnten vor der Ankunft der Be-

amten fliehen, und die Polizei vermutet, dass er von jemandem aus den eigenen Reihen verraten wurde.

»Wir werden diese Kriminalität unerbittlich weiter bekämpfen«, sagte uns FBI-Agent Peter Fuller, sichtlich getroffen vom Tod seines Kollegen. »Jack war uns allen ein Vorbild, er nahm seine Mission sehr ernst und hätte uns niemals in eine Falle laufen lassen. Meine Gedanken sind bei seiner Frau, und wir werden alles daransetzen, dieses Verbrechen aufzuklären.«

Special Agent Meade hebt Jack O'Dells Verdienste hervor und betont, dass das FBI dank seines außergewöhnlichen Einsatzes über Informationen von größter Wichtigkeit verfügt.

Dieser Vorfall zeigt wieder einmal ...

Charlottes Hände zitterten so sehr, dass sie nicht weiterlesen konnte. Das musste eine Verwechslung sein! Erneut blickte sie auf das Foto von Ryan.

»Charlotte? Was ist los? Du bist ja ganz blass!«

Verstört wandte sie sich zu Maggie. »Ryan ... er ist ...«

Ihr war plötzlich ganz heiß. Sie wollte aufstehen, um an die frische Luft zu gehen, doch ihre Beine gaben nach, und ihre Ohren waren wie verstopft. Dann wurde alles schwarz, und die Erde verschlang sie.

Vier Tage später ging Charlotte die Bleecker Street hinunter nach Little Italy. Sie hatte es eilig, musste aber immer wieder den Kindern ausweichen, die, statt zur Schule zu gehen, Zeitungen verkauften. Sie bog in eine Querstraße ein, um zur Canal Street zu gelangen, eine besonders trubelige Geschäftsstraße, in der sich Fahrzeuge und Passanten drängten. Ein wenig verloren blieb sie vor einer Bäckerei stehen, in deren Schaufenster sich verlockende Brotlaibe zu fünf Cent stapelten. Eine Verkäuferin beschrieb ihr den Weg, und Charlotte schob sich durch das Gedränge, bis sie auf der anderen Straßenseite das Café entdeckte, in dem sie verabredet war. An der Tür blieb sie kurz stehen und atmete tief durch, bevor sie hineinging. Der Mann, der sie erwartete, saß vor einem Teller mit Eiern und gebratenem Speck und einem Becher Kaffee. Er war groß und kräftig, und über seinem Hosenbund wölbte sich der Ansatz eines Bauchs. Der Hut verbarg einen Teil seines dunklen Haars, aber nicht das Gesicht, dessen Züge gutmütig waren, nun jedoch besorgt wirkten. Charlotte war ihm noch nie begegnet, aber alles an ihm verriet seinen Beruf.

»Agent Peter Fuller?«, fragte sie scheu.

Charlotte hatte beschlossen, dem Kollegen von Ryan – oder vielmehr Jack O'Dell –, der in dem Zeitungsartikel genannt worden war, zu schreiben. Sie musste sich mit ihm treffen und aus seinem Mund hören, dass der getötete Polizist wirklich ihr Geliebter war. Die ganze Geschichte erschien ihr so verrückt, dass sie die winzige Hoffnung hegte, es könne sich doch um eine Verwechslung handeln. Andererseits konnte die Zeitung sich Ryan Dolan ja nicht ausgedacht haben, und das Foto zeigte eindeutig denjenigen, den sie unter diesem Namen gekannt hatte. Nach dem Zusammenbruch in dem Imbiss war sie wieder zur Arbeit gegangen, aber ihre Gedanken kreisten unentwegt um Ryan, und sie war erfüllt von Ungläubigkeit und Trauer.

Peter Fuller erhob sich und gab ihr die Hand. Er hatte ihr geantwortet und dieses Café in Little Italy als Treffpunkt vorgeschlagen. Er bat sie, Platz zu nehmen, und bestellte ihr einen Cappuccino. Sichtlich nervös, begann er ohne Umschweife zu sprechen.

»Jack hat mir so viel von Ihnen erzählt, dass ich Sie unter Tausenden erkannt hätte.«

»Tatsächlich?«, erwiderte sie überrascht. Dann schüttelte sie den Kopf. »Der Mann, den ich kannte, war Ryan, nicht Jack.«

Fuller seufzte erleichtert. »Er hat Ihnen nie etwas von alldem gesagt?«

»Nein, ich hatte keine Ahnung. Er hat mich bis zum Schluss angelogen«, erwiderte sie voll Bitterkeit.

Er schüttelte den Kopf. »Es ist nicht so, wie Sie denken, Charlotte. Jack hat versucht, Sie zu schützen. Er wusste, wenn er Ihnen die Wahrheit gesagt hätte, wäre Ihr Leben auch in Gefahr gewesen.«

»Dieser Artikel war also kein schlechter Scherz. Ryan ... oder vielmehr Jack war kein Verbrecher.«

Plötzlich erinnerte sie sich an einen Streit vom Anfang des Jahres, als sie ihn geradeheraus gefragt hatte, ob er ein Bootlegger war.

Den New Yorkern fällt es schwer, sich an das Alkoholverbot zu gewöhnen. Auf meine Weise helfe ich ihnen.

Das war seine Antwort gewesen. Er hatte nie zugegeben, dass er ein Gangster war.

»Unser Land ist entschlossen, das organisierte Verbrechen zu bekämpfen«, sagte Fuller leise. »Es gibt eine neue Einheit aus Agenten, die als unbestechlich gelten, weil die meisten Polizisten Schmiergelder nehmen. Es ist eine regelrechte Seuche.«

Er erklärte ihr, dass Jack sich freiwillig als Undercover-Agent hatte einsetzen lassen. Entgegen dem, was er Charlotte erzählt hatte, war er nicht in Five Points aufgewachsen, sondern in einem ähnlich elenden Vorort von Chicago.

»Wie hat er es denn geschafft, sich in das Milieu einzuschleusen?«, fragte sie. »Nach allem, was ich mitbekommen habe, sind diese Leute doch äußerst misstrauisch.«

»Ein kleiner Handlanger, den wir verhaftet hatten, hat sich im Gegenzug für eine Strafmilderung bereit erklärt, uns zu helfen. Wir haben ihn wieder freigelassen, und er hat Jack bei Frank Reed und Teddy Lopez eingeführt, die für Luciano arbeiten.«

Alles passte zusammen. Charlotte entschloss sich, die Frage zu stellen, die ihr auf den Lippen brannte. Sie musste es wissen.

»Ist er wegen des Champagners getötet worden, den mein Mann nicht liefern wollte?«

Fuller stützte den Ellbogen auf den Tisch und rieb sich den Nasenrücken. »Nein. Jack war in den letzten Wochen sehr angespannt. Er war überzeugt, dass er enttarnt worden war.«

»Das war es also«, sagte sie nachdenklich. »Seit einer Weile kam er mir vor wie ein Gejagter. Und die Schießerei, bei der Teddy verletzt wurde, hat es auch nicht gerade besser gemacht.«

»Das war nur inszeniert, um ihm Angst einzujagen. Madden hatte ihn im Visier, aber nicht wegen des Champagners.

Den konnte er sich leicht anderswo besorgen. Außerdem ist er für uns nur ein kleiner Fisch. Wir haben es auf größere Beute abgesehen ...«

Lucky Luciano oder Dutch Schultz, dachte Charlotte. Die beiden gefürchtetsten Gangster von New York. Madden war bestimmt nicht wohl in seiner Haut – wenn die beiden Mafiabosse mitbekamen, dass er dem FBI Tür und Tor geöffnet hatte ...

»Warum ist Jack dabeigeblieben, wenn er wusste, dass er enttarnt war?«

Fuller seufzte. »Weil er ein Sturkopf war. Er hatte keine Beweise, nur einen Verdacht, und er war überzeugt, dass ihm noch genug Zeit blieb, um die Mission zu Ende zu bringen. Er nahm an, dass sie ihn mit dem Einsatz in dem Lager, das er uns genannt hatte, auf die Probe stellen wollten. Und das hätte auch klappen können.«

»Stattdessen ist er tot«, erwiderte Charlotte und schluckte.

»Die haben uns verarscht. Entschuldigen Sie meine Ausdrucksweise, Charlotte. Aber offensichtlich hat uns jemand aus den Reihen der Polizei verraten. Soweit wir wissen, hat sich Jack, wie von Madden angeordnet, zum Lager begeben. Er hatte uns gesagt, das wäre seine Chance, Maddens Gunst wiederzuerlangen. Von wegen ... Sie haben ihn in das Lager gezerrt und ... Es war eine Falle. Sie haben ihn fertiggemacht wie einen Verräter.«

»Es ist also kein Irrtum möglich.«

Fuller erklärte ihr, dass sie bei seiner Leiche eine Tarotkarte gefunden hatten. Das Gericht.

»Das ist typisch für die italienische Mafia. Es ist ihr Zeichen für jemanden, der sie verraten hat. Zweifellos hat Madden unter dem Druck von Luciano gehandelt.«

»Welch ein Schlamassel!«

Und sie hatte Ryan für einen skrupellosen Verbrecher gehalten! Nun würde sie ihn nie wiedersehen, er würde ihr nicht mehr erklären können, was wirklich passiert war, und vor allem hinterließ er eine Witwe.

»Er war verheiratet«, sagte sie.

Fuller schüttelte den Kopf. »Das hätten Sie niemals herausfinden sollen. Wenn Sie an jenem Abend auf dem Briefkasten seinen wirklichen Namen gesehen hätten, hätte das katastrophale Folgen haben können.«

»Das ändert nichts daran, dass er seine Frau monatelang angelogen hat. Und mich auch«, wandte sie ein.

»Sie haben Jack sehr viel bedeutet«, entgegnete Fuller. »Er sagte, Sie hätten ein reines Herz, und er machte sich große Vorwürfe wegen all dem, was Ihnen zugestoßen ist.«

Verdrossen musste Charlotte sich eingestehen, dass sie Ryan überhaupt nicht gekannt hatte. »Was uns verbunden hat, war keine Liebe, sondern Leidenschaft.«

»Da bin ich mir nicht so sicher, Charlotte. Vielleicht sollte ich Ihnen das nicht sagen, aber Jack war kein Schürzenjäger. Vor Ihnen hat er Lucy nie betrogen. Die Macht der Gefühle lässt sich nun mal nicht beherrschen.«

Damit ergab auch das, was Henrietta ihr bei Macy's entgegengeschleudert hatte, einen ganz anderen Sinn.

»Eins sollten Sie vielleicht noch wissen«, sagte Fuller und legte einen Geldschein auf den Tisch, um zu bezahlen. »Wir waren es, die Ihnen eine neue Identität gegeben haben. Jack bestand darauf und hat unsere Vorgesetzten so lange bearbeitet, bis sie eingewilligt haben.«

Eine eigentümliche Erleichterung schob Charlottes trübe Stimmung für einen Moment beiseite. »Heißt das, ich gelte nicht als illegal?«

Fuller lächelte nur und deutete auf ihre Tasse. »Trinken Sie ihren Cappuccino nicht aus?«

Sie schüttelte den Kopf. Der starke Kaffeegeruch, der in der Luft hing, bereitete ihr fast ein wenig Übelkeit.

»Trotzdem hat Jack mir von dem schmutzigen Geld, das er von Madden bekommen hat, Geschenke gemacht.«

»Das stimmt nicht, Charlotte. Das FBI hatte ihm ein Budget zugewiesen, damit er den Lebensstandard halten konnte, den man von einem Mafioso erwartet. Und er war sehr stolz darauf, als Sie beschlossen hatten, selbst für die Miete und Ihren Lebensunterhalt aufzukommen, glauben Sie mir.«

»Meine Güte«, murmelte sie mit Tränen in den Augen. »Wenn ich all das doch nur geahnt hätte!«

Hätte zwischen ihnen alles anders sein können? Doch wozu noch weiter in der Wunde herumstochern?

Fuller stand auf, um sich zu verabschieden. Bevor er ging, sagte er noch: »Ich weiß nicht, ob es Sie tröstet, aber in diesem Beruf werden nur wenige alt. Jack ist ein Held. Ich hoffe, Sie behalten ihn so im Gedächtnis.«

25

»O Gott, nein! Das kann nicht wahr sein!«

Von Übelkeit gepackt, erhob sich Charlotte mühsam aus dem Bett. Es war nicht das erste Mal, und sie hatte zunächst angenommen, dass die emotionalen Strapazen der letzten Zeit der Grund dafür waren. Doch an diesem Morgen war es besonders schlimm. Sie zögerte, deswegen zum Arzt zu gehen, da sie befürchtete, er würde ihr Ruhe verordnen; aber sie musste arbeiten gehen. Das Leben in Manhattan war teuer, vor allem in diesen schwierigen Zeiten. Sie seufzte. Wenn sie in Frankreich wäre, brauchte sie nur auf ein Fahrrad zu steigen und zur Heilerin zu fahren, die ihr im Austausch gegen ein paar Eier oder ein Stück Fleisch eine Pflanzenarznei geben würde. Aber das Land war weit weg, und hier ging man zu einem Arzt, der lauter Diplome an der Wand hängen hatte. Und wenn man dafür das Geld nicht hatte, überließ man sich dem Schicksal.

Doch Charlotte wusste, dass gegen diese Krankheit niemand etwas ausrichten konnte. Sie kannte die Symptome aus eigener Erfahrung: der Geruch nach Kaffee, den sie plötzlich nicht mehr ertrug, die Übelkeit morgens beim Aufwachen und die große Energie während des Tages, gefolgt von einer bleiernen Müdigkeit am Abend. Es gab keinen Zweifel, sie war schwanger. Und das war eine Katastrophe, denn es gab keine Zukunft für dieses Kind, das keinen Vater mehr hatte. Wie sollte sie es lieben mit ihrem ausgelaugten Herzen? Sie beschloss, das Geheimnis so lange wie möglich für sich zu behalten, denn wenn es herauskam, würde sie ihre Stelle verlieren. Sie brauchte nur zu behaupten, sie sei krank, wenn die Niederkunft nahte, und dann würde sie das Kind in einem der vielen Waisenhäuser von Manhattan abgeben. Dieser Plan erschien ihr der vernünftigste.

So vergingen einige Monate. Niemand schien zu ahnen, dass ein kleines Wesen in Charlottes Bauch heranwuchs. Sie verbarg ihren wachsenden Bauch sorgsam unter ihrer Kleidung und ging nicht mehr mit Maggie aus.

»Willst du als alte Jungfer enden?«, schimpfte ihre Freundin, als Charlotte wieder einmal eine Einladung ins Theater ablehnte.

Dieses Schicksal erschien Charlotte im Gegensatz zu all dem, was sie erlebt hatte, geradezu beneidenswert. Sie hatte nichts mehr von Émile gehört und auch Agent Peter Fuller nicht wiedergesehen. Sie sagte sich, dass sie noch Glück im Unglück gehabt hatte, dennoch überkam sie noch oft eine Woge von Trauer, wenn sie an Gabriel dachte. Er war das Baby, das sie hätte aufziehen sollen, und sie wusste nicht, wie man um ein Kind trauerte. So etwas lernte man nicht aus einem Buch. Dieses neue Kind, das sie in sich trug, erinnerte sie schmerzhaft an alles, was sie verloren hatte. Würde es Ryan ähnlich sehen? Nein, eigentlich wollte sie es gar nicht wissen. Sie würde es nach der Geburt nicht anschauen.

Curtis war der Einzige, den sie ins Vertrauen gezogen hatte, was Ryans wahre Identität betraf, und er war zwar sehr überrascht gewesen, hatte sie aber unterstützt. Dann hatten sie auf Charlottes Wunsch hin nie wieder darüber gesprochen.

Eines Sonntagnachmittags Ende Februar kam Curtis zu ihr, um sich die Fotos anzusehen, die sie von ihm gemacht hatte, während er Trompete spielte. Seit er zum Orchester von Duke Ellington gehörte, hatte er keine finanziellen Probleme mehr, und er hatte an Selbstvertrauen gewonnen. Die großartigen Aufnahmen zeigten einen ganz von seiner Interpretation erfüllten Musiker.

Sie tranken ein wenig Tee und diskutierten über die aktuellen Entwicklungen. Einen Monat zuvor hatte die Arbeitslosigkeit die besorgniserregende Marke von fünf Millionen überschritten, und immer mehr Menschen aus den ärmeren Bundesstaaten verließen ihre Heimat, in der Hoffnung, in den großen Städten ein besseres Leben zu finden.

»Sie schmuggeln sich heimlich in Güterzüge«, sagte Curtis. »So wie Norma und ich.«

»Ich hoffe, sie haben genauso viel Glück wie ihr. Du erzählst nicht viel von deiner Cousine. Hat sie sich in New York eingelebt?«

Curtis lächelte. »Glaub mir, Norma hat eine starke Persönlichkeit, und sie lässt sich nichts vormachen. Für sie ist New York nicht viel anders als Alabama. Sie weiß, dass sie hart arbeiten muss, aber sie beschwert sich nicht. Eine Naturgewalt.«

»Was macht sie denn?«

»Sie ist bei einer Familie in der Nähe vom Gramercy Park untergekommen. Die Leute haben es irgendwie geschafft, nicht allzu viel Geld zu verlieren, und Norma kocht für sie.«

Charlotte dankte im Stillen dem Himmel, dass er wenigstens Curtis und seine Cousine verschont hatte. Obwohl die Lage immer katastrophaler wurde, verschlossen die Politiker die Augen und gaben sich zuversichtlich.

Plötzlich fuhr ihr ein stechender Schmerz in den Unterleib. Sie krümmte sich zusammen und musste sich am Tisch festhalten.

»Charlotte? Was ist los?« Curtis sah sie erschrocken an.

Sie wusste es selbst nicht. Für die Wehen war es noch viel zu früh! Verlor sie das Kind?

»Bitte hol mir ein Glas Wasser, Curtis.«

Er wollte gerade in die Küche gehen, als sein Blick auf ihre Wade fiel. »Du blutest ja!«, rief er.

»O Gott, nein.«

Es kam nicht in Frage, dass er sie ins Krankenhaus brachte, und erst recht nicht, dass sie aufhörte zu arbeiten.

»Du musst zum Arzt!«

Panisch schüttelte Charlotte den Kopf. »Das geht nicht, Curtis. Ich bin im fünften Monat schwanger.«

Er starrte sie mit offenem Mund an.

»Ich helfe dir jetzt, dich hinzulegen, und dann hole ich Norma«, brachte er schließlich hervor. »Sie wird wissen, was zu tun ist.«

Charlotte wollte protestieren, aber Curtis ließ sich nicht davon abbringen. Er brachte sie zu ihrem Bett, dann lief er ins Bad und machte einen Waschlappen nass, damit sie sich das schmale Rinnsal Blut abwischen konnte, das ihr am Bein hinuntergelaufen war.

»Es tut weh, Curtis«, sagte sie leise.

»Ich bin so schnell wie möglich zurück«, erwiderte er und eilte zur Tür hinaus.

Seine Abwesenheit schien Stunden zu dauern. Manchmal nickte Charlotte ein, und wenn sie wieder zu sich kam, fragte sie sich, ob ihr Freund sie im Stich gelassen hatte. Vielleicht schockierte ihn ihre Schwangerschaft und er überließ sie ihrem Schicksal. Curtis war zwar ein guter Mensch, aber vielleicht war er nicht bereit, einer jungen Frau zu helfen, die sich so sehr kompromittiert hatte. Immerhin hatte die Blutung aufgehört, und so schlief sie wieder ein, gewiegt von der eigentümlichen Stille, die an diesem kalten Sonntagabend draußen herrschte.

Der Klang von Stimmen weckte sie. Als sie die Augen öffnete, sah sie Curtis am Fuß ihres Betts stehen. Er war in Begleitung einer fülligen Frau in einem weiten, mit Blumen bestickten Kleid und eines ebenfalls schwarzen Mannes, der sie mit besorgter Miene musterte.

»Gut, Sie sind wach«, stellte der Fremde fest. »Ich bin Dr. Campbell. Meine Patienten kommen sonst eher aus Harlem, aber offenbar handelt es sich um einen Notfall.«

Charlotte warf Curtis einen vorwurfsvollen Blick zu. »Ich hatte dir doch gesagt, dass das nicht nötig ist«, presste sie hervor.

»Natürlich ist das nötig«, sagte Norma bestimmt. »Und ärgern Sie sich nicht über Curtis; ich war diejenige, die den Arzt geholt hat.«

»Lassen Sie uns allein, damit ich die Patientin untersuchen kann«, bat Dr. Campbell.

Ein paar Minuten später, nachdem er Charlottes Bauch und

die Gebärmutter abgetastet hatte, bestätigte er ihr, was sie bereits wusste. »Ihre Schwangerschaft ist schon recht weit fortgeschritten. Fünfter Monat, schätze ich. Solche Blutungen kommen bisweilen vor. Dem Baby scheint es gut zu gehen, aber Sie müssen von jetzt an liegenbleiben.«

»Das kann ich nicht«, protestierte Charlotte aufgelöst. »Ich muss arbeiten, um meinen Lebensunterhalt zu verdienen!«

»In Ihrem Zustand kommt das nicht in Frage. Curtis hat mir erklärt, dass der Vater ... nun ja ...«

»Er ist gestorben. Er war Polizist.«

»Sie waren also verheiratet?«

Sie schüttelte den Kopf. »Nein. Und falls die nächste Frage lautet, ob ich das Kind behalten will, ist die Antwort dieselbe. Sofort nach der Geburt werde ich es den Schwestern eines Waisenhauses übergeben.«

Der Arzt schürzte die Lippen. »Die Verzweiflung ist ein schlechter Ratgeber. Ihnen bleiben noch vier Monate, um darüber nachzudenken. Bis dahin verbiete ich Ihnen jegliche Anstrengung, und ich werde Curtis und Norma bitten, persönlich darüber zu wachen.«

Charlotte seufzte frustriert, weil einfach über sie entschieden wurde. Wie sollte sie bei Macy's eine so lange Abwesenheit erklären? Sie machte sich keine Illusionen – diesmal würden sie sie endgültig entlassen.

*

Harlem, 133. Straße

Ein Duft nach Butter und Zucker empfing Charlotte, als sie Normas Wohnung betrat.

»Sehr gut!«, sagte Curtis' Cousine mit ihrer vollen, singenden Stimme. »Nun, da Sie da sind, werden wir Sie aufpäppeln, damit Sie ein kräftiges, gesundes Baby zur Welt bringen!«

Auf Dr. Campbells Drängen hatte Curtis Norma überredet, Charlotte bei sich aufzunehmen.

»Sie hat keine Arbeit mehr«, hatte er angesichts von Normas Misstrauen vorgebracht. »Und so, wie ich erzogen worden bin, lässt man nicht zu, dass eine schwangere Freundin auf der Straße landet.«

Seine Cousine hatte halbherzig eingewandt, dass diese Freundin eine Weiße war, was bestimmt für Gerede sorgen würde, aber im Grunde war sie froh über die Gesellschaft. Seit Curtis sich eine eigene Wohnung genommen hatte, wenn auch nicht weit entfernt, fühlte sie sich ein wenig allein.

Und so hatte Charlotte ein paar Tage zuvor bei Macy's gekündigt, da sie nicht warten wollte, bis man sie entließ, weil sie verheimlicht hatte, dass sie schwanger und obendrein unverheiratet war. Lieber ging sie erhobenen Hauptes. Nur Maggie hatte die Wahrheit geahnt. Sie hatte Charlotte besucht, bevor diese ihre Wohnung aufgab.

»Ich nehme an, du verlässt uns nicht, um zu heiraten … Dein Freund hat dir ein Souvenir hinterlassen, stimmt's?«

Auf die Gefahr hin, als vollkommen verlottert dazustehen, nickte Charlotte.

»Kehrst du jetzt zu deiner Familie zurück?«

»Ich habe keine Familie mehr, Maggie.«

Ihre Freundin senkte den Blick. »Du hattest eine Zukunft vor dir, Charlotte. Das ist so schade!«

»Du tust gerade so, als wäre ich zum Tode verurteilt.«

»Deine Situation ist unschicklich, und …« Sie verstummte mit schuldbewusster Miene. »Es tut mir wirklich leid, aber James wird mir nicht mehr erlauben, dich zu sehen, wenn er davon erfährt.«

Charlotte seufzte und wollte ihr erklären, dass sie das Kind nicht behalten würde, doch wozu? Für James und Maggie wäre sie immer die junge Frau mit dem unsteten Lebenswandel, die sich von einem Gangster hatte schwängern lassen. Sie konnte sich nicht dazu durchringen, ihrer Freundin anzuvertrauen, wer Ryan wirklich gewesen war. Außerdem hätte das kaum etwas geändert.

Und so packte sie ihre Sachen, um zu Norma zu ziehen. Sie verkaufte all ihre schönen Kleider, die sie von ihrem Geliebten geschenkt bekommen hatte, bis auf den veilchenblauen Mantel aus Kaschmir. Sie behielt auch ein paar Aufnahmen von Ryan, die sie sorgsam in eine Schachtel packte wie einen wertvollen Schatz. Der Anblick tat ihr weh, aber sie brachte es nicht über sich, sie wegzuwerfen.

Anfangs fiel es Charlotte schwer, sich in Normas Wohnung einzugewöhnen. Das winzige Appartement mit seinem beengten Wohnzimmer, der kleinen Küche und nur einem Schlafzimmer wirkte klaustrophobisch, und Toilette und Bad, die sich auf dem Flur befanden, mussten sie sich mit der Familie von gegenüber teilen. Aber zum Glück war die stets gut gelaunte Norma da. Sie kochte für zehn, sang dabei meist irgendwelche alten Gassenhauer und pflegte ihre Bleibe mit Liebe. Bei ihr waren die Fenster blitzblank geputzt, und nirgends flog auch nur ein Staubkörnchen herum. Charlotte lernte einen Tagesablauf kennen, der ihr bis dahin fremd gewesen war. Wie so viele Amerikaner brachte Norma, die sehr auf ihr Geld achtete, jede Woche ihre leeren Milchflaschen zurück und bekam dafür ein Fünf-Cent-Stück, das es ihr ermöglichte, mit der U-Bahn zu fahren. Mit dem Stolz derjenigen, die kaum etwas besaßen, weigerte sie sich, Curtis' Hilfe anzunehmen, und gab die Reste vom Essen der Familie, bei der sie arbeitete, heimlich den Armen. Norma war von Natur aus ein Mensch, der das Leben liebte, und so verschwand ihr Misstrauen Charlotte gegenüber innerhalb weniger Minuten.

Norma bereitete ihr nahrhafte Mahlzeiten zu, wie sie für die Südstaatenküche typisch waren, schilderte ihr, was auf den Straßen los war und was es bei den Nachbarn Neues gab, und ließ sich von Charlotte von den Büchern erzählen, die diese wie besessen las, seit sie gezwungenermaßen den ganzen Tag nichts tun durfte. Alles war ihr recht, um sich von der Niedergeschlagenheit abzulenken, die auf ihren schmalen Schultern lastete. Der Kummer änderte ständig seine Form, aber er verschwand nie, auch wenn sie keine Tränen mehr vergoss. Irgendwann hatte Charlotte begriffen, dass es zum Weinen zu spät war und dass es auch nichts nützte. Die Zeit ließ sich nicht zurückdrehen.

An einem der seltenen Abende, an denen er keinen Auftritt hatte, kam Curtis zum Essen zu ihnen. Norma hatte ein Süßkartoffelgratin gekocht, und zum Nachtisch hatte sie eingemachte Pfirsiche aufgetrieben, die sie mit Schlagsahne servierte. Charlotte sagte während des Essens kaum ein Wort, weil sie damit beschäftigt war auszurechnen, wie lange es noch bis zur Niederkunft dauern würde. Etwas mehr als drei Monate. Wohin sollte sie danach gehen? Sie verspürte immer noch den Wunsch, nach Frankreich zurückzukehren. Sie malte sich aus, wie sie zu Gabriels Grab ging, um ihm Lebwohl zu sagen, und dann ein neues Leben fernab von Épernay begann, vielleicht in Paris.

Nach dem Dessert wandte sich das Gespräch der Affäre um die Scottsboro Boys zu, die das halbe Land erschütterte. Neun schwarze Jungen im Alter zwischen zwölf und zwanzig Jahren wurden beschuldigt, in einem Güterzug in Alabama zwei junge weiße Frauen vergewaltigt zu haben. Kurz vor ihrer Verhaftung wären sie beinahe von der tobenden Menge gelyncht worden.

»Sie beteuern ihre Unschuld, und die medizinischen Untersuchungen bestätigen das, aber der Richter hat zugunsten der öffentlichen Meinung entschieden«, sagte Curtis aufgebracht.

Norma runzelte die Stirn. »Zum Tode verurteilt, weil sie schwarz sind«, murmelte sie mit düsterer Miene. »Warum hassen uns alle nur so sehr?«

Charlotte sah sie schockiert an. »Werden sie hingerichtet?«

»Nein«, sagte Curtis. »Zumindest vorerst nicht. Sie haben Berufung eingelegt. Dieser Prozess war eine einzige Farce, und ich hoffe sehr, dass der Fall neu verhandelt wird.«

Seine Cousine erschauerte und bekreuzigte sich. »Wenn ich daran denke, dass dir dasselbe hätte passieren können, als wir aus Alabama fortgegangen sind … Wir sind zu mehreren in einem Waggon mitgefahren, der Orangen transportierte«, erklärte sie Charlotte. »Weiße und Schwarze. Alle heimlich, alle in derselben Situation. Ich wollte mich als Mann verkleiden, um nicht belästigt zu werden, aber Curtis war dagegen.«

Sie deutete auf ihren imposanten Busen und lachte schallend, sodass ihre beiden schiefen Schneidezähne zu sehen waren. »Anscheinend wäre es wohl schwierig geworden, gewisse Dinge zu verbergen.«

»Und ihr habt keinen Ärger bekommen?«, fragte Charlotte, die sich der Gefahren einer solchen Reise bewusst war. Wenn die Milizen sie entdeckt hätten, wären sie vermutlich zusammengeschlagen und ins Gefängnis gesteckt worden.

»Der Lokführer war auf unserer Seite«, sagte Norma. »Er verstand uns. Er wusste, dass es in dieser gottverlassenen Gegend keine Zukunft für uns gab.«

»Weißt du noch, als die Jungs die Netze mit den Orangen aufgerissen haben?« Curtis grinste.

Norma schnaubte. »Und ob! Da wir nichts zu essen hatten, dachten wir uns, futtern wir eben ein paar Vitamine. Aber trotz des Hungers konnten wir sie irgendwann nicht mehr essen, so sehr brannten sie uns im Mund. Ich dachte wirklich, diese verfluchten Orangen bringen uns um. Jetzt kriege ich die Dinger nicht mehr runter.«

»So eine Expedition hätte mir Angst gemacht«, gestand Charlotte.

»Aber man darf sich von der Angst nicht stoppen lassen«, wandte Norma ein. »Wenn man auf sie hören würde, käme man nie weiter.«

Charlotte wollte protestieren, doch Curtis kam ihr zuvor. »Wie viele Menschen sind wegen ihrer Angst gestorben?«, sagte er voller Inbrunst. »Vor anderthalb Jahren sind die Leute aus dem Fenster gesprungen, weil sie ihr Geld verloren hatten. Aber warum, mein Gott? Was ist denn schon Geld? Was zählt, ist das Leben. Sie hätten neu anfangen können. Aber sie haben es nicht getan, weil sie zu viel Angst hatten. So etwas begreife ich nicht.«

Auch wenn Charlotte ihm im Grunde zustimmte, konnte sie doch nachvollziehen, dass einen die große Leere, die die Zukunft manchmal darstellte, lähmte.

»Um neu anzufangen, braucht man Stärke«, erklärte sie. »Und wenn das Leben einem alles um die Ohren gehauen hat, ist das nicht immer leicht.«

Mit feuchten Augen verstummte sie. Norma legte eine Hand auf ihren Bauch und streichelte ihn, während das Baby von innen dagegentrat.

»Du bist ganz schön angeschlagen, Charlotte, aber die Kleine wird dich mit ihrer Sanftheit schon wieder heil machen.«

»Und was ist, wenn es ein Junge wird?«, scherzte Curtis.

Seine Cousine verdrehte die Augen. »Was weißt du schon davon? Die Form des Bauchs lügt nicht.«

Charlotte schluckte. »Egal, ob Junge oder Mädchen, das Baby bleibt nicht bei mir«, rief sie ihnen ins Gedächtnis.

»Das ist doch albern«, schnaubte Norma. »Dein Kerl lebt nicht mehr, und er hat dich angelogen, das verstehe ich, aber was kann das Kleine dafür? Das Leben geht weiter, Charlotte!«

Das war ein Befehl. Und Normas Befehlen gehorchte man besser.

26

»Los, meine Schöne, weiter so!«

Mit schweißüberströmtem Gesicht versuchte Charlotte, das Kind aus sich herauszupressen. »Ich schaff's nicht!«, ächzte sie. »Es will nicht rauskommen!«

In der schwülen Juninacht war Norma losgelaufen, um Dr. Campbell zu holen. Das Baby lag nicht falsch, aber es war, als wollte Charlotte es in ihrem Bauch behalten.

»Mein Gott«, stöhnte sie. »Bei Gabriel hat das nicht so wehgetan!«

Der Arzt zog die Augenbrauen hoch. »Gabriel?«

Norma, die über Charlottes Vergangenheit Bescheid wusste, setzte eine Unschuldsmiene auf und sagte das Erste, was ihr in den Sinn kam. »Der Schmerz verwirrt sie, Dr. Campbell. Kann man ihr denn nicht helfen?«

Er schüttelte den Kopf. »Sie presst nicht stark genug. Hören Sie, Charlotte, wenn Sie sich nicht mehr Mühe geben, muss ich Sie ins Krankenhaus bringen.«

Die Drohung schien zu wirken, denn Charlotte richtete sich ein wenig auf. Als am Abend die Wehen losgegangen waren, hatte sie plötzlich Panik bekommen und darauf bestanden, das Kind in Normas Wohnung zu gebären. Obwohl Curtis ihr versichert hatte, dass er die Kosten für das Krankenhaus übernehmen würde, hatte sie sich stur geweigert.

»Wenn ich auf dich höre, Curtis, wird man mich irgendwelchen Unbekannten überlassen, die mich verurteilen werden. Das will ich auf keinen Fall. Ich werde das Kind hier bekommen, und morgen bringe ich es ins Waisenhaus.«

Curtis und Norma hatten einen Blick gewechselt, und dann hatte Norma wortlos das Bett frisch bezogen und Wasser aufgesetzt.

»Geh zu deinem Auftritt«, hatte sie leise zu Curtis gesagt, der unschlüssig herumstand. »Es kann noch Stunden dauern, also lass uns allein. Das ist jetzt Frauensache.«

Und so war er ihrem Rat gefolgt. An diesem Abend hatte er einen wichtigen Auftritt bei einem neuen Orchester, bei dem er gelegentlich mitspielte. Jay Garner und Yip Harburg hatten ein Stück komponiert, das von der Weltwirtschaftskrise inspiriert war, und es »Brother, Can You Spare a Dime?« genannt. Der Titel, der mit Bing Crosby aufgenommen werden sollte, wurde bereits in einigen Clubs gespielt und war ein Riesenerfolg. Curtis verdiente jetzt zweihundertfünfundsiebzig Dollar in der Woche und zehn Dollar die Stunde bei Studioaufnahmen. Er arbeitete wie ein Besessener und hatte noch nie einen Auftritt verpasst.

Gegen vier Uhr morgens presste Charlotte, angefeuert von Norma, die ihr die Stirn abwischte, ein letztes Mal. Dr. Campbell, der auf seinem Stuhl vor sich hin döste, sprang gerade noch rechtzeitig auf, um das Baby in Empfang zu nehmen, das prompt anfing zu schreien.

»Es ist ein bezauberndes kleines Mädchen!«, rief er gerührt aus. »Das haben Sie gut gemacht, Charlotte!«

Erschöpft von der Anstrengung, antwortete sie ihm nicht.

Norma säuberte die Kleine, die immer noch schrie, und reichte sie Charlotte, doch die schüttelte den Kopf.

»Norma, ich –«

»Sie hat Hunger«, unterbrach ihre Freundin sie energisch. »Du musst sie stillen.«

»Ich kann sie nicht nehmen!«

Der Arzt wollte etwas sagen, doch Norma kam ihm zuvor. »Natürlich wirst du sie nehmen, Charlotte. Du brauchst nichts anderes zu tun, als sie zu lieben.«

Unbeirrt legte sie ihr die Kleine an die Brust, die sofort gierig zu saugen begann. Das Schreien verstummte. Alles in Charlotte sträubte sich, wollte sie Norma zurückgeben, doch dann rang sie sich schließlich dazu durch, das Baby anzusehen. All ihre Entschlossenheit löste sich in Luft auf, als sie die makellose, helle Haut ihrer Tochter sah, den zarten goldenen Flaum auf ihrem Köpfchen, den rosigen, herzförmigen Mund und die winzigen Finger, die sich instinktiv an Charlottes Hand klammerten, und in dem Moment wusste sie, dass sie sie nicht weggeben konnte.

»Doris«, murmelte sie, denn sie hatte den Namen im Radio gehört, und der Klang hatte ihr gefallen. »Du bist meine kleine Doris.«

Von einem Tag auf den anderen drehte sich das Leben von Charlotte, Curtis und Norma um dieses winzige Wesen, das ihr Leben mit so viel Glück erfüllte. Überrascht von der Stärke ihrer Gefühle, betrachtete Charlotte ihre Tochter immer wieder minutenlang. Sie, die so überzeugt gewesen war, dass sie ihr Kind niemals lieben könnte, war von zärtlichem Staunen erfüllt und fest entschlossen, es zu beschützen. Doris sah sie mit solch unschuldiger Liebe an, dass sie ihr nicht widerstehen konnte. Curtis wiederum kaufte so viel Spielzeug, dass man sich in der kleinen Wohnung kaum noch bewegen konnte. Eines Tages brachte er sogar einen kleinen Wagen mit, auf dem Micky Maus saß und Tamburin spielte, sobald man daran zog.

»Du liebe Güte«, protestierte Charlotte, »sie ist doch erst zwei Monate alt!«

»Dann hat unsere kleine Prinzessin ihn griffbereit, sobald sie gehen lernt«, entgegnete er, völlig vernarrt in die Kleine.

Charlotte hatte zunächst befürchtet, Doris könnte Ryan zu sehr ähneln, doch mittlerweile war deutlich zu erkennen, dass sie auch nach ihr kam, vor allem, was die Gesichtsform anging. Ihr Blick war allerdings ganz der ihres Vaters, und bisweilen hatte Charlotte den Eindruck, dass er in den Augen seiner Tochter weiterlebte. Sollte sie ihr eines Tages die Geschichte von Jack O'Dell erzählen? Die Kleine würde irgendwann Fragen stellen und sicher alles über ihre Herkunft wissen wollen. Doch Norma ermahnte Charlotte, sich deswegen nicht verrückt zu machen. Wenn es so weit war, würde sie schon wissen, was sie sagen sollte. In der Zwischenzeit wurde Doris vom ganzen Viertel verwöhnt. Die Nachbarinnen schlugen sich beinahe darum, sie im Arm zu halten, drängten sich schmeichelnd und glucksend um ihren Kinderwagen und überschütteten Charlotte mit Ratschlägen. Niemand störte sich daran, dass die junge Weiße unter den Schwarzen von Harlem lebte, mit Ausnahme einer alten Dame, der Norma fünf Abende in der Woche etwas zu essen brachte und die als junges Mädchen noch die Sklaverei erlebt hatte. Für sie war es nicht nachvollziehbar, dass Norma aus reiner Freundschaft eine Weiße bei sich aufnahm.

»Wenn sie es könnte, würde diese eingebildete Pute Sie schuften lassen, bis Sie tot umfallen«, schimpfte sie. »Glauben Sie mir, die Sorte kenne ich! Ich hoffe nur, das Kind ist nicht von Curtis, das wäre eine Schande für Ihre Familie.«

»Nun seien Sie endlich still, Sie alte Giftnudel!«, gab Norma eines Tages zurück, genervt von dem unablässigen Gehetze. »Wir leben im Jahr 1931, die Sklaverei ist seit bald siebzig Jahren abgeschafft.«

Als Doris vier Monate alt war, erklärte Charlotte, dass sie gern wieder arbeiten wollte. Da Curtis tagsüber freihatte, hoffte sie, dass es ihm nichts ausmachen würde, sich um die Kleine zu kümmern, wenn die Nachbarinnen keine Zeit hatten.

»Bist du dir sicher?«, fragte er. »Ich kann dir Geld geben. Wie viel brauchst du im Monat?«

»Ich will nicht ausgehalten werden, Curtis.«

»Du wirst nur einen Hungerlohn bekommen, wenn du überhaupt Arbeit findest.«

Doch Charlotte beharrte auf ihrem Entschluss. »Natürlich werde ich nicht so viel verdienen wie du, aber man muss eben mit dem vorliebnehmen, was man kriegt. Ganz gleich, wie hoch mein Lohn ist, Hauptsache, ich finde etwas. Ich will Norma nicht länger auf der Tasche liegen.«

Doch trotz allen guten Willens musste sie bald einsehen, dass Arbeit rar gesät war. Noch einmal bei Macy's anzufragen traute sie sich nicht. Und als sie darüber nachdachte, wurde ihr klar, dass sie es, selbst wenn es möglich gewesen wäre, wieder dort anzufangen, gar nicht gewollt hätte. Das war ein Teil ihrer Vergangenheit, zu der auch Maggie und Mr Ward gehörten. Sie jeden Tag zu sehen hätte sie zu sehr an die Zeit des Cotton Club und ihrer großen Leidenschaft erinnert. So nahm sie, was sich ihr bot, und wurde zu einer »falschen Touristin« für die Busse. Sie bekam für jeden Einsatz zwischen fünfundzwanzig und fünfzig Cent, und alles, was sie dafür tun musste, war, sich in einen der Touristenbusse zu setzen, um Kundschaft anzulocken. Die übrige Zeit kümmerte sie sich um Doris und fotografierte weiter alles, was ihr ins Auge fiel, ob es nun Häuser waren, die gerade gebaut wurden, Passanten oder die Armen, die überall auf den Straßen bettelten. Als das Empire State Building im Mai fertiggestellt worden war, für insgesamt vierzig Millionen Dollar, hatte sich die wirtschaftliche Situation des Landes noch weiter verschlechtert, und der Staatshaushalt wies ein so gewaltiges Defizit auf, wie es noch nie dagewesen war. Die Zahl der Bedürftigen explodierte, als US Steel, der größte Stahlproduzent des Landes, die Löhne um zehn Prozent senkte, und die Armut in den Familien verschlimmerte sich immer mehr. Die Nachrichten waren katastrophal, aber zumindest konnte Charlotte sich darüber freuen, dass Al Capone wegen Steuerhinterziehung zu siebzehn Jahren Haft verurteilt worden war.

Eines Morgens im November tauchte Curtis in der Wohnung auf. Charlotte lag noch im Bett, als sie Norma rufen hörte: »Jesses, Maria und Josef! Was ist denn das?«

Neugierig stand sie auf und schlich, nachdem sie sich vergewissert hatte, dass Doris noch schlief, in die Küche, wo Norma sich ein Klappbett aufgebaut hatte. Der Anblick, der sich ihr bot, war höchst kurios: Norma stand, die Fäuste in die Hüften gestemmt, vor ihrem Cousin, der etwas in den Armen hielt – und zwar einen Säugling.

»Mir blieb nichts anderes übrig!«, verteidigte er sich flüsternd. Auf seinem sonst so ruhigen Gesicht lag ein panischer Ausdruck. Norma wollte gerade etwas entgegnen, als die beiden merkten, dass sie nicht allein waren.

»Was ist denn los?«, fragte Charlotte.

Norma deutete auf das Baby, das in Curtis' Armbeuge schlief. »Dieser Idiot hat eine Tänzerin geschwängert, und sie will den Sprössling nicht mehr!«, antwortete sie mit einem strengen Blick auf ihren Cousin. »Ich wusste ja, dass der gesunde Menschenverstand aus der Mode gekommen ist, aber das übersteigt wirklich jedes Maß!«

»Ich schwöre dir, ich hatte keine Ahnung«, protestierte Curtis. »Sie ist gestern Abend bei mir aufgekreuzt, hat mir das Baby in die Arme gedrückt und gesagt, es wäre von mir.«

»Und stimmt das?«, fragte Norma misstrauisch.

Charlotte näherte sich vorsichtig dem kleinen Jungen und musterte ihn aufmerksam. »Ich glaube, schon. Er ist Curtis wie aus dem Gesicht geschnitten.«

»Herrje!«, stöhnte Norma und rollte mit den Augen. »Zwei Bälger aufzuziehen! Was habe ich dem Himmel bloß getan, dass er mich so straft?«

Sie wirkte so konsterniert, dass es schon komisch war. Charlotte spürte, wie ein hemmungsloses Lachen in ihr hochstieg, das sich nicht unterdrücken ließ.

»Und ihr findet das auch noch lustig!«, schnaubte Norma empört, als Curtis ebenfalls anfing zu lachen.

Nach Luft ringend, versuchte Charlotte, sich zu beruhigen. »Ach, Norma, das ist doch nicht das Ende der Welt. Curtis, gib mir deinen Sohn. Er ist ganz mager, ich werde ihn aufpäppeln.«

»Bist du dir sicher, dass du das schaffst, Lottie?«

»Ich hätte nicht gedacht, dass ich eines Tages mit dir über dieses Thema sprechen würde, aber ja, ich habe genug Milch für beide.«

Norma sah sie an, als hätte sie gerade etwas vollkommen Unsinniges gesagt.

»Was ist denn jetzt wieder?«, fragte Charlotte gereizt.

»Ihr habt nicht dieselbe Hautfarbe«, erwiderte Norma. »Ich weiß nicht, ob –«

»Norma! Erzähl mir nicht, du hast Angst, dass das Baby von meiner Milch weiß wird!«

Und damit legte sie den Kleinen an ihre Brust, als wäre es ihr eigenes Kind.

»Hat er schon einen Namen?«, fragte sie, während sie versuchte, die forschenden Blicke der beiden zu ignorieren.

Norma kapitulierte mit einem Seufzen und legte den Arm um ihren Cousin.

»Marvin«, antwortete Curtis, der mit einem Mal einen Kloß im Hals hatte. »So hieß mein Vater.«

Und so wurde der kleine Marvin Tiller Doris' Milchbruder.

Die Jahre vergingen im Rhythmus der Jahreszeiten und des Kindergeschreis. Die beiden Kleinen sprühten vor Energie und liebten und stritten sich, als wären sie wirklich Bruder und Schwester. Norma, die Curtis' Angebot abgelehnt hatte, ihr eine größere Wohnung zu suchen, schrie manchmal lauter als sie, um wenigstens den Anschein von Ordnung zu wahren. Über den Agenten ihres Freundes fand Charlotte Arbeit beim Rundfunk. Dank ihrer wohlklingenden Stimme nahm sie jede Woche für etwa hundert Dollar Sendungen auf, die mit den Operetten und Musicals des Radioprogramms »The Palmolive Beauty Box Theatre« konkurrierten. Ihre männlichen Kollegen flirteten ständig mit ihr, aber sie hatte beschlossen, dass sie keinen Mann in ihrem Leben brauchte. Außerdem war keiner von ihnen wirklich bereit für etwas Ernstes; sie suchten nur nach einer Liebelei, und dazu war sie nicht bereit. Die Kinder wärmten sie nachts in ihrem gemeinsamen Bett, und oft lachten sie alle drei, dass die Federn quietschten. Nichts klang so fröhlich wie ein Kinderlachen, fand Charlotte. Ohne es zu wissen, brachten Doris und Marvin ihren Kummer zum Schmelzen, und ihr Herz lächelte wieder.

Im Jahr 1932 löste der Demokrat Franklin Roosevelt Präsident Hoover ab, der sehr unbeliebt geworden war, weil er trotz der Krise die Steuern erhöht hatte. Roosevelt brachte unter dem Namen New Deal soziale Reformen auf den Weg, die es Tausenden von Menschen ermöglichten, wieder Arbeit und eine akzeptable Wohnung zu finden. Die Hälfte der Einwohner von Harlem profitierte davon, was dem von Tuberkulose und Prostitution verseuchten Bezirk guttat. Ein Viertel der amerikanischen Bevölkerung war noch immer arbeitslos. Niemand wusste, wann sich das Land von der Krise erholen würde, und Charlotte fotografierte immer wieder Straßenszenen und bot ihre Aufnahmen verschiedenen Zeitungen an. Eine davon wurde in einer großen Wochenzeitschrift abgedruckt. Sie zeigte einen Mann, der auf einer Kiste stand und wirres Zeug über den bevorstehenden Weltuntergang brüllte. Sein Bart war schwarz von Dreck und sein Mantel hing in Fetzen. Offenbar hatte die Armut ihn erst in den Alkohol und dann in den Wahnsinn getrieben. Es war ihr wichtig, auch diese dunkle Seite Amerikas zu zeigen. Die großen Erfolgsstorys interessierten sie viel weniger. Am 5. Dezember 1933, dem Tag, als die Prohibition offiziell abgeschafft wurde, ging Charlotte durch die Straßen, um die übermütige Freude der Menschen festzuhalten. Die Bars und Clubs platzten aus allen Nähten, die Leute tranken, tanzten und sangen, betrunken wie noch nie zuvor. Alles jubelte und brüllte, und die Autos hupten ohne Unterlass. Diese Kakophonie bezeugte das Ende einer Epoche, begleitet von Feuerwerkskörpern und Schüssen. Manhattan drehte vollkommen durch, und es war sinnlos, auf die Polizei zu hoffen, denn deren Vertreter feierten das Ereignis ebenfalls. Der Preis für Alkohol fiel von vierzig auf fünf Dollar pro Gallone, und da Bier wieder legal war, gab es mit einem Schlag jede Menge Arbeitsplätze. Die Bootlegger hingegen waren arbeitslos und mussten sich auf Wetten oder Prostitution verlegen, da die geheimen Bars nicht mehr gebraucht wurden.

Am Tag nach der Abschaffung, als Curtis seufzend sein Glas Bier betrachtete wie eine lange verloren geglaubte Liebe, dachte Charlotte an Ryan, beziehungsweise an Jack O'Dell, aber es fiel ihr immer noch schwer, ihn sich unter diesem Namen und als Agent vorzustellen. Sie sah ihre gemeinsamen

Momente in einzelnen Bildern vor sich und bedauerte, dass sie nicht gewusst hatte, wer er wirklich gewesen war. Wenn sie genauer hingeschaut hätte, hätte ihre Tochter jetzt vielleicht einen Vater. Doch das Leben hatte anders entschieden, und ihr Schmerz hatte sie für immer gezeichnet. Sie tröstete sich damit, dass sie Doris und Marvin wie Schwester und Bruder aufwachsen sah, und das Jahr 1934 verlief größtenteils in wohltuender Routine. Charlotte und Norma arbeiteten, die Nachbarinnen wechselten sich mit Curtis darin ab, auf die Kinder aufzupassen, und abends spielte er auf wechselnden Bühnen Trompete. Es fehlte ihnen an nichts, dennoch bemühte sich Charlotte, Geld beiseitezulegen, um nach Europa zurückkehren zu können, sobald sie genug zusammenhatte. In den Zeitungen stand, dass auch Frankreich eine gesellschaftliche und politische Krise durchmachte, und sie fragte sich, ob sie überhaupt Arbeit finden würde, wenn sie wieder dort war. Im Zweifelsfall würde sie eben noch etwas länger hierbleiben und abwarten, wie sich die Dinge entwickelten. Doch wenn sie über ihre Pläne sprach, gab es meist Streit mit Norma.

»Warum willst du weg?«, fragte ihre Freundin vorwurfsvoll. »Du bist hier zu Hause, und deine Tochter ist Amerikanerin, wohlgenährt von Tante Normas gebratenen Hähnchen.«

»Ich kann mich nicht an einem Ort zu Hause fühlen, an den ich nicht gehöre.«

Auch wenn Amerika durchaus faszinierende Seiten hatte, vermisste sie ihr früheres Leben und ihre Wurzeln. In New York konnte man nicht einfach übers Land streifen oder jeden Tag frische Eier sammeln, um ein Omelette daraus zu machen. Baguette gab es nicht, und die Mentalität war eine ganz andere. Als es sonniger und wärmer wurde, fuhren die beiden Frauen mit Marvin und Doris nach Coney Island, wo die Kinder Karussell fahren, am Strand spielen und sich mit Hotdogs und üppig gezuckerten Süßigkeiten vollstopfen konnten. Doch all das entschädigte Charlotte nicht für das, was sie gekannt hatte.

»Du glaubst, in einer anderen Umgebung wirst du glücklicher«, sagte Norma. »Aber du kannst deine Wurzeln überallhin mitnehmen, so, wie Curtis und ich es getan haben. In Wirklichkeit flüchtest du vor einem Geist.«

Und eines Spätnachmittags im September glaubte Charlotte in der Tat, einen Geist zu sehen. Sie kam gerade aus dem Aufnahmestudio, wo sie den Text für eine Werbung eingelesen hatte. Die Sonne schien, und als sie die 133. Straße entlangging, lächelte sie im Schaufenster des Fleischers, der ihnen die Würste ein wenig billiger gab und den Kindern immer einen Happen zusteckte, ihrem Spiegelbild zu. Sie zupfte eine Falte ihres Kleides zurecht und steuerte auf ihr Mietshaus zu. Norma saß allein draußen auf den Stufen. Das sah ihr gar nicht ähnlich.

»Norma? Wo sind die Kinder?«, fragte Charlotte sofort.

Curtis' Cousine sah sie mit einem eigenartig resignierten, fast schon traurigen Lächeln an. Charlotte fürchtete das Schlimmste.

»Sie sind oben, mit Curtis«, antwortete sie. »Mach dir keine Sorgen, ich brauchte nur mal frische Luft. Da ist jemand, der dich sehen will.«

Charlotte runzelte die Stirn. Wer konnte das sein? Maggie sicher nicht, zu ihr hatte sie keinen Kontakt mehr. Was, wenn Madden oder jemand von seiner Bande beschlossen hatte, sich zu rächen? Sie rannte fast die Treppe hinauf, bemüht, ruhig zu bleiben, aber die Angst war wie ein Knoten in ihrem Magen. Als sie die Wohnung betrat, sah sie Doris, die auf einer umgedrehten Coca-Cola-Kiste stand und mit dem konzentrierten Ernst einer Dreijährigen Curtis beim Abwaschen half. Er drehte sich um und betrachtete Charlotte mit sanfter Zärtlichkeit in den dunklen Augen.

»Norma hat gesagt, hier …«, begann sie, doch dann fiel ihr auf, wie still es in der Wohnung war. »Was ist los? Wo ist Marvin?«

»Er schläft.« Curtis hob Doris hoch und ließ sie durch die Luft sausen. »Geh mal ins Wohnzimmer, du hast Besuch.«

»Ich will auch zu dem Mann!«, forderte Doris.

»Nein, meine Süße«, erwiderte Curtis. »Ich habe dir doch schon erklärt, dass wir jetzt Marvin wecken und mit Tante Norma ein Eis essen gehen.«

»Na gut«, sagte die Kleine und seufzte, als Curtis sie auf den Boden stellte. »Aber er ist ein netter Mann.«

»Welcher Mann denn?«, fragte Charlotte völlig aufgelöst.

»Ich«, sagte jemand hinter ihr.

Beim Klang der Stimme erstarrte sie.

»Nein, das kann nicht sein«, murmelte sie, dann drehte sie sich langsam um. »Ich verliere den Verstand.«

Doch es war kein Zweifel möglich: Der Mann, der vor ihr stand, war niemand anders als Ryan.

27

Schweigend und reglos stand Jack O'Dell im Türrahmen und sah Charlotte nur an. Sie war so durcheinander, dass sie kein Wort hervorbrachte. Als Curtis sie am Arm berührte, zuckte sie zusammen.

»Kann ich euch beide allein lassen, Charlotte?«

Verwirrt blickte sie zu ihm. Sie öffnete den Mund, als wollte sie etwas sagen, dann wandte sie sich erneut zum Vater ihrer Tochter.

»Das kann nicht sein«, flüsterte sie. »Du bist seit vier Jahren tot.«

»Ich glaube, wir haben uns einiges zu erzählen«, erwiderte Jack.

Curtis nickte ihnen kurz zu und nahm Doris an der Hand. »Wir sind in zwei Stunden zurück.«

Sie sah zu, wie er den noch etwas verschlafenen Marvin auf den Arm nahm und mit den beiden Kindern hinausging.

»Sag mir, dass ich nicht verrückt bin«, murmelte sie, als sie allein waren.

»Ich kann mir vorstellen, wie du dich fühlst, aber ich versichere dir, mit deinem Kopf ist alles in Ordnung.«

Er konnte der Versuchung, sie in die Arme zu schließen, nicht länger widerstehen und trat auf sie zu. Doch Charlotte wich misstrauisch zurück.

»Du hast mich angelogen, *Jack O'Dell*«, sagte sie.

»Wenn du wüsstest, wie sehr ich das bereue.«

»Komm mir jetzt nicht auf die Tour!«, fauchte sie wütend. »Ich dachte, du wärst tot! Weißt du, wie ich gelitten habe, als ich aus der Zeitung erfuhr, dass deine sogenannten Freunde dich ermordet hatten? Ich habe mich sogar mit deinem Kollegen getroffen, der übrigens sehr geschickt darin ist, herzergreifende Geschichten zu erzählen. Ich habe unsere Tochter in dem Glauben aufgezogen, dass ihr Vater unter der Erde liegt. Hast du eine Ahnung, was ich durchgemacht habe?«

Außer Atem hielt Charlotte inne und wartete darauf, dass er sich verteidigte, ihr erklärte, wie er ihr das hatte antun können.

»Das FBI hat diese Dinge entschieden«, sagte er schließlich. »Ich hatte keine andere Wahl.«

Sie zog die Augenbraue hoch, schenkte sich einen großzügig bemessenen Bourbon ein und musste sich beherrschen, um ihn nicht in einem Schluck hinunterzukippen.

»Und es ist dir nicht in den Sinn gekommen, mir zu schreiben, dass du noch lebst?«, fragte sie höhnisch. »Oder bist du doch lieber zu deiner Frau zurückgekehrt? Ich war für dich doch nur ein kleines Abenteuer, stimmt's?«

Jack lehnte sich zurück und schloss die Augen. »Charlotte, bitte lass mich das Ganze doch erklären. Ich bin extra deinetwegen in die Vereinigten Staaten zurückgekommen. Du bist kein Abenteuer, du bist alles für mich.«

Sie lachte freudlos. »Natürlich. Du tauchst nach vier Jahren einfach so auf und denkst, ich falle dir in die Arme?«

Trotz ihres schneidenden Tonfalls war sie zutiefst erschüttert. Innerhalb einer Viertelstunde war ihr Leben ein weiteres Mal auf den Kopf gestellt worden. Jack lebte. Doris hatte einen Vater. Sie öffnete das Fenster und setzte sich auf den Sims.

»Jack. Jack O'Dell. Ich weiß nichts über dich, und ich will, dass du mir alles erzählst. Das gibt dir keinerlei Anspruch auf meine Zukunft, aber ich muss die Wahrheit wissen.«

Er nickte und nahm ein Päckchen Zigaretten aus der Jackentasche. Dann begann er mit rauer Stimme seinen Bericht.

»Wie du ja bereits weißt, war ich Undercover-Agent und sollte ein riesiges Netz von Alkoholschmugglern ausheben, indem ich mich in die entsprechenden Kreise einschleusen ließ. Alles lief gut, bis jemand aus den Reihen der Polizei mich verraten hat. Ich habe nie erfahren, wer es war.«

Charlotte nickte; das hatte sie von Fuller erfahren.

»An dem Tag, als ich angeblich ermordet worden bin, war ich mit Owney Madden und seinen Leuten verabredet. Meine Kollegen waren informiert und sollten eingreifen, aber Madden wusste Bescheid. Zuerst haben sie mich gefoltert. Sich von einem Bullen austricksen zu lassen war eine Schmach, und dafür wollten sie mich leiden sehen. Sie haben meinen Kopf in eiskaltes Wasser getaucht, mir die Fingernägel rausgerissen ... Sie haben sogar damit gedroht, mich mit einem elektrischen Schlag hinzurichten. Irgendwann hat Big Frenchy das Zeichen gegeben, und dann haben sie mit Metallstangen auf mich eingeschlagen, bis ich mich nicht mehr rührte.«

Als seine Kollegen das Lager stürmten und ihn fanden, hatten sie ihn kaum erkannt. Er atmete kaum noch, und sein Gesicht war nur noch eine blutige Masse.

»Da Madden und Luciano mich für tot hielten, wurde ich

heimlich in ein Krankenhaus gebracht. Meine Vorgesetzten haben meinen Tod bekanntgegeben, und als ich wieder auf den Beinen war, haben sie mich außer Landes geschmuggelt.«

Dieser Plan gehörte zu einem Schutzprogramm, das in besonderen Fällen angewandt wurde. Der Betroffene musste alle Verbindungen zu seiner Vergangenheit sowie zu Familie und Freunden kappen.

»Sie haben mir Geld und eine neue Identität gegeben, damit ich anderswo ein neues Leben anfangen konnte. Ich habe mir England ausgesucht.«

Fassungslos schüttelte Charlotte den Kopf. »Und deine Frau? Hast du sie mitgenommen?«

»Nein. Ich hatte mich in dich verliebt, Charlotte. Ich konnte nicht länger so tun als ob. Lucy und ich liebten uns nicht. Wir haben uns zu einem Zeitpunkt in unserem Leben getroffen, als es uns beiden nicht gut ging, und wir dachten, eine Heirat würde unsere Probleme lösen. Aber das hat nicht funktioniert.«

»Sag nicht, dass sie dich auch für tot hält ...«

»Nein, ihr gegenüber war ich ehrlich, und sie hat akzeptiert, die trauernde Witwe zu spielen. Sie war natürlich nicht begeistert, aber sie hat eingesehen, dass es für uns beide besser ist.«

Charlotte hatte Mühe, all diese Eröffnungen zu verdauen. »Aber warum gehst du das Risiko ein, hierherzukommen und mir das alles zu erzählen, wenn dein Leben in Gefahr ist?«

Jack holte tief Luft. »Weil ich nicht mehr ohne dich leben kann, Charlotte. Ich dachte, die Welt wäre groß genug, um dich zu vergessen, aber das war ein Irrtum. Du hast mein

Herz gekidnappt, und so bin ich gekommen, um es mir zurückzuholen.«

Die Leidenschaft, mit der er das aussprach, überraschte sie. Wie konnte er das so unumwunden sagen? Da war noch zu viel Ungeklärtes zwischen ihnen. Draußen begann es bereits zu dämmern.

»Ich weiß so gut wie nichts über dich, und als du damals bei der Schießerei auf diesen Kerl eingedroschen hast, ist mir eiskalt geworden.«

»So bin ich nicht mehr. Das Exil hat mich gelehrt, meine Wut im Zaum zu halten.«

Während Charlotte zusah, wie in Manhattan die Lichter angingen, schilderte Jack ihr seine Kindheit in einem heruntergekommenen Viertel von Chicago. Eltern, die tranken, um ihr Elend zu vergessen, Schlägereien auf den Straßen, Bandenkriege, ein älterer Bruder, der schon früh der Mafia ins Netz gegangen war und schmutzige Aufträge für sie erledigte.

»Alec sprach von diesen Leuten, als wären sie seine richtige Familie, und er nahm es mir übel, dass ich nicht mitmachen wollte. Aber ich traute ihnen nicht. Und ich hatte recht.«

Jack schilderte ihr, dass sie seinen Bruder eiskalt umgebracht hatten, nachdem er versucht hatte, einen der Paten bei einem Handel um tausend Dollar zu betrügen.

»Deshalb bin ich Polizist geworden, um diese Verbrecher hinter Gitter zu bringen. Weil ich sie verabscheue. Ich verabscheue, was sie mit den Jugendlichen machen, die zu ihnen aufschauen und denken, das wäre ihr einziger Weg aus dem Elend. Ich verabscheue, wie sie Leben und Familien zerstören.«

Er hielt einen Moment inne, dann schloss er: »Was du an dem Abend gesehen hast, war ein Junge, der noch immer versuchte, den Tod seines Bruders zu rächen.«

Charlotte versuchte, ihre Gedanken zu ordnen. Jacks Gegenwart weckte in ihr eine Flut von Erinnerungen, die sie völlig durcheinanderbrachten. Einerseits wollte sie vor Freude tanzen, andererseits kam das alles so plötzlich, dass sie es kaum glauben konnte und nicht mehr wusste, ob sie noch wütend sein sollte. Der Gefühlswirrwarr schnürte ihr die Kehle zu, und sie wandte den Kopf ab, damit er ihre Tränen nicht sah. Jack missverstand ihre Geste.

»Lass mich nicht ohne dich zurückgehen«, sagte er leise. »Ich liebe dich, Charlotte.«

Sollte sie, nachdem sie so viel Kummer durchlitten hatte, den Hoffnungsschimmer auslöschen, der sich in ihrem Herzen ausbreitete? Aber was, wenn die Leidenschaft, die sie damals für den Mann empfunden hatte, den sie als Ryan kannte, sich nicht wiederbeleben ließ? Charlotte rutschte von der Fensterbank. Sie musste sich Jack O'Dell stellen, ihn neu kennenlernen, um zu wissen, ob sie ihn liebte. Zögernd ging sie auf ihn zu und betrachtete ihn lange, wie um sich davon zu überzeugen, dass er unversehrt war, und bemerkte eine Narbe, die vorher nicht da gewesen war.

»Das haben *sie* dir angetan, nicht?« Sie hob die Hand und strich mit dem Zeigefinger über die Spur, die vom Wangenknochen bis zum Haaransatz verlief. Aufgewühlt von der Berührung und ihrem Atem, der sich mit seinem vermischte, schloss Jack die Augen. Eine Träne rann über seine Wange, die Charlotte mit einem Kuss auffing. Dann schmiegte sie das

Gesicht in seine Halsbeuge und sog den Duft seiner Haut ein, den sie früher so gern gerochen hatte, wenn sie sich liebten.

»Charlotte«, murmelte er mit bebender Stimme und strich ihr übers Haar.

Sie hob den Kopf, grub die Hände in sein Hemd und suchte seine Lippen. Jack seufzte vor Glück, und Charlotte wusste, dass sie sich bis an ihr Lebensende an das Wunder dieses Wiedersehens erinnern würde.

Ein wenig später, nachdem ihre Körper mit einer erstaunlichen Vertrautheit wieder zueinandergefunden hatten, knöpfte Jack sein Hemd zu. Norma, Curtis und die Kinder konnten jeden Moment zurückkommen, und es ging nicht an, dass sie sie im Bett vorfanden, noch glühend von der geteilten Leidenschaft.

»Wie geht es jetzt weiter?«, fragte Charlotte, während sie ihre Frisur richtete. »Ich nehme an, du wirst nicht in Amerika bleiben, oder?«

Jack hielt inne und setzte sich zu ihr auf die zerknüllten Laken. »Nein, Liebste, das geht nicht. Ich habe es geschafft, ein bisschen in Vergessenheit zu geraten – genau wie Madden übrigens, seit die italienische Mafia in sein Gebiet vorgedrungen ist –, aber das wäre zu gefährlich. Mein Leben ist jetzt in England.«

»Und was machst du da?«

Bei der Vorstellung, ihn erneut zu verlieren, wurde ihr das Herz schwer. Jack erklärte ihr, dass er sein Zelt zunächst in London aufgeschlagen und dort als Packer in einem Lager gearbeitet hatte. Er hatte sich rasch mit einem seiner Kollegen angefreundet, der vom Land gekommen war, um das Großstadtleben zu kosten.

»Eines Abends, als wir im Pub waren, hat er mir erzählt, dass seine Eltern jemanden suchten, der ihren Bauernhof in Devon übernimmt. Sie hatten genug von der unablässigen Schufterei. Ohne nachzudenken, bin ich sofort dorthin gefahren. Eine Arbeit, die mir keine Gelegenheit zum Grübeln lässt, war genau das, was ich suchte.«

»Du bist Bauer geworden?« Sie starrte ihn ungläubig an.

Jack nickte. »Ich weiß, das ist weit vom amerikanischen Traum entfernt, aber ja, ich verbringe meine Tage jetzt damit, mich um Milchkühe und Gersten- und Weizenfelder zu kümmern. Meine Kleider riechen oft nach Mist und Schweiß, und das Erste, was ich morgens tue, ist, die Kühe zu melken, aber ich hoffe, dass du trotz allem bereit bist, mit mir nach Ilfracombe zu kommen.«

»Meine Güte, Jack«, stammelte Charlotte. »Ich … Das kommt alles so plötzlich.«

»Ich weiß, Liebste. Deshalb schaue ich morgen noch mal vorbei, um zu hören, wie du dich entschieden hast. Aber länger kann ich nicht bleiben, ich muss zum Hof zurück. Ich bin nur deinetwegen hergekommen. Und wegen unserer Tochter«, fügte er mit einem sanften Lächeln hinzu.

Charlotte ließ ihn gehen, nahm ihm aber das Versprechen ab, sich während der Nacht nicht umbringen zu lassen.

»Keine Sorge, ich bin morgen vor dem Mittagessen wieder da.«

Als ihre Freunde zurückkamen, brachte sie die Kinder ins Bett und erklärte Curtis und seiner Cousine die Situation.

»Was?«, rief Norma empört. »Du willst uns verlassen, um einem Mann zu folgen, der dich belogen hat? Denkst du denn gar nicht an Doris?«

»Beruhige dich«, entgegnete Charlotte. »Habe ich gesagt, dass ich eingewilligt habe, nach England zu gehen?«

»Nein, aber ich weiß, dass du es tun wirst«, gab Norma vorwurfsvoll zurück. »Das sehe ich an deinen Augen, die glitzern wie die Kronleuchter in den großen Kaufhäusern.«

Charlotte seufzte resigniert. »Norma«, sagte sie, bemüht, nicht die Geduld zu verlieren, »du weißt doch, dass ich ohnehin vorhatte wegzugehen. Das habe ich dir nie verschwiegen. Und natürlich denke ich an Doris! Auf dem Land aufzuwachsen wird sie alles lehren, was sie später im Leben braucht.«

»Und wie willst du ihr erklären, dass sie Marvin nie wiedersieht?«

Das hatte sich Charlotte auch schon gefragt, aber im Moment wusste sie keine Antwort darauf. Ihr war bewusst, dass sie, wenn sie mit Jack ging, zwei Kinder auseinanderriss, die wie Bruder und Schwester waren. Aber sollte sie deshalb ihr eigenes Leben hintanstellen?

»Hör mal, Norma, als es mir richtig schlecht ging, habt ihr beide mir immer wieder gesagt, dass man keine Angst haben darf, weil die einen am Leben hindert –«

»Charlotte hat recht«, unterbrach Curtis sie. »Mir gefällt die Vorstellung auch nicht, dass sie geht. Es zerreißt mir das Herz, um ehrlich zu sein, aber sie darf unseretwegen nicht auf ihr Glück verzichten.«

»Und ihr werdet mir auch fehlen, Norma. Curtis und du, ihr nehmt einen großen Platz in meinem Leben ein.«

Mit Schmollmiene stand Norma auf und brummte, sie werde jetzt schlafen gehen. Charlotte überschüttete Curtis mit Entschuldigungen, doch er fegte sie mit einer Handbewegung beiseite.

»Da gibt es überhaupt nichts zu entschuldigen, Lottie. Du musst mir nur versprechen, dass du uns ein- oder zweimal im Jahr besuchen kommst und mit mir auf unsere Freundschaft anstößt.«

Am nächsten Morgen erwachte Charlotte mit einem Kater, aber im Frieden mit sich. Da Norma bei den Kindern geschlafen hatte, war sie auf das Klappbett in der Küche ausgewichen, und Normas schwere Schritte rissen sie aus dem Schlaf. Sie reckte sich und setzte sich auf. Sie wusste, dass sie mit ihrer Freundin noch mal über Jack sprechen musste, aber sie wagte es nicht, weil sie fürchtete, erneut ihren Zorn auf sich zu ziehen.

»Guten Morgen«, sagte sie mit belegter Stimme.

Norma war dabei, Kaffee zu kochen. »Na, bist du wach?«, fragte sie in neutralem Tonfall. »Ich mache ihn extrastark, du siehst aus, als könntest du es brauchen.«

»Waren wir laut?«

»Nicht laut genug, um die Kinder am Schlafen zu hindern. Aber ich wüsste gern, wie viele Gläser ihr getrunken habt.«

Charlotte biss sich auf die Lippen. Sie stand auf, nahm ihre Freundin sanft bei den Schultern und drehte sie zu sich herum.

»Hör mal, wegen gestern Abend …«

»Schon gut«, unterbrach Norma sie. »Ich habe mich aufgeführt wie eine Egoistin. Du wirst in diesen vier Wänden eine große Lücke hinterlassen, aber du musst deinem Glück folgen.«

Norma hatte Tränen in den Augen, als sie das sagte. Gerührt umarmte Charlotte sie lange und dankte ihr für ihren Segen.

»Na«, sagte Norma nach einer Weile und löste sich aus der Umarmung. »Wenn die Kinder uns so sehen, fangen sie auch noch an zu weinen. Wann kommt dein Kerl?«

Wie verabredet war Jack kurz vor Mittag da. Norma, die an dem Tag freihatte, bestand darauf, dass er zum Essen blieb, denn sie hatte eine gewaltige Mahlzeit aus Kartoffelsalat, Braten und Bohnenpüree zubereitet, und als Nachtisch gab es einen Angel Cake, eine Art Gugelhupf mit weißer Zuckerglasur. Während des gesamten Essens ließ Doris Jack nicht aus den Augen. Charlotte hatte ihr erklärt, dass dieser Mann ihr Papa war und dass er nicht eher kommen konnte, weil er wichtige Dinge in England zu erledigen hatte, ihrer neuen Heimat.

»Hättest du gern Tiere um dich?«, fragte Jack sie.

»Hunde?«, fragte die Kleine.

»Ja, davon gibt es zwei. Außerdem Kühe, Hühner und Schweine.«

»Iiihh, Schweine!«, rief sie theatralisch. »Die mag ich nicht, die stinken.«

Alle lachten, außer Jack, der mit feuchten Augen über den kleinen Kopf mit dem dunkelblonden Haar strich. Nach dem

Essen gingen die Kinder im Schlafzimmer spielen, und Norma servierte den Kaffee.

»Wir müssen reden, Mr O'Dell«, verkündete sie und setzte sich neben ihn. »Ich weiß, dass ich so eigentlich nicht mit Ihnen reden darf, wegen meiner Hautfarbe, aber …«

»Bitte vergessen Sie das mit der Hautfarbe, Norma. Ich sehe an diesem Tisch nur Menschen – Sie nicht?«, erwiderte er mit einem Lächeln.

Charlotte konnte nicht genug davon bekommen, ihn anzusehen. Sie traute sich kaum, an ihr Glück zu glauben, und fürchtete, er könnte sich in Luft auflösen, wenn sie den Blick abwandte.

»Sie können gut reden, aber ich auch«, parierte Norma. »Und das, was ich Ihnen zu sagen habe, wird ihnen vielleicht nicht gefallen, doch es muss sein.«

»Ich bin ganz Ohr.«

»Erstens nehme ich es Ihnen sehr übel, dass sie einfach so hier auftauchen und uns Charlotte wegnehmen.«

Curtis riss die Augen auf und mahnte leise: »Norma! Wir haben das –«

Doch seine Cousine unterbrach ihn streng. »Lass mich ausreden. Ich will Mr O'Dell nur klarmachen, dass Charlotte ihre Zukunft in seine Hände legt und dass sie in diesem England niemanden kennt. Aber ich respektiere ihre Entscheidung.«

»Und ich bin dir dafür sehr dankbar«, sagte Charlotte.

»Charlotte hat ein Herz aus Gold, Mister. Sie ist ein Mensch voller Leidenschaft, und ich weiß, wenn sie mit Ihnen geht, dann deshalb, weil sie Sie liebt. Aber falls ich mitkriege, dass Sie ihr wehtun, schwöre ich, dass ich es irgendwie schaffe rüberzukommen, und dann reiße ich Ihnen mit bloßen Händen die Eingeweide raus.«

Curtis musste sich das Lachen verbeißen, obwohl er am Abend zuvor ganz ähnliche Dinge zu Charlotte gesagt hatte. Keiner von ihnen würde zulassen, dass ihre Freundin noch einmal leiden musste. Mit ihren fünfundzwanzig Jahren hatte sie schon genug mitgemacht, und es war höchste Zeit, dass sie ein wenig das Glück genoss, auch wenn es ohne Gabriel nie ganz vollständig sein würde.

Auf Normas Drohung hin stand Jack auf, ging um den Tisch herum und stellte sich neben Charlotte.

»Gut, dass Sie diesen Punkt ansprechen, Norma«, sagte er nach kurzem Schweigen. »Sie zweifeln an meinen ehrlichen Absichten, und das verstehe ich. Also machen wir es von jetzt an, wie es sich gehört.«

Er beugte das Knie und nahm Charlottes Hand. »Meine Liebste, du hast mir in der Vergangenheit einige Male vorgeworfen, dass ich aus dir keine ehrbare Frau mache. Du weißt jetzt, dass ich es damals nicht konnte. Aber da du bereit bist, mit mir nach England zu gehen, möchte ich unsere Beziehung offiziell machen. Willst du meine Frau werden?«

Charlotte wurde plötzlich so vom Schluchzen geschüttelt, dass sie kein Wort herausbrachte. Norma sprang auf, packte sie an den Schultern und jubelte: »Du wirst heiraten! O Charlotte, welch eine wunderbare Neuigkeit! Das nenne ich einen anständigen Kerl!«

»Ich nehme an, das ist ein Ja?«, fragte Jack, der ebenfalls einen Kloß im Hals hatte.

»Ja! Ja, tausendmal ja!«, schniefte Charlotte überglücklich.

»Warum schreit Tante Norma? Nicht so laut, Marvin schläft!«

Doris streckte den Kopf aus dem Schlafzimmer und musterte beunruhigt die Erwachsenen. Jack winkte sie zu sich.

»Komm her, meine Süße.« Er breitete die Arme aus.

»Tante Norma freut sich, weil wir jetzt mit deinem Papa eine richtige Familie sind«, erklärte ihr Charlotte.

»Eine wunderschöne Familie«, fügte Jack hinzu und hob die Kleine auf seinen Schoß.

Curtis wischte sich verstohlen über die Augen und sagte grinsend: »Na, welch ein Glück, dass die Prohibition aufgehoben ist – so eine gute Nachricht feiert man doch nicht mit Eistee!«

Charlotte, die sich eng an Jack und ihre Tochter schmiegte, musste unter Tränen lachen. Trotz aller Dramen siegte am Ende doch immer das Leben.

28

Jo, 2018

Genau wie Charlotte es damals sicher getan hatte, wischte ich mir die Tränen aus dem Gesicht. Untermalt vom Knistern des Kaminfeuers hatte ich mich in die Dreißigerjahre entführen lassen.

»Jack O'Dell«, murmelte ich. »Jack … Wie Gavins Sohn.«

Doris nickte. »Gavin verehrt seinen Urgroßvater sehr. Er hat ihn nicht mehr kennengelernt, weil Papa vor seiner Geburt gestorben ist, aber für ihn war er immer ein Held.«

Beim Gedanken an das Wiedersehen von Doris' Eltern bekam ich immer noch eine Gänsehaut.

»Jetzt verstehe ich, warum Charlotte sich in England niedergelassen hat«, sagte ich.

Doris erklärte mir, dass Jack zunächst allein nach Devon zurückgekehrt war, um die Formalitäten zu regeln, die nötig waren, um seine Familie zu sich zu holen.

»Mama und ich sind auf einem Ozeandampfer herübergekommen. Bei unserer Ankunft in England war Papa da, und ich erinnere mich noch ganz genau, wie wir uns in seine Arme geworfen haben.«

Sie deutete auf das Fotoalbum, das sie in der Zwischenzeit herausgesucht hatte, und schlug es auf. »Sieh mal, das ist mein Vater mit mir auf dem Arm, vor der Tür dieses Hauses, das jetzt mir gehört.«

Die folgenden Aufnahmen waren rührend. Sie zeigten Jack, Charlotte und Doris in ganz alltäglichen Szenen: das Paar voller Stolz neben einem Auto, die Kleine rittlings auf einem Heuballen oder die ganze Familie zusammen mit den Arbeitern des Hofs an einem langen Tisch im Garten.

»Hat Charlotte es denn geschafft, sich an das Landleben zu gewöhnen?«, fragte ich Doris. »Welch ein Kontrast zu New York!«

Sie stieß ein helles Lachen aus. »Das Landleben war nicht ganz das, was Mama erwartet hatte. Sie trug auch weiter hübsche Kleider und schminkte sich, was die Frauen von den Höfen drumherum sehr amüsierte. Als die Männer sie eines Tages baten, ihnen zu helfen, einen riesigen Kessel aufs Feuer zu hieven, um die Sau zu töten, hätte sie sich fast übergeben.«

Bei der Vorstellung musste ich schmunzeln.

»In Absprache mit meinem Vater«, fuhr Doris fort, »kümmerte sie sich um die Hühner und den Gemüsegarten. Das ruhige Leben gefiel ihr. Jeden Sommer kochte sie Marmelade ein, und sie fotografierte auch weiter. Falls du mal in das Museum von Ilfracombe gehst, findest du da einige von ihren Aufnahmen.«

»Das schaue ich mir auf jeden Fall an«, versprach ich ihr, immer noch bewegt von der wunderbaren Liebesgeschichte zwischen Jack und Charlotte. »Konnten Ihre Eltern denn bald nach Ihrer Ankunft heiraten?«

»Ja, Papa hatte alles vorbereitet. Aber es war kein großes Fest, wie es heutzutage üblich ist, weil sie kein Gerede wollten.«

Das Paar hatte in Gegenwart von Doris und zwei Trauzeugen geheiratet, die sie unter den Leuten von ihrem Hof ausgewählt hatten. Charlotte hatte ein ganz schlichtes Kleid und ihre Perlenkette getragen und dazu einen Strauß aus Rosen und weißen Nelken, und Jack, der sich nun Kendall nannte, hatte auf dem Hof ein Essen für alle ihre Angestellten ausgerichtet.

»Mein Vater betrachtete meine Mutter oft, als wäre sie sein Ein und Alles. Ihre Liebe hat alle Wendungen des Schicksals überstanden, und das bis zu seinem letzten Atemzug 1975.«

Das bedeutete, dass Charlotte und Jack vierzig glückliche Jahre miteinander geteilt hatten. Das war viel und zugleich so wenig! Meine Neugier kannte keine Grenzen mehr, ich wollte alles wissen.

»Haben sie Ihnen von ihrer Begegnung in New York erzählt?«

»O nein!«, antwortete sie mit Nachdruck. »Ich habe sie natürlich manchmal danach gefragt; jedes Kind will solche Dinge wissen. Aber jedes Mal erntete ich nur geheimnisvolles Schweigen. Die Wahrheit habe ich erst später erfahren.«

Leider war die Zeit nicht stehengeblieben, und die alte Dame musste sich um ihre Aufgaben kümmern. Ich erinnerte sie daran, dass sie mir immer noch nicht erklärt hatte, warum mein Großvater Charlottes Medaillon bekommen hatte.

»Das werde ich dir bald erzählen, Jo, aber ich muss erst die richtigen Worte finden.«

»Sehr lange kann ich nicht mehr warten«, sagte ich sanft. »Ich rufe nachher den Neurologen an, um den Termin für die Operation festzulegen.«

Doris lächelte voller Wärme. »Ich verstehe. Hör mal, ich

habe eine Idee. Samstag fahren wir nach Windsor, zur Hochzeit von Prinz Harry. Hättest du nicht Lust mitzukommen?«

Mir klappte die Kinnlade herunter. »Ihr seid zu der Hochzeit *eingeladen*?«

»Das wäre natürlich wunderbar, aber nein. Wir schauen nur zu, wenn die königliche Familie vorbeifährt. Gavin hat als Überraschung für mich ein Haus in der Nähe gemietet, für zwei Nächte. Ist er nicht großartig? Das ist bestimmt das letzte Mal, dass ich so ein Ereignis miterleben kann, deshalb möchte ich es um nichts in der Welt verpassen!« Doris sah mich erwartungsvoll an.

»Natürlich komme ich mit!«, rief ich aufgeregt. Wer weiß, vielleicht könnte ich sogar einen High Five mit Harry austauschen.

Träumen wird ja wohl noch erlaubt sein, oder?

Ein paar Stunden später ging ich über den nassen Sand am Wasser. Gavin und seine Großmutter waren zu einem Bauernmarkt gefahren, und da es aufgehört hatte zu regnen, hatte ich beschlossen, einen Spaziergang zu machen, anstatt im Haus hocken zu bleiben. Während ich zusah, wie der Himmel von Minute zu Minute heller wurde, versuchte ich, den Neurologen zu erreichen, doch am anderen Ende dudelte nur endlos die klassische Musik der Warteschleife.

Geht da irgendwann in diesem Leben noch mal einer dran?

Gerade als ich auflegen wollte, hörte ich die Stimme von Dr. Schlechte Nachricht. Leider sagte er mir nicht, dass alles nur ein Irrtum war, dass jemand versehentlich die Untersuchungsergebnisse vertauscht hatte. Wäre ja auch zu schön gewesen. Stattdessen äußerte er seine Erleichterung über meinen Entschluss und konsultierte seinen Terminkalender.

»Heute in zwei Wochen«, verkündete er zufrieden. »Je eher, desto besser. Und gehen Sie bis dahin keine unnötigen Risiken ein.«

Als das Gespräch beendet war, überkam mich Panik. Auf einmal ging alles so schnell! Mein Blick wanderte zum Horizont, dort, wo Meer und Himmel miteinander verschmolzen. Was war mein Horizont? Meine Gedanken wanderten zurück zu Charlotte, die so viele Prüfungen durchgemacht hatte: die Trennung von ihrem Mann, den Verlust ihres Kindes und dann die Dramen um Jack. Vier lange Jahre hatte sie geglaubt, der Mann ihres Lebens wäre tot. All das hatte sie überstanden, und dann war sie erneut in die Fremde aufgebrochen, diesmal nach England. Ich hatte nicht das Zeug zur Heldin, aber die Mutter von Doris schon. Eindeutig. Und ich sollte mir ein Beispiel an dieser Frau nehmen, die immer wieder gekämpft hatte. Ich atmete tief die Meeresluft ein und versuchte, mich davon zu überzeugen, dass ich die richtige Entscheidung getroffen hatte. Dann nahm ich erneut mein Smartphone heraus und schickte Adeline eine SMS:

> Breaking news! Samstag bin ich bei der Hochzeit von Prinz Harry!!! ☺ Und in zwei Wochen lasse ich mich operieren.

Der Vorteil, wenn man eine Freundin hat, die von zu Hause aus arbeitet, ist, dass sie sofort antwortet.

Ich bin stolz auf dich! Grüß Harry von mir (und sieh zu, dass du Meghan meine Biokosmetik verkaufst)!

Als ich den Messenger öffnete, sah ich, dass Adrien online war. Ich rief ihn direkt an, um ihm eine Zusammenfassung der Situation zu geben. Das würde zwar einen richtig dicken Aufschlag auf meiner Handyrechnung geben, aber sei's drum. Und falls die OP schiefging, wäre es ohnehin nicht mehr mein Problem.

Letzter Aufschlag vor dem Paradies. Den Luxus gönne ich mir! Ich wollte seine Stimme hören, ihm von der wunderbaren Liebe zwischen Jack und Charlotte erzählen und von meiner Vorfreude, die königliche Hochzeit live mitzuerleben. Nach einer Viertelstunde unterbrach mich Adrien lachend und meinte, wenn ich nicht langsam mal Luft holte, würde ich noch tot umfallen.

»Tja, da würden die Ärzte aber dumm aus der Wäsche gucken, wenn ich nicht an einem Aneurysma, sondern an einem Herzinfarkt sterbe.«

Er lachte erneut, und ich drückte auf die Videotaste. Mein Herz machte einen Satz, als sein Gesicht auf dem Bildschirm erschien.

»Schön, dich zu sehen, Jo«, sagte er, nun wieder ernst.

Mein Gott, wie er mir fehlte! Wir tauschten uns zwar regelmäßig aus, aber das war nicht dasselbe, wie ihn in Fleisch und Blut bei mir zu haben.

»Gleichfalls. Ich komme nächsten Montag zurück.«

Adrien kaute nachdenklich auf seiner Unterlippe. Wusste

er eigentlich, wie sexy das war? Ich hatte so weiche Knie, dass ich mich auf eine niedrige Mauer setzen musste.

»Das ist aber noch lange hin«, sagte er.

»Ich hoffe, bis dahin kenne ich die ganze Geschichte, denn bis jetzt sehe ich immer noch keine Verbindung zu Pépé.«

Adrien nickte. »Es ist, als würde ein Puzzleteil fehlen.«

»Genau. Ich verstehe nicht, warum Charlotte ihm dieses Medaillon geschickt hat.«

Doch mir blieb nichts anderes übrig, als mich zu gedulden, bis Doris so weit war. Adrien konnte nicht länger reden, weil er zur Arbeit musste, und ich rief dann noch meine Mutter an und sprach ihr auf Band, dass ich meinen Aufenthalt hier um eine Woche verlängern würde.

»Wo ich schon mal hier bin«, schloss ich, »habe ich Lust, mir die Hochzeit von Prinz Harry anzusehen. Ich bringe dir auch ein Souvenir mit, Mama.«

Ich würde meinen Eltern alles erklären, wenn ich wieder in der Vendée war. Ich konnte ihnen das mit meinem Aneurysma nicht einfach am Telefon sagen, und ich wagte nicht, ihnen den wahren Grund dafür zu verraten, warum ich in England war. Mein Großvater hatte mich in eine schwierige Lage gebracht, indem er nur mir von der Sache mit dem Medaillon erzählt hatte.

Den restlichen Nachmittag verbrachte ich in dem Museum, das Doris erwähnt hatte, und unter den Ausstellungsstücken zur Geschichte des Fischerdorfs fand ich in der Tat eine Reihe von Aufnahmen, die Charlotte gemacht hatte und die Ilfracombe im Verlauf der Jahre zeigten: Fischerboote, die auf den Wellen schaukelten, charmante kleine Kopfsteinpflasterstraßen mit Geschäften rechts und links, halb verfallene Mauern, blühende Obstbäume und Einwohner, die im Pub saßen und Domino spielten. Die Landschaften, die sie festgehalten hatte, waren wie Gedichte. Anschließend beschloss ich, noch in Jennas Laden vorbeizuschauen, bevor Gavin mich abholte.

»Ah! *Ma belle Française*!«, rief sie mit fingerdickem Akzent.

Mir fiel auf, dass ihre Stimme sich verändert hatte; sie klang unbeschwerter. Strahlend teilte sie mir mit, dass sie am Wochenende ebenfalls mit nach Windsor fahren würde.

»Gavin hat mich eingeladen mitzukommen«, sagte sie errötend.

»Soso.« Ich zwinkerte ihr zu. »Bilde ich mir das ein, oder seid ihr euch seit neulich Abend, als wir am Strand waren, nähergekommen?«

»Ich weiß nicht«, erwiderte sie ausweichend. »Wir schreiben uns SMS. Ich habe das Gefühl, dass er mir gegenüber aufmerksamer ist, als hätte er sich plötzlich daran erinnert, dass es mich noch gibt.«

»Oder er hat einfach begriffen, dass einer von euch beiden endlich den ersten Schritt machen muss.«

»Nicht so hastig, Jo. Bis jetzt ist zwischen uns nichts passiert.«

»Wenn du mich fragst, ist das nur noch eine Frage von Tagen.«

Am nächsten Morgen wachte ich für meinen Geschmack viel zu spät auf, aber ich hatte lange nicht mehr so gut geschlafen. Als ich aus der Ferienwohnung trat, war Gavin bereits auf den

Feldern. Vom Meer wehte ein leichter Wind herauf und spielte mit dem Gras zu meinen Füßen. Sam döste in der Sonne und scherte sich nicht um die Fliege, die auf seiner Nase herumkrabbelte. Hier herrschte eine Atmosphäre unerschütterlicher Ruhe, und ich verstand, warum diese Familie nie wieder von hier fortgegangen war, sondern weiter die Felder bestellte und das Vieh aufzog. Wenn man einmal dieses einfache Leben gekostet hatte, war es bestimmt schwer, sich ein anderes vorzustellen. Genauso ging es mir mit der Vendée, wo ich geboren war. Dort fühlte ich mich zu Hause.

Doris war unterwegs, um Jenna Nachschub zu bringen. Sie hatte mir einen Zettel auf dem Küchentisch hinterlassen, dass ich mir einfach nehmen konnte, was ich wollte. Ich machte mir also allein Frühstück und überlegte, womit ich die nächsten Stunden zubringen könnte. Rauszugehen und zu lesen erschien mir sehr verlockend, zumal ich gerade einen Thriller von Valentin Musso am Wickel hatte, aber es war zu windig, und so musste ich wieder reingehen. Ich beschloss, mich stattdessen ins Wohnzimmer zu setzen. Die Tür quietschte beim Öffnen leise. Als ich auf den Sessel am Kamin zusteuerte, fiel mein Blick auf den Sekretär. Er stand wieder offen, und es lagen dieselben Umschläge darauf wie am Tag zuvor. Die Schrift kam mir seltsam bekannt vor, sie ähnelte der meines Großvaters. Aber das hatte sicher nichts zu sagen, schließlich schrieben fast alle alten Leute auf diese Weise ... Trotzdem war meine Neugier geweckt, und ich sah mir die Umschläge genauer an. *By air mail* stand auf einem Aufkleber. Die Poststempel stammten alle von 2003.

Das Jahr, als Pépé das Medaillon bekommen hat!

Eine merkwürdige Vorahnung packte mich, und ich griff nach dem ersten Brief, plötzlich überzeugt, dass mein Großvater mehr wusste, als er mir gesagt hatte. Ohne einen einzigen Gedanken daran, dass ich eine grobe Unhöflichkeit beging, nahm ich den zusammengefalteten Brief aus dem Umschlag und begann zu lesen.

August 2003

Meine liebe Doris,

bitte entschuldige, dass ich Dir jetzt erst antworte. Als Du mir geschrieben hast, um mich über Charlottes Tod zu informieren, hatte ich gerade erfahren, dass meine geliebte Frau Krebs im fortgeschrittenen Stadium hatte. Alles ging so schnell, dass ich es nicht über mich gebracht habe, Dir zu schreiben. Jetzt, zwei Monate nach ihrem Tod, schaffe ich es endlich. Ich bin froh, dass Charlotte Dir alles erzählt hat. Tatsächlich wusste ich bereits Bescheid, und zwar schon seit 1957. Diesen Tag werde ich nie im Leben vergessen. Es war einer der wichtigsten in meiner Karriere, weil ich da meinen Abschied als Boxer nahm. Im Publikum saß diese Frau im veilchenblauen Mantel – dieselbe, die zehn Jahre zuvor bei uns zu Hause aufgetaucht war, in genau demselben Mantel. Damals wurden Kleider noch für ein ganzes Leben geschneidert.

Nach dem Kampf ist sie zu mir gekommen. Sie wollte mit mir reden, aber ich hatte es so eilig, zu meiner Frau zurückzukehren, dass ich sie beinahe abgewimmelt hätte. Aber dann – ich weiß auch nicht … Etwas in ihrem Blick hat mich umgestimmt. Ich wusste, dass ich sie anhören musste. Dann hat sie mir alles erzählt. Ich habe ihr gesagt, dass sie lügt, dass sie sich irren muss. Dass es unmöglich sein konnte. Ich wollte nicht glauben, dass meine Eltern mich so belogen hatten. Doch meine Nachforschungen bestätigten mir, dass Charlotte die Wahrheit gesagt hatte. Aber der Mensch ist fehlbar, Doris, und ich bilde da keine Ausnahme. Ich war feige, hatte Angst, wollte meine Familie nicht in Aufruhr versetzen. Und das gilt bis heute. Meine Enkelin Johanna ist achtzehn, und der Verlust ihrer Großmutter hat sie zutiefst getroffen. Mein Sohn zeigt seine Gefühle nicht, aber er arbeitet noch mehr als sonst. Ich vermute, das hilft ihm, seinen Kummer zu vergessen. Du verstehst sicher, dass ich ihnen nichts sagen kann. Aber ich würde sehr gern mit Dir in Kontakt bleiben. Meine kleine Schwester. Wir haben so viel nachzuholen.

Ich hoffe, Du schreibst mir bald wieder und erzählst mir von Deinem Leben. Hier in Frankreich ist es sehr heiß, und mir rutscht fast der Stift aus der Hand. Aber sie ist nicht nur von der Hitze feucht, sondern auch vor Aufregung und Freude.

Victor

PS: Um auf Deine Frage zu antworten, Du kannst mich Gabriel nennen, wenn Du möchtest, aber der Name klingt für mich falsch, da ihn niemand mehr benutzt hat, seit ich meine erste Kerze ausgepustet habe.

Meine Hände zitterten so sehr, dass mir der Brief fast heruntergefallen wäre. Ich war völlig durcheinander. Mein Großvater behauptete, er wäre Gabriel? Ich konnte nicht glauben, was ich gelesen hatte. Ich musste irgendetwas missverstanden haben. Pépé *konnte* nicht Gabriel sein, er war sechs Monate nach ihm geboren und hatte eine andere Mutter! Das ergab alles keinen Sinn.

»Jo?«

Ich stand so unter Schock, dass ich nicht wusste, wer meinen Namen ausgesprochen hatte, Doris oder Gavin. Beide standen im Türrahmen, und ihre Blicke wanderten bestürzt zwischen mir und dem offenen Sekretär hin und her.

»O nein, Johanna!«, rief Doris. »Auf diese Weise solltest du es nicht erfahren ...«

»Sollte ich es denn überhaupt erfahren?«, entgegnete ich.

»Aber natürlich, meine Liebe. Deshalb hatte ich dich gebeten, noch etwas länger zu bleiben. Ich wollte es dir schonend beibringen.«

Das ist dann ja wohl schiefgegangen.

»Sollen wir spazieren gehen?«, schlug Gavin vor.

Ich sah auf die Strohhalme, die an seinen Gummistiefeln klebten. Nein, ich hatte keine Lust, im Matsch spazieren zu gehen. Allem Anschein nach hatte Pépé mich angelogen, als er behauptet hatte, dass er Doris nicht kannte, und das ging mir gegen den Strich.

»Ich möchte lieber hier darüber sprechen.«

Ich hatte das unangenehme Gefühl, dass alle außer mir Bescheid wussten, und mein Magen fühlte sich an, als läge ein Sack Zement darauf.

»Du darfst es deinem Großvater nicht verübeln«, sagte Doris, als könnte sie meine Gedanken lesen. »Er wollte nur dein Bestes.«

»Das entscheide ich, wenn ihr mir den Inhalt dieses Briefes erklärt habt«, erwiderte ich scharf.

»Hast du es wirklich nicht begriffen?«, fragte Gavin und kam auf mich zu.

»Was soll ich verstanden haben? Das hier kann doch nur ein Irrtum sein.« Ich wedelte mit dem Brief.

»Nein, Jo. Du und ich, wir sind Cousin und Cousine. Gabriel und dein Großvater sind ein und dieselbe Person.«

Ich schüttelte den Kopf; Charlotte hatte doch den Totenschein in Händen gehalten.

»Unmöglich«, beharrte ich. »Mein Großvater ist im März 1930 geboren.«

Doris setzte sich zu mir. »Ich konnte es erst auch nicht glauben, als meine Mutter mir die Wahrheit gesagt hat. Es hat fast drei Jahre gedauert, bis ich es akzeptiert hatte.«

Sie legte den Kopf in den Nacken und suchte in ihren Erinnerungen.

»Ich glaube, ich war vierzehn oder fünfzehn, als ich gemerkt habe, dass da irgendwas im Busch war«, begann sie. »Meine Eltern schienen ständig auf der Hut zu sein …«

29

Doris, 1946-1957

Auf dem Fahrrad rollte das junge Mädchen schwungvoll die Straße hinunter, die zum Meer führte. Unten am Strand sammelten Kinder, mit Keschern bewaffnet, in den Prielen zwischen den Felsen eifrig Einsiedlerkrebse. Doris hatte ihre Mutter allein die Butter schlagen lassen. Die beiden hatten sich zum x-ten Mal wegen ihrer Kleidung gestritten.

»Mir wäre es lieber, wenn du keine Hosen tragen würdest«, hatte Charlotte vorwurfsvoll gesagt. »Das ist exzentrisch.«

»Mama, ich bin fünfzehn!«, hatte Doris aufgebracht entgegnet. »Alle Mädchen in meinem Alter ziehen sich so an. Ich kann doch nicht mein Leben lang karierte Röcke tragen!«

Unternehmungslustig, wie sie war, fühlte Doris sich am wohlsten in einer weiten Hose und einem Wollpullover. Auf ihrem kurz geschnittenen Haar, dessen wilde Strähnen in der Sonne golden schimmerten, trug sie meist eine Baskenmütze. Seit der Krieg zu Ende war, wehte ein Wind der Freiheit. Es gab keine Luftangriffe mehr, und sie konnte ihre Tage wieder draußen verbringen, ohne ständig darüber nachdenken zu müssen, ob eine Zuflucht in der Nähe war.

»Ich bitte dich doch nur, kein Aufsehen zu erregen, Doris«, hatte Charlotte nachgesetzt.

»Du bist so spießig – immer hast du Angst, was die Leute denken könnten! Bist du wirklich in Amerika aufgewachsen?«

Sie hatte Charlotte, der der Schmerz ins Gesicht geschrieben stand, einfach stehen lassen und die Tür hinter sich zugeschlagen. Während sie wie eine Verrückte über den Pfad durch die Heide fuhr, ärgerte sie sich über ihre Mutter. Ihr Vater verschonte sie wenigstens mit diesen Kleiderdebatten. Er wollte auch lieber seine Ruhe, aber er akzeptierte, dass Doris ihren eigenen Weg gehen musste. Als sie am Küstenpfad ankam, ließ sie ihr Rad bei einem Dornengestrüpp zurück. Sie wich den Brennnesseln aus, die rechts und links wuchsen, und pflückte sich im Vorübergehen ein paar Brombeeren. Billy wartete unten auf sie, hinter einem großen Felsen. Bei dem Gedanken an ihn begann ihr Herz, schneller zu schlagen.

Der junge Mann war Anfang des Jahres auf dem Hof eingestellt worden. Die meisten Arbeiter hatten als Soldaten im Krieg gekämpft, und zwei von ihnen waren in der Normandie gefallen. Auf den Feldern fehlten Leute, und als der junge William Evans vorstellig geworden war, hatte Jack nicht lange gezögert. Billy war in Exeter aufgewachsen, und seine Eltern waren 1942 bei der Bombardierung durch die Luftwaffe ums Leben gekommen. Mit vierzehn zur Waise geworden, hatte er sich als Aushilfsarbeiter auf verschiedenen Höfen in der Gegend verdingt, bis er genug davon gehabt hatte, sich für nichts weiter als eine Schale Suppe und trockenes Brot abzurackern. Und so hatte er sich bei Jack Kendall gemeldet, nachdem er gehört hatte, dass der für seinen Hof oberhalb von Ilfracombe Leute suchte. Nachdem Billy sich bewährt hatte, war er zusammen mit zwei weiteren Arbeitern in einer ehemaligen Scheune untergebracht worden, bekam zu essen und Lohn.

Groß, dunkelhaarig und mit einem verschmitzten Lächeln, war er der drei Jahre jüngeren Doris sofort ins Auge gefallen. »*Wenn ich ihn sehe, ist es wie ein Blitz in meinem Bauch*«, hatte sie in ihr Tagebuch geschrieben. Obwohl sie sonst eine Langschläferin war, stand sie nun im Morgengrauen auf, nur um ihn zu sehen. Trotz der Müdigkeit und des taunassen Grases schaute sie fast jeden Morgen zu, wie Billy mit Jack die Kühe molk. Das Geräusch der Milch, die gegen die Eimerwand spritzte, klang wie Musik in ihren Ohren, auch wenn die aufsässigeren Tiere dabei mit dem Huf auf den Boden stampften. Doch am allerliebsten war ihr der Moment, wenn sie einen der Eimer nahm und zusammen mit Billy zu den Kälbern ging, um ihnen die Milch zu geben. Aber trotz all ihrer Mühe schien der junge Arbeiter sie nicht zu bemerken. Er sprach mit ihr genauso wie mit Charlotte und nur, wenn es nötig war. Bis zu dem Tag, als ihr beim Nachhausekommen die Fahrradkette absprang. Jack war auf den Feldern, Charlotte schnitt in der Küche Gemüse, und es war niemand in der Nähe außer Billy. Doris holte ihn, frustriert, weil sie es nicht schaffte, die widerspenstige Kette selbst wieder auf das Zahnrad zu setzen. Während er sich über das Fahrrad beugte, spielte sie nervös mit einer Haarlocke, die unter ihrer Baskenmütze hervorschaute. Ihre Unruhe amüsierte den jungen Mann.

»Findest du nicht, dass deine Haare schon genug abstehen?«

Doris musste lachen, und am Samstag darauf, als sie wie jedes Wochenende mit ihren Eltern zum Tanzabend in Ilfracombe fuhr, forderte Billy sie auf. Charlotte musterte ihn streng, doch Jack ermunterte die beiden mit einem Lächeln. Natürlich konnten sie sich vor all den Erwachsenen nicht küssen, das gehörte sich nicht, aber er gestand ihr, dass er schon seit Wochen von einem solchen Moment geträumt, sich aber nicht getraut hatte, es ihr zu sagen. Neun lange Tage später trafen sie sich zum ersten Mal. Doris war schrecklich nervös und zugleich überglücklich. Sie hatte noch nie zuvor einen Jungen geküsst. Jedenfalls nicht so wie die Erwachsenen. Vor zwei Jahren, als sie mit ihrer Mutter in New York bei ihrer Tante Norma gewesen war, hatte sie Marvin, den Sohn von Onkel Curtis, gebeten, ihr zu zeigen, wie das mit dem Küssen ging. Aber als er seinen Mund auf ihren drückte, hatte sie es eklig gefunden.

Als sie nun unten am Strand ankam, zog Doris ein wenig die Schultern hoch. Billy schenkte ihr ein umwerfendes Lächeln, und in ihrem Bauch tanzten plötzlich lauter Schmetterlinge. Ihre Knie wurden ganz weich, als er ihre Hand nahm, um ein wenig spazieren zu gehen, und schließlich war sie es, die ihn in eine Felshöhle zog.

»Hier war ich noch nie«, sagte er. »Ist das nicht gefährlich, wegen der Flut?«

»Die kommt erst in zwei Stunden. Vertrau mir, Billy«, sagte sie mit dem gleichen bestimmenden Tonfall wie ihr Vater. »Ich kenne mich mit den Gezeiten aus.«

Doch auch wenn sie die Selbstsichere spielte, war ihr ganz schön zittrig zumute. Obwohl es in der Höhle kühl war, schwitzten ihre Hände, und sie wischte sie unbeholfen an ihrer Hose ab. Dann holte sie tief Luft und legte den Arm um Billys Hals, wie sie es sich ausgemalt hatte.

»Ich will, dass du mich küsst, William Evans«, sagte sie.

Er ließ sich nicht lange bitten, und ein paar Wochen lang

trafen sie sich regelmäßig in der Felshöhle oder küssten sich heimlich auf dem Hof, wenn niemand in der Nähe war.

Im Jahr darauf bemerkte Doris ein paar Veränderungen bei ihrer Mutter. Charlotte wirkte geistesabwesend, ständig in Gedanken verloren. Gegen Ende des Winters verkündete sie, sie wolle ein paar Tage in Frankreich verbringen. Zu Doris' Kummer unterstützte Jack ihren Wunsch, und so fuhren sie zu dritt. Für die Heranwachsende wurde es eine sehr strapaziöse Woche.

Sie beherrschte zwar die Sprache Molières seit ihrer Kindheit (ihre Mutter hatte ihr immer wieder eingetrichtert, dass sie französische Vorfahren hatten), aber in ihren Augen konnte Frankreich nicht mit ihren Ferien in New York mithalten. Sie fand Paris altmodisch und noch stark vom Krieg geprägt. Selbst das Essen kam nicht an die Rinderkoteletts mit Maiskolben von Tante Norma heran. Hier gab es weder Vanilleeis noch Schokoladenkuchen mit Pekannüssen. Am vierten Tag fuhr ihre Mutter allein mit dem Zug weg, angeblich, weil sie sich die Weingüter der Champagne anschauen wollte. Als sie zurückkam, war sie so aufgewühlt, dass sie ihre Reise abbrachen und nach Ilfracombe zurückkehrten. Von da an wurde Charlotte immer trübsinniger und schweigsamer. Seltsamerweise blätterte sie nun regelmäßig die Sportseiten der Zeitungen durch, obwohl sie nie Sport getrieben und auch nie das geringste Interesse dafür gezeigt hatte.

Im Jahr 1951, als Doris zwanzig wurde, heiratete sie Billy. Obwohl ihre Eltern von der Beziehung gewusst hatten, die mittlerweile vier Jahre dauerte, hatten sie darauf bestanden, dass sie erst noch etwas lernte. Die Vorbereitungen für die Hochzeit waren eine willkommene Ablenkung für Charlotte, obwohl sie bereits einige Monate zuvor wieder etwas munterer geworden war, als sie auf Curtis' Bitte Marvin auf dem Hof aufgenommen hatten. Der Trompeter fürchtete, sein Sohn könnte Ärger mit der Polizei bekommen, weil er mit Aktivisten der Bürgerrechtsbewegung befreundet war, oder in die Drogenszene rutschen. Er selbst nahm Heroin, um die langen Tourneen durchzustehen, die ihn kreuz und quer durchs Land führten, und er wollte nicht, dass Marvin ebenfalls abhängig wurde. Anfangs war der junge Schwarze wütend gewesen, weil er in dieses gottverlassene Kaff in England abgeschoben worden war, und hatte kaum den Mund aufgemacht. Nur Doris war zu ihm durchgedrungen, und so hatte sie ihm ihre Freunde vorgestellt. Marvin hatte entdeckt, dass es auch in Großbritannien Rassismus gab, aber er äußerte sich eher in Misstrauen als in offenem Hass. Hier konnte er sich ungehindert auf der Straße mit Weißen unterhalten oder mit ihnen einen Kaffee trinken. Die Leute drehten sich häufig nach ihm um, aber er musste nicht ständig Angst haben, von der Polizei verhaftet und zusammengeschlagen zu werden. Unterm Strich hatte das Leben in England auch seine guten Seiten und verlief für die ganze Familie in ruhigen Bahnen. Die Menschen verfolgten mit großem Interesse die Krönung von Königin Elizabeth II., die den Thron von ihrem Vater übernahm, und die Weltmeisterschaft im Snooker. Europa erholte sich allmählich vom Zweiten Weltkrieg, und es war die Zeit des Neubeginns: Man baute die bombardierten Städte wieder auf und pflegte die verwundeten Herzen.

Man liebte sich und feierte, wann immer es etwas zu feiern gab.

Im Herbst 1955 brachte Doris einen Sohn zur Welt: Michael. Jack überließ Billy auf dem Hof immer mehr Verantwortung, da er überzeugt war, dass sein Schwiegersohn eines Tages ein guter Nachfolger für ihn sein würde. Charlotte kümmerte sich durchaus liebevoll um ihren Enkel, aber oft verlor sie sich in der Betrachtung seiner Züge, und dann glitt ein Schatten über ihr Gesicht. Als der Kleine zwei Jahre alt war, unternahm Charlotte, mittlerweile achtundvierzig, erneut eine Reise nach Frankreich. Doris war nicht gerade begeistert, weil sie sich nur allzu gut daran erinnerte, wie aufgelöst ihre Mutter beim letzten Mal gewesen war. Eines Abends, nachdem sie Michael ins Bett gebracht hatte, bekam sie, als sie leise die Treppe hinunterging, um ihn nicht wieder zu wecken, zufällig ein Gespräch ihrer Eltern mit. Charlotte sprach nicht sehr laut, aber mit Nachdruck.

»Es ist meine letzte Chance, Jack. Ich muss wenigstens einmal mit ihm reden.«

»Ich will nicht, dass du noch mehr leidest. Was machst du, wenn er sich sträubt und nichts hören will?«

»Dann werde ich ihn wohl in Ruhe lassen. Aber ich will nicht für den Rest meines Lebens bereuen, dass ich es nicht wenigstens versucht habe.«

Wer mochte dieser mysteriöse Mann sein, von dem sie sprachen? Obwohl sie neugierig war, beschloss Doris, so zu tun, als hätte sie nichts mitbekommen. Ihre Mutter regte sich jedes Mal so auf, wenn sie sie nach der Vergangenheit fragte!

Wahrscheinlich hing es mit der Weltwirtschaftskrise zusammen. Nach allem, was sie über das Thema gelesen hatte, waren es schwere Zeiten gewesen, und Charlotte hatte vermutlich schlechte Erinnerungen daran. Vielleicht hatte sie hungern müssen und Angst gehabt, kein Dach mehr über dem Kopf zu haben. Nun, diese Reise nach Frankreich konnte ihrer Mutter ja schließlich nicht schaden.

Doch als Charlotte zurückkam, war sie niedergeschlagener als je zuvor. Die Verzweiflung in ihren schönen Augen war unerträglich, und sie erledigte ihre Aufgaben nur noch wie ein Automat, seelenlos, willenlos. Doris hielt es nicht mehr aus. Eines Nachmittags, als sie bei Ebbe mit Michael unten am Strand waren, packte sie den Stier bei den Hörnern.

»Mit wem hast du dich in Frankreich getroffen, Mama?«

Charlotte richtete sich auf und sah sie überrascht an. »Wie kommst du darauf, dass ich mich mit jemandem getroffen habe?«

Nach kurzem Schweigen antwortete Doris: »Ich habe gehört, wie du zu Papa gesagt hast, dass du mit jemandem sprechen wolltest. Ich nehme an, deshalb warst du in Frankreich.«

Charlotte schien einen Moment zu schwanken, und Doris bemerkte zum ersten Mal, wie zerbrechlich ihre Mutter wirkte, trotz ihres außerordentlich starken Charakters. Dann hob Charlotte den Kopf, plötzlich von neuer Energie erfüllt, nachdem sie tagelang wie erloschen gewesen war.

»Du hast recht, meine Liebe«, sagte sie und strich sich eine bernsteinfarbene Haarsträhne hinters Ohr. »Ich kann es nicht länger für mich behalten. Geheimnisse zu haben ist furchtbar anstrengend.«

Wenn man versuchte, sie zu vergessen und sie in den hintersten Winkel seiner Seele zu verbannen, erklärte Charlotte ihr, tauchten sie immer wieder auf, vor allem, wenn man am wenigsten damit rechnete.

»Wovon sprichst du?«, fragte Doris.

»Von dem, was uns hierhergeführt hat, deinen Vater und mich. Von den Gründen für meine Reise nach Frankreich. Meiner wirklichen Heimat.«

Doris runzelte verwirrt die Stirn. Am Strand herrschte eine eigentümliche Ruhe, seit Michael auf seiner Decke eingeschlafen war, und mit einem Mal fürchtete sie sich vor dem, was ihre Mutter ihr sagen würde.

»Ich bin im Dezember 1929 nach New York gekommen«, begann Charlotte, nachdem sie tief Luft geholt hatte. »Ich stamme aus Épernay, einer kleinen Stadt im Norden Frankreichs, und ich war mit einem Weinbauern verheiratet. Wir hatten einen kleinen Sohn, Gabriel.«

Sie erzählte ihr alles, ohne auch nur ein Detail auszulassen. Sie eröffnete ihr, dass ihr Vater in Wirklichkeit Jack O'Dell hieß, nicht Jack Kendall, und dass man ihn mit Hilfe eines Zeugenschutzprogramms außer Landes gebracht hatte, weil sein Leben in Gefahr war. Fast eine Stunde lang sprach sie zu ihrer Tochter, die immer mehr ins Schwimmen geriet.

»Als wir beide bei deinem Vater in England angekommen waren, setzte sich nach und nach ein Gedanke in meinem Kopf fest. Ich fragte mich, ob Émile mich womöglich belogen hatte und Gabriel noch lebte. Jack war von den Toten zurückgekommen, also war alles möglich.«

Doris war wie erdrückt von der Last dieser Geständnisse.

Wie hatten ihre Eltern sie so anlügen und ihr ihre wahren Wurzeln verheimlichen können?

»Aber du hast doch den Totenschein gesehen«, warf sie kühl ein, nachdem sie ausgiebig an ihrer Zigarette gezogen hatte.

»Ja, das stimmt. Und ich habe mich daran erinnert, dass der Arzt, der den Totenschein unterzeichnet hatte, in Émiles Schuld stand. Es ging um einen Kredit. Aber ich hatte keinerlei Beweise für meinen Verdacht, und dein Vater hat mir immer wieder gesagt, ich sollte mich deswegen nicht verrückt machen. Er hatte natürlich recht, schließlich waren wir glücklich, wir drei.«

»So glücklich kannst du ja nicht gewesen sein, wenn du noch mal nach Frankreich gefahren bist. Du wolltest es wissen, stimmt's?« Doris' Tonfall war bitter, voller Vorwürfe.

Charlotte nickte. »Eines Tages bin ich in der Zeitung über einen Artikel gestolpert. Normalerweise überblättere ich den Sportteil, aber da war dieser Name: Victor Queyrioux. Wie ich herausfand, war er Boxer. Er war gerade zu den Profis gewechselt, nachdem er die französische Amateurmeisterschaft gewonnen hatte, und bereitete sich auf einen Kampf gegen einen Engländer vor.«

»Und was hat das mit all dem zu tun, was du mir erzählt hast?«

»Queyrioux war der Nachname meines ersten Mannes. Das Foto in der Zeitung war unscharf, aber Victor hatte Gabriels Alter und kam ebenfalls aus der Champagne. Ich war mir sofort sicher, dass er mein Sohn war.«

»Dein Sohn …«

Während Charlotte erleichtert schien, weil sie sich alles von der Seele geredet hatte, war Doris wie vor den Kopf geschlagen.

»Damals bei unserer Reise nach Paris habe ich die Gelegenheit genutzt und bin zu Émile gefahren«, fuhr Charlotte fort. »Ich musste es wissen, musste mich überzeugen, dass Gabriel am Leben war.«

Doch das Ganze war nicht so abgelaufen, wie sie es sich vorgestellt hatte. Als Émile sie vor der Tür stehen sah, hatte er einen furchtbaren Wutanfall bekommen. Charlotte hatte sich davon nicht beeindrucken lassen und verlangt, Gabriel zu sehen.

»Hier gibt es keinen Gabriel mehr!«, hatte Émile gebrüllt, sie grob am Arm gepackt und hinausgeworfen. »Ich verbiete dir, noch einmal hier aufzutauchen! Du weißt, wozu ich fähig bin.«

Alles war sehr schnell gegangen, doch dann war ein gutaussehender junger Mann, dunkelhaarig und muskulös, von oben heruntergekommen. Er hatte Émile weggestoßen und Charlotte geraten zu gehen. Einen Moment lang hatten sie sich angesehen, und er hatte ebenso aufgewühlt gewirkt wie sie: Sie hatten beide die gleichen saphirblauen Augen.

»Von dem Moment an hatte ich keinen Zweifel mehr. Victor Queyrioux war mein kleiner Gabriel.«

Doris schluckte. Sie wusste nicht mehr, was sie denken sollte. »Weiß er Bescheid?«

Ihre Mutter seufzte. »Seit zwei Wochen. Zehn Jahre lang habe ich versucht, mir einzureden, dass es genügt, ihn am Leben zu wissen. Unsere Familie macht mich sehr glücklich, aber hier fehlt trotzdem etwas, verstehst du?« Sie legte die Hand auf ihr Herz.

Charlotte hatte Gabriels Karriere in den Zeitungen aufmerksam verfolgt, aber irgendwann hatte ihr das nicht mehr genügt.

»Auch wenn es selbstsüchtig klingt, ich hatte mir in den Kopf gesetzt, dass er die Wahrheit wissen musste, so schlimm sie auch war. Ich konnte nicht mehr leben, ohne wenigstens versucht zu haben, mit ihm Kontakt aufzunehmen.«

»Deshalb bist du vor zwei Wochen mit Papa dorthin gefahren.«

Charlotte nickte. »Gabriel hat angekündigt, dass er seine Laufbahn als Boxer beendet. Sein letzter Kampf war also meine einzige Chance.«

»Und? Hast du dich mit ihm getroffen?«

»Ich habe am Ausgang gewartet. Er kam zusammen mit seinem Trainer aus dem Gebäude. Es war nicht einfach, verstehst du – ich hatte mir zwar tausendmal überlegt, was ich ihm sagen würde, aber als ich vor ihm stand, brachte ich nur heraus, dass ich mit ihm über Gabriel sprechen muss. Er hat mich so misstrauisch angeschaut, dass ich dachte, er lässt mich einfach da im Regen stehen. Ich weiß nicht, was ihn umgestimmt hat, aber er hat schließlich eingewilligt.«

Sie waren einen Kaffee trinken gegangen, und der junge Mann hatte Charlotte zugehört, während sie ihm ihre Geschichte erzählte.

»Natürlich hat er mir nicht geglaubt«, gab sie zu. »Er hat zwar immer wieder genickt, aber er war überzeugt, dass ich mich irrte. Nach seiner Aussage war er im März 1930 geboren und nicht im September 1929. Er war überzeugt, dass Gabriel sein als Säugling verstorbener älterer Bruder war.«

»Vielleicht ist es ja wirklich so«, meinte Doris und drückte ihre Zigarette aus.

»Der mütterliche Instinkt lügt nicht, meine Liebe. Ich weiß, dass Victor Queyrioux Gabriel *ist.* Aber wie ich deinem Vater versprochen habe, respektiere ich seinen Entschluss, die Wahrheit nicht anzuerkennen.«

Michael regte sich auf seiner Decke, und Doris erhob sich. Es war ein schöner Tag, und die Sonne glitzerte auf dem Meer. Doch in ihrem Innern tobte ein furchtbarer Sturm. Wie damals, als sie klein gewesen war, hätte sie sich am liebsten in Tante Normas Röcken versteckt. Sie wollte auf Onkel Curtis' Schultern klettern und darum betteln, dass er mit ihr ein Eis essen ging. Sie wollte zurück in den sicheren Kokon der Sorglosigkeit in der 133. Straße und alles andere vergessen.

»Billy hat Lust, die Vereinigten Staaten kennenzulernen«, sagte sie zu Charlotte. »Ich glaube, wir werden für eine Weile verreisen.«

30

Jo, 2018

Ich wartete, bis Doris geendet hatte. Bisher hatte ich brav zugehört, die Hände auf den Knien gefaltet. Doch was ich nun empfand, war eine seltsame Mischung aus Zorn und Unverständnis. Ich konnte mir gut vorstellen, was für ein Schock Charlottes Eröffnungen für Doris gewesen waren, aber ich begriff nicht, warum Pépé mir das alles nicht selbst erzählt hatte.

»Entschuldigen Sie, aber ich muss meinen Großvater anrufen.«

»Natürlich«, erwiderte sie, ohne ihr wohlwollendes Lächeln zu verlieren. »Ich verstehe, dass es dir schwerfällt, mir zu glauben.«

»O nein, Doris, ich glaube Ihnen. Aber ich möchte auch seine Version hören.«

Schließlich war es durchaus möglich, dass Charlotte sich Dinge eingebildet hatte. Den Tod des eigenen Kindes zu akzeptieren musste furchtbar sein, und vielleicht hatte sie sich, als sie erfuhr, dass mein Großvater Émiles Sohn war, an die Vorstellung geklammert, dass Gabriel und er ein und derselbe waren. Auch wenn diese Theorie nicht zu dem passte, was Pépé Doris 2003 geschrieben hatte. Ich fuhr mir mit der Hand über das Gesicht.

»Meine Güte«, seufzte ich, stand auf und ging hinaus.

Sobald ich das Haus verlassen hatte, rief ich meinen Großvater an.

»Ich habe schon auf Nachricht von dir gewartet, Jo!«, sagte er, nachdem er abgenommen hatte. »Was gibt's Neues?«

Kurz verspürte ich Gewissensbisse. Tatsächlich hatte ich mich seit unserem letzten Gespräch, als ich noch im Hotel gewesen war, nicht mehr bei ihm gemeldet.

»Zum Beispiel, dass du mich angeflunkert hast, Pépé«, entgegnete ich. »Ich habe die Briefe gefunden, die du an Doris geschrieben hast.«

»Ah. Dann ist jetzt wohl eine Gardinenpredigt fällig«, sagte er, und es klang so, als hätte er damit gerechnet.

»Eher ein paar Fragen«, widersprach ich.

Die Gardinenpredigt kommt später.

»Bist du wirklich Gabriel?«

Am anderen Ende der Leitung hörte ich ein Seufzen.

»Ja. Ja, ich bin Gabriel«, gab er schließlich zu.

»Bist du dir sicher? Doris hat mir erzählt, dass Charlotte zu deinem letzten Kampf gefahren ist, um mit dir zu sprechen, aber vielleicht war sie von ihrer Hoffnung so geblendet, dass sie sich geirrt hat …«

»Ich war anfangs auch skeptisch, Jo. Als Charlotte wieder fort war, habe ich beschlossen, die ganze Geschichte zu vergessen, weil ich dachte, sie wäre aus ihrem Kummer entstanden. Aber mein Unterbewusstsein gab keine Ruhe. Immer wieder träumte ich von dieser Frau, sah sie vor mir, in ihrem veilchenblauen Mantel. Irgendwann wurde mir klar, dass ich keinen Frieden finden würde, solange ich ihre Behauptungen nicht überprüfte.«

Mit etwas Abstand war Pépé aufgefallen, dass seine Augen von demselben Blau waren wie Charlottes.

»Der Beweis war von unserer ersten Begegnung an da, aber ich hatte es nicht sehen wollen.«

»Du könntest deine blauen Augen auch von einem anderen Vorfahren geerbt haben«, wandte ich ein. »Manchmal überspringt so etwas eine Generation.«

»Stimmt … Aber als mein Vater Anfang der Sechzigerjahre gestorben ist, habe ich ein bisschen in seiner Vergangenheit gekramt.«

»Und hast du etwas gefunden?«

Er lachte. »Rein gar nichts. Er hatte alles verschwinden lassen, was ihn hätte kompromittieren können. Da kam mir die Idee, ein paar Recherchen zu Gabriel zu machen.«

Er erklärte mir, dass die Kirche ein Verzeichnis sämtlicher Beerdigungen führt.

»Ich habe dem Pfarrer gesagt, dass ich den Eintrag zu meinem Bruder finden wollte, der 1930 als Säugling gestorben war. Und weißt du was? Es gab keinen auf den Namen Gabriel Queyrioux. Keinerlei Hinweis auf seinen Tod. Ich habe meine Mutter gefragt, ob ich mir sein Grab ansehen könnte. Da ist sie so blass geworden, dass ich Bescheid wusste.«

»Hat sie es zugegeben?«

»Ja, aber erst Jahre später, auf ihrem Totenbett. Da hat sie mir bestätigt, was Charlotte vermutet hatte. Um sich an Charlotte zu rächen, hatte mein werter Herr Papa beschlossen, sie glauben zu lassen, ich sei gestorben. Der Arzt der Familie hatte ihm einen falschen Totenschein ausgestellt, und den hat er nach New York geschickt.«

»Und wie haben sie es angestellt, dein Alter und deinen Namen zu ändern?«, fragte ich skeptisch. »Das geht doch nicht einfach so.«

»Damals wurde das auf dem Standesamt noch nicht so streng gehandhabt. Mein Vater hatte Einfluss und Kontakte in Épernay.«

»Und deine Mutter, beziehungsweise die Frau, die dich großgezogen hat, wusste über alles Bescheid.«

Ich war fassungslos. Und noch mehr bei dem Gedanken, dass gleich mehrere Menschen sich zusammengetan hatten, um Charlotte im Innersten ihrer Seele zu verletzen.

»Meiner armen Mutter ging es wie allen anderen, sie hatte Angst vor meinem Vater. Der Arzt hatte Schulden bei ihm, und der Bürgermeister war auch kein Musterknabe, der hatte irgendwelche krummen Geschäfte laufen. Mein Vater hatte die beiden in der Hand, und er hätte nicht gezögert, ihr Leben zu ruinieren, wenn sie nicht mitgemacht hätten.«

»Und wie sind deine Mutter und Émile zusammengekommen?«, fragte ich. »Er muss sie doch sehr bald nach der Trennung von Charlotte kennengelernt haben.«

»Das stimmt«, bestätigte Pépé. »Sie war die Tochter von Freunden meiner Großeltern väterlicherseits. Sie hatte ihren Mann zwei Monate nach der Hochzeit bei einem Jagdunfall verloren, und meine Großmutter schlug ihr vor, Émile zu helfen, sich um mich zu kümmern. Anscheinend habe ich sie schnell ins Herz geschlossen, und da schien es meinem Vater wohl nur logisch, sie zu heiraten.«

Obwohl die ganze Geschichte mich umhaute, versuchte ich, einen klaren Kopf zu bewahren. »Wenn ich dich richtig verstanden habe, bist du mit Charlotte nicht in Verbindung geblieben.«

Wie schon gegenüber Doris erklärte er mir, dass er Angst gehabt hatte. »Ich wollte deine Großmutter und deinen Vater nicht damit belasten. Und ich hing an meinem ruhigen, beschaulichen Leben. Aber mir ist bewusst, wie traurig es ist, dass wir so viel Zeit verloren haben.«

An dem Punkt begann ich mit der Einleitung zur Gardinenpredigt. »Eins begreife ich nicht: Warum hast du mich nach England geschickt, obwohl du mir das alles auch an dem Tag hättest sagen können, als du mir das Medaillon gezeigt hast?«

»Ach, Jo!«, seufzte er. »Wenn du nur nicht so dickköpfig gewesen wärst ... Versuch dich mal in meine Lage zu versetzen. Als du mir erklärt hast, dass du Adrien wegen deines Aneurysmas aufgeben willst, musste ich an all dieses Unglück und die verlorene Zeit denken, und ich habe mir gesagt, dass diese Geschichte dir vielleicht hilft zu erkennen, wie schwer das Bedauern über all die Dinge wiegt, die man aus Feigheit nicht versucht hat.«

Na gut, in dem Punkt hatte er vielleicht recht. Aber trotzdem ...

»Ich hätte dir zugehört, wenn du mir alles erzählt hättest, Pépé. Warum hast du mich unter einem falschen Vorwand auf diese weite Reise geschickt?«

»Weil ich wollte, dass du wirklich verstehst, welchen Stürmen Charlotte getrotzt hat. Sie war eine starke Frau, und du entstammst derselben Linie. Sie steckt in deinen Genen.«

Vier Tage später setzten wir uns auf den leuchtend grünen Rasen, der die Auffahrt, den sogenannten Long Walk, zu Schloss Windsor säumte. Die Trauungszeremonie von Prinz Harry und Meghan war beendet, wie das mächtige Glockengeläut bestätigte. Es waren unglaublich viele Menschen da. Die Fernsehkameras standen bereit, um den königlichen Hochzeitszug zu filmen, und aus ganz England waren Touristen angereist, um das Ereignis mitzuerleben. Einige von ihnen trugen T-Shirts mit dem königlichen Paar oder mit der Queen darauf. Die Leute hatten etwas zum Picknicken mitgebracht, die Stimmung war festlich und fröhlich. Eine ansteckende Freude hing in der Luft, und ich konnte es kaum erwarten, meinen Union Jack zu schwenken, sobald der Wagen von Elizabeth II. anrollte. Nur Gavin wirkte unruhig; er blickte immer wieder auf sein Smartphone und tippte hektisch darauf herum.

»Ist alles in Ordnung?«, fragte ich ihn.

»Ein paar Freunde wollen zu uns kommen«, erwiderte er nur.

»Die finden uns doch nie in diesem Gewimmel!«

»Deshalb versuche ich ja, ihnen gerade möglichst genau zu beschreiben, wo wir sind.«

Jenna, die sich an einer Sicherheitsabsperrung festhielt, drehte sich zu mir um. »Na, ist das nicht toll?«, fragte sie und hüpfte vor Aufregung auf und ab.

Sie war ziemlich überdreht, und mir ging es, ehrlich gesagt, nicht viel anders.

Ich zwinkerte ihr zu und wandte mich wieder zu Gavin, doch mein Cousin hatte sich ein Stück entfernt, wahrscheinlich, um seinen Freunden ein Zeichen zu geben, wenn er sie entdeckte. Mein Cousin … Diese Bezeichnung war mir noch ein bisschen fremd, aber ich würde mich sicher sehr schnell daran gewöhnen.

Nach dem Gespräch mit meinem Großvater hatte ich mich lange mit Doris und Gavin unterhalten.

»Vor ihrem Tod hat Charlotte sehr viel an Gabriel gedacht«, hatte Gavin zu mir gesagt.

»Und er bedauert es, dass er die Hand, die sie ihm damals hingehalten hat, nicht genommen hat«, erwiderte ich.

Später meinte Doris, ihr Leben sei überwiegend glücklich gewesen, auch wenn die letzten vierzig Jahre sie nicht geschont hatten, denn sie hatte nacheinander ihren Vater, ihren Sohn, ihre Mutter und ihren Mann verloren, der kurz vor Charlottes Tod an einem Schlaganfall gestorben war. Dass sie Gavin großziehen musste, hatte ihr geholfen durchzuhalten, und dann war ihr der Briefwechsel mit meinem Großvater ein gewisser Trost gewesen, auch wenn sie sich nie begegnet waren – vielleicht aus Scham. Es genügte ihnen offenbar, die Vergangenheit auf diesem Weg wiederaufleben zu lassen. Allerdings hatte Pépé sie angerufen, kurz nachdem er mir Charlottes Medaillon gegeben hatte, um sie zu informieren, dass ich nach Ilfracombe fahren würde.

»Ich war ganz schön nervös, weil du von alldem nichts wusstest, aber es hat mir große Freude bereitet, dir die Geschichte meiner Mutter zu erzählen.«

Jetzt, vier Tage nach all den Enthüllungen, als der Lärm der Menge das Herannahen der königlichen Familie ankündigte, fühlte ich mich auf eigenartige Weise ruhig. Charlottes Blut rann durch meine Adern. Und wenn meine Urgroßmutter es geschafft hatte, trotz all der Dramen ihr Schicksal in die Hand zu nehmen, wenn sie trotz allem die Kraft gefunden hatte weiterzumachen, dann war auch ich bereit, meine Zukunft mit beiden Händen zu packen.

In der Ferne erschienen die ersten Rolls-Royce der königlichen Familie. Sie würden den Long Walk hinunterfahren, direkt an uns vorbei, gefolgt von der Kutsche mit dem Hochzeitspaar.

»Da ist die Queen!«, kreischte Jenna und zog heftig an meinem Arm. »O Gott, ich glaube, ich muss heulen!«

Ich verrenkte mir den Hals, um Ihre Majestät sehen zu können, und schrak zusammen, als sich plötzlich zwei Hände auf meine Schultern legten.

»Gavin, was soll das?«, schimpfte ich. Doch als ich mich umdrehte, blieb mir der Mund offen stehen. Vor mir stand nicht Gavin, sondern ...

»Adrien?! Aber ... Was ... Was machst du denn hier?«

Na bitte, das war's. Mein Aneurysma ist geplatzt, ich hauche mein Leben aus, und meinem dämlichen Gehirn fällt nichts Besseres ein, als eine Halluzination zu produzieren.

»Ich hab die Warterei nicht mehr ausgehalten, also bin ich zu dir gekommen«, murmelte er.

Herzrasen. Hyperventi–

Nein, keine Hyperventilation, meine Liebe. Das ist jetzt keine gute Idee.

Mich durchliefen heiße und kalte Schauer, und ohne nachzudenken, warf ich mich in seine Arme und küsste ihn. Ich bin eigentlich nicht der Typ, der sich zur Schau stellt, aber in diesem Moment hörte der Rest der Welt auf zu existieren. Es gab nur noch uns beide. Adriens Lippen auf meinen, seine Hände in meinem Haar und dieser Kuss, bei dem mir die Knie zitterten. Sein Mund schmeckte nach Sonne, und seine Wärme elektrisierte mich. Ich war kurz davor, ihm die Kleider vom Leib zu reißen, als ich mich plötzlich an die Queen erinnerte. Das würde ihr sicher nicht gefallen. Obwohl ...

»Mannomann«, seufzte er. »Darauf habe ich schon eine Ewigkeit gewartet!«

Mir schoss durch den Kopf, dass seine Augen genau die Farbe der besten Schokoladeneclairs der Welt hatten.

»Ähem ... Tut mir leid, wenn ich störe, aber ...«

Ich löste mich langsam aus Adriens Umarmung. Hoffentlich hatte Pépé einen guten Grund, uns zu stören.

Moment mal ... Pépé?!

»Pépé?!«, rief ich.

»Ich erkläre es dir gleich«, sagte er hastig. »Schau, da ist Prinz Harrys Kutsche!«

Die Menge jubelte, und Jenna stieß hysterische Schreie aus. »Er hat mir zugewinkt!«

Ich wandte mich wieder zu meinem Großvater um. Er hielt Doris' Hände in seinen, und beiden liefen Tränen über die Wangen. Gavin stand mit einem Lächeln daneben, und als ich mit einem Mal begriff, dass er in Wirklichkeit auf die beiden gewartet hatte, musste ich selbst gegen die Tränen kämpfen. Ich drängte Adrien, mir alles zu erzählen.

»Die Idee kam mir, als du gesagt hast, dass du bei der Hochzeit dabei sein würdest«, erwiderte er.

»Wieso? Hattest du Angst, dass Prinz Harry Meghan stehenlässt, wenn er mich sieht?«

Er lachte. »Das hätte durchaus sein können, aber die Wahrheit ist, ich hab's nicht mehr ausgehalten, so weit weg von dir zu sein, Jo.«

Pépé hatte ihn am Mittwoch angerufen; offenbar hatte er denselben Gedanken gehabt, als ihm klar wurde, wie schade es wäre, wenn er seine Schwester nicht wenigstens einmal im Leben treffen würde. Sein Vortrag über das Bedauern hatte wohl auch bei ihm selbst einiges in Bewegung gesetzt.

»Deshalb sind wir jetzt hier«, schloss Adrien, die Lippen wieder ganz nah bei meinen. »Und diesmal lasse ich nicht zu, dass uns irgendetwas trennt.«

»Hach«, seufzte Jenna. »Wenn du nicht schon in ihn verliebt wärst, Jo, müsstest du es spätestens jetzt sein. Ich bin's übrigens auch.«

Gavin zog die Augenbrauen hoch und packte seine Freundin um die Taille. »Was soll das heißen, du bist in ihn verliebt? Und was ist bitte schön mit mir?«

Ohne ihr Zeit für eine Antwort zu lassen, küsste er sie, und ich hätte beinahe geklatscht. Stattdessen ließ ich ihnen ihre Privatsphäre (mal abgesehen davon, dass Tausende von Zuschauern um uns herum standen) und ging zu Pépé. Seine schönen blauen Augen glänzten feucht. Ich glaube, noch nie hat jemand bei einer Hochzeit so viel geheult.

»Ich weiß, du bist mir böse ...«, begann er.

Doch ich ließ ihn nicht ausreden. »Nein, ich bin dir nicht böse. Du hattest recht. Tränen der Freude sind tausendmal besser als Tränen des Bedauerns.«

Mein Großvater blieb in England. Er wollte die verlorene Zeit mit seiner Schwester aufholen, und in ihrem Alter zählte jede Minute. Am Abend der Hochzeit versammelten wir uns alle in dem Haus, das Gavin gemietet hatte. Doris zündete Kerzen an, als ob Weihnachten wäre, und ich half Jenna, ein einfaches, aber leckeres Essen zuzubereiten. Vor dem Schlafengehen setzten wir uns draußen auf die Hollywoodschaukeln und genossen den milden Abend. Ich wollte nicht, dass dieser wunderbare Tag zu Ende ging. An Adrien gelehnt, konnte ich kaum fassen, wie viel Glück da plötzlich war: Pépé, der seine Schwester wiedergefunden hatte, von deren Existenz ich noch vor wenigen Wochen nichts geahnt hatte, Gavin und Jenna, die miteinander turtelten, und Adrien. Adrien, den ich immer wieder ansehen musste, als könnte er sich im nächsten Moment in Luft auflösen. Es war perfekt. Als Doris mir voller Wärme zulächelte, bat ich sie, mir noch etwas von ihrer Mutter zu erzählen. Ich wollte, dass wir Charlotte noch ein letztes Mal würdigten und uns von Curtis und Norma verabschiedeten, bevor wir nach Frankreich zurückkehrten.

31

Charlotte, 1991

»I see trees of green / Red roses, too / I see them bloom / For me and you / And I think to myself / What a wonderful world …«

Charlotte wischte sich eine dicke Träne von der Wange. Marvin neben ihr konnte sein Schluchzen nicht länger unterdrücken. Seine Tochter Cecilia drückte sanft seinen Arm, um ihn zu trösten, aber auch ihre Augen waren feucht. Curtis' Beerdigung brach allen das Herz, und die Musik von Louis Armstrong, die die kleine Kirche in Harlem erfüllte, machte es nicht leichter.

Norma warf ihnen einen besänftigenden Blick zu. Sie war immer die Stärkste von ihnen gewesen, erkannte Charlotte. Sie lebte nach wie vor in ihrer kleinen Wohnung in der 133. Straße, trotz der Gewalt, die sich in den Siebzigerjahren in dem Viertel ausgebreitet hatte. Norma hatte nie geheiratet, sondern ihr Leben darauf verwandt, anderen zu helfen. Gegen Ende der Weltwirtschaftskrise hatte man ihr eine Stelle als Sozialarbeiterin angeboten. Ihre Aufgabe bestand unter anderem darin, Familien dabei zu helfen, Arbeit oder eine anständige Unterkunft zu finden. Seit sie im Ruhestand war, half sie bei einem Verein, der Essen für Arme bereitstellte. Norma war für alle eine Stütze, breitete bei Kummer die Arme aus und war die Erste, die sich über alle kleinen und großen Dinge freute. Doch Charlotte vermutete, dass sie trotz ihrer scheinbaren Ruhe ihrem Schmerz freien Lauf lassen würde, sobald sie allein war. Curtis war in ihren Armen gestorben, an einer Lungeninsuffizienz. Sobald Norma ihnen Bescheid gegeben hatte, waren sie alle aus England herübergekommen.

»Seid nicht traurig, ich habe wirklich ein schönes Leben gehabt.«

Das hatte Norma auf Curtis' Wunsch bei der Abschiedszeremonie in seinem Namen gesagt.

Während sie für die Seele des Verstorbenen beteten, schloss Charlotte die Augen und gab sich ihren Erinnerungen hin. Die Zeit der Prohibition und der Gangster war lange vorbei, und wie weit hatte Curtis es seither gebracht! Sie hatte sich damals Sorgen um seine Gesundheit gemacht, als er die Drogen genommen hatte, wenn er auf Tournee war, aber Anfang der Sechzigerjahre hatte er mit dem Heroin aufgehört, nachdem ein anderer Musiker vor seinen Augen an einer Überdosis gestorben war. Es war nicht einfach, der Droge zu widerstehen, wenn man mit den ganz Großen wie Louis Armstrong auftrat, und am Ende seiner Karriere hatte sich Curtis damit begnügt, Stücke im Studio einzuspielen. Das ständige Herumreisen war nichts mehr für ihn. Er war von Frau zu Frau gewandert, bis er Ida begegnet war, einer Platzanweiserin im Kino, die es geschafft hatte, ihn zur Ruhe zu bringen. Der einzige Schatten über ihrem Glück war, dass sie keine Kinder bekommen konnten. Und so trösteten sie sich mit Gavin, ihrem Urenkel, den Charlotte und Doris zweimal im Jahr mit nach New York nahmen.

Du wirst mir so fehlen, mein Freund, sagte Charlotte im Geist zu ihm, während sie noch einmal ihre gemeinsamen Augenblicke Revue passieren ließ, insbesondere den Abend, als sie sich zur Feier von Jacks Rückkehr betrunken hatten. Jack ... Auch er hatte sich schließlich davongemacht. Sein erster Herzinfarkt hatte Doris 1960 dazu bewogen, nach drei Jahren Streit mit ihren Eltern nach Hause zurückzukehren. Angesichts der Angst, ihren Vater zu verlieren, war ihr klar geworden, dass die Zeit zu kostbar war, um sie mit sinnlosem Groll zu vergeuden. Und im Grunde war sie so stolz auf ihre Eltern! Die Liebe, die sie verband, zählte weit mehr als die Vergangenheit. Leider hatte Jacks Herz fünfzehn Jahre nach dem ersten Infarkt endgültig aufgehört zu schlagen. Charlotte hatte sich nie wirklich von dem Verlust erholt, aber um ihrer Tochter willen riss sie sich zusammen. Doris hatte den furchtbarsten Schmerz erlitten, als das Meer ihr Michael genommen hatte, ihren Sohn. Nun bildete Gavin das Zentrum ihres Clans. Ein Clan, auf den Curtis so stolz gewesen war! Charlotte musste schmunzeln, als sie daran dachte, wie viele Flaschen Champagner bei der Hochzeit von Michael und Cecilia geleert worden waren. Glück in seiner reinsten Form.

Dennoch gab es immer noch eine große Lücke in ihrem Leben: Gabriel, dieser Sohn, der nichts von der Wahrheit wissen wollte. Doch Charlotte bemühte sich, diese Lücke, so gut es ging, zu füllen, und sie dankte dem Himmel, dass er ihnen Gavin geschickt hatte.

Als sie die Kirche verließen, legte Doris ihr die Hand auf den Arm. »Ist alles in Ordnung, Mama?«, fragte sie beunruhigt.

Charlotte blickte auf die Stelle, wo früher der Cotton Club gewesen war. Wie es der Zufall wollte, befand sich die Kirche direkt gegenüber. Wenn sie die Augen schloss, konnte sie beinahe das Hin und Her der Autos hören, die vor dem Club hielten, und das Klackern der Stepptänzer. Aus einem Fenster erklang eine Jazzmelodie, wie eine Reverenz an die Vergangenheit. Ein letzter Gruß an Curtis. Den Blick verhangen von den Erinnerungen an ihre Jugend, legte sie die Hand um ihr Medaillon.

»Ja, meine Liebe, alles in Ordnung. Aber ich möchte dich um etwas bitten. Wenn ich eines Tages sterbe ...«

Sie wusste, dass Doris Gabriel das Medaillon schicken würde. Damit das Band zwischen ihnen, so zart es auch war, niemals reißen würde.

32

Direkt am Tag nach der Hochzeit kehrte ich zusammen mit Adrien nach Frankreich zurück. Wir mussten uns erst wieder finden und lernen, unsere so lange unterdrückten Gefühle zu zähmen. Unsere Körper liebten sich mit ungewöhnlicher Intensität. Er streichelte ausgiebig die Rundungen, deretwegen ich mich vorher so verrückt gemacht hatte, und ich küsste ihn, als hinge mein Leben davon ab. Am liebsten wäre ich mit ihm verschmolzen, um zu vergessen, was mich erwartete. Die Chemie zwischen uns stimmte einfach.

»Das ist schön«, murmelte er.

»Was denn?«

»Dich glücklich zu sehen, Jo.«

Wenn das so weiterging, würde mein Herz noch vor Glück zerspringen.

Die nächsten zwei Tage verliefen ganz ähnlich: Adrien und ich waren in unserem Glückskokon eingesponnen und lebten von Liebe und Schokoladeneclairs. Bevor ich wieder anfing zu arbeiten, musste ich meinen Eltern allerdings noch sagen, dass ich mich operieren lassen würde. Und das wollte ich allein tun, bei einem Mittagessen mit ihnen.

Wie ich es schon vermutet hatte, regte meine Mutter sich darüber auf, dass man sich nicht direkt nach meinem Unfall um das Aneurysma gekümmert hatte.

»Was haben die sich bloß dabei gedacht?! Denen werde ich meine Meinung sagen!«

»Beruhige dich, Mama! Wenn die Situation kritisch gewesen wäre, hätten sie mich bestimmt sofort operiert. Aber so dringend war es nicht.«

»Und wie fühlst du dich?«, fragte mein Vater, etwas überfordert von all den Neuigkeiten.

Pépé hatte nämlich die brillante Idee gehabt, ihm zwei Stunden bevor ich bei ihnen auftauchte, von Charlotte zu erzählen, und jetzt wusste er nicht mehr, wo ihm der Kopf stand.

»Ich komme mir ein bisschen so vor, als würde ich zur Schlachtbank geführt«, gestand ich. »Aber ich hoffe mal, dass alles gutgeht.«

»Natürlich«, versicherte mir meine Mutter. »Das hoffen wir auch. Komm in meine Arme, Liebes.«

Ich hatte eine Mordsangst, aber jede Menge Unterstützung. Von Adeline, der es mit ihrem Freund Bruno jetzt viel besser ging, von meinen Eltern, die mir von jeher ihre ganze Liebe geschenkt hatten, und von Adrien, meinem Seelengefährten. Lucette im Altersheim nebenan drohte, mir das Leben zur Hölle zu machen, falls ich vor ihr in den Himmel kam. Also lächelte ich wie sonst auch, sogar bei der Arbeit, da ich mir dachte, dass meine »Kunden« das sicher zu schätzen wussten, bevor bei der Beerdigung literweise Tränen vergossen wurden. Ich hörte den ganzen Tag Louis Armstrong und klammerte mich an die unglaublichen Schicksale von Charlotte, Curtis und Norma. Abends traf ich mich mit Adrien für die wunderbarste aller Beschäftigungen. Draußen lief das Leben weiter wie immer, was ich sehr eigenartig fand. Das Weinen eines Kindes, das nicht zur Schule gehen wollte; ein Radfahrer, der sich mit einem Autofahrer darum stritt, wer Vorfahrt hatte; die Blumenhändlerin mit dem hübschen grünen Pullover, die das Metallgitter vor ihrem Laden öffnete; ein junges Mädchen, das seine Mutter anschrie, weil die sich weigerte, ihm das neueste Smartphone zu kaufen. War diesen Leuten bewusst, wie viel Glück sie hatten? Nein, natürlich nicht. Manchmal muss man erst mit dem Kopf gegen die Wand schlagen, damit das eigene Leben wieder ins Zentrum der Aufmerksamkeit rückt.

Zwei Tage vor meiner OP kam Pépé aus England zurück. Die Reise hatte ihn erschöpft, es war seine letzte gewesen, versicherte er uns. Er würde sich einen Laptop kaufen, um weiter mit Doris sprechen zu können, denn das Briefeschreiben dauerte so lange, und es war einfach nicht dasselbe. Wir waren alle zusammen zu ihm gefahren, und er war froh, dass Adrien und ich uns endlich gefunden hatten, und bewegt, weil er meinem Vater Charlottes Geschichte erzählt hatte, denn schließlich war sie auch seine Großmutter, und Papa hatte das Recht, Bescheid zu wissen. Pépé redete ohne Punkt und Komma. Dann stand er plötzlich auf, lächelte mir zu und brach zusammen.

Meine Mutter sprang auf und schrie: »Sein Herz!«

Voller Angst, dass mein Großvater für immer ging, rief ich sofort einen Krankenwagen, während meine Mutter, die schon lange vor ihrer Arbeit mit den Toten eine Ausbildung zur Ersthelferin gemacht hatte, mit einer Herzdruckmassage begann.

»Michel, sing ›Stayin' Alive‹!«, befahl sie meinem Vater, der wie gelähmt dastand.

Papa sah sie an, als wäre sie verrückt geworden.

Am Telefon versprach man mir, dass der Krankenwagen so schnell wie möglich bei uns sein würde. Mir liefen die Tränen übers Gesicht.

»Jetzt mach schon!«

Mein Vater begriff noch immer nicht, bis Adrien plötzlich mit den Fingern schnippte. »Ah, wegen des Rhythmus!«

Und so begann ich unter dem verdutzten Blick meines Vaters, zusammen mit Adrien zu singen. Die ganze Szene hatte bei aller Tragik auch etwas Komisches: meine Mutter, die über Pépé gebeugt war, während wir diesen unglaublich peppigen Song sangen wie eine Beschwörung.

»Bleib am Leben, Pépé«, flehte ich. »Bleib am Leben.«

EPILOG

Zwei Monate später

»Wie fühlst du dich?«, fragt Adrien, als wir auf das Haus meines Großvaters zugehen.

»Total seltsam. Ich werde einige Zeit brauchen, um mich daran zu gewöhnen.«

Pépé hatte mir versprochen, dass das Haus eines Tages mir gehören würde. Er hatte gemeint, ich würde mit dem Mann, den ich liebe, dort leben, und eine ganze Kinderschar würde dort sprießen wie die Pflanzen in seinem Garten. Nun ist es so weit, viel eher, als ich angenommen hätte. Ich hatte immer gedacht, es würde mich mit Freude erfüllen, in dieses Haus mitten in der Natur zu ziehen, doch in meinem Herzen ist vor allem Wehmut. Wie sehr haben sich unsere Leben in so kurzer Zeit verändert!

Ich habe meine Operation mit Bravour überstanden und merke so gut wie keine Nachwirkungen, abgesehen von einer gewissen Müdigkeit, die aber vor allem mit der Narkose zusammenhängt. Mein Körper versteht nicht, warum man ihn zwangsweise in einen künstlichen Schlaf versetzt hat. Als ich aufwachte, war ich zwar ein wenig durcheinander, aber ich habe alle wiedererkannt und konnte sprechen und meine Beine bewegen. Sie haben mich noch eine Woche dabehalten, um sicherzugehen, dass meine Neuronen nicht doch noch anfangen zu spinnen, und dann konnte ich mit meinem Leben wieder dort weitermachen, wo ich aufgehört hatte. Ein Riesenglück, das ist mir bewusst. Das Aneurysma hat mir nicht die Flügel gestutzt, sondern nur meine Gewissheiten durcheinandergewirbelt. Ich habe wieder mein ganzes Leben vor mir. Pépé hingegen … Ich wusste, dass damit zu rechnen war. Trotzdem überkommt mich bei dem Gedanken daran, dass nichts je wieder so sein wird wie zuvor, eine unendliche Traurigkeit.

Adrien parkt das Auto in der Zufahrt. Erst jetzt merke ich, wie nervös er ist. Aber das alles hat ihn natürlich auch mitgenommen. Er war da, hat meine Hand gehalten und mich in die Arme genommen, als die Tränen nicht aufhören wollten, und er hat mir vor der Narkose Mut gemacht. Er war tagelang bei mir im Krankenhaus und hat nur ab und an ein paar Stunden geschlafen. Die Kraft seiner Liebe scheint unerschöpflich, und ich weiß nicht, ob ich das Ganze ohne ihn so gut überstanden hätte. Ich drücke seine Hand, die noch auf dem Lenkrad liegt, und unsere Finger verschränken sich. Wir verharren einen Moment in einem Schweigen, das nur wir verstehen.

»Adeline und deine Eltern sind noch nicht da«, sagt er schließlich.

»Umso besser. Mir ist es ganz recht, wenn wir noch ein bisschen für uns sind.«

Wie auf ein unsichtbares Zeichen steigen wir aus und gehen zu dem Haus, das unsere Zukunft beherbergen wird. Leise treten wir ein und begeben uns zum Wohnzimmer.

»Nanu, Pépé, ich dachte, du schläfst!« Überrascht bleibe ich auf der Schwelle stehen.

Mein Großvater, der mit Lucette auf dem Sofa sitzt, räuspert sich. Sie sehen so aus, als hätten sie sich abrupt voneinander gelöst und versuchten jetzt, die Unschuldigen zu spielen.

»Schlafen? An so einem Tag?«, protestiert er. »Das ist doch wohl ein Scherz, oder?«

Ich betrachte ihn voller Zärtlichkeit. Pépé hat seit seinem Herzinfarkt, der ihn sechs Wochen im Krankenhaus festgehalten hat, viel Gewicht verloren. Sie haben ihn nur unter der Bedingung gehen lassen, dass er sich Unterstützung holt; er darf sich auf keinen Fall mehr so anstrengen wie bisher. Und so hat er beschlossen, in das Heim von Lucette zu ziehen. Sie hat die Erlaubnis bekommen, den Tag mit uns zu verbringen, um ein letztes Mal vor Pépés Umzug gemeinsam hier zu essen.

»Du klingst so griesgrämig«, bemerkt er. »Dabei müsstest du dich doch eigentlich freuen.«

Ich zucke mit den Schultern. Wenn er wüsste, wie es mir wehtut, ihn so geschwächt zu sehen!

»Ich habe das Gefühl, dich aus deinem Haus zu jagen.«

»Red keinen Unsinn. Ich kann nun mal nicht länger allein leben, und es kommt nicht in Frage, dass du dich rund um die Uhr um mich kümmerst. Ich will, dass du mit Adrien hier lebst. Ich gehe ohne Bedauern.«

Ich muss lächeln, denn er war es, der mir beigebracht hat, dass man sich von der Last des Bedauerns befreien muss. Wie geplant hat er sich einen Computer zugelegt, damit er sich öfter mit Doris unterhalten kann – die ihn übrigens bald besuchen kommt. Natürlich wird sie dann in unserem kuscheligen Nest wohnen, das ist ja wohl das Mindeste. Sie hat mir ein Foto von Charlotte geschenkt, aus den Dreißigerjahren.

Darauf posiert meine Urgroßmutter zusammen mit Jack vor dem Empire State Building. Das war zu der Zeit, als sie ihn noch als Ryan kannte. Sie trägt ihren veilchenblauen Mantel; ich habe das Foto kolorieren lassen, und es bekommt auch einen Rahmen.

Meine Eltern sind da. Sie haben Austern und Weißwein mitgebracht, weil Pépé beschlossen hat, die Zeit, die ihm noch bleibt, nach Kräften zu genießen. Damit er sie noch mehr genießen kann, haben Adrien und ich für das Dessert gesorgt: Schokoladeneclairs, was sonst?

Während des Essens sagt Adeline zum x-ten Mal, sie habe ja gewusst, dass ich die Operation überstehe, ich sei aus demselben Holz geschnitzt wie mein Großvater.

»Gib's zu«, sagt mein Vater zu Pépé gewandt, »das hast du mit Absicht gemacht, um mit Lucette zusammenziehen zu können!« Es klingt scherzhaft, aber das Ganze hat meinen armen Papa ganz schön mitgenommen.

»Ich weiß gar nicht, was du meinst«, erwidert Pépé. »Johanna und ich leben, das ist doch das Einzige, was zählt.«

»Und ich liebe es, wenn Geschichten gut ausgehen«, verkündet meine Mutter bewegt.

Adeline hebt ihr Glas. »Auf die Liebe!«, ruft sie. »Die Liebe, die über alles siegt!«

Da zwinkert Pépé Adrien zu. »Jetzt bist du dran, mein Junge.«

Plötzlich wirkt Adrien verunsichert. Er räuspert sich und senkt den Kopf, dann zieht er ein Blatt Papier aus der Tasche und reicht es mir. Seine Hand fühlt sich klamm an.

»Bitte lies das, mein Schatz.«

Neugierig ziehe ich die Augenbrauen hoch. »Jetzt sag nicht, das ist noch eine Mission, für die ich Gott weiß wohin fahren muss.«

Gelächter rund um den Tisch.

»Nein. Das ist eine Liste, wie in dem Song von Rose. Aber noch besser.«

Ich falte das Blatt auseinander.

Liste der 1001 Dinge, die ich mit dir machen will:

***W**olken gucken*
***I**m Bett frühstücken*
***L**ernen, wie man Brot backt, eine Suppe kocht, ein Baby macht*
***L**achen, bis uns der Bauch wehtut*
***S**tundenlang alte Lieder hören*
***T**onnenweise Schokoladeneclairs essen*

***D**ie Vorhänge zuziehen*
***U**nd Dinge tun, die wir hier nicht laut sagen können*

***M**it Kreide ein Herz auf den Gehweg malen wie die Kinder*
***E**ine Katze adoptieren*
***I**m Regen herumlaufen*
***N**ach einem Streit Versöhnung feiern*
***E**inen Nachtspaziergang machen und die Sterne betrachten*

__F__ür dich dasein, auch wenn es mal nicht so gut läuft
__R__ad fahren im Sonnenschein
__A__uf dem Land leben
__U__nsere Geschichte schreiben

__W__ildblumen pflücken
__E__inen ganzen Tag im Bett vertrödeln
__R__undum glücklich sein
__D__arüber streiten, wer den Müll rausbringt
__E__llenlange Liebesbriefe schreiben
__N__amen für unsere künftigen Kinder ausdenken

Verwirrt und amüsiert zugleich, lese ich die Liste noch einmal und wundere mich über die fett geschriebenen Buchstaben. Dann begreife ich plötzlich, und mir schießen die Tränen in die Augen.

»Was ist denn los, Liebes?«, fragt meine Mutter, die offensichtlich nicht eingeweiht ist, verdutzt.

Pépé hingegen lächelt wie ein zufriedener alter Kater.

»Das ... Das ist ... Meine Güte, das ist ein Heiratsantrag!«, stammele ich aufgewühlt.

»Na, dann antworte ihm doch endlich«, schnaubt Adeline. »Der Arme ist schon ganz blass!«

Ich wische mir mit dem Handrücken über die Wangen und wende mich zu Adrien, der aussieht, als würde er gleich in Ohnmacht fallen.

»Du hast echt einen Knall«, sage ich. »Aber ich weiß, wie es sich anfühlt, dich zu verlieren, und das will ich nie wieder erleben. Also, ja, Adrien, auch wenn ich deinetwegen die

Queen verpasst habe, ich will deine Frau werden und mich mit dir darüber streiten, wer den Müll rausträgt oder der Katze Futter gibt.«

Der Blick, mit dem er mich ansieht, ist besser als jede Antwort. Ich schmelze förmlich dahin.

Lucette stößt einen Pfiff aus. »Na endlich! Ich dachte schon, das erleben wir nicht mehr.«

»Da kriege ich fast Lust, es ihm gleichzutun«, sagt mein Großvater verträumt.

»Lass mal gut sein, Victor«, sagt Lucette augenzwinkernd. »Unsere Zukunft dreht sich wohl eher um Inkontinenzwindeln und darum, wer das Heimpersonal am besten in den Wahnsinn treibt.«

Adriens Lachen explodiert wie ein Feuerwerk. Voller Glück umfasse ich Charlottes Medaillon, das ich jetzt um den Hals trage. Dank seiner Geschichte, die für mich wie Balsam war, habe ich gelernt, dass das Leben manchmal viel aufwühlender ist als der Tod. Ich hoffe, dass die Frau im veilchenblauen Mantel von dort, wo sie jetzt ist (wahrscheinlich tanzt sie zum Klang von Curtis' Trompete mit Norma und den Männern ihres Lebens), voller Stolz auf ihre Familie blickt.

PLAYLIST

Wie Sie sicher bemerkt haben, wird die Geschichte von Jo und Charlotte von vielen Songs begleitet. Um das Vergnügen zu verlängern oder ein wenig tiefer in ihre Welt einzutauchen, empfehle ich Ihnen die folgenden Stücke, in der Reihenfolge ihrer Erwähnung. Bei der Gelegenheit muss ich gestehen, dass ich mir bei »Minnie the Moocher«, das Charlotte in der Geschichte 1929 hört, eine kleine Freiheit herausgenommen habe, denn tatsächlich hat Cab Calloway das Stück erst zwei Jahre später gespielt.

»La Liste« – Rose
»God Only Knows« – The Beach Boys
»No Woman, No Cry« – Bob Marley
»Dans la maison vide« – Michel Polnareff
»Where Is My Mind?« – Pixies
»Minnie the Moocher« – Cab Calloway
»La Valse Brune« – Lucienne Delyle
»Supreme« – Robbie Williams
»Basin Street Blues« – Louis Armstrong
»Birds« – Imagine Dragons
»Pony Blues« – Charley Patton
»La Bicyclette« – Yves Montand
»Listen to Your Heart« – Roxette
»Le temps qui reste« – Serge Reggiani
»Brother, Can You Spare a Dime?« – Bing Crosby

»What a Wonderful World« – Louis Armstrong
»Stayin' Alive« – Bee Gees

DANKSAGUNG

Die Frau im veilchenblauen Mantel hat zwei Jahre gebraucht, um zu reifen. Es ist auch das Buch, das mir die meiste Recherche abverlangt hat, und ich danke meiner Lektorin Laury-Anne Frut von Herzen, weil sie so getan hat, als fände sie meinen Wunsch, das Leben zur Zeit der Gangster zu schildern, völlig normal. Ich kann dir gar nicht genug dafür danken, dass du seit 2015 an mich und meine verrückten Ideen geglaubt hast.

Danke an Christine für ihre Redaktion und ihre Wörter, die meine vervollkommnen, sowie an Alice für ihr Engagement und ihre Professionalität.

Ein großes Dankeschön an Karine Bailly de Robien und Pierre-Benoît de Veron für ihr Vertrauen sowie an das ganze Vertriebs- und Marketingteam von Charleston: Mit euch zu arbeiten ist immer eine Bereicherung.

Danke an mein Fan-Team Mathieu und Clara für ihre täglichen Ermunterungen und an Marianne Levy, die ebenso ungeduldig war, diesen Roman zu lesen, wie ich, ihn zu schreiben. Tausend Dank an die Organisator*innen des Printemps du Livre in Montaigu und insbesondere an Patricia Jamin. Euer herzlicher Empfang und eure Gastfreundschaft haben nicht unwesentlich dazu beigetragen, dass ich Jo und ihre Familie in eurer inspirierenden Vendée angesiedelt habe. Danke an Harmony Rouanet, die sich die Zeit genommen hat, mir die Arbeit in den Weingütern der Champagne zu schildern, und an Fanny, meine Superkorrektorin.

Auch wenn er wahrscheinlich nie erfährt, wer ich bin, möchte ich André Nédelec für seine wertvollen Schilderungen in *La Dépêche* danken, die mir einen Einblick in das Innenleben eines Boxers gegeben haben. Ohne ihn und Gilbert, einen alten Herrn aus meinem Viertel, der ebenfalls früher geboxt hat, wäre Victor in meiner Geschichte nicht so lebendig geworden.

Zu Beginn dieses Romans erfährt Jo, dass sie ein Aneurysma hat. Das ist kein Zufall. Ich selbst habe ebenfalls ein Aneurysma gehabt, das geplatzt ist, einen sogenannten hämorrhagischen Schlaganfall. Im Gegensatz zu Johanna hatte ich allerdings keine Wahl, weil ich nichts davon wusste … und ich wäre nicht gern an ihrer Stelle gewesen! Dieses Aneurysma bezeichne ich als mein »schlecht verpacktes Geschenk«, denn wer weiß, ob ich ohne dieses Gesundheitsproblem je dazu gekommen wäre, Romane zu schreiben? Da ich es bisher noch nie getan habe, möchte ich an dieser Stelle von ganzem Herzen Héloïse Tron danken, die fünf Jahre lang meine Logopädin war und mir geholfen hat, den größten Teil der Spätfolgen zu überwinden.

Danke an meine Familie für ihre unerschütterliche Unterstützung und an Steeve, der sich zwischen zwei Folgen von *Castle* bereitwillig mit mir in die Welt der Mafiosi gestürzt hat. Ein besonderes Dankeschön an Christine, die Lebensgefährtin meines Vaters, die uns ganz plötzlich am 1. Januar verlassen hat. Danke, dass du ein Teil unseres Lebens warst.

Zu guter Letzt ein großer Dank an Sie, liebe Leser*innen, für die treue Freundschaft, die Sie mir und meinen Büchern entgegenbringen. Danke, dass Sie mit solcher Begeisterung dabei sind. Ich hoffe von ganzem Herzen, dass *Die Frau im veilchenblauen Mantel* Ihre Erwartungen erfüllt. Bitte zögern Sie nicht, mir auf Facebook, Instagram oder über meinen Verlag zu schreiben und mir Ihre Eindrücke zu schildern.